HANNAH GRACE es una autora británica de lo que ella misma llama «libros reconfortantes y blanditos». Escribe sobre todo novelas románticas contemporáneas y *new adult* desde su casa, en Manchester. Cuando no está describiendo los ojos de todo el mundo diez mil veces por capítulo, dando accidentalmente el mismo nombre a varios personajes o utilizando expresiones inglesas que nadie entiende en sus libros ambientados en Estados Unidos, se la puede encontrar saliendo con su marido y sus dos perros, Pig y Bear.

Síguela en redes:

hannahgraceauthor

Papel certificado por el Forest Stewardship Council®

Título original: *Wildfire*

Primera edición en B de Bolsillo: enero de 2026

Diseño de la cubierta: Penguin Random House Grupo Editorial
basado en la cubierta original de Leni Kauffman
Imagen de la cubierta: Leni Kauffman

Printed in Spain – Impreso en España

ISBN: 978-84-10381-17-9
Depósito legal: B-19.550-2025

Compuesto en Llibresimes
Impreso en Black Print CPI Ibérica
Sant Andreu de la Barca (Barcelona)

BB 8 1 1 7 9

Saltan chispas

HANNAH GRACE

Traducción de Julia Viejo Sánchez

Para mi antigua yo
que quería ser la primera opción de alguien.

Playlist

SPARKS FLY (TAYLOR'S VERSION) | TAYLOR SWIFT	4:20
WILDFIRE | SEAFRET	3:43
MOONLIGHT | ARIANA GRANDE	3:22
ALONE WITH YOU | ALINA BARAZ	3:45
CHRONICALLY CAUTIOUS | BRADEN BALES	1:59
BEST PART (FEAT. H.E.R.) | DANIEL CAESAR	3:29
SWEAT | ZAYN	3:52
NAKED—BONUS TRACK | ELLA MAI	3:17
LATE NIGHT TALKING | HARRY STYLES	2:57
HARD TO LOVE | BLACKPINK	2:42
PEACE | TAYLOR SWIFT	3:53
YOU | MILEY CYRUS	2:59
NONSENSE | SABRINA CARPENTER	2:43
SLEEPING WITH MY FRIENDS | GAYLE	2:48
PRETTY PLEASE | DUA LIPA	3:14
DID YOU KNOW THAT THERE'S A TUNNEL UNDER OCEAN BLVD | LANA DEL REY	4:44
WHILE WE'RE YOUNG | JHENÉ AIKO	3:56
BIGGEST FAN | MADDIE ZAHM	3:01
THE ONLY EXCEPTION | PARAMORE	4:27
EVERYTHING | LABRINTH	2:15

«Amar es arder, estallar en llamas».

Marianne Dashwood,
Sentido y sensibilidad (1995)

1

Russ

Henry me mira fijamente desde la otra punta del salón.

—Menuda mierda de verano vas a tener.

Todos mis compañeros de equipo se echan a reír al unísono, y las carcajadas más altas son las de Mattie, Bobby y Kris, que me han dicho más o menos lo mismo cuando les he rechazado el plan de ir con ellos a Miami este verano.

—Muy inspirador, Turner —replico a mi compañero de piso—. Deberías dar charlas motivacionales.

—Te arrepentirás de no haberme hecho ni caso cuando estés atrapado la semana que viene entre manualidades y actividades de equipo. —Henry sigue leyendo distraído el folleto de Honey Acres, con una expresión cada vez más perpleja—. ¿Qué es el turno de noche?

—Tengo que dormir en una habitación anexa a la cabaña de los campistas dos veces a la semana, por si necesitan cualquier cosa —digo como si nada, mirando cómo Henry abre los ojos de horror—. El resto del tiempo duermo en mi propia cabaña.

—A mí no me suena muy bien —dice, tirando el folleto en la mesa—. Pero buena suerte.

—Podría ser peor —murmura Robbie desde el otro lado del salón—. Podrías tener que mudarte a Canadá este verano.

Nate suelta un bufido y entierra la cabeza en la melena de su novia, recostándose en la butaca donde están sentados juntos.

—Me cago en Canadá y en toda su historia.

—Pero si tú querías esto —susurra Stassie en el volumen justo como para que todos la oigamos—. Deja de lloriquear. Nate, quieres jugar en el Vancouver.

—Yo preferiría mudarme a Canadá que cuidar a veinte niños durante nueve semanas. —La cara de auténtico asco de Henry haría pensar a cualquiera que me llevan al matadero, no que voy a pasar el verano trabajando como monitor de campamento—. No lo has pensado bien, Callaghan.

La verdad es que sí.

Los clientes de Honey Acres son sobre todo padres ricos y ocupados que necesitan mantener entretenidos a sus hijos durante todo el verano mientras ellos trabajan. Por suerte, las tarifas son caras de narices, lo que significa que las instalaciones son mejores que las de cualquier otro campamento que haya mirado, y teniendo en cuenta que solo hay que vigilar a unos cuantos niños, el trabajo está bien pagado y ofrece bastantes días libres. Sé de sobra que es un lujo y que casi ningún campamento suele ser así.

Kris y Bobby me dijeron que solicitara el puesto después de que rechazara su propuesta de irnos de vacaciones juntos con la excusa de que necesitaba un trabajo. Ellos fueron a Honey Acres hace diez años, y me juraron que era el mejor campamento de California. Y yo estaba dispuesto a trabajar de cualquier cosa. He ido corto de pasta desde que la policía cerró el bar donde trabajaba. Por desgracia, su fama de ser el centro de todos los trapicheos y de servir alcohol a menores le pasó factura, y no tiene pinta de que vaya a reabrirse.

Así que aunque Henry crea que se me ha ido la olla, la alternativa era morirme del asco en Maple Hills, en paro, y con mi madre acosándome todo el día para que vaya a verla.

Era una elección muy fácil.

—Vale, Hen, ¿entonces no quieres venir conmigo? —digo de broma.

—Va a ser que no. Gracias. Pero si necesitas una excusa de emergencia para escaquearte, avísame. Y hago un par de llamadas.

JJ se acerca a Henry desde el otro lado del sofá y le da un codazo.

—La única emergencia que tendrás en los próximos dos años va a ser comerte un buen co...

—¡JJ! —chilla Stassie.

—Qué mente más sucia tienes —dice con sorna—. Iba a decir «coco».

Stassie pone cara de hartazgo y le hace un corte de mangas mientras él le lanza un beso. Baja la mano y me mira con una sonrisa.

—Te lo vas a pasar genial, ni caso a Henry. Pero te echaremos de menos.

—Si ya no vivís aquí —dice Mattie, con la ceja levantada.

—¡Tú sí que nunca has vivido aquí! —replica ella, lo que inicia una discusión sobre quién pasa más tiempo en la casa.

Por muy agradecido que esté de tener trabajo en verano, es una putada tener que irme justo cuando acabo de mudarme con Henry y Robbie. Y con nuestros compañeros de piso no oficiales: Mattie, Bobby y Kris, que aparece mágicamente cuando alguien pronuncia la palabra «comida».

Es raro disponer de mi propia habitación después de dos años viviendo en la fraternidad y, antes de eso, compartiendo habitación con mi hermano Ethan, pero aquí soy mucho más feliz.

Además de los motivos obvios, como que cuento con mi espacio propio y vivo con gente que me cae bien, me gusta no tener que planear estratégicamente cada vez que quiero hacerme una paja o cada vez que quiero follar (las pocas veces que lo hago). Henry ha tenido la amabilidad de informarme de que después de seis meses viviendo pared con pared con Nate y Stassie, me puede confirmar con absoluta certeza que la habitación no está insonorizada.

—¿Vais a pasaros la tarde discutiendo o puedo prepararme para la fiesta? —grita Robbie por encima de las voces de Stassie y Mattie.

Esta noche vamos a celebrar una fiesta de despedida de la universidad, o más bien una fiesta de «adiós y hasta nunca», como la llama Robbie. Él se queda en Maple Hills para hacer un máster, pero se alegra de conservar su cargo de organizador de fiestas.

Eso sí, nadie parece tener muchas ganas de preparar la casa para la horda de alumnos de Maple Hills que van a presentarse aquí dentro de unas horas. Sé que parece el fin de una era, porque cuatro años es mucho tiempo para pasar con alguien. Para Nate y para Robbie es todavía más; nunca han vivido en otra ciudad, ni mucho menos en otro país.

Para mí, es como empezar de cero, o casi. Me metí en una fraternidad al empezar la universidad porque quería una familia que no me decepcionara, como ha hecho la de verdad. Creía que mis hermanos de fraternidad estarían ahí en lo bueno y en lo malo, que por fin tendría a alguien en quien confiar, pero no fue así. Noté que había cometido un error en primer curso, pero seguí, con la creencia de que me costaría un tiempo sentir que eran como mi familia. Pero me convencí de que la había cagado cuando el curso pasado ocurrió todo lo de la pista de hielo y los únicos que me apoyaron están ahora mismo en este salón.

Fue el peor momento de mi vida, lo cual ya es bastante, y me pasé un montón de tiempo reprimiendo la vergüenza que sentía. Entonces un día Henry me preguntó si estaba bien, y le dije que sí. Esperaba que ahí se terminara la conversación, pero me dijo que sabía que le estaba mintiendo y que volvería cuando estuviera listo para hablar. Todas las semanas teníamos la misma conversación, hasta que me lo encontré durante las vacaciones de Navidad.

Intenté irme a casa, pero solo aguanté veinticuatro horas la borrachera de mi padre después de perder en el casino. No paraba de decir cosas sin sentido y eso se sumaba a la incapacidad casi profesional de mi madre de hacerle responsable de sus acciones, así que me volví al campus. Henry estaba de camino a la pista de hockey para recoger su material de dibujo y al verme me preguntó si estaba bien, y por primera vez le contesté que no.

Después de pasarme unos cuantos años demasiado avergonzado y cabreado por la ludopatía de mi padre como para decirle nada a nadie, tuve que vomitarlo todo. Ni siquiera el entrenador Faulkner o Nate saben ciertos detalles de mi vida, pero a Henry le solté absolutamente todo.

Y él me escuchó, con el lienzo debajo del brazo.

Al terminar me sentía como si me hubieran zarandeado por los hombros, y Henry me preguntó si quería ir a Kenny a comer alitas y tomar algo en el descanso. No me preguntó nada, no me ofreció ningún consejo, no me juzgó. Por eso le dije que sí de inmediato cuando me preguntó si quería irme a vivir con él y Robbie.

El salón es un caos, como siempre pasa cuando se junta todo el mundo, y todas las conversaciones se solapan, cada una más alta que la otra. La gente piensa que como soy callado, también soy tímido, pero no es verdad. Ni siquiera creo que sea tan callado, aunque lo parece porque todos los demás son muy ruidosos. Yo prefiero sentarme y escuchar que tener el foco de la conversación, a diferencia de mis compañeros. Cuando eres el centro de atención hay demasiada presión, demasiadas oportunidades de cagarla. Prefiero mil veces ser observador, mirar desde fuera.

Voy a la cocina, cojo una botella de agua de la nevera y otra más cuando noto que hay alguien detrás de mí.

—¿Listo para tu primera fiesta oficial? —dice JJ, aceptando la botella que le doy.

Nos apoyamos en la encimera de la cocina y miramos el salón.

—Creo que sí. La única norma era no tocarle los cojones a Robbie, ¿no?

JJ suelta una carcajada mientras desenrosca el tapón de la botella.

—Resulta que esa es mi afición favorita, pero depende de cuánto quieras que te apriete en los entrenamientos de la próxima temporada.

—Creo que prefiero no despertar a la bestia.

—¿Ya te sientes como en casa? —me pregunta antes de tomar un sorbo de agua.

He pasado mucho tiempo con JJ en las últimas semanas y he descubierto que, detrás de la fachada de payaso, es muy buen tío. Después de gastarme todos los ahorros en una pequeña camioneta *pickup* hace un par de meses, me he convertido en el chico de las mudanzas. Me gustaba sentirme útil, así que no me importaba, hasta que Lola empezó a preocuparse de que sus cosas acabaran sin querer en la casa nueva de Nate en Vancouver y se puso a dibujar pollas en las cajas que no eran suyas ni de Stassie.

Fui con JJ a su nueva casa en San José con la camioneta llena de cajas pintarrajeadas, y durante todo el trayecto estuvimos atrayendo las miradas del resto de conductores. Se descubren un montón de cosas sobre una persona cuando compartes un espacio tan pequeño durante diez horas. Pero, irónicamente, JJ me dijo que yo nunca me abría con nadie.

—Estoy en ello —admito—. Es mucho cambio respecto a lo que estoy acostumbrado.

—Recuerda, este es tu sitio. Y todos queremos tu compañía, ¿vale? —dice con la voz calmada.

Nunca les cuento mis inseguridades a ninguno, pero de alguna forma, JJ sabe que me gusta mantenerme al margen. Una vez le dije que era muy perspicaz y me respondió que era porque es escorpio. Me quedé igual.

De cualquier forma, lo valoro un montón, y por primera vez en mucho tiempo, me siento comprendido. Es una sensación extraña, porque la mayor parte del tiempo no me entiendo ni a mí mismo.

—Tomo nota —digo. Me da una palmada en el hombro antes de volver a su sitio en el salón. Le sigo despacio y me desplomo al lado de Henry.

Robbie da dos palmadas, provocándonos a todos un *flashback* instantáneo de los entrenamientos de hockey. Todos nos volvemos como perros adiestrados.

—Joder. Estás hecho un mini Faulkner —masculla Nate, revolviéndose en su asiento.

—Para tu información, ahora me dan escalofríos cada vez que oigo aplausos —añade Bobby—. Creo que es una típica reacción al trauma.

—Yo oigo la palmada cuando estoy solo —dice Mattie, para solidarizarse.

—No —interviene Joe—. Ese es Kris desde el cuarto de al lado. La que es solo una. Y es en el culo.

Robbie susurra algo entre dientes mientras Kris le lanza un cojín a Joe, que él agarra y le devuelve. Se desata el caos.

—¿Dónde estaban esos reflejos de defensa cuando jugabas al hockey, Joe? —pregunta Henry, desconcentrándolo el tiempo justo como para que otro cojín de Kris le impacte en toda la cara.

—Por el amor de Dios —gruñe Robbie—. Como se os ocurra abriros la cabeza no va a haber fiesta. Venga, una última vez.

Un silencio natural se instala en el salón y todos se centran a regañadientes en lo que Robbie vaya a mandarles hacer, y hay un momento extraño en el que creo que a todos se les pasa por la cabeza que puede que esta sea la última fiesta que den juntos en esta casa.

Estoy enfrascado en mis pensamientos cuando JJ se echa a reír y empieza a dar voces.

—¡Cinco pavos! ¡Me debéis todos cinco pavos!

—¿Qué?

—¡Que Stas está llorando! —La rodea con el brazo y le da un beso en la cabeza—. ¡Y todavía no ha bebido ni un trago! He ganado.

Stassie se limpia las lágrimas con el dorso de la mano y nos mira, desconcertada.

—¿Habéis hecho una apuesta conmigo?

Todos sacan las carteras y empiezan a extraer billetes. Mattie se encoge de hombros mientras se lo planta a JJ en la palma de la mano.

—Técnicamente la apuesta ha sido con tus lágrimas.

—No me lo puedo creer. Nate, ¿tú lo sab...? —Se vuelve hacia su novio, que también está sacando discretamente un billete de la cartera—. ¡Serás idiota! ¡Sois todos unos idiotas!

Nate le tiende el billete de cinco dólares a JJ y la abraza con cariño mientras le da besos en la sien.

—No te has aguantado ni un poco. Podría haberte comprado un cubo de alitas con ese dinero.

—Es flipante. Y muy triste. Os vais a separar y estáis tan panchos.

—¿Te sirve de consuelo si te digo que Russ no ha querido apostar?

Se vuelve hacia mí con los ojos empañados y sonríe.

—Gracias, Gordi. A ti no te meteré en mi lista negra.

Le hago un gesto de aprobación, dejando que piense que lo he hecho porque no creía que fuera a llorar (lo cual sabía que iba a suceder), en lugar de decirle que es porque yo nunca participo en apuestas.

—Perdona —interrumpe Henry—. Yo tampoco.

Henry también sabía que se echaría a llorar, pero ha decidido no apostar como gesto de empatía. JJ sigue contando el dinero cuando Lola aparece con unas bolsas llenas de vasos rojos. Nos mira con el ceño fruncido.

—Ya ha llorado, ¿no?

—Sí —confirman todos al unísono.

—Joder, Anastasia. —Lola suelta las bolsas en el regazo de Robbie y se agacha para darle un beso antes de meter la mano en el bolso para sacar el dinero—. Es la última vez que me desplumas, Johal.

—Hasta que fracase en el hockey y siga mi verdadero instinto —dice JJ—. El estriptis.

—Hasta entonces.

—Ahora que todos habéis pagado las deudas, ¿podemos empezar el show o qué? —gruñe Robbie.

Vuelve el silencio de antes, y el mismo pensamiento se instala en las cabezas de todos mis compañeros, uno por uno. Nate se aclara la garganta y asiente.

—Una última vez.

La atmósfera rara se disipa en cuanto Lola se echa a reír a carcajadas.

—Vale, Alexander Hamilton. Y luego decís que yo soy la dramática. Menuda panda de cursis.

2

Aurora

No debería estar aquí ahora mismo, pero los jugadores de baloncesto tienen algo que anula toda mi capacidad de autocontrol.

Dije que no iba a venir y Emilia ya me está esperando en la casa del equipo de hockey, así que no sé por qué he dejado que el puto Ryan Rothwell me convenza para abandonar mi plan y pasarme por aquí. ¿Por qué me pirran tanto los hombres altos, musculosos y buenos con las manos? Es uno de los grandes misterios de la vida. La mitad de las mujeres de Maple Hills también lo están tratando de averiguar, a juzgar por la cantidad de gente que ha venido a la fiesta.

Como varios de los jugadores ya se gradúan, esta noche es su fiesta de despedida. Ryan y yo nos despedimos cuatro veces la semana pasada y, por muy genial que sea, ambos sabemos que no va a seguir en contacto. El mes que viene tiene el *draft* de la NBA y no me hago ilusiones de que me vaya a invitar a sentarme a pie de pista. Pero eso no me ha impedido pasarme, porque él me lo ha pedido, lo cual dice más de mí que de Ryan.

Yo estoy a mis cosas, cuestionándome todas mis decisiones vitales y degustando mi copa en un rinconcito tranquilo de la cocina, cuando alguien que esperaba que se hubiera ido se desliza por la encimera hacia mí. Pongo cara de asco en cuanto Mason Wright abre la boca, pero eso no le impide incordiarme igualmente.

Me quita la copa de las manos (un gesto que sabe que detesto) y le da un sorbo.

—¿Buscando a tu próxima víctima, Roberts?

Dios, cómo lo odio.

—¿No es tu hora de dormir, Wright?

Me da un repaso de arriba abajo y esboza una sonrisa burlona. Me dan ganas de potar.

—¿Es una invitación?

Por suerte, con este jugador de baloncesto no tengo ningún problema de autocontrol.

—¿Una invitación para que te vayas a tomar por culo y me dejes en paz? Exacto.

Suelta una risita. La simple idea de que disfrute con algo me pone mala. No sé de dónde ha sacado este personaje toda esa seguridad, pero debería embotellarla y venderla. Nunca he conocido a nadie, y menos a un alumno de primero, tan arrogante como este chaval.

Me devuelve la copa y se inclina un poco más hacia mí.

—Sabes que me pone que juegues a hacerte la dura, ¿no?

—No estoy jugando a nada, Mason. No tienes nada que hacer.

—¿Y eso por qué?

—¿A lo mejor porque no te soporto? Y porque vas a primero.

—Si solo tienes cuatro meses más que yo. —Frunce el ceño frustrado, porque Dios ha permitido que una mujer no caiga inmediatamente rendida a sus pies.

—Y-tú-vas-a-primero —repito.

No es capaz de entender que una chica no se interese por él. En parte porque es muy atractivo, pero sobre todo porque es tan seguro de sí mismo que da asco. Parece más la típica estrella de rock que un jugador de baloncesto. Alto, pelo negro, ojos azules penetrantes y piel pálida con un montón de tatuajes por los brazos y la espalda. Suspiro y me bebo el resto de la copa.

—No me gustan los tíos más jóvenes que yo.

—Cuidado, princesa. —Ahoga una carcajada con la mano y yo entorno los ojos—. ¿Tienes traumas por culpa de tu padre?

—El único que va a acabar con un trauma eres tú. —Me dan ganas de estrangularlo, pero conociendo a Mason, probablemente se lo tomaría como algún tipo de juego sexual—. Hablando de padres, ¿qué tal está el director Skinner?

Por muy arrogante que sea mi archienemigo, sí que tiene una debilidad: su padre. Nadie sabe que es el director deportivo de Maple Hills, y quiere que siga siendo así, por eso utiliza el apellido de soltera de su madre. Cualquiera diría que tendrían que unirnos nuestros traumas familiares, pero Mason y yo nunca nos hemos llevado bien y es imposible que seamos amigos con el tiempo. Puedo decir con seguridad que siempre estaré esperando pacientemente su caída.

—Me alegra saber que Ryan y tú habláis de mí en la cama. —Su sonrisita de siempre se convierte en un gesto de disgusto y agarra la botella de alcohol que le pilla más cerca—. Me voy a mudar al cuarto de Ry; ¿te lo ha dicho? No voy a cambiar el código, así que puedes seguir entrando cuando quieras.

Este chaval no sabe cuándo parar.

—Qué detalle. Pero en serio, Mason, ¿me das el número de tu padre? Está tremendo. —Mentira—. Y quiero un cargo en el equipo de baloncesto.

—Joder, vete a la mierda, Aurora —masculla. Vuelve a dejar la botella en la encimera y se aleja hacia el jardín.

—¡Cuidado, princesa! —grito—. ¿Tienes traumitas por culpa de papá?

Noto cómo unos brazos me rodean la cintura por detrás y me preparo para empezar a soltar puñetazos cuando oigo una voz grave que conozco bien.

—Como te lo cargues no pienso sacarte de la cárcel.

—Me ha dicho que tengo traumitas. —Ryan parece confuso mientras me doy la vuelta en sus brazos para mirarlo. No parece estar muy seguro del rumbo de la conversación—. Pero eso solo lo puedo decir yo.

Asiente al comprender por fin.

—Lo capto. ¿Qué le has dicho para cabrearlo tanto?

—Le he pedido el número de su padre para que me den un cargo en el equipo de baloncesto.

—Rory... —Arrastra la última sílaba y me huelo que me he metido en un lío—. Sabes que es un secreto. Debajo de la fachada de chico malo y taciturno hay un tierno corazoncito.

No es culpa mía que Mason se lleve mal con su padre. No es que sea el único, y tampoco he insinuado que le haya enchufado ni nada de eso.

—Vale, y si era un secreto, ¿para qué me lo cuentas?

Ryan se inclina y me da un beso en la frente con ternura.

—Porque sé cuánto le odias y estaba intentando bajarte las bragas.

—Mmm. Me habría dejado igualmente.

Por mí, dejaría que Ryan me bajara las bragas todos los días de la semana. De hecho, he dejado que Ryan me baje las bragas muchos días de la semana. Ryan es un tío genial, y probablemente por eso elijo arriesgarme a la furia de Emilia solo por poder verlo una última vez.

Mis expectativas con los tíos son tan bajas que empiezan a rozar el núcleo de la tierra, pero Ryan es uno de los buenos, y nuestra relación de amigos con derecho a roce de los últimos dos meses ha estado muy bien.

Él ya es bastante famoso por no comprometerse con ninguna relación, y creo firmemente que la universidad debería premiarle por su aportación a la felicidad de las mujeres durante sus cuatro años aquí.

Deberían levantar una estatua en su honor.

Puede que se lo pida al padre de Mason.

Me saca de mis pensamientos cuando me coloca el dedo debajo de la barbilla para levantarme la cara.

—Te voy a echar de menos, Roberts.

Se me queda atascada la respuesta en la garganta. Quiero decir algo tipo «Yo también te voy a echar de menos», o incluso un simple «Gracias» sería suficiente, pero no me salen las palabras. Odio que unas pocas palabras cariñosas, un simple gesto de amistad, una señal de que los ratos que hemos pasado juntos significan algo para él, sean suficientes para que me empiece a rayar.

Nuestra relación siempre ha sido puramente física. No es que él no haya intentado que me quedara a dormir después de acostarnos, pero oír que me va a echar de menos me hace sentir bien, aunque sepa que tiene a un montón de mujeres a las que poder decírselo.

Suspira, casi como si hubiera oído mis pensamientos, tira de mí para abrazarme y hunde la cara en mi pelo.

—Me voy a poner celoso del tío que consiga escuchar lo que te pasa por la cabeza con solo mirarte la cara. Tráetelo a un partido para que pueda lanzarle la pelota a la cara.

—No creo que ninguno tengamos que preocuparnos por eso.

Se echa a reír, sin soltarme todavía.

—Yo solo soy el tío al que las chicas se follan justo antes de conocer al amor de su vida.

—Estadísticamente, es lógico que eso acabe ocurriendo cuando te follas a todo el mundo.

—Hazme caso, Roberts. Debería crear mi propio sello de garantía con devolución de dinero. Tendrás un final feliz.

—Joder, Ryan. No me hagas emocionarme cuando estoy a punto de ir a una fiesta del equipo de hockey. Sabes que cuando estoy triste me pongo cachonda.

Se echa a reír mientras me suelta a regañadientes y da un paso atrás.

—Como digas que cuando estás triste te pones cachonda dos veces más, aparecerá Mason en plan Bitelchús.

Pongo los ojos en blanco mientras busco a mi némesis y lo veo de lejos incordiando a alguien en la otra punta de la cocina, lo suficientemente lejos como para poder oírme.

—¿Puedes llevártelo? No seré capaz de soportarlo si no estás tú.

Me retira un mechón de pelo por detrás de la oreja.

—Me dijiste que querías cambiar este verano. A lo mejor cuando vuelvas del campamento consigues tolerarlo un poco mejor. Tendrás más experiencia con niños.

—Dije que quería dejar atrás mis hábitos tóxicos de autoboicot. No que fuera a cambiar como para dejar de odiar a Mason.

—Quizá deberías cambiar todas esas novelas románticas por libros de autoayuda.

Lo miro con los ojos entornados.

—¿Te gradúas en Literatura y ya te crees capacitado para darme recomendaciones de lecturas o qué?

—Tienes razón, Roberts. Cada uno con lo suyo.

El adiós queda flotando en el aire, pero no me veo con fuerzas para pronunciarlo.

—Ve contándome qué tal el *draft*, ¿vale?

Me da un último beso en la frente y asiente con la cabeza.

—Claro. No te metas en líos.

—Si yo nunca me meto en líos.

—Ahí tienes razón —dice entre risas—. A lo mejor ese es el problema.

Emilia aparece mientras salgo del Uber, con su típica cara de malas pulgas que tanto me gusta.

—Llegas tarde.

Dudo que pueda intimidar a nadie con ese aspecto tan angelical, literalmente. Se ha peinado los rizos de ratón en una especie de trenza oscura con forma de halo, y todavía tiene la punta de la nariz y las mejillas quemadas del sol porque ayer nos quedamos dormidas en el jardín. El resto de su piel mantiene el mismo tono pálido fantasmal, así que no estoy segura de cómo es que solo se le ha frito la cara. Pero tampoco se lo voy a preguntar ahora.

—¿Sirve de algo si te digo que estás guapísima?

Pues no, no sirve y la pierdo de vista en cuanto entramos por la puerta de la casa del equipo de hockey y pasamos por delante de lo que parecen unas figuras de cartón de los jugadores a tamaño natural.

A pesar de la fama que tienen en el campus, intentamos no ir a este tipo de fiestas, porque Emilia prefiere los eventos que terminan antes de medianoche y yo prefiero las del equipo de baloncesto, pero JJ, un amigo suyo de la asociación LGTBIQ+, se va al norte a un equipo de hockey profesional y le ha prometido que vendría a despedirse.

Así que, lógicamente, acepté acompañarla porque soy una gran amiga, pero también porque me ha prometido una pizza vegetariana para cuando volvamos a casa. Me preocupa un poco que haber llegado tarde vaya a afectar a su promesa de invitarme a pizza.

A pesar de la cantidad de gente, me doy cuenta de que la casa es extrañamente acogedora para ser de un equipo de hockey universitario. Por las paredes hay fotos enmarcadas en las que aparece un grupo de chicos y dos chicas, el sofá tiene cojines que no parecen incubar gérmenes como para iniciar una guerra biológica y, a menos que me engañe la vista, alguien ha limpiado el polvo.

¿Eso es un posavasos?

Me abro paso entre la multitud, bastante desconcertada por no sentir el suelo pegajoso, pero también sedienta, y me dirijo a mi lugar favorito de todas las fiestas: la cocina. La enorme isla ya está llena de botellas a medias, tanto de alcohol como de refrescos. Examino los armarios intentando averiguar cuál será el de los vasos.

Me da igual que sea una fiesta, he visto suficientes documentales sobre el mundo marino para usar vasos de plástico. Abro un armario para echar un vistazo, pero dentro solo hay vasos de chupito.

Literalmente.

El armario está a rebosar de vasos de chupito.

En el siguiente armario solo hay cuencos, y cuando estoy a punto de averiguar si el tercero es el correcto y ya empiezo a sentirme como Ricitos de Oro, alguien carraspea a mi lado.

—¿Estás robando?

Me asomo detrás de la puerta del armario, consciente de que tengo la cara como un tomate, y observo al tío que acaba de pillarme con las manos en la masa. Yo mido un metro setenta, incluso más con estos tacones de aguja, pero incluso así me supera. Sin embargo, no me transmite nada malo ni intimidante. Sus bíceps están a punto de reventarle las mangas de la camiseta negra, y en el pecho se le nota la tensión de la tela. Pero tiene los rasgos suaves y solo una ligera sombra de barba a lo largo de la mandíbula; es como si la delicadeza de su rostro no coincidiera con el resto de su cuerpo. Tiene el pelo castaño claro apartado de la cara y, cuando por fin me fijo en sus ojos azul zafiro, me doy cuenta de que me está mirando fijamente y que en ellos nada algo de inseguridad, pero también cierta intriga.

Creo que esta es la situación más rara en la que me ha hablado un tío bueno.

Esbozo una sonrisa inocente.

—¿Se considera robo si el sujeto aún no ha abandonado el lugar de los hechos?

—Joder, sabía que tenía que haber estudiado Derecho. —Levanta la comisura del labio y se le forman unos hoyuelos en las mejillas mientras deja escapar una carcajada—. Creo que robar es llevarse algo que no te pertenece.

—¿Y si el dueño no se entera nunca?

—Bueno, si el dueño no se entera nunca, entonces solo es negligencia por su parte —dice frotándose la nuca con una mano. Intento seguir mirándole a la cara, no a sus brazos musculosos, pero soy débil—. ¿Qué estás buscando?

Da un paso hacia mí y me llega un intenso olor a sándalo y vainilla. Presiona la mano contra la puerta a la que sigo aferrada y la cierra con suavidad.

—¿Que qué busco? Vasos.

—Solo hay de plástico, lo siento.

—¿Sabes la cantidad de plástico que acaba en el océano? Seguro que nadie de aquí se puede hacer a la idea. —Esta es la conversación más larga sobre vasos que he tenido en mi vida.

Probablemente es la conversación sobre vasos más larga que ha tenido nadie nunca, pero aun así intento pensar en alguna otra pieza de vajilla para seguir con esto.

—¿O sea que cometes este delito por los tiburones?

—No solo por los tiburones. También incluyo a los peces, a las tortugas o a las ballenas. —Cierra los ojos intentando contener una sonrisa y sacude la cabeza—. Puede que también a algún pulpo. No quiero discriminar a nadie con mis buenas acciones.

Vuelve a abrir los ojos y deja la mano en la puerta del armario unos segundos más, antes de dar un paso por detrás de mí. Se dirige al siguiente, lo abre y me revela varios estantes llenos de vasos de diversas formas y tamaños.

—No se lo tires a nadie si no quieres meternos a los dos en un lío.

Me pongo de puntillas para alcanzar uno con el escudo de Maple Hills y para Emilia cojo otro donde pone: «Mis amigas fueron al Orgullo de Los Ángeles y solo me trajeron este vaso».

—Qué rápido los has encontrado. ¿Ya has robado alguna vez aquí o qué? —«Cállate ya, Aurora».

Los pongo en la encimera, cojo la botella de alcohol que tengo más a mano y me sirvo el contenido en lo que acabo de bautizar como los vasos de la victoria. El chico desconocido se echa a reír, abre una botella de gaseosa y la desliza por la mesa hasta mí. No es hasta que estoy a punto de servir que me responde:

—No, vivo aquí.

Mierda. Me pilla desprevenida y se me derrama sin querer la gaseosa. Toda la encimera se llena de un líquido pegajoso con burbujas. Mierda doble.

—¡Perdón, perdón, perdón!

Antes de poder reaccionar, él ya está limpiando el estropicio con una bayeta.

—Lo sien...

—No pasa nada —dice con suavidad, interrumpiendo mis disculpas—. Solo es gaseosa. Ponte ahí para no mojarte.

Hago lo que me dice y lo miro mientras saca un espray desinfectante y limpia a fondo la encimera entre varios borrachos que siguen intentando prepararse sus propias copas. Al terminar, coge la botella de gaseosa, llena los dos vasos con cuidado y me los da.

—Así que eres tú el que limpia el polvo —murmuro.

—¿Qué?

—Nada. Gracias… Y perdona otra vez.

Se apoya en la encimera.

—¿Perdona por romper la norma de no tocar los armarios? ¿O por ponerme toda la cocina perdida?

Me cruzo de brazos y aprieto los labios de broma.

—No veo dónde hay un cartel donde ponga eso.

Esta vez se echa a reír de verdad. El pecho le retumba con un profundo estruendo que parece auténtico. Me doy cuenta de que me mira de arriba abajo, con disimulo. Su atención hace que me vibre todo el cuerpo e inmediatamente quiero más.

—De cualquier forma, no me pareces la típica chica que le haría caso a un cartel.

—¿Y eso por qué? —Es una pregunta trampa. Yo lo sé. Él lo sabe. Los chicos que están revoloteando por ahí intentando escuchar, y que imagino que son sus compañeros de equipo, lo saben—. Responde con cuidado, tenemos público.

Arquea las cejas mientras se gira para mirar a su espalda y, cuando se vuelve de nuevo hacia mí, tiene las puntas de las orejas rosas. Nuestros espectadores se escabullen por ahí, pero eso ha sido suficiente para dinamitar toda la seguridad de este chico. Esta repentina timidez me resulta adorable. Estoy acostumbrada a que me tiren ficha, pero creo que nunca nadie se había sonrojado delante de mí. Quiero averiguar cuál es su primera impresión de mí. Quiero que siga mirándome como lo estaba haciendo hace treinta segundos. Quiero asesinar un poquito a sus amigos.

Estoy a punto de lanzarme a preguntárselo cuando una mano cálida me agarra del brazo y Emilia aparece por detrás de mí.

—Qué sed tengo. —Mira al señor Ayuditas y le sonríe—. Hola, soy Emilia.

Él la saluda con un gesto de cabeza.

—Hola, encantado. Yo soy Russ.

—¿Eres el Russ de Jaiden? —pregunta Emilia mientras coge la copa y me pone una cara rara al leer la frase impresa en el cristal.

Me da la impresión de que le da corte lo que acaba de decir Emilia. ¿Cómo puede ser tan mono?

—Eh, sí. Creo que sí. No creo que JJ conozca a nadie más que se llame Russ.

Cuando vuelve a frotarse la nuca le asoma una mínima franja de piel bronceada por debajo de la camiseta y mi cerebro en celo cortocircuita un poco.

—Yo soy Aurora —suelto en un tono que roza la agresividad.

Emilia se vuelve para mirarme, con cara de confusión y vergüenza ajena. Decido ignorarla y me pimplo la copa entera, dejando que la textura áspera del vodka alivie la oleada de humillación. Russ me clava la mirada cuando bajo la copa y hago contacto visual con él.

Otra vez esos hoyuelos.

Emilia se aclara la garganta y me obligo a desviar la vista hacia ella. Me mira con cara de que luego piensa atormentarme por todo esto.

—He venido a decirte que está a punto de empezar una partida de Jenga alcohólico en la sala de estar, por si quieres jugar.

—¿Jenga alcohólico?

—Ponen retos en algunos de los bloques —explica Russ—. A Robbie y JJ les gusta ponerle un poco más de emoción a todo.

Emilia hace un gesto travieso.

—Estaba segura de que él tenía algo que ver. A saber cuáles son los retos. Rory, ¿nos vemos allí?

Asiento y ella desaparece otra vez, dejándome con mi nuevo amigo.

—¿De cuánta emoción estamos hablando?

Vuelve a torcer la comisura de los labios y, Dios mío, no tiene sentido que de pronto me apetezca enrollarme con alguien por su forma de mover la boca, pero la manera en que fluctúa entre la confianza y la inseguridad me está haciendo sentir cosas.

Russ da un largo trago a su cerveza mientras piensa en la respuesta a mi pregunta y yo me limito a esperar. Debería darme más vergüenza estar tan pendiente de las palabras de un hombre, pero este está muy bueno y es un poco peculiar, y todo eso me parece un problema para mi futuro terapeuta.

—¿Por qué no vienes conmigo y lo averiguamos?

3

Russ

—¿Por qué no vienes conmigo y lo averiguamos?

En mi cabeza sonaba espectacular, pero ahora que lo he dicho en voz alta no puedo evitar que me sacuda la vergüenza. Esta mujer está demasiado buena para estar hablando conmigo y no tengo ni idea de cómo he acabado en esta situación.

JJ me ha pillado mientras la miraba husmear por la cocina y me ha soltado una charla motivacional sobre cómo «tener éxito con las mujeres» digna de un Oscar antes de empujarme hacia ella con la orden de ofrecerle una copa.

No es que sea un inútil total con las mujeres, pero estoy lejos de ser el mejor, algo que ha quedado demostrado cuando mi primera conversación con la desconocida guapa ha sido sobre robos. Suelo necesitar un poco más de tiempo para relajarme antes de sentirme cómodo de verdad, lo que no es ideal en las fiestas universitarias. El alcohol a veces tiende un puente lo bastante largo como para atreverme a pedirle el número a una chica, pero no suelo beber; por eso estoy crónicamente soltero.

A pesar de estar un poco mareado por la copa, Aurora es demasiado guapa, lo que me sirve de excusa para explicar por qué me está costando tanto encontrar un tema de conversación interesante. Ni siquiera le he visto la cara cuando me he acercado por primera vez a ella, solo sus piernas largas y sus curvas cubiertas con una minifalda y un top. Entonces ha asomado la cabeza por detrás de la puerta y le he visto las ondas rubias a ambos lados de la cara, las mejillas sonrosadas, los ojos verde esmeralda mirándome con pena, como cuando pillas a alguien con las manos en la masa. Y en ese momento ha sonreído, algo que probablemente ha hecho un millón de veces en su vida, y se me ha olvidado mi torpeza con las mujeres. Se me ha olvidado todo.

Antes me he prometido a mí mismo que hablaría con alguien que me atrajera y, técnicamente, eso es lo que estoy haciendo, aunque ella esté a punto de rechazarme de forma educada. Me esfuerzo por canalizar la falsa seguridad que me da la cerveza y no venirme abajo ante su mirada inquisitiva mientras valora mi oferta.

Me tiende la mano y tengo que evitar levantar las cejas de la sorpresa.

—Llévame.

Entrelazo mis dedos con los suyos y la conduzco hacia la sala de estar, repitiendo para mis adentros: «Hay que fingir hasta creérselo», «Eres un jugador de hockey buenorro» y «Tú eres el único que sabe que no tienes seguridad», como me dijo JJ.

No esperaba que su consejo funcionara, pero cuando me dirijo a la mesa del Jenga de la mano de Aurora, JJ no parece sorprendido en absoluto. De hecho, pone cara de sobrado. Mantengo el cuerpo de Aurora pegado al mío, con cuidado de que no se choque con los borrachos, hasta que llegamos a la multitud que rodea la mesa del comedor.

—¿Estás preparada? —le digo, aunque no estoy seguro de si me lo estoy diciendo a mí mismo o a ella.

Cuando levanta la vista hacia mí, suaviza la expresión y me aprieta la mano con delicadeza.

—¿Cuántos problemas puede provocar una partida de Jenga?

—Mi amigo Joe estudia Derecho en Yale y estos le preguntaron expresamente qué se considera delito grave en California.

—Y además Joe no se sorprendió lo más mínimo. Después de leer una lista en su móvil, Robbie y JJ no dejaron que nadie más viera lo que estaban escribiendo en los bloques, sin parar de reírse entre dientes como si tuvieran cinco años.

—No hay mayor espíritu universitario que tener que pagar la fianza del calabozo. Fijo que los dos hemos hecho cosas peores. Venga, vamos.

No me suelta la mano mientras se mueve con seguridad entre la multitud, con la cabeza alta y la melena bailándole sobre los hombros desnudos a cada paso. No estoy seguro de cómo ha acabado ella guiándome a mí, pero la sigo hacia el hueco que hay entre Stassie y Emilia.

Stassie me saluda entusiasmada cuando me cruzo en su camino y da una palmada en el hueco a su lado que hay en la mesa.

—Te he guardado un sitio, Gordi.

Queda claro que ya está borracha, porque da una palmada tan fuerte que los bloques de Jenga y los vasos de chupito se tambalean.

—Vale, Godzilla —dice Lola desde el otro extremo de la mesa—. No derribemos la torre antes de que todo el mundo se quede en bolas. Madre mía.

Stassie murmura un «uy» y me dedica una sonrisa ebria y bobalicona mientras se acurruca al lado de Nate. Posa la mirada en mi mano, unida a la de Aurora, antes de levantar la vista hacia ella, y se le afloja un poco la mandíbula antes de hacerme un gesto torpe con el pulgar hacia arriba.

¿Cómo voy a fingir confianza al lado de varias mujeres en estas condiciones?

—¿«Gordi»? —pregunta Aurora cuando nos metemos en el hueco entre nuestras amigas, mientras me suelta la mano para rebuscar el móvil en el bolso.

Quiero hacer algo con las manos en lugar de quedarme a su lado como un pasmarote, pero mirar el móvil es lo que menos me gusta hacer, así que me conformo con meterlas en los bolsillos del pantalón. Observo cómo ella pasa el dedo por las notificaciones, resoplando un poco antes de volver a guardarlo en el bolso y mirarme.

—Es una historia muy muy larga.

Parece que mi falsa relación de una hora con Stassie hubiera ocurrido hace un millón de años, y ni siquiera estoy seguro de poder describir el extraño pero sólido vínculo que ahora compartimos. Aunque ella dice que mis pésimas dotes comunicativas le dan dolor de cabeza.

«Di algo interesante, Callaghan».

Aurora no insiste ante mi evasiva y, en lugar de eso, se vuelve para hablar con Emilia, al otro lado. Suspiro y dirijo la atención a mis amigos. Los chicos están bombardeando a Robbie a preguntas y puedo ver cómo su grado de cabreo va en aumento.

—¿Dónde está Hen? —pregunta Robbie, mirando a todos mis compañeros de equipo—. Esta fue su puta idea.

—¡Estoy aquí! —grita Henry, abriéndose paso entre la multitud, delante de una mujer con el pelo despeinado que le pisa los talones—. Lo siento, ya estoy.

Si esto hubiera sido un partido de hockey y Henry hubiera llegado tarde por echar un polvo, Robbie lo habría matado ahí mismo. Se toma los juegos de fiesta tan en serio como el hockey, pero intenta demostrar que no es tan estricto como Faulkner después de que nos pasemos todo el día comparándolo con él.

Becky, la última conquista de Henry, le susurra algo al oído, le da un beso en la mejilla y acto seguido desaparece entre la gente de la fiesta. Lo que más le molesta a Robbie es la sonrisa de Henry, lo cual es perfecto para todos los jugadores que están llevando la cuenta atrás en silencio, a la espera de que estalle.

Robbie deja de fulminar con la mirada a todo el mundo y levanta los brazos ligeramente, como si estuviera a punto de dar una palmada, y todos contienen la respiración, pero entonces baja un brazo y con el otro rodea la cadera de Lola.

—Vale…

—¿Tengo tiempo de ir al baño? —pregunta Kris.

—No, no tienes, me cago en todo —salta Robbie—. ¡Estate

quieto de una puta vez y escucha las reglas del juego antes de que se me vaya la puta olla!

Hay un eco de suspiros cuando todos, aparte de Henry y yo, sacan las carteras y apilan unos billetes en la palma extendida de Kris.

Robbie espera de brazos cruzados y, cuando todos terminan de intercambiar billetes, vuelve a empezar.

—El próximo que me toque los cojones va a chupar banquillo toda la temporada. —Todos esperan en silencio, mordiéndose los labios para aguantarse la risa—. Se saca un bloque de Jenga: si está en blanco, el turno pasa al siguiente, y entonces se apila en lo alto de la torre.

—O sea, que es como el Jenga normal —dice JJ.

Robbie lo ignora, probablemente porque ya no puede mandar a JJ al banquillo.

—Si te toca un reto, lo haces; si no, cumples con la penalización que ponga o te bebes dos chupitos. Si no eres un jugador de hockey de noventa kilos, solo tendrás que beber uno, para que sea más justo. El que tire la torre tiene que correr en bolas por toda la avenida. Lola, empieza tú.

—Espera —interrumpe Joe—. ¿Para qué hay chupitos si ya hay penalizaciones debajo de las piezas?

Robbie lo fulmina con una mirada que me da escalofríos.

—Porque yo hago las normas y digo que hay chupitos y penalizaciones.

Empieza el juego, y como siempre pasa con los Titans, es un caos. A Mattie le toca mandar la última foto de su carrete del móvil al grupo familiar; no nos la enseña, pero enseguida se aparta de la mesa para atender una llamada de su abuela. Henry y Bobby tienen que intercambiarse la ropa. Joe saca una pieza donde pone: «Dale tu ropa interior a la persona de enfrente», y Emilia, la amiga de Aurora, se enzarza en una discusión con Kris sobre si es ella la que está o no enfrente de Joe (aunque sí lo está). Cuando llega nuestro turno, Kris ya lleva los calzoncillos de Joe por encima de los pantalones y se ha tomado dos chupitos en lugar de liarse con Emilia, que tiene novia y le ha amenazado con partirle la cara si lo intenta. Emilia saca una pieza en blanco y Aurora otra. Se palpa la decepción.

Me distraigo mirándola hacer pucheros cuando oigo un «Mueve el culo, Gordi» de uno de los chicos. Con mucho cuidado, extraigo una pieza del centro de la torre.

ENSÉÑALE EL ÚLTIMO MENSAJE QUE HAS RECIBIDO A LA PERSONA QUE ESTÁ A TU LADO

Intento no tirar la pieza mientras me empiezan a sudar las manos, y le doy la vuelta, porque sea lo que sea, el reto no será tan malo.

MÁNDALE A FAULKNER UN MENSAJE DICIENDO «TE QUIERO»

Mierda.

Todos me empiezan a preguntar qué pone, pero el cerebro me echa humo mientras intento pensar en cómo salir de esta sin tener que dar explicaciones. No quiero volver a ponerme en el punto de mira del entrenador, pero es que el último mensaje que he recibido ha sido de mi padre pidiéndome dinero. Se me revuelve el estómago con el peso de la cruda realidad, que siempre consigue colarse en todo momento y en cualquier situación para joderme. Ni siquiera he leído el mensaje entero porque enseguida he cerrado la conversación. De cualquier forma, siempre me pone las mismas excusas.

«Te lo devolveré. Te pagaré el doble. Conozco a un tío que conoce al adiestrador y vamos sobre seguro en la carrera».

O, cuando bebe: «Todo lo que tienes es gracias a mí. Le has dado la espalda a esta familia. Si ni siquiera ayudas a los de tu propia sangre, no eres hijo mío. Te crees mejor que nosotros porque vas a una universidad pija, pero acabarás como el culo igualmente».

Impaciente por que dé una respuesta, Stassie me quita la pieza de la mano y la lee al grupo, que se echa a reír, como es lógico. Yo también me reiría si el mensaje fuera de otra persona. Cojo un vaso de chupito con cada mano y me los bebo en dos tragos rápidos.

—Así que no querías que viera tus fotos en bolas, ¿eh? —dice Aurora mientras me limpio una gota con el dorso de la mano—. Es broma, no pongas esa cara. Está bien.

—¿Está bien?

Asiente.

—Está bien que no quieras airear por ahí tus intimidades. Está bien tener privacidad.

Privacidad. Algo que se me da bien. Es una pena que sea por los motivos equivocados.

El juego continúa, ronda tras ronda entre chupitos, retos e insultos para Robbie y JJ. A Nate le toca mandar dinero a su hermana para no besar a la persona que hay a su lado, Robbie. Bobby le manda un mensaje a Faulkner donde pone «Te echo de menos». Henry tiene que beberse una cerveza de un solo trago y yo acabo sin camiseta por no besar a la pelirroja más cercana, que resulta ser Lola. Besar a la novia de mi compañero de piso y entrenador no me parece la mejor decisión para acabar el curso con vida.

Emilia se inclina sobre la torre, que parece bastante menos estable que antes. Se le dibuja una sonrisa en la cara al leer la pieza.

—«Nomina a dos personas para que se besen». Qué bobos sois —murmura, dándole la vuelta a la pieza y mirándonos con una sonrisa traviesa—. A ver, ya que son los únicos que conozco... Pues nada... Tengo que elegir a Aurora y Russ.

—¿Y yo qué soy? ¿Un fantasma? —grita JJ desde el otro extremo de la mesa, alzando los brazos con mucho dramatismo—. No te estás tomando en serio nuestra amistad.

Ella dice algo, pero no me doy cuenta de que ha dicho mi nombre hasta que noto que Aurora me está mirando. Joder, es guapísima.

«Tú eres el único que sabe que no tienes seguridad».

Tiene las mejillas más sonrosadas que hace un rato y los ojos brillantes.

—¿Estás lo bastante sobria como para hacer esto?

Ella asiente con una sonrisa.

—¿Y tú?

Le paso despacio la mano por el pelo para sostenerla por la nuca y mientras le acaricio la mandíbula con el pulgar noto el martilleo de su pulso en la piel.

—Sí. —Se pone de puntillas mientras bajo la cabeza, me coloca las manos en el cuello y entonces nuestras bocas se funden. Al principio con suavidad, con cuidado, hasta que se le escapa un gemido débil y, durante un minuto, se me olvida que tenemos público.

Eso sí, el público no se olvida de nosotros, y cuando atraigo su cuerpo hacia mí empiezan a chillar, devolviéndonos a la realidad de golpe y porrazo. Aurora da un paso atrás, se lleva la mano a los labios, se vuelve hacia Emilia y murmura algo que a esta le hace sonreír.

«Hay que fingir hasta creérselo».

El juego sigue con varias piezas en blanco en la mesa, lo que hace que todos se pregunten si Robbie y JJ se cansaron de escribir retos, lo cual les ofende muchísimo. Aurora saca otra pieza en blanco, seguida de un lamento de decepción de toda la mesa.

—Esta torre aguanta más que yo —murmura Aurora, colocando la pieza en lo alto de la inestable estructura.

Yo saco la mía y enseguida leo la caligrafía irregular de Robbie en la madera.

CAMBIO DE SENTIDO

—¿Cambio de sentido? —leo en voz alta—. No lo pillo.

—Significa que me toca a mí otra vez —dice Aurora a mi lado, y Robbie asiente para confirmar.

Saca una pieza del peor sitio que podría haber elegido (desde el punto de vista de la ingeniería) para que la torre no peligre. Por un momento se me pasa por la cabeza que tal vez quiera que se caiga, pero entonces se echa a reír. Y es mágico de cojones.

Le da la vuelta a la pieza para que la leamos.

HAZ UN BAILE SEXY PARA EL JUGADOR DE HOCKEY MÁS CERCANO DURANTE 2 MINUTOS

—¡Esa es la que puse yo! —grita Lola con entusiasmo—. De nada, Gordi.

Si las miradas pudieran matar, en este momento ya estaría muerto. Todos los jugadores me miran rebosantes de envidia después de haber babeado por Aurora durante un buen rato. Me aclaro la garganta y todos despiertan del trance.

Mierda. Me voy a empalmar delante de todos mis amigos.

Bobby se apresura a coger una de las sillas que hemos guardado antes mientras Anastasia le pregunta a Aurora qué canción prefiere. Sé que no es para tanto, pero a mí me lo parece. Seguro que tengo la cara como un tomate. ¿Cómo coño voy a fingir confianza en mí mismo?

Me agacho a su altura y me acerco a su oreja para que solo ella pueda oírme.

—No tienes por qué hacerlo. No dejes que te presionen.

—Solo es una tontería de baile —dice, apretándome el brazo—, pero gracias. Si no te parece bien, me tomo los chupitos.

—Sí, me parece bien. —Me parece cojonudísimo.

—¿Hay algo que no quieras que haga?

—Haz lo que quieras.

El hecho de estar sin camiseta hace que todo esto parezca todavía más íntimo. Por suerte, tener a todo el mundo mirando mientras me siento en la silla hace que esa sensación se borre de un plumazo.

Es bueno saber que me acordaré de esto cada vez que me siente a comer.

Aurora se sirve dos chupitos y se los bebe.

—No me estoy rindiendo —dice enseguida—. Es solo para armarme de valor.

Yo sí que necesito valor, y eso que lo único que tengo que hacer es sentarme y dejar que una mujer que no juega en mi liga ni por asomo me haga un baile. La música cambia de la canción animada que estaba sonando a *Sweat* de Zayn, y Lola pone el temporizador en su teléfono.

Es fácil olvidarse del resto de la habitación cuando Aurora se acerca sonriendo y se coloca detrás de mí. Empieza poniéndome las manos en los hombros y las baja despacio por mi pecho y mis abdominales hasta que ya está lo bastante doblada como para tener la cabeza a la misma altura que la mía. Me da un beso rápido en la mejilla y se ríe flojito, y en ese momento me doy cuenta de la tortura que estoy a punto de vivir.

Se sitúa delante de mí y empieza a mover las caderas lentamente al ritmo de la música. Me separa un poco más las rodillas, se coloca entre ellas, se gira y empieza a agacharse.

Los treinta segundos de Aurora restregándome el culo contra el paquete se me pasan como un destello. Su espalda está alineada con mi pecho desnudo y huelo su perfume de melocotón mientras sacude la melena hacia un lado y otro. Empiezo a enumerar mentalmente presidentes muertos, pero no sirve de nada. Sus caderas cambian de ritmo y su cuerpo vibra mientras se ríe, mirándome. Sí, estoy seguro de que ha notado mi polla como una piedra haciendo presión contra su culo.

Tengo los nudillos blancos de agarrar el borde de la silla; ni siquiera hace falta que la toque, por lo que parece. Se levanta y no tengo por qué preocuparme de que los demás se den cuenta de mi erección, porque se da la vuelta y vuelve a sentarse en mi regazo a horcajadas.

Esto es peor, muchísimo peor.

Es decir, peor en el buen sentido. Porque está buenísima y ahora la veo mientras se frota contra mí, con cara de satisfacción.

—Puedes tocarme —susurra, con los ojos oscuros.

George Washington, John Adams, Thomas Jefferson...

La agarro de las caderas mientras sigue moviéndose y le rozo con los pulgares la franja de piel que le queda al aire entre el top y la falda. Me hunde las manos en el pelo y siento sus tetas contra mi pecho mientras acerca la cara a mí.

En ese momento suena la alarma del temporizador del móvil y quiero cometer un asesinato por primera vez en mi vida.

El hechizo se desvanece y en ese instante nos damos cuenta de que no estamos solos. Ella vuelve a sentarse con la respiración agitada, y por suerte JJ propone a todo el mundo un descanso para ir a por más bebidas o al baño, y me hace un gesto mientras la habitación se vacía de gente.

Aún tengo las manos en sus caderas y ella sigue con la mirada clavada en mí, y siento entre nosotros algo soterrado, algo incierto. Como si esperara algo, aunque no sé el qué.

—Eh... Lo has hecho muy bien.

Está claro que esperaba algún tipo de halago, porque se le ensancha la sonrisa mientras empieza a levantarse, pero yo la agarro con un poco más de firmeza para mantenerla un poco más sobre mí.

—¿Me das un minuto?

Se muerde el labio mientras contiene una carcajada y asiente.

—Claro.

James Madison, James Monroe, John Quincy Adams...

4

Aurora

Restregarse contra un jugador de hockey no es la típica cosa que hace una mujer que intenta dar un giro a su vida.

Para ser sincera, ni me habría podido imaginar que esta noche acabaría sentada sobre la erección de un completo desconocido. Bueno, en cierto modo quizá sí, pero sin ropa y obviamente sin público. En cuanto he puesto un pie en esta casa se me han olvidado por completo todos los esfuerzos de superación personal que me he propuesto para este verano, y esa falta de compromiso con la causa es exactamente la razón por la que necesito tiempo lejos de las tentaciones de Maple Hills.

No debería estar tan contenta por haber bailado tan bien, pero qué le hago, solo soy una chica a la que le gusta saber que hace las cosas como Dios manda. Más que nada necesitaba la seguridad de no haber hecho el ridículo delante de la mayor parte del equipo de hockey. No es que sea mi primera vez haciendo un baile de este tipo, pero sí que es la primera vez con un chico que evita hacer contacto visual conmigo después. Y si no le miro a la cara, tengo que mirarle al cuerpo, que es básicamente un bloque de puro músculo.

—No vas a salir ardiendo si me miras a los ojos, ¿sabes? —digo en voz baja, con cierta inseguridad.

En esta casa el tiempo parece transcurrir a una velocidad distinta, y aunque no tiene nada de raro que haya dos personas así de juntas en un rincón oscuro de una fiesta universitaria, el minuto que ha pasado parece una vida entera. Aún puedo sentir su piel cálida y su respiración regular bajo las palmas de las manos.

Como era de esperar, se sonroja cuando volvemos a mirarnos. Carraspea y se frota la nuca, un tic nervioso que ha hecho varias veces desde que he empezado a hablar con él. Primero en la cocina, luego cuando ha tenido que quitarse la camiseta y todo el mundo ha empezado a vitorear su cuerpo perfectamente esculpido y ahora mientras esperamos.

—Escucha, esto no funciona. Estás demasiado buena, joder, y los presidentes no ayudan. He pasado a los ganadores de la Copa Stanley, pero si te pones justo aquí encima —señala a mis muslos, abiertos encima de él— con ese aspecto —dice, esta vez señalando mi cuerpo— esto va a durar una eternidad.

«Estás demasiado buena, joder».

El cumplido inunda todo mi organismo, me derrite, y la vulnerabilidad de hace diez segundos se disipa en la nada a medida que la validación se filtra en mi torrente sanguíneo como una droga. No es que nunca me hayan dicho que estoy buena, que lo han hecho, pero este chico parece estar pasándolo realmente mal. Como si nunca fuera a recuperarse de esto. Como si yo fuera el punto de inflexión de su cordura, y esa es una sensación a la que podría volverme adicta.

Esbozo una sonrisa mientras intento ignorar desesperadamente que mi cerebro reclama todavía más atención; es poco fiable en presencia de hombres porque se deja impresionar con facilidad por la mediocridad.

—¿Cómo que presidentes? —El rubor se le extiende hasta la punta de las orejas, cosa que me parece increíblemente adorable, como si nunca hubiera pensado compartir ese pequeño dato—. ¿Qué te parece si te pones detrás de mí hasta que te recuperes?

—Eres un ángel —dice con un suspiro—. O bueno… Lo que

has hecho no era muy angelical, que digamos, pero ya sabes a qué me refiero. Gracias.

Me agarra de las caderas mientras me levanto, y el bulto de sus pantalones queda en total evidencia incluso en la penumbra de la sala. Me ruborizo al darme cuenta de lo mucho que me gusta el tacto de sus manos.

La energía cambia cuando retomamos el juego, y yo estoy demasiado distraída por el hombre que hay a mi espalda como para prestar atención. Cuesta mucho concentrarse en sacar bien las piezas cuando siento sus brazos tan cerca de mí y me susurra despacio qué piezas evitar y cuáles no. Disfruto especialmente cuando me inclino hacia delante y le rozo con el culo. Hasta juraría que le oigo gemir.

Gracias a los consejos de Russ, consigo no derribar la torre, pero no puedo fingir que no hay una pequeña parte de mí que está deseando que se caiga. Nuestros turnos pasan sin incidentes y, aunque ya no hay motivo para que Russ se esconda detrás de mí, aún no se ha movido. Me inclino hacia atrás, con la cabeza apoyada en su pecho, y cuando se pone rígido, empiezo inmediatamente a alejarme de él. Pero sus manos vuelven a encontrar mis caderas y me atrae hacia él con suavidad, esta vez con el cuerpo más relajado.

El estruendo de piezas me da un susto y, cuando vuelvo la atención al juego, veo a uno de los chicos sosteniendo una de ellas y mirando al montón caído en la mesa.

—Henry, ¡no puedes derribar la torre solo porque te aburres! —grita otro chico.

—No ha sido por eso —dice Henry—. A lo mejor es que no se me da muy bien el Jenga.

Russ se echa a reír detrás de mí.

—No vas a ser bueno nunca si sacas la única pieza que mantiene la estabilidad de los cimientos.

—No todos estudiamos una ingeniería, Russ —dice—. No es culpa mía.

—¡Pues ahora hay consecuencias! —grita la pelirroja que tengo enfrente—. ¡Desnúdate!

—Si me querías ver en bolas, solo tenías que pedírmelo, Lola.

—Cuidadito —dice Robbie.

Emilia me da un codazo, interrumpiendo la discusión entre los dos, que, obviamente, son amigos íntimos.

—¿Vamos al baño y a por otra copa? No tengo ningún interés en ver cómo un tío en pelotas asusta a los vecinos.

Por muchas ganas que tenga de ver cómo Henry corre calle abajo, no quiero dejarla sola.

—Claro.

Me armo de toda la fuerza de voluntad que puedo para darle la mano a Emilia y dejar que me arrastre.

—Ahora vuelvo —le digo a Russ en voz baja, y me abro paso entre la multitud con el calor de sus manos todavía grabado en la piel.

¿Cómo se le puede perder la pista a alguien en su propia casa?

—A lo mejor se está escondiendo de ti —dice Emilia, amortiguando la risa con un trago.

—Me ha parecido que estaba interesado…

—Yo creo que es muy tímido —dice, apoyándose en la encimera de la cocina—. Seguro que es el chico que se acaba de mudar, según dijo JJ. Callado, discreto con sus cosas. No es tu tipo para nada.

Pongo cara de exasperación mientras agarro una botella de gaseosa. No porque no tenga razón (que la tiene, no me suelen gustar los tímidos), sino porque a Emilia le gusta recordarme cada dos por tres el mal gusto que tengo en hombres. Para ser justas, le doy la oportunidad de recordármelo cada vez que un tío resulta ser el gilipollas que sospechábamos que sería. Cada vez que ignoro las alertas rojas asociadas al sexo sin compromiso. Emilia piensa que, para empezar, que te gusten los hombres es una mala elección, y tengo que recordarle que, por desgracia, puedes sentirte atraída por los hombres y no gustarte realmente como especie.

—Si quisiera que esta noche me rechazara un tío, habría llamado a mi padre. —Se me escapa una carcajada incómoda mientras lleno los vasos, esta vez con cuidado de no derramar la gaseosa—. Dios, qué ganas tengo de largarme de Maple Hills.

Antes de que pueda decir nada más, el móvil de Emilia se le enciende en la mano.

—Es Poppy. Voy a salir para coger la llamada. Es la hora de desayunar en Europa, ¿tienes cinco minutos?

—Creo que seré capaz de no meterme en más problemas durante cinco minutos, tranquila. Y dale recuerdos a Pops, por favor.

Emilia me besa la sien con cariño.

—Eso dices, pero no te creo. Ahora vuelvo. Mándame un mensaje si vas a desaparecer.

Parece emocionada de verdad mientras sale al patio trasero para hablar con su novia. Me encanta su relación, lo juro, pero, joder, me hacen sentir muy soltera. Es duro ser la sujetavelas de dos personas asquerosamente perfectas la una para la otra, sobre todo porque nunca he tenido una relación de verdad en mi vida. Ni siquiera he tenido una primera cita. Por lo general soy feliz soltera, pero, a veces, cuando se acurrucan juntas en casa debajo de una mantita, durante un breve instante que jamás admitiré, siento una punzada de celos.

Al lado de dos personas tan perfectas la una para la otra, me resulta imposible no preguntarme cómo sería yo en su situación. Pero entonces recuerdo lo divertido que fue desarrollar un trauma por la relación de mis padres y el deseo de tener mi propia relación se esfuma tan rápido como llegó.

A pesar de todas las novelas románticas que he leído y de todos los finales felices que me han hecho disfrutar, me cuesta mucho imaginar uno para mí. Me gustaría tener la esperanza de tener uno, pero la esperanza puede ser peligrosa.

Alguien mucho más inteligente que yo dijo una vez algo poético y bastante sabio sobre que el amor es cuando le das a alguien el poder de hacerte daño, pero confías en que no lo hará; sin embargo no puedo imaginarme nunca confiando tanto en alguien. Si quiero hacerme daño, soy más que capaz de hacérmelo yo sola. Es una habilidad que he perfeccionado a lo largo de muchos años, y podría decirse que la mejor. Aunque me gustaría confiar en alguien algún día, tal vez.

Saco el móvil del bolso y decido esperar a Emilia fingiendo que miro lo que dice la gente sobre la clasificación para el Gran Premio de este fin de semana. Hago *scroll* sin rumbo durante diez segundos antes de ceder a la verdadera razón por la que he sacado el móvil: cotillear a la última novia de mi padre desde mi cuenta falsa.

Ahora mismo es mi forma favorita de hacerme daño a mí misma y, por suerte para mí y mis tendencias masoquistas, a Norah le encanta actualizar cada segundo de su vida en sus *stories*, como si fuera una niña de trece años en las redes sociales por primera vez, y a mí me encanta torturarme viéndola.

También me encanta denunciar por «bullying y acoso» los directos absurdos que hace.

Al menos el noventa por ciento de las decisiones impulsivas que he tomado en el último mes han sido por culpa de sus posts sobre lo maravilloso que es mi padre, y sin embargo aquí estoy otra vez, viéndolos. Su cara llena toda la pantalla en un vídeo grabado demasiado cerca y fatal iluminado, y luego, en un barrido que hace que se me pare por un momento el corazón, se desplaza para enfocar a mi padre empaquetando cajas en lo que tiene pinta de ser la residencia universitaria de la hija de Norah.

Dudo mucho que mi padre supiera ni a qué universidad voy, si no fuera porque me paga la matrícula.

Odio ver esto, pero soy incapaz de cerrarlo. Llevo toda la vida luchando por el tiempo y la atención de mi padre, así que ver cómo los regala con esa facilidad es como un puñetazo en el estómago.

Cuando hablé con su secretaria para saber si pensaba venir a mi desayuno de despedida, me dijo que sí y que no había viajado a España para asistir al Gran Premio de este fin de semana porque tenía «planes importantes». La parte ingenua de mí que todavía espera que su padre no sea un gilipollas integral se planteó que tal vez yo podía ser uno de esos planes importantes y que quería despedirse de mí antes de que me fuera todo el verano. Pero ahora sé a quién considera realmente importante y, una vez más, no soy yo. Odio el tipo de persona en el que me ha convertido, desesperada por la atención y la validación de los demás, y odio haber dejado que mi vida quedara marcada por reacciones impulsivas al sentirme olvidada.

Por una vez me gustaría tomar una decisión solo porque pueda hacerme feliz, no porque me haya visto empujada a ello.

Bloqueo la pantalla del teléfono y lo vuelvo a meter en el bolso en cuanto mi visión periférica me dice que alguien se está acercando mucho. No es que Emilia no sepa que cotilleo todo eso, pero sigue siendo humillante, sobre todo porque su padre es la perfección suprema y, por mucho que se esfuerce, nunca lo entenderá.

Pero no es Emilia.

—Hola —dice Russ con cuidado—. ¿Estás bien?

Fuerzo una sonrisa y lo miro con todo el entusiasmo que soy capaz de reunir.

—Sí, todo genial. ¿Y tú?

Me examina antes de contestar:

—¿En serio que estás bien? ¿Te ha molestado alguien?

—Lleva veinte años molestándome, así que no te preocupes.

Sus labios forman una O mientras asiente, como si me hubiera entendido inmediatamente.

—¿Puedo hacer algo para que estés mejor? —Mi cerebro quiere que le diga que vuelva a quitarse la camiseta, pero creo que sería un error. Así que solo me encojo de hombros, porque no tengo la respuesta a qué puede hacerme sentir mejor—. Algo habrá.

—Cuéntame un secreto.

—¿Un secreto? —repite.

—Sí.

No sé por qué he dicho eso, pero me doy cuenta de que ya lo está pensando. Es una tontería que mi hermana y yo nos preguntábamos cuando éramos pequeñas. Nunca hemos sido las hermanas más inseparables del mundo, pero nuestro punto en común siempre ha sido hacer las cosas que no podíamos hacer. Esa era nuestra forma de abrirnos la una a la otra.

—Me pones nervioso —dice finalmente antes de darle un trago a la cerveza.

—Eso no es ningún secreto —digo entre risas—. Es bastante obvio.

Suspira y se frota la cara con la mano.

—Me pareces impresionante.

Su confesión me pilla desprevenida. Impresionante. Sacudo la cabeza y el pelo se me balancea por delante de los ojos.

—Bueno, eso tampoco es un secreto…

—Eres imposible. —Se le escapa una risa leve. Levanta la mano despacio, con cautela, y me coloca el pelo por detrás de la oreja, recreándose un poco más de lo necesario—. Mi secreto es que no me gustan mucho las fiestas, pero me alegro de haber venido a esta y haberte conocido. Y al no encontrarte me he puesto un poco triste porque creía que te habías ido.

Mierda.

—Ese sí que me vale.

—Ah, ¿sí? La verdad es que me ha costado un huevo. Estaba a punto de confesar un crimen que no he cometido, por la presión. —Ya ha vuelto a recobrar un poco la confianza.

—Lo has hecho muy bien.

—Gracias. No suelo hacerlo muy a menudo. Eh… No se me da muy bien.

—¿No vas por ahí contándoles secretos a desconocidos? —Escondo la sonrisa dándole un trago a la copa. Esta vez es una sonrisa de verdad.

—Nunca se los cuento a nadie, pero me refiero a que no se me da bien hablar con la gente que me atrae.

No sé por qué, pero su inseguridad me parece adorable. Puede que sea porque, aunque no tiene mucha confianza en sí mismo, sí la tiene para saber que quiere hablar conmigo, y me aferro a esa pequeña idea con todas mis fuerzas.

—Has dicho que vivías aquí.

—Sí.

—Tienes una habitación.

—¿Es una pregunta? No, no duermo en la cocina, si te refieres a eso. —Este chico es la leche—. Sí, tengo una habitación.

Vale. Eso ha dolido.

—Y bueno... ¿me la vas a enseñar...? Has dicho que no te gustaban las fiestas. Podemos escaparnos.

Es como si viera de pronto cómo se le enciende la bombilla cuando se da cuenta de lo que le estoy preguntando.

—Depende. ¿Estás borracha?

—Un pelín achispada, pero no borracha. ¿Y tú?

Niega con la cabeza, me pasa la mano por el hombro y baja por el brazo hasta que sus dedos se entrelazan con los míos.

—Achispado, pero no borracho.

La mano de Russ hace que la mía parezca diminuta y me quedo mirando nuestros dedos entrelazados mientras me guía a través de la multitud hacia las escaleras. Hay varios borrachos apoyados en la barandilla observando lo que ocurre en el salón, supongo que esperando la cola del baño o algo así, pero todos se vuelven para mirarnos con interés. Mantengo la cabeza alta e intento que no se note que sé que esto saldrá mañana en la página de cotilleos del UCMH.

Saco el móvil mientras él inserta el código de la puerta, abro el chat de Emilia y entro con él en la habitación.

EMILIA BENNETT

Dormitorio de la planta de arriba

El código de la puerta es 3993

Russ?

Sí, es bastante peculiar

Me ha hecho tilín

Sabía que no debía dejarte sola
Estás sobria como para tomar buenas decisiones?

Cuándo he tomado yo alguna buena decisión?
Pero sí

Acuérdate de que mañana desayunamos con tus padres
Y que coges un vuelo
Tienes condones?

Sí
Por favor, le pido al universo que sepa lo que hace

Al universo no le importan tus orgasmos, Aurora
Que vaya bien
Comparte ubicación

—Perdona —le digo a Russ mientras guardo el móvil en el bolso y dejo todo en la mesilla—. Estaba diciéndole a mi compañera de piso dónde estoy.

—Qué responsable. —Sonríe y se sienta al borde de la cama—. Mi antiguo capitán nos obligaba a usar una app de rastreo, pero solo por si acaso la ubicación de alguien saltaba en la alarma de alguna comisaría.

—No tienes pinta de hacer saltar muchas alarmas de comisarías...

—Bueno, gracias... Eso creo. —Se ríe con una risa tan profunda y cálida que el estómago me da un pequeño vuelco.

Por fin puedo examinar la habitación. Merodeo sin rumbo, buscando marcos de fotos o algo sobre él, pero no encuentro nada. No es broma cuando digo que es el dormitorio más ordenado en el que he estado, incluido el mío. Incluso las cajas de cartón vacías están plegadas y alineadas junto a su armario. Su cama tiene más de una almohada. Y hasta parecen buenas almohadas. Todas tienen funda y no parecen haber sido atropelladas por un camión de dieciséis ruedas, a diferencia de las de casi todos los chicos de este campus.

Llego a su escritorio, y aparte de algunos libros de ingeniería, no hay nada personal. No hay señales de que sea él quien vive aquí. Me observa en silencio mientras recorro la habitación, siguiéndome con la mirada de un lado para otro. Me vuelvo hacia él y me deslizo sobre su escritorio, apartando sus libros de texto.

—¿Tienes novia?

Mi pregunta le pilla por sorpresa y hace una mueca de confusión.

—No.

—Tu habitación está muy limpia. No hay nada que dé pistas sobre ti: ni fotos ni aficiones… —Ni siquiera sabría que juega al hockey si no viviera aquí. No hay ni una sola prenda de la equipación sucia y maloliente tirada por el suelo—. Y tienes cojines. Con fundas.

Esto último le hace resoplar y se levanta para acercarse al escritorio.

—¿Tan bajo está el listón? ¿Mis cojines con fundas te hacen pensar que tengo una novia a la que estoy engañando?

Finalmente se detiene justo delante de mí; abro las rodillas y él se adentra en el espacio, acercando peligrosamente su cuerpo al mío. Se me acelera el pulso y siento oleadas de calor en la nuca cuando se inclina sobre mí. Pero no me toca; su mano pasa junto a mí y se dirige a la estantería sobre el escritorio.

Como todo lo que hay aquí, la foto que me tiende es inmaculada, y ni siquiera tiene una esquina ligeramente doblada. Aparece él con varios de los chicos que he conocido abajo, intentando levantar un trofeo. Parece que todos están saltando sobre Russ y él tiene la sonrisa más grande que he visto nunca.

—Ahí tienes una foto y una afición.

Lo miro y él esboza una sonrisa.

—Pareces muy contento —digo. Él devuelve la foto al estante.

—Fue el mejor día de mi vida.

—¿Y eso?

—Cuéntame cuál fue el mejor día de tu vida.

Me extraña un poco su manera de desviar la pregunta, pero no tiene sentido presionarle para que conteste porque tampoco es tan importante, e indagar en lo emocional no es muy adecuado si solo nos vamos a liar una vez y ya está.

—No creo que me hayas traído aquí para que te cuente mi vida, ¿verdad? —Me acerco, abriendo las piernas para acomodar su enorme cuerpo, y me apoyo en las manos—. ¿O necesitas una torre de Jenga para querer tocarme? ¿Debería buscar un juego de mesa? ¿Qué tal siete minutos en el cielo? ¿Pongo el cronómetro?

—Aurora —dice en voz baja. Me toca la barbilla y me levanta la cara para que lo mire. La luz de la luna que se cuela por sus persianas medio rotas lo ilumina, volviéndolo casi etéreo—. Como vuelva a sonar un temporizador, te parto en dos el teléfono.

5

Aurora

Espero a que su boca se funda con la mía. A que me suba la falda hasta la cintura, a que me agarre y me tire y me toque, pero no lo hace.

Su boca es suave, delicada, me tantea. Me recorre la mandíbula con la mano desde la barbilla, hasta rozarme la zona sensible debajo de la oreja, luego continúa hasta mi nuca y se enreda en mi pelo.

Nuestras bocas se separan y su frente se apoya un momento en la mía.

—No espero nada de ti, ¿sabes? Podemos parar en cualquier momento.

Mi corazón no tiene derecho a latir con tanta fuerza.

—Sabes que lo mismo se aplica a ti, ¿verdad?

—Sí, por supuesto.

Es lo mínimo que deberíamos esperar el uno del otro, pero aun así me alivia un montón. Es la misma persona que era abajo; no ha cambiado en cuanto me ha tenido a solas. No me he dejado engañar por unas palabras bonitas y una cara aún más bonita.

Vuelve a rozar los labios con los míos, pero esta vez se entrega por completo. Me ayuda a quitarle la camiseta y se le entrecorta la respiración cuando le recorro los abdominales con las manos, buscando la hebilla de su cinturón. Se quita las zapatillas, luego los calcetines y entonces tira los vaqueros al suelo y se queda en calzoncillos.

Empieza por abajo, me desabrocha con delicadeza la tira del zapato alrededor del tobillo, me lo quita y luego el otro, y desliza las manos por mis pantorrillas y mis muslos, hasta que está lo bastante arriba como para agarrarme y levantarme de la mesa.

La cama no está muy lejos, pero el trayecto es lo bastante largo como para que me fije en lo bien que encajan mis piernas en su cintura, o en que no es nada torpe, como pensaba que tal vez sería, y me da igual perderme la pizza vegetariana con Emilia si es por este motivo.

Me tiende en la cama con cuidado e inmediatamente se coloca entre mis piernas.

—Joder, eres preciosa —murmura mientras me ayuda a quitarme la falda a la vez que yo me quito el top. Me vuelve loca su manera de piropearme. Como si no tuviera claro cómo decirlo, pero diciéndolo de corazón. Me clava la mirada y de pronto me siento el doble de desnuda.

Observo su cuerpo; examino sin pudor cada abdominal y cada centímetro de piel bronceada, hasta que vuelvo a su cara y me fijo en sus hoyuelos.

No soy tímida. No creo que me haya sentido tímida en un solo momento de mi vida, pero la ternura con la que me toca, su respiración entrecortada mientras me baja las bragas despacio y la forma en la que me mira cuando abro las piernas me hacen sentir muy tímida de pronto.

Se inclina para besarme, esta vez con más intensidad, mientras mantiene el cuerpo suspendido sobre el mío como para no darme la satisfacción de sentirlo sobre mí. No sé si me está tentando a propósito o si simplemente está disfrutando de tomarse su tiempo. Hay algo educado en sus gestos, respetuoso, algo que no había visto nunca en ningún tío.

Baja los besos por mi cuerpo, prendiendo un fuego en cada

punto que toca. El cuello, los pechos, el estómago, las caderas… hasta que coloca la cabeza justo entre mis piernas. Y no deja de mirarme hasta que por fin, por fin, pone la boca entre ellas, me levanta los muslos por encima de sus hombros y después no sé lo que hace porque se me van los ojos al cielo.

No hay nada educado ni respetuoso en su forma de comerme. El corazón me late con fuerza dentro del pecho, se me entrecorta la respiración y mi cuerpo se retuerce tanto que utiliza un brazo para sujetarme a la cama mientras él lame y chupa y…

—Oh, joder. Joder. Sí, sigue así.

Con una mano en el aire y la otra agarrada con fuerza al edredón, se me arquea la columna mientras le clavo los pies en los músculos de la espalda, para atraerlo todavía más hacia mí. Me daría vergüenza si mis movimientos no estuvieran acompañados de gemidos de satisfacción. Se me tensa el abdomen mientras sigue con los dedos el mismo ritmo que con la boca.

—Voy a… Oh, Dios.

Continúa mientras me aprieto contra sus dedos y grito su nombre, y cuando el orgasmo finalmente remite, estoy segura de que lo he puesto todo perdido.

Russ se desploma a mi lado en la cama y mi cerebro sabe que quiero estar cerca de él, pero mi cuerpo ni siquiera sabe en qué planeta estamos. Se acerca un poco más y me besa suavemente, con mi sabor todavía en la boca.

—¿Estás bien?

—Sí. Ahora siento que tendría que haber puesto más empeño en el baile erótico. No sabía que ibas a hacer la actuación de tu vida, joder. —Al fin mi cerebro y mi cuerpo recuperan la conexión, lo que me permite subirme encima de él, a horcajadas sobre sus muslos—. ¿Tienes condones?

Pone una cara que parece sacada de una película de terror. Es gracioso el momento en que se da cuenta de que ha metido la pata.

—Perdona, me acabo de mudar y no he tenido tiempo ni de comprar, y no esperaba… Lo siento, no se me había ocurrido.

—Se mira la erección que guarda debajo de los calzoncillos y suspira—. Voy a ver si Henry tiene en su cuarto.

—La verdad es que me gustaría mucho verte intentar esconder eso en medio de una casa llena de gente, pero yo llevo en el bolso.

Cuando cojo uno y lo tiro a la cama, su expresión de pánico ha desaparecido. Se sienta, se apoya en una mano y me sujeta la cara con la otra. Espero a que diga algo, otra vez. Siento una sacudida de nervios cuando me pasa el pulgar por el labio inferior.

—Eres perfecta.

Me dan ganas de llenar el silencio con todos los pensamientos que se me pasan por la cabeza por razones que no entiendo. Creo que su torpeza se me ha pegado un poco.

Le vuelvo a empujar para que se tumbe, cojo el condón y rasgo el envoltorio con los dientes, levantándome para dejar que se baje los calzoncillos hasta liberar su erección. Suelto algo más parecido a un hipido de sorpresa que a un grito ahogado al darme cuenta de la dimensión del asunto. Me quita el condón de la mano y se lo pone mientras yo lo examino.

—Es imposible que me quepa. Vamos a ver, me encantan los retos, pero solo hasta cierto punto, ¿sabes? —digo, y me atrae hacia él, acercamos las bocas y mi abdomen se roza con el suyo mientras se ríe de mi momento de crisis.

Sigue sabiendo a mí cuando enrosca la lengua en la mía y gime cuando aprieto las caderas contra él. Cierra los ojos y su voz se tensa.

—Haremos que quepa.

Dios mío.

Con cuidado, y mientras pienso que debería haberme tomado otro chupito para armarme de valor, me apoyo en su pecho y me hundo lentamente sobre él.

—Joder. —Russ me agarra con firmeza de las caderas y susurra—: ¿Estás bien?

Asiento con la cabeza mientras me elevo y me hundo un poco más, y enseguida otra vez, hasta que me la he metido casi entera. Le clavo las uñas en el pecho mientras él me clava las suyas en la piel, y el estallido de nuestros cuerpos, uno contra el otro, resuena por toda la habitación.

¿Por qué creía que tenía la energía suficiente para ponerme encima?

—Lo estás haciendo muy bien, corazón. —Acelero el ritmo, claramente motivada por sus palabras y gemidos—. Así, buena chica.

Quién iba a decir que el señor Ayuditas y yo íbamos a ser así de compatibles. Me gusta cuando me dice cosas bonitas y a él también parece gustarle cuando ondulo las caderas sobre el extremo de su polla. Equipazo.

Desliza una mano entre mis piernas y me acaricia en el punto exacto que quiero, y mi cuerpo se sacude instantáneamente, se restriega contra él y persigue la sensación.

—Russ... Sí, sí...

Él sigue hablándome y frotándome y dejando que me meta todo hasta que se me tensa el cuerpo entero y estallo encima de él con un grito. Entonces me tumba en la cama y apoya su peso sobre los brazos mientras yo jadeo debajo.

Me retira el pelo de la cara y sigue penetrándome lentamente, una y otra vez. Deja caer la cabeza junto a mi cara, besándome la piel mientras yo le rodeo con los brazos y las piernas, aún temblorosas.

—Eres increíble, Aurora —susurra—. Quiero sentir cómo te vuelves a correr conmigo dentro.

¿De dónde coño ha salido este hombre?

La dulzura de sus palabras, de sus besos, incluso su manera de mirarme se contradice totalmente con la seguridad con la que me empotra contra la cama. Estoy exhausta, saciada, y aun así no quiero que esto acabe. Deslizo la mano en el punto que nos une, frotando frenéticamente para volver a acabar cuando él lo haga. Su cuerpo aminora el ritmo, se le entrecorta la respiración; estoy a punto.

Después de algunas embestidas más vuelvo a sucumbir y esta vez lo arrastro conmigo. Hemos armado un escándalo y estamos sudando, pero no podemos estar más satisfechos. Madre mía.

Me cago en la hostia.

¿Quién quiere un jugador de baloncesto cuando existen los jugadores de hockey?

Vaya, no me esperaba esto.

Se tumba a mi lado boca arriba y nos quedamos mirando al techo, recuperando el aliento.

—¿Necesitas algo? —pregunta en voz baja.

Me tapo la cara con las manos y me cubro los ojos mientras niego con la cabeza, intentando pensar en cómo pedirle repetir lo que acabamos de hacer, unas doce veces más.

—No, gracias.

Siento el bamboleo del colchón cuando se levanta, y le oigo mientras arrastra los pies por la habitación en silencio hasta cerrar la puerta del baño. Me siento como si tuviera el cuerpo de gelatina y me cuesta convencerme a mí misma de buscar la ropa interior.

Cojo el móvil de la mesilla de noche y hablo con Emilia.

EMILIA BENNETT

Ubicación en tiempo real compartida

Vas a venir a casa o te quedas ahí?

Voy a casa

Está en el baño. Enseguida me voy

Quieres pizza?

Sí

Lleva un buen rato

Estará esperando a que te vayas?

Puede
Ah, espera le estoy oyendo hablar con alguien
Bueno, estará haciendo tiempo
hasta que me vaya, no?
Me voy a vestir. Ahora voy

Qué raro
Acabo de pedir la pizza

No me voy a tomar como algo personal que Russ haya entrado en el baño para esperar a que me vaya. Una visita prolongada al baño para que la otra persona capte la indirecta de irse es algo que yo misma he hecho muchas veces. Una vez me pasé tanto tiempo dentro antes de que el tío atara cabos que reorganicé toda mi colección de cremas y exfoliantes por orden alfabético.

No necesito que me obliguen a salir por la puerta, estoy más que feliz de dormir en mi propia cama esta noche. Normalmente no esperaría tanto rato, pero me había parecido que no era el típico que se esconde en el baño después de follar.

Me tiemblan las piernas al levantarme de la cama, señal de que me he esforzado mucho y, algo más importante, de que tengo que empezar a entrenar las piernas o algo así, porque parezco un cervatillo recién nacido aprendiendo a andar. Enciendo la lamparita que hay en la mesilla de noche y me siento inmediatamente atraída por la pequeña pila de libros que ahora se ve a la luz: *Ingeniería termodinámica*, *Ludopatía: Una historia de superación*, *Tirar los dados*... Cojo el libro que está en lo alto de la pila para examinarlo. Está leyendo *Hermosos y malditos*. No me jodas.

La estudiante de Literatura que llevo dentro se estremece al ver el lomo agrietado y las esquinas de las páginas dobladas, pero la chica blandengue que también llevo dentro chilla ante la imagen de él tumbado en la cama leyendo por las noches. El jugador de hockey de primera división, guapísimo, un poco peculiar, excelente follador, poseedor de fundas de cojines, leyendo en la cama después de echar un polvo. La imagen me da muchas ganas de quedarme, pero no soporto la idea de que se muera de vergüenza cuando salga del baño y vea que sigo aquí.

A ver, en el peor de los casos, si sale cuando aún esté a medio vestir podemos mantener una maravillosa conversación sobre cómo el miedo al abandono que tanto tiempo llevo arrastrando hace que tenga el listón de hombres en el mínimo; y cómo el flagrante desinterés de mi padre por mi existencia me ha provocado un miedo atroz al rechazo que ha condicionado todas mis interacciones románticas. Así que no le juzgo por querer que me vaya.

O también puedo guardarme todo eso y hacer muy rico a mi futuro terapeuta algún día.

Dejo el libro donde estaba y examino el suelo, sospechosamente despejado de ropa. Miro por toda la habitación hasta detenerme en su escritorio, y de pronto cobra sentido todo el revuelo que he oído cuando se ha levantado de la cama hace un rato.

Estaba doblándome la ropa.

Mientras caigo en la cuenta, siento cómo una confusión me inunda el estómago, y vuelvo a vestirme deprisa y me dirijo hacia la puerta. A estas alturas, estoy lista para volver a mi propio espacio. Salgo lentamente de la habitación y sujeto el picaporte para cerrar la puerta con el mayor sigilo posible, para que no piense que he salido huyendo.

Estoy satisfecha con mi salida, e incluso me voy con cierto orgullo, porque Emilia y sus amigas bailarinas siempre me dicen que soy igual de sigilosa y grácil que un hipopótamo borracho. Pero el orgullo dura hasta que me doy la vuelta para marcharme y me doy cuenta de que dos pares de ojos marrones me están mirando inquisitivamente.

—¿Por qué parece que estás huyendo de la escena de un crimen? —pregunta Henry, el amigo de Russ, a un volumen que preferiría que fuera más bajo.

—No estoy huyendo. —La chica con la que está me lanza una mirada cómplice que dice «sí que estás huyendo», sin necesidad de pronunciarlo en voz alta—. Perdón, me tengo que ir.

Se apartan y yo paso a toda prisa, deseando con todas mis fuerzas conseguir un Uber rápido para no verme obligada a hacer el paseíllo de la vergüenza.

—Es muy buen tío —dice Henry—. Muy muy buen tío.

—Se nota —murmuro—. Pero es que tengo que irme, de verdad.

La fiesta está en las últimas. Las únicas personas que podrían haber presenciado mi bomba de humo están demasiado borrachas para que les importe un pimiento, y cuando llego a la puerta principal ya me he puesto los zapatos. No consigo que ningún Uber acepte mi petición, así que salgo a pie en dirección a casa.

EMILIA BENNETT

De camino

Estás bien?

Sí

Ya te ha entrado el miedito?

Sí

Quieres dormir conmigo?

Sí

El «miedito» es como llama Emilia al momento de lucidez justo después de salir de alguna situación. Cuando se te encoge el estómago y la ansiedad se apodera de ti y te planteas si has hecho lo correcto. Es un momento justo como este, cuando me quedo a solas con mis pensamientos. Cuando valoro si lo que acabo de hacer me ha hecho sentir mejor o peor. Si habría hecho lo mismo si hubiera dejado a un lado el teléfono y me hubiera centrado en otras cosas. Y cuando me pregunto cuánto tiempo me va a durar este golpe de validación y de sentirme deseada antes de buscar otro sitio donde conseguirlo. Y, por último, cuando me pregunto si en realidad algo de esto importa, teniendo en cuenta que a nadie le preocupa lo que haga o deje de hacer.

El miedito no es necesariamente arrepentimiento, sino reflexión, y yo prefiero estar distraída a ponerme reflexiva.

EMILIA BENNETT

Por qué vas tan lenta?

Vas en Uber?

Aurora vas andando!!!

Ni se te ocurra cruzarte con un asesino

Me cago en todo

Ya estoy llegando

—Payasa —dice Emilia mientras me siento a su lado en la cama—. Deja de hacerte la chula y poner en riesgo tu seguridad solo porque no tienes paciencia para esperar a un Uber.

—Tomo nota. —A lo mejor si hubiera conseguido un Uber no me habría pasado todo el camino de vuelta a casa pensando en el chico con el que acabo de estar.

—Tu pizza está en la cocina.

—Ya no tengo hambre.

Emilia suspira profundamente.

—Vete a dormir. Necesitarás la energía para aguantar las puyas de tus padres.

—¿Seguro que quieres venir a desayunar? —No obtengo respuesta, solo una almohada arrojada en mi dirección—. Podríamos fingir nuestras propias muertes.

—Tu madre nos pillaría. En serio, tienes que dormir, Ror —dice mientras bosteza otra vez—. Piénsalo, un verano entero sin tener que compartir ubicación en mitad de la noche. Solo unas cuantas semanas vigilando que unos niños no se maten ni se hagan daño y practicando crecimiento personal.

—Mi sueño.

6

Aurora

No hay nada en el mundo que me inspire la misma desesperación pura y dura que tener que pasar un rato largo con mis padres.

Suena un poco dramático, pero lo digo en serio, el divorcio de Chuck y Sarah Roberts fue el ejemplo perfecto de que «no hay mal que por bien no venga». Hay algo en su relación que los convierte en monstruos cuando se acercan a menos de dos metros.

Teniendo eso en cuenta, probablemente debería agradecer que papá no se haya presentado al desayuno de despedida, como me prometió, antes de que me vaya a trabajar al campamento de Honey Acres todo el verano con Emilia.

Lo que más me fastidia no es sentirme decepcionada una y otra vez por el hombre que debería ser uno de los pilares estables de mi vida, sino el efecto que su rollo de padre ausente ha tenido en mamá, quien, en todo caso, me haría un favor si estuviera un poco más ausente.

—¿Por qué no le llamas otra vez? —Me mira por detrás del vaso de zumo de naranja con una mueca triste—. ¿Has intentado llamar a su secretaria? ¿O a Elsa? Tu hermana siempre sabe localizarlo.

—No me va a contestar. No pasa nada. —No pasa nada porque no pienso sentir decepción por alguien en quien no tengo ninguna fe—. Está claro que no éramos su prioridad. ¿Qué decías?

Cojo el vaso, bebo un trago de agua y aflojo un poco el nudo que tengo en la garganta. El que se hace un poco más grande cada vez que digo «no pasa» seguido de «nada».

—Te iba a preguntar si has vuelto a pensar en lo de volverte a casa cuando vuelvas. —Señor, dame paciencia—. No me mires así, Aurora. Que yo te parí.

Lo lógico sería pensar que después de veinte años ya me habría acostumbrado al escrutinio constante y a los no muy discretos intentos de recordarme que ella es la razón de mi existencia, y sin embargo... aquí seguimos.

—Mamá, sabes perfectamente que ya hemos firmado el contrato de alquiler del curso que viene. Papá ha pagado todo el año por adelantado... —¿Cuál es la forma educada de decir: «Es más probable que los cerdos vuelen a que vuelva a vivir voluntariamente contigo»?—. No puedes esperar que me desplace desde Malibú todos los días cuando tengo una casa estupenda justo al lado de la universidad... Me pasaría la mitad del día metida en el coche.

—En otras culturas los hijos viven toda la vida con sus padres —dice en voz baja—. Tu hermana está en Londres. Tardas tres días en devolverme las llamadas. No hagas como si fuera una locura que pida ver a mis hijas un poco más. Tampoco está tan lejos.

Dios me libre de insinuar que Sarah Roberts dice alguna locura.

—Creo que la peor pesadilla de mis padres sería que volviera a casa —interviene Emilia, forzando una carcajada para rebajar la tensión.

Emilia Bennett es la mejor compañera de piso, amiga y ocasional escudo humano contra la culpa. Dos años estudiando relaciones públicas y seis años haciendo de niñera emocional de mi madre y sus turbulentos estados de ánimo la han convertido en mi gestora de crisis particular.

—Pues seguro que les encantaría que volvieras a casa, Emilia —dice mamá con un suspiro dramático—. Seguro que la casa les parece enorme y solitaria sin ti.

La única razón por la que a mamá su casa le parece enorme y solitaria es porque vendió la casa de mi infancia y utilizó el dinero del divorcio para comprarse una casa en la playa por venganza.

Me echa una mirada que reconozco perfectamente: esperanza.

Espera que yo tenga las mismas ganas que ella de volver a casa, y no le cabe en la cabeza que prefiera pasarme el verano trabajando a estar con ella. Cuando me mandaban a mí al campamento no le parecía un problema; el problema llegó cuando se dio cuenta de que allí era mucho más feliz que a su lado.

Cuando era pequeña viajábamos mucho, y no parábamos de mudarnos de un país a otro dependiendo de dónde se celebraran las carreras de Fenrir, el equipo de Fórmula 1 de mi padre. La prioridad de mi padre era seguir al equipo por todo el mundo, no la estabilidad de su mujer y sus hijas.

Elsa y yo siempre hemos bromeado diciendo que Fenrir es la única de sus creaciones por la que se preocupa de verdad.

Adoro a mi hermana, pero incluso aunque compartamos los mismos traumas paternofiliales, seis años era una diferencia de edad demasiado grande para dos niñas que buscaban conexión. Yo me portaba peor que nunca, y por eso mis padres empezaron a mandarme de campamento todos los años a partir de los siete.

Y eso era justo lo que no sabía que necesitaba. Tenía rutina, podía estar con niños de mi edad y podía empezar a construir los cimientos de mi propia identidad sin estar constantemente rodeada de adultos y de una hermana mayor que siempre estaba de mal humor.

Honey Acres fue el primer lugar en el que me sentí como en casa. Incluso cuando mis padres se divorciaron y nos mudamos con mamá a Estados Unidos y me matriculó en un colegio, yo seguía empeñada en ir a Honey Acres todos los veranos. Me encantaba que los monitores se pusieran tan contentos de verme todos los años, y es el primer recuerdo real que tengo de sentirme querida.

Quiero recuperar esos sentimientos, y espero hacerlo reconstruyendo los cimientos que he roto. Me encanta la universidad y las experiencias que he vivido estos dos años, pero me siento perdida. Tomo decisiones que no entiendo cuando pierdo el control de mis sentimientos, y como nadie me dice que pare, la vocecita de mi cabeza me dice: «A tomar por culo». Me estoy convirtiendo en una persona a la que no reconozco y necesito un reinicio de fábrica. Quiero volver a sentirme en casa. Quiero sentirme en paz.

El pie de Emilia me da un toquecito en la espinilla que me saca del ensimismamiento, e incluso después de haberme quedado empanada, veo que mamá sigue con la misma cara.

Si lo deseo con todas mis fuerzas, ¿podría invocar a mi padre para desviar la atención?

Para sorpresa de nadie, mi padre no se presenta, pero por suerte el camarero sí que aparece con nuestro desayuno e interrumpe la tensión que crece lentamente debajo de la tristeza de mamá. Me parece un capricho cruel del destino tener un padre al que se la suda todo y una madre que se preocupa demasiado.

No recuerdo ningún momento en el que no fuera así, lo que significa que no puedo decidir si simplemente es así, o si este es el resultado de haberse pasado la vida con la sensación de que tiene que quererme el doble para compensar.

Digo quererme y no educarme, porque nunca me ha educado. Cada vez que mi padre se alejaba de mí para dedicarse a su trabajo, ella se acercaba el doble. Cada vez que él me decepcionaba, ella me consentía, porque era más fácil culparlo a él de mi comportamiento que arriesgarse a alejarme. Pero nunca le ha importado nada de lo que yo hiciera, a menos que le afectara directamente.

Cuando era pequeña siempre me esforzaba por ser la mejor, por saber más, como si de alguna manera la validación de ser la hija perfecta fuera a darme la atención que tanto ansiaba de mis padres, pero nunca ocurrió.

Así que dejé de esforzarme por ser la mejor. Conseguí la validación y la atención por otros medios y me convertí en lo que soy ahora, pero en algún punto del camino me quedé en una especie de limbo en el que hago lo que quiero tan feliz porque a nadie le importa lo más mínimo, y a continuación sufro por poder hacer lo que quiera sin que a nadie le importe lo más mínimo.

Me partí el lomo para que me admitieran en Maple Hills porque quería demostrar a mis profesores que era algo más que la chica que hacía pellas y no atendía en clase. Pero en lugar de valorar mis logros, lo único que mamá veía era que me iba a ir de casa. Cuando me llegó la carta de admisión, se comportó como si me fuera a la guerra, no a una universidad de nuestro mismo estado, y no me dirigió la palabra durante tres días. No le importó que me fuera cerca, a diferencia de mi hermana, que se mudó a casa de nuestro padre en Londres nada más acabar el instituto.

Mantener el equilibrio entre ser la hija perfecta y ser yo misma es como caminar por la cuerda floja.

En mitad de un huracán.

Con la cuerda en llamas.

Ya me he caído más veces de las que soy capaz de contar y estoy cansada de cojones.

—Mamá, si quieres puedes venir a vernos al campamento. —Le doy varios empujoncitos a una fresa por el plato, esperando su respuesta, porque con una madre como la mía, cuya autoestima está unida al cargo de madre tan intensamente que me agota, cada palabra es una jugada de ajedrez—. El día de visitas es en julio. Puedo mandarte un mensaje con la fecha.

—Está claro que no quieres que te visite, Aurora.

Nunca se me ha dado bien el ajedrez.

—Mamá…

—Señora Roberts, ¿le he hablado de la cámara que me ha regalado Poppy para hacer fotos en el campamento? —Emilia interrumpe, alcanzando su bolso—. Como sabe, yo nunca pude ir de campamento cuando era pequeña, así que me alegré mucho cuando Aurora finalmente cedió a mi insistencia de que viniera a trabajar de monitora conmigo. Dice que usted eligió el mejor campamento, así que me muero de ganas de ir.

Fui yo la que le rogué a Emilia que viniera conmigo a trabajar de monitora, no al revés, pero no hace falta que mi madre lo sepa. Mejor que se distraiga con los halagos.

De tal palo, tal astilla.

—Aurora siempre ha tenido lo mejor. Aunque tampoco es que lo haya valorado mucho, ¿verdad, cielo? De pequeña habrías sido feliz revolcándote como un cerdo en una pocilga. Solo querías jugar donde no hubiera coches de carreras.

Emilia saca la cámara del bolso y se la tiende a mi madre. A ella se le ilumina la cara al ver las fotos y murmura que Emilia y Poppy hacen una pareja preciosa y que a Emilia le sienta genial el azul.

—¿Y tú dónde estabas cuando se fueron de excursión?

Sentándome en la cara de un jugador de baloncesto.

—Estudiando.

—¿Estudiando? ¿Después de los exámenes finales?

—Sí. —Mierda—. Estudiando tipos de nudos y esas cosas para el campamento. —Estaba atada a una cama—. Además, ellas son pareja, mamá. No es plan que vaya a hacer de sujetavelas.

—Es verdad. ¿No la vas a echar de menos, Emilia? Diez semanas es mucho tiempo. —Le está hablando a Emilia, pero siento cómo me mira por el rabillo del ojo para ver si reacciono al subtexto de sus palabras—. Créeme, se te va a hacer eterno.

—Voy a echar de menos a Poppy, pero de todas formas las dos vamos a estar a tope. Ella se va a Europa con su madre hasta que empiece el curso.

Emilia se da cuenta de la metedura de pata antes de que me dé tiempo a pestañear siquiera. Me mira con los ojos castaños abiertos de par en par como diciendo «Ya me despido yo sola, no te preocupes».

¿Gestora de crisis o gestora de la mierda?

Mamá aprieta los labios mientras se concentra en retirarse la servilleta del regazo, doblarla cuidadosamente y dejarla en la mesa.

—Poppy debe de querer mucho a su madre para pasar todo el verano con ella, qué bonito. Perdonad, chicas, tengo que ir al servicio.

Es increíble cómo una mujer puede absorber todo el oxígeno de una habitación con una sola frase.

—Au —dice Emilia, llevándose la mano a la frente en el punto donde le he dado un golpecito en cuanto la puerta del baño se ha cerrado detrás de mi madre—. Me lo merezco. ¡Se me ha escapado!

—Podrías haberte quedado calladita.

—¡Perdón! Dios, ojalá hubiera venido tu padre. Se le da mejor ponerse en primera línea de fuego. A lo mejor tendría que cambiarme de carrera, esto se me da fatal.

—Pues sí.

—Me pregunto si las amigas de Elsa habrán participado alguna vez en las Olimpiadas de la Emoción de tu madre —murmura mientras rebaña los últimos restos de sirope con un trozo de tostada.

—Lo dices como si Elsa fuera a querer quedar para desayunar. O como si tuviera amigas.

—Es verdad. ¿Cuándo crees que podemos retirarnos educadamente de aquí?

Se me escapa un bufido.

—Es capaz de retenernos hasta que perdamos el vuelo.

—¿Estás bien? Hoy se ha puesto más intensa de lo normal, que ya es decir.

—Solo está rayada porque la novia de papá y Elsa están compitiendo por ver quién acapara más titulares de prensa rosa y porque yo me voy. Pero no pasa nada.

—¿La novia de tu padre es la florista esa?

—No, ya rompió con esa, ¿no te acuerdas? Ahora me refiero a Norah. La que era mujer del tiempo. ¿O salía en un *reality* de amas de casa? —Sacudo la cabeza mientras intento acordarme de todas las novias de mi padre—. No me acuerdo. Da igual, sea lo que sea, le pierde salir en los *photocalls*.

Oigo los tacones de mamá en las baldosas, lo que me da el tiempo necesario para recuperar la sonrisa forzada. Al pasar por detrás me roza el pelo con la mano y se enrosca un mechón entre los dedos. Siempre dice que ella lo tenía igual a los veinte años y que está encantada de que yo haya salido a ella. La misma melena de un tono rubio claro, los mismos ojos verdes, las mismas pecas que asoman después de pasar un rato al sol; somos iguales. La verdad es que no tengo nada de mi padre, al contrario que mi hermana, que es un calco de Chuck Roberts.

Vuelve a sentarse delante de mí y suspira.

—Os voy a echar de menos, chicas. ¿Pido la cuenta? Me imagino que querréis llegar con tiempo al aeropuerto.

—Me parece bien. Gracias, mamá.

Es curioso cómo justo cuando mamá hace amago de parecer una persona normal, yo empiezo a sentirme mal por pasar tanto de ella y marcharme. No hay nadie en este planeta que me ponga más nerviosa que mi madre, lo cual solo alimenta mis quejas contra ella, y sin embargo en el momento en que muestra una pizca de humanidad me vengo abajo. La culpa empieza a invadir mi organismo como un veneno que se abre paso a través de mi sangre, pero de pronto el universo me ofrece un antídoto: el móvil me empieza a vibrar en el bolsillo y me recuerda por qué necesito tanto alejarme de este lugar y de todos los que lo habitan.

TÍO QUE ME PAGA EL ALQUILER

Se me ha hecho tarde ayudando a Isobel
con la mudanza de su residencia, no llego
al desayuno
Buen viaje

Giro discretamente la pantalla del móvil hacia Emilia mientras mamá le extiende la tarjeta de crédito al camarero, y por suerte no se da cuenta. No necesito ni mirar a mi mejor amiga para saber la cara que ha puesto. No me sorprende en absoluto esto después de haberle visto anoche en las *stories* de Norah ayudando a Isobel con la mudanza. Me alegro de que la hija de Norah pueda disfrutar del cariño de un padre; ojalá un día me cuente qué se siente.

Lo mejor que puedo hacer es convencerme de que él es así y ya está. Que no tiene nada que ver conmigo. El desinterés, las promesas no cumplidas y la educación fría y distante solo se deben a que en realidad nunca se le dio bien ser padre, y eso no es culpa mía. Pero entonces lo veo serlo con la hija de otra y vuelvo a pensar que quizá sí que tengo algo de culpa.

Me molestaría si no fuera tan predecible.

En realidad, más que nada estoy cansada. Cansada de sentirme como si no encajara en mi familia. Cansada de cuestionarme todas mis decisiones. Cansada de querer hacerlo mejor pero con la sensación constante de que no soy capaz.

Emilia distrae la atención de mi madre durante todo el camino de vuelta a casa, lo que me da la oportunidad de aplacar la rabia y un sentimiento que no es exactamente decepción ni rechazo ni dolor. Para que me doliera tendría que importarme algo, y ya no me importa.

Está claro que el universo no tiene ninguna intención de darme un puto respiro, porque de pronto nos detenemos en un semáforo frente a una pista de hielo. Llevo pensando en Russ desde que me levanté esta mañana, un problema que no suelo tener nunca después de acostarme con un tío. Russ no tiene nada que ver con los tíos a los que estoy acostumbrada, en el buen sentido, y ahora no puedo quitármelo de la cabeza. Intento no sentirme mal por haberme ido sin despedirme, pero es difícil olvidarlo cuando aún tengo sus huellas dactilares grabadas en las caderas.

La inminente despedida queda flotando en el aire mientras aparcamos y salimos del coche. Me vuelve a invadir la culpa, porque a pesar de todos los defectos de mamá, sé que ella nunca me abandonaría por la hija de otro.

Nunca dejaría de llamarme. Y yo nunca tendría que suplicar, llorar ni esforzarme para que me quisiera.

Le doy un abrazo que al principio la pilla desprevenida, pero me estrecha entre sus brazos, me acaricia el pelo y me susurra en un tono que solo puedo oír yo:

—No te olvides de llamarme.

—No.

Emilia espera hasta que mamá se convierte en un punto en el retrovisor, antes de atreverse a hablar.

—¿Estás bien?

—Estoy bien. Solo necesito una bolsita de cacahuetes del avión y mandar energías para que los dos coches de Fenrir sufran una avería espontánea a mitad de carrera.

7

Russ

Me odio por haber bebido anoche.

No entiendo por qué tuve que decidir que era una noche para soltarme un poco y hacer lo que me diera la gana. No llegué a emborracharme del todo, pero las consecuencias de haber estado bebiendo despacio y haber mantenido el punto toda la noche son casi peores. Significa que todo este viaje ha sido aún más agotador e incluso más largo de lo debido porque tengo un dolor constante y tenue en la base de la cabeza. Si me hubiera emborrachado de verdad, me habría ido solo a la cama y a lo mejor habría dormido bien por una vez.

No dormir no es nada nuevo para mí, y después de años de sueño ligero e insomnio esporádico, mi cuerpo funciona bastante bien en piloto automático. Sin embargo, el viaje ha sido duro y me arrepiento mucho de haber ido en coche en lugar de coger un avión.

Si hubiera ido en avión, podría haber pasado unas cuantas horas más en la cama, en lugar de tener que levantarme para salir a primera hora. Henry y Robbie se despidieron de mí en la puerta, ambos con los ojos rojos y medio dormidos, y murmuraron algo sobre que podían ir a rescatarme de los caballos y las vacas cuando se lo pidiera. De cualquier forma, me pareció un detalle bonito y, por primera vez en mucho tiempo, me apetece volver a Maple Hills cuando termine el verano para reencontrarme con mis compañeros de piso.

A lo mejor si hubiera cogido un avión, no me habría pasado las últimas cuatro horas pensando en la mujer que estuvo en mi cama anoche. Mejor dicho, que estuvo hasta que desapareció. Debería asumirlo de una vez: solo fue un rollo de una noche entre dos personas adultas. No es algo que suela hacer, porque normalmente tardo más de una noche en dar el paso, pero ella lo tenía tan claro que me vine arriba.

No paro de fustigarme por no haberle dicho algo más cuando tuve la oportunidad. Aunque, a lo mejor, el hecho de que se fuera sin decir nada como señal de que no estaba interesada en mí es mejor a largo plazo. Me pasé tanto rato en el baño intentando animarme a mí mismo con las frases de JJ para pedirle una cita para cuando volviera del campamento, que si me hubiera rechazado a la cara, probablemente me habría vuelto a encerrar en el baño.

Menos mal que se fue sin despedirse.

Mensaje recibido.

Una sola noche y punto.

Seguro que hice el ridículo, pero había algo en su mirada y en su sonrisa cuando yo la miraba. Tal vez es que le di un poco de pena; eso tendría más sentido, a decir verdad. En fin, le diera pena o no, he pasado las últimas horas torturándome con el recuerdo del tacto suave de su piel y el sonido de sus gemidos. Sé que no volveré a verla y que quizá debería olvidarla, pero a veces no es tan fácil.

Si recuerdo lo increíblemente cojonudo que fue todo, a lo mejor amortiguo un poco la decepción por no haberle pedido salir.

Las piedras crujen bajo mis neumáticos al acceder al largo camino de tierra adyacente al enorme cartel de BIENVENIDOS A HONEY ACRES. La impaciencia ahoga todos los demás sentimientos de mi cuerpo y me doy cuenta de que por fin estoy aquí después de tanta espera. Cuando era pequeño nunca fui a un campamento de verano porque mi familia no podía permitírselo. Mamá se negaba a comprometerse con algo tan lejano en el futuro, sin saber nunca si el sueldo de papá iría a parar a las facturas o a una casa de apuestas.

Nunca buscó ningún campamento para familias con bajos recursos porque estaba demasiado ocupada fingiendo que las cosas iban bien. Cuando era pequeño yo no me enteraba de nada, lo cual ahora agradezco en muchos sentidos, porque durante mucho tiempo pensaba que simplemente le gustaba que mi hermano y yo nos quedáramos con ella en casa.

Pero, como siempre hago, me las he arreglado para acabar aquí. Tal vez ya no sea un niño, pero así podré ver lo que me he perdido durante tantos años y, lo que es mejor, me pagarán por ello.

A lo lejos aparece una enorme cabaña de madera y, a medida que me acerco, veo una hilera de coches aparcados y un autobús con el logo de Honey Acres. Aparco en una plaza libre, respiro hondo y me doy un minuto para mentalizarme. Es exactamente igual que en el folleto, incluso está lleno de gente que deambula de acá para allá con mochilas y caras de entusiasmo.

Cojo mis cosas del asiento trasero y me dirijo hacia la cola de registro de llegadas. Saco el móvil y veo un montón de mensajes en el chat de grupo que Stassie creó la semana pasada.

AMIGUITAS GUAPITAS

Stassie

Avísanos cuando llegues, Gordi

No fue una gran idea que bebieras antes de un viaje

Kris

No te preocupes. Se fue a la cama pronto ;)

Mattie
Yo no estoy bien, por si le importa a alguien

Bobby
Cómo de pronto?

Kris
Según la página de salseo de la UCMH, se llevó a Aurora Roberts a la habitación y no se les volvió a ver

Lola
No me puedo creer que leas la mierda esa. Hace dos semanas pusieron que yo estaba preñada porque alguien me había visto llorando en el Kenny's. Literalmente era porque se me metió salsa picante en el ojo

Mattie
A nadie le importa, no? Ok bien bien

Bobby
De qué me suena el nombre de Aurora Roberts?

Stassie
Es amiga de Ryan

Robbie
Anoche viste cómo le hacía un baile sexy a Russ, listo

Bobby
No, si ya, pero me suena su nombre

Mattie
«Amiga de Ryan» no suele significar nada bueno para ningún tío

Stassie
Nate dice que te diga que vete a tomar por culo

Kris
Esa era Aurora Roberts???

Lola
Soy yo la única en toda la universidad que no se ha beneficiado a Ryan Rothwell o qué?

Robbie
Sí, y doy gracias al cielo a diario

Stassie
Nate me dice que tú también te vayas a tomar por culo

Kris
Su padre es dueño de Fenrir, el equipo de F1 del lobo

Bobby
No jodas

Stassie
A Nate le ha hecho ilusión, no sé por qué

Lola
Estaba buena. Enhorabuena Gordi

Henry
Qué coñazo de gente

Creía que se había muerto alguien
No hace falta mandar tantos mensajes, que os veis todos los días

Robbie
La única persona que va a morir es Gordi cuando se dé cuenta de que va a tener que fingir que le gusta la F1 si quiere volver a follar

JJ
Al menos no es un coñazo como el tenis

Robbie
Y a ti quién te invitó a este grupo?? Se supone que solo es para los que seguimos en Maple Hills

JJ
Yo estoy en espíritu
Y tengo FOMO

Kris
Fue cosa de Stassie, no?

Stassie
Perdona?

JJ
Na, negocié con Hen

Bobby
«Negocié»

Henry
Me escondió los pinceles

JJ
Ya os alegraréis de mi presencia cuando
alguno necesite consejo sobre el mundo adulto
real

Lola
Me aseguraré de no necesitarlo nunca en mi
vida

Russ
Joder, qué de mensajes
Ya he llegado, pero casi no hay cobertura

Cuando no estaba dentro, siempre me pregunté cómo sería formar parte de su círculo íntimo. Ahora que estoy en él, me doy cuenta de que sobre todo es un caos, pero un caos bastante sano. Para cuando termino de leer los mensajes, ya he llegado al principio de la cola, lo que me da la oportunidad perfecta para no pensar en el hecho de que he vuelto a salir en una mierda de página de salseo universitario, que la chica con la que me relacionan viene de una familia millonaria y que no habrá forma de fingir que sé algo sobre Fórmula 1 si alguna vez vuelvo a verla.

Enseguida me entregan el paquete de bienvenida, me informan de que hay una reunión que empieza en una hora y me voy a mi cabaña. Abro la puerta, que está algo atascada, y enseguida descubro a mi nuevo compañero de habitación de este verano.

—¿Qué tal, tío? —dice en tono distendido, haciendo un gesto desde la cama que ha cogido en el otro extremo de la habitación—. Soy Xander.

—Russ. —Juro que por poco me sale decir «Gordi»—. Encantado.

—Igualmente. —Me mira la camiseta azul marino con el logo blanco de los Titans—. ¿Vas a la UCMH?

Una parte de mí se caga en todo por haberme puesto esta camiseta sin pensar. Esto está a tantas horas de distancia que no esperaba que hubiera nadie de Maple Hills, pero fue una estupidez asumir que no les interesarían las mismas cosas que a mí. Lo lógico sería pensar que me gustaría ver alguna cara conocida, pero en cuanto menciono el hockey la gente siempre se pone a hablar de la pista de hielo, y no lo soporto. Respondo a Xander de mala gana.

—Sí, ¿y tú?

—No, tío. El marido de mi madre trabaja ahí y no me apetece coincidir más con él. Además, mi hermanastro va ahí y creo que nos mataríamos si jugáramos en el mismo equipo de baloncesto. Yo voy a Stanford. ¿Tú juegas a algo?

Dejo los bultos en el suelo y me vacío los bolsillos, luego me siento en la cama y me preparo para la reacción de siempre.

—Sí, al hockey sobre hielo.

—Mola. —Me señala las llaves del coche—. ¿Has tardado mucho?

Tardo un poco en contestarle porque esa no era la pregunta que esperaba, pero a medida que charlamos me relajo un poco más porque no menciona la pista de hielo en ningún momento.

Estoy seguro de que mi ansiedad tiene la culpa de que dé por hecho que toda la gente que conoce Maple Hills está al tanto de la movida que provoqué el curso pasado. No he pasado más vergüenza en mi vida, porque fue la primera vez que pensé «Sí, papá, soy un puto desgraciado», así que no es tan fácil dejar de pensar en ello, como siempre me dicen mis compañeros. Stassie dice que con el paso del tiempo será la última de mis preocupaciones, pero sigo esperando a que eso ocurra.

Se me pasa la hora tan rápido que ni siquiera me da tiempo a abrir el paquete de bienvenida antes de que nos tengamos que ir a la reunión en la sala principal. Este lugar es enorme, pero, por suerte, Xander trabajó aquí el verano pasado, así que sabe exactamente hacia dónde dirigirse.

Nos sentamos en dos asientos libres en primera fila y esperamos a que se llene el resto de la sala. Xander me pasa una hoja de registro donde viene la clave del wifi.

—Por cierto, el wifi va como el puto culo —murmura—. En

los edificios principales funciona más o menos, pero en nuestra cabaña no hay nada. La conexión va y viene como quiere, ya verás cómo de pronto te entran un millón de mensajes a la vez y te acojonas.

—Por mí bien que no haya conexión, la verdad. —Firmo en la hoja, la paso a los de atrás y me conecto por si acaso. Me entran más mensajes en el grupo, junto con alguna otra notificación y mensajes de mi madre.

MAMÁ

Tu hermano y yo llevamos toda la semana intentando localizarte
Espero que te lo pases muy bien en el campamento este verano
Ven a vernos cuando vuelvas, por favor
Te echo de menos, cielo
Y tu padre también

Reviso el resto de notificaciones y la única que queda es la de mi padre.

PAPÁ

Solicitud de kcallaghan19
50 dólares

Bloqueo deprisa el teléfono por si acaso alguien me está viendo desde arriba y me lo guardo en el bolsillo. Me siento mal por ignorar las llamadas de mamá, pero siempre está con las mismas excusas que preferiría no escuchar. Mi hermano Ethan solo me llama para echarme la bronca por no ir a verlos, y eso que él se fue a la costa este con su grupo en cuanto pudo, dejando que me hiciera cargo yo solo.

Siempre he sido el segundo plato en todo: las adicciones de mi padre, las excusas de mi madre, el deseo de Ethan de mudarse lo bastante lejos como para poder fingir que no pasa nada.

Quiero a mi familia, pero odio en lo que nos hemos convertido. Pasamos de puntillas por las cosas que nos dividen, excusamos a papá, nos negamos a buscar una solución y fingimos que no hay ningún problema. He llegado a un punto en el que me resulta más fácil ignorarlos y mantener una distancia física y emocional. Por suerte, ahora que estoy aquí, esa distancia son cuatro horas concretamente.

Una mujer mayor le da unos golpecitos a un micrófono al mismo tiempo que siento cómo una cabeza peluda y dorada se apoya sobre mis rodillas. Inmediatamente Xander se agacha sobre el perro para rascarle las orejas, mientras él cierra los ojos y mueve la cola.

—¿Qué pasa, Pez? Te he echado de menos a ti y a tus pelos —dice con voz cariñosa. Se vuelve hacia mí—. Es la perra de Jenna; ya la conocerás, es una de las gerentes de aquí. Jenna trabaja casi siempre en la oficina, así que Pez se pasea por el campamento, pidiendo mimos a todo el mundo. Suele elegir a un favorito y se queda con él. Creo que ya eres su candidato.

—¡Bienvenidos a todos! —exclama la mujer—. Para los novatos, me llamo Orla Murphy y soy la dinosauria que reside aquí en Honey Acres. Soy la directora ejecutiva del campamento y la dueña, la que todo lo ve y todo lo oye. Mi familia fundó Honey Acres y me alegro mucho de daros la bienvenida un año más a nuestro hogar.

Intento prestar atención al mismo tiempo que acaricio a Pez, cuando Xander me agarra del brazo de repente.

—Dios mío —susurra, apretándomelo con fuerza. Sigo su línea de visión y veo a dos cachorros adorables (de pelo dorado y esponjoso, pero mucho más pequeños y gorditos) que vienen trotando hacia nosotros—. ¡Pececitos!

Me doy cuenta de que no estoy escuchando nada de lo que Orla dice sobre el campamento cuando los cachorros llegan hasta nosotros y Xander se pone a los dos en los brazos. Echo un vistazo a las placas brillantes de aluminio que les cuelgan de los collares e intento reprimir una carcajada cuando Salmón y Trucha me devuelven la mirada.

Una risa que sale del altavoz me devuelve a la realidad y, cuando vuelvo la vista al frente, Orla nos está mirando.

—Veo que los perros ya me están quitando protagonismo, como siempre. Para los que hayan estado con nosotros antes: Pez ha tenido cachorros y está muy orgullosa. Puede que un día al volver a la cabaña os los encontréis de pronto en vuestra cama.

Se oyen murmullos por toda la sala y algunas personas de la primera fila se inclinan para mirar a las dos bolas de pelo que ahora mismo se están peleando en los brazos de mi compañero de habitación.

Me concentro en prestarle atención a Orla mientras explica muchas cosas de la rutina de aquí, que ya conozco gracias al folleto: las normas de conducta, los días libres y qué hacer hasta que lleguen los campistas dentro de una semana.

Hay algo en el concepto de «fomentar el espíritu de equipo» que me da escalofríos. Odio los ejercicios para romper el hielo y básicamente me he metido de cabeza en uno que dura una semana entera.

Orla sigue con la presentación y un cachorro se me sube al regazo, justo al lado de la cabeza de su madre, y se queda dormido.

—Y ahora vamos a lo importante. Supongo que no os sorprenderá, pero el alcohol y las drogas están terminantemente prohibidos, incluso aunque tengáis la edad legal para beber... cosa que la mayoría no tenéis. Estáis aquí para ofrecerles a los campistas un verano mágico; si queríais pasar el verano colocados, haberos ido de vacaciones.

Inmediatamente me vienen a la cabeza las caras de Kris, Bobby y Mattie. Me dijeron algo así cuando les propuse que en lugar de ir a Miami se vinieran conmigo al campamento.

—Para muchos de nuestros chavales, este verano será la mejor época del año, así que tenedlo en cuenta cuando os planteéis presentaros alguna mañana con resaca. Y por último, el tema estrella: los amoríos. En Honey Acres tenemos una política de romance cero, que si se incumple dará lugar a la rescisión del contrato. Por supuesto, esto es por el bienestar de nuestros campistas, pero también por vuestra cordura. Os quedan diez semanas juntos por delante, y creedme, pueden pasar muy despacio cuando estás deseando escapar de alguien que te pareció una gran idea mientras tenías las gafas de campamento puestas.

Me inclino hacia Xander y susurro:

—¿«Gafas de campamento»?

Se ríe entre dientes.

—Ya verás. Después de un mes todo el mundo te parece atractivo.

Orla termina de explicar que todos los monitores pueden estar el tiempo que quieran en las salas comunes, pero no en las cabañas de otros monitores, y termina con unas cuantas normas más que me parecen bastante razonables y que no tengo problema en cumplir. Lo último que necesito es que me manden a Maple Hills a mitad de verano porque la he vuelto a cagar. Otra vez.

Hoy es un día de adaptación y muchos están cansados de viajar, así que la última parte de la reunión es conocer al grupo de personas con las que vamos a trabajar en las próximas diez semanas.

Vamos a separar a los niños en cuatro grupos: Mapaches, Osos Pardos, Zorros y Erizos. Cada animal representa una franja de edad, y cada grupo tiene seis monitores que trabajan con un sistema de rotación para asegurarse de que siempre hay cuatro monitores disponibles durante el día y dos por la noche.

Yo prefiero los Osos Pardos, que son niños de entre ocho y diez años, porque son lo bastante mayores como para no ser absolutamente dependientes, pero lo bastante pequeños como para no correr el riesgo de pasarme dos meses aguantándoles el pavo. Al contrario que en otros campamentos que duran solo un par de semanas, aquí los niños van a estar todo el verano.

Uno de los empleados empieza a leer una lista de nombres para que cada uno se dirija a su grupo. Intento devolver al cachorro al suelo para prepararme, pero se pone a gimotear hasta que me doy por vencido.

—Osos Pardos, os toca. Clay Cole… Alexander Smith… —Xander se levanta con el cachorro en brazos al ver mi intento de abandono fallido—. Emilia Bennett… Russ Callaghan…

Me levanto para unirme al grupo, con Pez pisándome los talones, mientras siguen diciendo nombres. Los miembros de mi grupo están ocupados haciéndole carantoñas al cachorro que Xander lleva en brazos, y mientras me acerco, una chica se da la vuelta.

Me da un vuelco al corazón al reconocerla enseguida.

No necesito calcular las probabilidades de que Emilia haya venido con cierta persona: lo lleva escrito en la frente. Sé que está aquí, porque nada le gusta más al universo que arrastrarme al infierno en un viaje de ida y vuelta por puro placer.

Emilia mira a mi espalda y me doy la vuelta por acto reflejo, y veo inmediatamente la misma melena rubia en la que he enterrado la cara hace menos de veinticuatro horas.

Ella tarda un segundo más en verme, pero cuando lo hace, se para en seco, se le afloja la mandíbula y abre los ojos como platos.

—Mierda.

8

Aurora

—Mierda.

Se me ha escapado. Estaba mirando al cachorrito. ¿Por qué no he seguido mirando al cachorrito?

Russ no dice nada mientras nos miramos fijamente. La sonrisa relajada y simpática de anoche ha desaparecido, dejando un gesto mucho más frío y reservado. Intento dar con algo que decir, algo tipo: «Oye, ya sé que nos hemos visto desnudos y que pensábamos que no volveríamos a vernos, pero ahora estamos en el mismo grupo, así que no hace falta que pensemos en ello. ¿Guay? Guay».

Pero yo sí que he pensado en ello, aunque no quisiera. Abro la boca para decir algo, sin saber el qué, si bien la cierro antes de tener la oportunidad de ponerme en ridículo cuando se da la vuelta y se vuelve al grupo sin decir ni una palabra.

El silencio escuece.

Y no se me escapa la ironía, porque yo misma he ignorado alguna vez en el campus a chicos con los que me había liado una noche, pero no estoy segura de que pudiera ser hija de mi padre si mi mayor talento no fuera la hipocresía.

La reacción de Russ no tiene nada de malo; no creo que haya

nada de malo en un chico que anoche me susurró en la oscuridad lo preciosa que soy o que me dobló la ropa que me había quitado un rato antes. Pero como anoche fue tan cariñoso, esto me choca un poco.

Dejo que persista la incomodidad, en lugar de apartarla o intentar aplacar mi inquietud, que cada vez es mayor. Esto te pasa por buscar consuelo en desconocidos, Aurora.

Lección aprendida.

—Hola a todos. Me llamo Jenna, también conocida como la madre de Pez. Este verano voy a ser la jefa de los Osos Pardos, lo que significa que, junto con mis funciones como gerente del campamento, supervisaré vuestras actividades, me aseguraré de que todos estéis felices y contentos y os ayudaré a resolver cualquier problema que surja con los campistas.

Emilia se coloca a mi lado y entrelaza su dedo meñique con el mío en señal de solidaridad y también como diciendo «no me jodas», todo en uno, por culpa del jugador de hockey que tenemos a la derecha. Intento concentrarme en las palabras de Jenna, pero Russ sigue desconcentrándome porque ni siquiera me ha dirigido la mirada.

—Os voy a hacer un tour por todo el terreno del campamento. Os recomiendo llenar las botellas de agua antes de irnos. Cuando terminemos, cenaremos juntos y el resto de la noche la tenéis libre para hacer lo que queráis antes de que mañana empiece el trabajo duro.

Todo el mundo se dirige a los dispensadores de agua en la esquina de la sala principal. Cuando terminamos, la sonrisa profesional de Jenna se convierte en una más auténtica y se abalanza sobre mí, dejándome sin aire.

—¡Cuánto te he echado de menos!

—No puedo respirar, Jen.

Me suelta y me agarra la cara.

—Voy a llorar. Es como si mi niña hubiera vuelto a casa; ¡qué mayor estás!

Las palabras se me atascan en la garganta y me invaden unas ganas terribles de llorar. Jenna era mi monitora cuando yo era campista, y a medida que me iba haciendo mayor y me cambiaba de grupo, ella también se cambiaba. Me juró que era pura coincidencia, pero a mí me gustaba pensar que era porque quería estar conmigo; solo era una niña que quería que la quisieran, así que me hacía mucha ilusión.

Cuando entramos antes por el camino de tierra sentí que pude respirar tranquila, como si por fin hubiese llegado al sitio donde tenía que estar.

Jenna tenía dieciocho años cuando nos conocimos, pero, a diferencia de mi hermana mayor de verdad, Jenna siempre me dio lo que necesitaba. Hizo de Ratoncito Pérez cuando se me cayó mi primer diente aquí, fue mi salvadora cuando me vino mi primera regla y mi hombro en el que llorar cuando me di mi primer beso con Todd Anson y un día después lo vi besando a Polly Becker en la pista de voleibol.

—Pero si hablé contigo hace dos días, y no hace tanto que hicimos la última fiesta de pijamas —digo entre risas mientras me libero de su abrazo y me coloco a su lado—. ¿Desde cuándo eres tan pegajosa?

—Ya, pero hacía mucho que no te veía aquí. Demasiado, la verdad. —Me encanta que sea pegajosa, y ella es consciente, pero me sigue el juego—. Perdón, es por los perritos. Me salta el reloj biológico. Encima este verano me va a tocar mirar cómo un montón de tíos altos y musculosos los llevan en brazos de acá para allá. —Suspira mientras mira en dirección a Russ y el resto de chicos, que juegan con el trío de golden retrievers—. Me parece que Pez ya ha escogido a su víctima de este verano. Tiene buen gusto.

No sé si Russ sabe que lo estamos mirando, pero no nos devuelve la mirada. No debería observarlo así, pero está tan guapo como anoche, incluso más. Me doy la vuelta para darle la espalda.

—Por cierto, respecto a él…

Jenna entorna los ojos como si intentara leerme el pensamiento, y parece que lo consigue cuando de pronto pone cara de horror.

—¡Pero si llevas aquí dos horas! Aurora, por favor, dime que no te las has arreglado para romper ya la regla número uno.

—¿Qué? ¡No! Claro que no. ¿Por quién me tomas?

—Gracias a Dios. No puedo ser tu jefa si vas a saltarte las normas.

—¡No me he saltado ninguna norma!

Murmura algo parecido a «uf» y pone los brazos en jarras.

—Vale.

—Fue anoche.

—¡Rory! —grita Jenna, pasándose la mano por la cara—. No hagas que me arrepienta de haber aceptado tu solicitud de trabajo si vas a pasarte el verano ligoteando. Me prometiste que ibas a trabajar duro. Que te pavonees por todo el campamento resultaba gracioso cuando eras una niñita presumida de nueve años, pero si vas a tener a un grupo de campistas a tu cargo, necesito saber que tienes la cabeza donde debe estar, no en la cama de un jugador de... ¿baloncesto? ¿Fútbol?

—En realidad juega al hockey...

—Me alegro de que diversifiques un poco, pero lo digo en serio, Ror. Me prometiste un verano entero. Que no se te ocurra abandonar a la mitad porque te aburre la vida del campamento. Necesito que estés ahí para los niños, no para un tío.

—Ten un poquito de fe en mí, Jen. Joder. No sabía que iba a estar aquí. Por raro que parezca, no me preguntó por mis planes de verano mientras me empotraba contra su cama —digo, cruzándome de brazos.

—En primer lugar, no quiero volver a oír semejante nivel de detalle sobre tu vida sexual —gruñe mientras hace un gesto de repulsión—. Y segundo, tengo fe en ti, Rory. Soy tu mayor defensora, pero también te conozco. No nos compliquemos más la vida, por favor. Concentra toda tu energía en los niños.

—Ya lo sé, Jenna —contesto—. Como te he dicho, no sabía que iba a venir.

Echa un vistazo rápido alrededor y vuelve a mí.

—Cuando os habéis despertado esta mañana, ¿ninguno habéis dicho algo en plan «Tengo que ir a Honey Acres»? ¿O «Muchas gracias por el polvo, pero me voy de campamento»?

—No, claro que no. Me fui anoche cuando él se escondió en el baño, y cuando me ha visto hace un par de minutos, ha hecho como que no me conocía. Somos adultos.

—La universidad, qué buenos tiempos.

Me coloco a su lado para mirar a mis compañeros de equipo, que charlan junto a los dispensadores de agua. Hay dos chicos con Russ, los dos muy guapos, y si no me equivoco, están hablando de baloncesto, algo que en circunstancias normales despertaría mi interés.

—Además, ni siquiera me interesa Russ, los otros dos son más monos. —Mentira—. No tienes de qué preocuparte. —Mentira podrida.

—Nada de tonterías con ninguno de esos... No, no me pongas esa cara, Aurora. Hablo en serio. No tienes carta blanca solo porque te quiera y te creas que las normas no van contigo. Me dijiste que querías encontrarte a ti misma este verano.

—Y es verdad.

A Jenna le saco una cabeza, pero incluso midiendo un metro sesenta escaso, se las apaña para moverme un par de centímetros a la izquierda cuando me da un empujón con el hombro.

—Como se te ocurra tirarte a alguien en el campamento, el único lugar donde vas a encontrarte a ti misma es enterrada en el bosque después de que te asesine.

—No me vas a asesinar. No me interesa ese tío y obviamente a él tampoco le intereso yo. —Vuelvo a acercarme a ella para pasarle la mano por el hombro y apoyar la cabeza encima, algo que empecé a hacer cuando la sobrepasé en altura, cosa que sé que le fastidia mucho—. Dime que vuelves a quererme.

Suelta un resoplido, algo que he echado de menos durante el tiempo que no nos hemos visto. Que Jenna se sulfure conmigo no es lo mismo en persona que por videollamada.

—Esto huele a queja formal en Recursos Humanos.

—Ya veremos —bromeo, arrastrando mucho la «ese» final

mientras ella intenta darme un codazo y me hace cosquillas en la cara con su melena corta—. Por favor, por favor, por favor.

—Te quiero, Aurora Roberts. Bienvenida a casa. Y ahora fuera de mi vista, que tengo que hacer un tour.

—Creo que se me van a caer los pies.

Le lanzo una mirada de incredulidad a Emilia.

—Si eres bailarina. Tus pies han estado muchísimo peor.

—El hecho de ser bailarina no ha impedido que las sandalias me destrocen los pies. Era un calzado muy poco apropiado para una excursión, jo.

—Típico de una chica de ciudad —digo en tono burlón—. Deberías haber leído más novelas románticas de pueblecitos pequeños para prepararte bien para el campo.

El «pequeño tour cortito» que había planeado Jenna y que debería haber sido apto para sandalias al final lo ha hecho Cooper, el jefe de los monitores de los Erizos, quien sospecho que siente debilidad por ella y por eso le ha pedido combinar los recorridos. Ha sido un detalle monísimo, pero gracias a Cooper y su entusiasmo, nuestro recorrido ha durado dos horas más que el de los demás y me siento como si hubiera recorrido cada brizna de hierba de Honey Acres.

La caminata nos ha dado la oportunidad de charlar con el resto de monitores, a excepción de Russ, que se ha quedado delante hablando con Xander, el mismo chico con el que estaba antes.

—Cierto —dice Emilia—. Nunca son suficientes novelas románticas de pueblecitos pequeños. —Mueve los dedos de los pies en la arena que bordea la orilla del lago, a la que todos llaman playa, donde hemos requisado dos tumbonas—. Voy a sentarme en el muelle a remojar un poco los pies; ¿quieres venir? ¿O te quedas a vigilar los asientos?

—Me quedo aquí. —Nuestras tumbonas son las mejores para observar a la gente, y me divierte observar quién se siente atraído por quién e intentar averiguar quiénes harán buenas migas. Me ha hecho gracia escuchar a Orla decir antes lo de la política de «romance cero», sabiendo que nadie va a hacerle ni caso. Cuando yo venía de campamento, todos especulábamos sobre quién se había liado con quién en secreto. Luego les dábamos el coñazo a los monitores para que nos contaran los cotilleos de los adultos.

Lo que más me gusta hacer ahora que soy monitora es mirar cómo los perros olisquean a todo el mundo y a veces se sientan para que les hagan mimos, y luego siguen su camino. Me encantan los perros, y por eso estoy mirando cómo uno se ha quedado dormido en el regazo de Russ, que él se ríe y charla con Maya, una chica de nuestro grupo, mientras Pez y el otro cachorro se duermen a sus pies.

—¿Está ocupado?

Miro a mi espalda y veo a Clay, el tercer chico de nuestro grupo, descalzo en la arena, con dos cervezas.

—Ahora no, pero enseguida vuelve. —Señalo a Emilia, que está hablando con alguien en el muelle—. Puedes sentarte.

Se sienta a mi lado y me tiende una de las cervezas.

—¿Quieres?

Aunque Orla hace lo que puede para que se respete la norma de prohibido beber, como no inspeccione la mochila de cada uno nada más llegar, no tiene forma de evitar que la gente cuele algo de alcohol en la semana de formación. Supongo que lo sabe, pero es menos estricta porque ahora no hay niños. Lo que sí se toma muy en serio es que los campistas metan alcohol, cosa que yo descubrí por las malas a los quince años.

—No, gracias. Eh... Estoy intentando no saltarme todas las reglas el primer día. —Ni cabrear de por vida a Jenna.

Clay se encoge de hombros y coloca la otra cerveza en el portabebidas.

—Nunca nos pillan. Ya he estado aquí antes. Pero tienes razón, ya tendremos tiempo de sobra para saltarnos las normas.

Empieza a hablar de ser monitor y me cuesta seguirle el hilo. No porque sea corta o algo así, sino porque él es muy muy aburrido. Para cuando pasa a hablar de que juega al baloncesto en Berkeley (¿o era en la USC?), ya me ha perdido por completo.

No es culpa suya que tenga la mente en otra parte, y estoy segura de que no está acostumbrado a que las mujeres desconecten cuando se pone a hablar con ellas. Es atractivo según los estándares convencionales: alto, mandíbula afilada, ojos y sonrisa bonitos. No soy gran fan de la cantidad de gomina que usa para peinarse, pero sobre todo porque tiene tanta que me preocupa que se produzca un incidente ecológico si le da por meterse en el lago. Y no me importaría que dejara de mirarme las tetas mientras hablo, pero tampoco es el peor tío que ha intentado acercarse a mí.

Normalmente aceptaría la atención que me presta y me dejaría llevar, pero su confianza en sí mismo me toca un poco las narices y me cuesta escuchar su rollo de flipado. ¿Me enrollo con un chico callado y de repente no me gustan los jugadores de baloncesto seguros de sí mismos? Fallo en la matrix.

Echo un vistazo a la playa y veo a los perros comodísimos mientras Maya le quita algo a Russ del hombro y le sonríe con dulzura. El perrito que tiene en el regazo ni siquiera se mueve cuando él se revuelve en el asiento y se toca la nuca con la palma de la mano.

—Bueno, mejor sí que me voy a tomar esa cerveza —digo, interrumpiendo a Clay mientras me cuenta cuánto tiempo aguanta en el banco de musculación del gimnasio.

—Oh, claro. Toma…

Al menos todavía está fresquita.

—Gracias. Un placer charlar contigo.

No oigo si me responde, porque me levanto y corro hacia el muelle donde está Emilia. Ella hace un gesto con las cejas al verme.

—¿Y nuestras tumbonas? —Mira la botella de cerveza—. ¿Y lo de ser una mujer nueva?

Se la doy, la acepta y le da un trago mientras me siento a su lado y sumerjo los pies en el agua.

—Mañana empiezo. Hoy me han fastidiado demasiadas cosas como para dar un vuelco a mi vida.

—Solo es tímido, Ror —dice Emilia con cautela, devolviéndome la cerveza.

La miro confusa.

—Clay no es tímido. Los tímidos no te miran las tetas.

Pone los ojos en blanco.

—Ya sabes de quién estoy hablando. Del otro, el que no dejas de mirar.

Miro detrás de mí, hacia la playa, y veo que Russ sigue hablando con Maya y que Xander se ha unido a ellos.

—Estoy mirando a los perros —digo—. Pero si te refieres a Russ... Bueno, no es tan tímido si está hablando con los demás, ¿no?

—Pues ve tú y habla con él.

—¿Y que me ignore con público delante? No, gracias.

—Maya echa de menos su casa, probablemente solo está consolándola.

—Ya lo sé, he hablado con ella antes cuando tú estabas al teléfono con Poppy. Vive al lado de la base de Fenrir en el Reino Unido, pero muchos de sus amigos de allí están aquí también. Mira, no es importante, es libre de hablar con quien le dé la gana; no estoy intentando ser ese tipo de tía. Es solo que me jode ser la única persona con la que no quiere hablar, ¿sabes? Empiezo a pensar que a lo mejor me engañó y no es tan majo como parecía.

—No te engañó. Y si lo hizo, ¿qué más da? Os liasteis y has seguido con tu vida como siempre. —Emilia me pasa el brazo por los hombros y me atrae hacia ella, apoyando su cabeza sobre la mía mientras yo le doy otro trago a la cerveza, que se ha quedado calentorra—. Si me vas a obligar a que me pase todo el verano escuchando cómo te quejas de un tío, le diré a tu madre que te quieres mudar a casa con ella.

—No. Ya te lo he dicho, mañana seré una mujer nueva.

9

Aurora

¿Por qué es más fácil decir que vas a trabajar en ti misma que hacerlo de verdad?

Quiero dejar atrás mis hábitos autodestructivos y, sin embargo, aquí estoy el primer día del Proyecto Aurora, con el móvil en la mano, viendo los *stories* de Norah sabiendo que me van a molestar.

Y me molestan. Tengo que trabajar en mis técnicas para mandar malas energías, porque el equipo de papá lo ha petado en el Gran Premio de España y él está muy feliz. Lo sé por los vídeos tiernos que ha colgado Norah donde su hija sale celebrándolo con él en su casa. Me meto el móvil en el bolsillo trasero de los pantalones cortos, intento olvidarme de la familia perfecta de la que no formo parte y camino a toda velocidad en dirección al cursillo de seguridad contra incendios, al que ya llego tarde.

Mientras que los ejercicios de formación de equipos se llevan a cabo en grupos grandes, toda la formación específica se realiza en nuestro grupo de seis, por lo que es imposible colarse sin ser detectado.

—Llegas —Jenna mira su reloj— seis minutos tarde, Rory.

Normalmente me daría igual llegar tarde, pero sentir los

ojos de todos sobre mí hace que se me ponga la cara como un tomate. Bueno, todos menos uno. Murmuro un «perdón» en voz baja y mantengo la cabeza gacha mientras ocupo el asiento vacío entre Emilia y Clay. Él se inclina hacia mí y susurra:

—No te has perdido nada. En resumen: el fuego quema.

—Lo tendré en cuenta. —Contengo la risa mientras trato de concentrarme en la explicación de Jenna sobre el protocolo de evacuación. Clay me ofrece una uva de la bolsita de plástico que tiene en la mano, lo que, después de ayer, me parece un gesto de buena voluntad.

Jenna está ocupada explicando las técnicas para hacer fogatas cuando siento un golpecito en el pie. Miro al suelo y descubro una bola de pelo que está mordisqueando los cordones de mis zapatillas. Agarro al cachorro regordete y le miro la etiqueta.

—¿Quién eres tú? —Ah, es Salmón—. A ver, pequeñín, ¿dónde está tu hermanita?

En cuanto levanto la mirada, veo a Trucha arrullada como un bebé sobre el pecho de Russ. Ay Dios, esto no es justo. No puedo apartar los ojos de una imagen tan adorable, lo cual es un error, porque cuando Russ por fin aparta la vista de la perrita, me mira directamente a los ojos.

Nos quedamos mirándonos fijamente de un modo bastante incómodo, hasta que Salmón decide ponerse a mordisquearme las puntas del pelo y me distrae. Cuando vuelvo a mirar a Russ, ha desviado la vista hacia Jenna.

El resto del cursillo se pasa volando sin más miradas, y cuando todos volvemos paseando por el césped principal de camino a la actividad de espíritu de grupo, me siento mejor que hace dos horas, mirando adonde no debo mirar.

—He decidido que no me importa —le digo a Emilia.

—Eso está bien —dice en tono despreocupado, con cuidado de no tropezar con Salmón, que se enreda entre nuestros pies mientras caminamos, intentando mordernos los cordones de las zapatillas—. ¿A qué te refieres exactamente?

—A todo.

—Me parece una actitud muy sana que seguro que no te traerá ninguna consecuencia en el futuro.

Esquiva con destreza mi codazo cuando intento darle en las costillas.

—Voy a borrar mi cuenta de spam y voy a dejar el móvil bloqueado en la maleta. Ojos que no ven, corazón que no siente.

—Apoyo la moción. Ya te lo he dicho alguna vez, cuando depositas tu esperanza en un hombre, no suele salir nada bueno. Deja que Chuck y Norah jueguen a ser una familia feliz por redes sociales y tú céntrate en ti.

—Dios, por un momento has sonado igual que mi madre —digo en tono burlón.

Cansada de esquivarlo, Emilia se agacha para coger a Salmón y se lo pone debajo del brazo.

—Qué plasta eres —refunfuña.

El golden retriever saca la lengua mientras Emilia forcejea con él. Me acerco a Salmón para rascarle detrás de las orejas mientras seguimos de camino hacia la actividad.

—¡No es plasta! Es un bebé.

Emilia me mira con la ceja levantada.

—Me refería a ti.

Por fin llegamos al grupo de monitores que está junto a varios tablones de madera y plataformas dispuestas en grupos de cuatro.

—No tengo ni idea de qué hay que hacer con esto —dice Maya.

Yo he visto alguna vez esta actividad, pero nunca la he hecho.

—Tienes que llegar con todo tu equipo desde la primera plataforma hasta la última, pero cada vez es más difícil moverse entre ellas porque los huecos se hacen más grandes y las plataformas más pequeñas. No se puede tocar el suelo.

—De locos —dice con una sonrisa—. Voy a saludar a mis amigas, ahora mismo vuelvo.

—Me pregunto si te aguantaría mejor si todavía tuvieras acento británico —me dice Emilia en voz baja, mirando cómo Maya se aleja de nosotras.

—Yo nunca he hablado como Maya. Siempre he tenido bastante acento americano. Y se me marcaba más dependiendo de cuánto tiempo pasara en el trabajo de papá.

Xander, Russ y Clay dejan de susurrarse al oído y se vuelven hacia nosotras.

—Vale, este es el plan —dice Xander muy serio—. Vamos a saltar entre las plataformas.

A Emilia se le escapa una carcajada y yo sacudo la cabeza.

—No, ni de coña.

—¿Por qué? Es lo más fácil —replica.

Emilia sigue riéndose ante la idea de tener que dar semejantes saltos. Xander parece sorprendido de verdad, mientras que Clay también intenta contener la risa. Russ está... observando.

—Será fácil para ti, joven promesa de la NBA, pero para el resto de los mortales es imposible saltar eso.

—Te ayudamos. No pasa nada.

Xander no ha movido la boca, y en ese momento me doy cuenta de que el que ha hablado ha sido Russ.

—Oh. —«Di algo, Aurora»—. Vale.

Soy tonta del culo.

Russ hace con la cabeza el típico gesto de tío, sin añadir nada más. Ha estado bien oír su voz para saber que es real y no solo un producto de mi imaginación que me persigue como el fantasma de los polvos pasados.

—¿Esto está encendido?

Todos nos volvemos hacia Orla, que está subida a la última plataforma con un megáfono. Lleva con el mismo megáfono desde que la conocí, y cada vez que se le rompe le pide a los de mantenimiento que se lo arreglen, en lugar de comprarse uno de este siglo.

Una vez se lo robé. Lo usé para darle un susto de muerte a Jenna mientras ligaba con un monitor y me castigaron sin actividades durante el resto de la tarde, pero mereció la pena.

Orla explica las reglas: no se puede avanzar hacia la siguiente plataforma sin que el resto del equipo esté junto. Si alguno del equipo se cae, todos tienen que empezar desde el principio;

y ganan los que consigan llegar antes al final y se mantengan treinta segundos en la plataforma sin caerse.

Maya regresa al grupo y Xander se vuelve hacia ella de inmediato.

—Lo hacemos saltando.

—Ni de coña —decimos Emilia y yo al unísono.

—Tú eres alto —dice Maya, mirándolo de arriba abajo.

—Gracias por la información...

—Si tan seguro estás, ¿por qué no te tumbas entre las plataformas y cruzamos por encima de ti como si fueras una pasarela?

—Sí, Xan —dice Russ con una sonrisa—. ¿Por qué no te usamos de pasarela?

—No me hace mucha gracia que me pise la cara un jugador de hockey, la verdad.

—No lo descartes sin haberlo probado antes —digo sin pensar.

Por suerte, la mayor parte del grupo no ha escuchado mi pequeña confesión, pero ellos dos sí, y Russ se pone rojo como un tomate.

Xander nos mira alternativamente con una cara rara, y en ese momento suena el silbato y se acaba la conversación. Los seis echamos a correr hacia la primera plataforma, donde cabemos por los pelos.

—Estamos en desventaja porque tres de vosotros sois gigantes —refunfuña Emilia detrás de Clay, con la cara apretada a su espalda.

—Aurora, perdón por tocarte el culo, pero no puedo mover la mano —dice Maya.

—También estás tocando el mío —añade Xander.

Russ suspira.

—No, ese soy yo.

La plataforma cruje mientras Russ salta a la siguiente, seguido de Clay y Xander. Una vez han saltado, tenemos suficiente espacio como para maniobrar, y nos coordinamos para colocar una tabla entre las dos plataformas y así poder pasar a pie.

—¡Pero saltad! —grita Xander.

Maya extiende los brazos para mantener el equilibrio mientras camina hacia la siguiente plataforma.

—¡No voy a ponerme a dar saltos teniendo una puta tabla!

—Venga, Mary Poppins —dice Clay, tendiéndole la mano a Maya en los últimos pasos. Seguimos sus pasos con facilidad y cuando nos juntamos todos en la siguiente plataforma vuelve a empezar todo el suplicio.

—¡Xander, me vas a tirar al suelo! —Me agarro a Clay, que está detrás de mí, y él me planta las manos en la cintura. Le suelto para agarrar mejor a Emilia y lo miro de reojo—. Tranquilo, no hace falta que me sujetes.

Nos damos cuenta de que la madera apenas llega a la siguiente plataforma, que está más lejos que la anterior, y los chicos elaboran un plan para que uno salte el último y así pueda ayudarnos a cruzar a los que no tenemos sangre de canguro. El aire se llena de los gritos de todos los demás equipos dándose instrucciones, y cuando me doy cuenta de que llevamos una ligera ventaja mi lado competitivo se pone alerta.

Xander salta con facilidad a la siguiente plataforma, se arrodilla y alcanza el otro extremo del tablón, que no es lo bastante largo como para llegar a su lado. Lo mantiene firme con un brazo y todas pasamos y le damos una palmadita en la cabeza al subirnos por encima de él. Luego nos colocamos en el borde para que Russ y Clay salten también.

—Ay, Dios —dice Emilia—. Que alguien salte antes de que perdamos el equilibrio.

Los chicos saltan otra vez como si fuera absurdamente fácil, pero en cuanto llegan a la última plataforma queda claro que no hay espacio para seis personas. Incluso si lo hubiera, no hay forma de dar un salto tan grande.

—¿Cómo coño hacemos esto? —Pongo los brazos en jarras, pero como no hay hueco, le doy un codazo a Maya.

—¿A nadie le preocupa el peso que puedan resistir las plataformas? —dice Clay, mirando la madera que cruje a sus pies.

—¿Alguna ha sido animadora? —pregunta Xander.

—Creo que ese no es el tipo de espíritu de equipo que debemos tener ahora, colega —dice Emilia con sorna.

Xander pone los ojos en blanco y señala al espacio que nos separa.

—Dos de vosotras podéis impulsar a otra. Y nosotros la agarramos. —Nos quedamos en silencio—. ¿Me estáis diciendo que ninguna era animadora en el instituto?

—Vamos a ver... —dice Maya—. Eso no existe donde yo vivo.

—A Aurora la echaron del equipo de animadoras en primero —dice Emilia—. Y en mi caso... El ballet y las pirámides humanas no son buena combinación.

—Y tampoco es que tú animes mucho en general —murmuro entre dientes.

—¿Por qué te echaron? —pregunta Clay al instante.

—Eso da lo mis...

—Robó la mascota del otro equipo y la perdió.

—¡Emilia!

Xander mira al resto de equipos con cara de preocupación.

—Chicos, hay que seguir...

—¿Cómo vas a perder una mascota? —pregunta Russ, mirándome a los ojos.

—Eh... Bueno... Salió corriendo. —He captado su atención. Abre los ojos de par en par y me siento en la obligación de explicarme—. Era un cerdo, no una persona. Lo encontraron unas horas después; estaba perfectamente. Estaba con el perro del conserje, y bueno... dijeron que mi actitud no se ajustaba a los valores básicos del equipo. Pero, en fin, ¿podemos seguir? ¿A quién lanzamos?

—Chicas, me va a escocer bastante si perdemos solo porque todas seáis bajitas y Aurora sea una robacerdos —suelta Xander.

—Todo el mundo es bajito cuando tú eres un gigante, no te jode. Maya, te ha tocado —digo mientras entrelazo los dedos y me arrodillo para que ella ponga el pie en el hueco de mis manos.

—Solo para que conste —dice en voz baja—. Me parece una idea terrible.

—¡Preparaos para cogerla! Tres... Dos... Uno...

Me siento como si jugáramos a los bolos humanos cuando Emilia y yo lanzamos a la pobre Maya hacia los chicos, quizá con demasiada energía. Por suerte, la agarran y la aprietan contra ellos para que no se caiga de la plataforma. No hay espacio para nadie más, y no tengo muy claro cómo vamos a lograrlo.

—¡Súbete en los hombros de alguien, Maya! —grita Emilia.

Russ y Clay levantan en volandas a Maya y la ayudan a subirse a los hombros de Xander, haciendo así un poco de espacio para otra persona. Emilia me da un pequeño codazo, ahora que tenemos más hueco.

—Te toca.

—Ni de coña. Te toca a ti.

Xander vuelve a mirar al resto de grupos.

—Aurora, por mucho que creas que no puedes, eres lo bastante alta como para saltar. —Si cree que voy a poder solo porque mido uno setenta en lugar de uno sesenta, como Emilia, está claro que no tiene ni idea de que ella es capaz de saltar por el escenario como una gacela—. Emilia, tengo una idea. ¿Confías en nosotros?

—Ni un poquito —contesta ella. Yo también sacudo la cabeza, intentando no reírme cuando Xander pone cara de ofendido.

—¿Puedes aprender a confiar en nosotros en los próximos cinco segundos? Da un salto grande, con los brazos y los dedos extendidos.

—Pero ¿te crees que tengo los dedos tan largos? —suelta ella.

Me río antes de decir lo que voy a decir.

—Bueno, eso dicen algunas...

—¡No! ¡No! ¡No!

Consigo mantenerme en la plataforma agarrándome a Emilia, y eso que ella me ha empezado a empujar intentando tirarme afuera, para horror de nuestros compañeros, que se ponen a gritar.

—Dios, qué estrés —gruñe Clay—. Extiende los brazos, Emilia. Russ y yo te cogeremos de las manos y tiraremos de ti; solo tienes que llegar lo bastante lejos como para que te alcancemos.

—Te odio por haberme convencido de venir aquí —murmura ella antes de situarse al borde de la plataforma con los brazos extendidos. Tal y como ha dicho Xander, todo sale bien y en pocos segundos Emilia ya está al otro lado, subida en los hombros de Clay.

No hay manera humana de que Clay pueda agarrarme con Emilia subida a sus hombros, por lo que no me queda otra que saltar. Me invaden unas ganas terribles de bajarme de la plataforma y hacer que perdamos.

—¡Me da miedo! —grito, intentando sin éxito visualizarme saltando toda esa distancia. Hay mucho más espacio ahora que me he quedado sola, pero no el suficiente como para coger carrerilla.

—¡Tú puedes, Rory! —grita Emilia desde lo alto de Clay—. Por favor, hazlo rápido. Creo que me está dando vértigo.

—No sé si voy a poder…

—Aurora —dice Russ en voz baja, moviéndose un poco para que su cuerpo sea el más cercano a mí—. Mírame. Puedes hacerlo, solo tienes que saltar a mis brazos y yo te agarro, ¿vale?

—¿Y si te caes?

—Pues nos caemos juntos. —Me sonríe y el corazón me da una sacudida contra el pecho como el traidor que es. «No debería importarnos nada, ¡recuerda!»—. Y Xander se cabreará con los dos.

—Sí, me voy a cabrear con los dos —refunfuña.

—Tú ni caso, solo mírame a mí —me dice Russ—. Creo en ti. Respira hondo. Voy a empezar la cuenta atrás y cuando la acabe, salta con todas tus fuerzas.

—¿Y me vas a coger?

—Te prometo que te voy a coger. Tres… Dos…

Se inclina hacia delante con los brazos extendidos y desconecto cuando llega a uno, para concentrarme en impulsar mi cuerpo hacia el suyo. Casi de inmediato tiene las manos en mis brazos y me aprieta contra su pecho.

—¡Vamos, Osos Pardos! ¡Treinta segundos para ser los ganadores! —anuncia Orla por el megáfono.

—Que no se mueva ni Dios —dice Xander.

Muevo un poco los brazos para separarlos del pecho de Russ, pero él no afloja las manos con las que me agarra, y mantengo el cuerpo pegado al suyo sobre la plataforma. Huele a ropa limpia, a sándalo y a vainilla, y cuando levanto la vista hacia su cara, tiene los ojos cerrados y no para de murmurar en voz baja nombres de equipos de hockey.

En ese momento siento una presión contra el estómago y por fin me suelta, pero ya es demasiado tarde.

Son los treinta segundos más largos de la historia mientras Russ intenta por todos los medios aplacar la erección que presiona contra mi cuerpo.

—¡Los Osos Pardos han ganado! —anuncia Orla, para alegría de Xander.

Me bajo de la plataforma para alejarme de Russ. Por suerte, los otros chicos están distraídos bajando a Maya y Emilia de los hombros, y cuando Russ me mira, no puedo evitar guiñarle el ojo.

Esta vez se le ponen rojas hasta las orejas.

10

Russ

—¿Vas a decir algo o solo vas a quedarte ahí mirando?

JJ no cambia la cara de flipado y me están dando ganas de desconectar la videollamada.

—Es un honor, aunque no tanto una sorpresa, que me llames para pedirme consejo. ¿Qué necesitas, colega? ¿Quieres saber cómo funcionan los intereses? ¿O qué es un plan de pensiones?

—Sí, te he llamado desde el campamento para hacer planes de jubilación —digo con sarcasmo mientras pongo los ojos en blanco—. Tendría que haber llamado a Nate.

—Retira eso ahora mismo. —JJ, que estaba tirado en el sofá, se incorpora de pronto—. Tienes toda mi atención. ¿Qué pasa?

Estamos en la pausa para comer y me he venido al edificio principal porque es el único sitio donde se pilla wifi. Miro alrededor para asegurarme de que no hay nadie cerca.

—Aurora. La chica con la que me lie el sábado por la noche. Está aquí.

—Mola. Me encantan los rolletes de verano —dice alegremente.

—No. Nada de rolletes. Se fue... mientras yo estaba en el baño. —Me hundo un poco en el asiento, muerto de vergüenza por admitir delante de mi amigo que una chica ha pasado de mí—. Y además aquí está prohibido que los monitores se líen entre ellos. Pero aunque se pudiera ella no estaría interesada.

JJ se queda en silencio y me impaciento por su respuesta.

—Russ, vas a tener que explicármelo como si tuviera cinco años, porque no entiendo muy bien qué está pasando aquí.

—Me estaba armando de valor para pedirle salir, y cuando volví del baño ya se había ido. Humillante, lo sé, pero ahora es muy incómodo porque estamos los dos aquí y la estoy evitando y...

—Frena, Callaghan. ¿Te gusta esa tía y la estás evitando? ¿Por qué?

—No quiero que se sienta incómoda. No quería volver a verme y ahora no puede huir de mí. Estamos en el mismo grupo y todo.

JJ suspira profundamente.

—¿Ella te ha dicho que no quiere volver a verte?

—En realidad no he hablado con ella. Ya te he dicho que he mantenido las distancias. No quiero que...

—Que se sienta incómoda, que sí, ya lo has dicho. Russ, tío. No tienes remedio, pero te quiero igual.

—¿Gracias? Supongo.

—No es verdad hasta que ella lo diga. A menos que ella te diga que no quiere volver a verte, todo son suposiciones tuyas.

Genial.

—¿Y entonces qué hago?

—Bueno, ahora mismo pareces el típico tío que ha conseguido lo que quería y ahora ignora a la chica. Pero tú no eres ese tío. Eres un buen chaval que no se da cuenta de que a veces la gente se pira después de follar y que eso no tiene por qué significar nada dramático. No tendrás ninguna oportunidad con ella si la ignoras, lumbreras.

La verdad es que no, no tengo remedio.

—No estoy buscando nada con ella. No quiero que me despidan.

—¿Y por qué me llamas para preguntarme por una tía con la que no quieres nada?

—Solo quiero saber cómo comportarme con ella, ya que tenemos que trabajar codo con codo todo el verano. —Me rasco la mandíbula, sintiéndome bastante inútil respecto a las mujeres—. Ayer se pegó mucho a mí... No me mires así, fue por una actividad de equipo. Y estaba tan cerca que pude olerle el pelo, y yo qué sé...

Bajo deprisa el volumen del móvil y vuelvo a asegurarme de que no hay nadie cerca mientras JJ empieza a emitir un ruido que podría describirse como una carcajada. Cuando por fin se calma siento cómo me arde la cara.

—Eso nos pasa a todos, colega. ¿Se dio cuenta?

—Pues a ver, se la clavé en el estómago. —Suspiro y me paso la mano por la cara mientras me preparo para una nueva carcajada—. Cuando se separó de mí, me guiñó el ojo.

Me da tiempo a contar hasta treinta antes de que JJ termine de reírse.

—Así que esa era la verdadera razón por la que querías hablar conmigo.

—¿Qué hago?

—Aceptar que malinterpretaste por completo la situación y hablar con ella, en lugar de evitarla como un gilipollas. Convive con ella del único modo posible: conviviendo con ella. Fácil.

Las puertas se abren a mi espalda y miro hacia atrás, donde Xander aparece con los perros.

—Tengo que irme, pero te lo agradezco, tío. Gracias por escucharme.

—Adiós, amante bandido. Mantenme informado —dice JJ, desconectando la videollamada.

Ahora que tengo conexión, me han entrado todas las notificaciones de golpe mientras hablaba con JJ. Lo último que hay en el chat de grupo es una foto de Mattie, Bobby y Kris en una playa de Miami y otra de Lola, Stassie y Joe en el vuelo a Nueva York.

Grabo un vídeo de Trucha subiéndose por la parte exterior del sillón y deslizándose hasta mi regazo, y lo envío al chat. Estoy a punto de cerrar los mensajes cuando veo uno de alguien de quien esperaba no tener noticias.

PAPÁ

Cómo estás?
Viste mi solicitud??

Y unas horas después:

Ya ni te dignas a contestarme?
Te crees mejor que yo, no?
Te crees superior a tu familia

—Estoy hecho polvo, tío —murmura Xander, tirándose en el sillón que hay a mi lado. Bloqueo el móvil enseguida y me lo guardo en el bolsillo—. Hace un sol que flipas.

Tardo un poco en procesar lo que ha dicho porque el corazón y el cerebro me van a mil por hora después de leer los mensajes de mi padre.

—Sí, es brutal. ¿Y el resto?

Se quita las zapatillas y estira las piernas.

—Tomando el sol, creo. Yo necesito refrescarme un poco antes de derretirme.

Compartir habitación con Xander de momento está funcionando muy bien. Si olvidamos lo competitivo que es, cosa que descubrí ayer, en general es muy tranquilo y ordenado, y parece tener buena intuición para saber cuándo dejar de hacer preguntas. Cuando se dio cuenta de que Emilia, Aurora y yo vamos a la misma universidad y me preguntó si nos conocíamos, al ver que solo le respondía «Más o menos» y me encogía de hombros, no insistió.

Nos quedamos en un silencio cómodo (que es otra cosa que aprecio de él) mientras Xander ojea su móvil. A mí me da miedo volver a sacar el mío, así que le dedico a Trucha toda mi atención y pienso en lo que me ha dicho JJ.

—¿Tienes ganas del cursillo? —me pregunta Xander, levantando la vista del teléfono.

Aunque en el campamento hay enfermeros, tenemos que hacer un cursillo básico de primeros auxilios. Cualquier cosa es mejor que el cursillo de seguridad de arnés de esta mañana, en el que me he pasado todo el rato agachado a la altura del paquete de Xander. Por no hablar de los ejercicios para romper el hielo, que son lo que más odio del mundo.

—A estas alturas, todo lo que no sea un ejercicio para romper el hielo me parece bien.

Suelta un lamento mientras echa la cabeza hacia atrás. Trucha se sobresalta por el sonido.

—Que alguien les diga que ya hemos roto el hielo de sobra. Esta mañana he visto a Clay en bolas sin querer; eso sí que te rompe por dentro.

Esta mañana estaba intentando echar al perro de nuestra cabaña cuando casi me choco con Xander, que traía cara de horror. «Me he metido en la cabaña que no era —ha dicho, con una mueca de terror—. No me he dado cuenta. Dios mío».

—En ese caso, a lo mejor hay que refrescar el hielo un poco —digo de broma—. ¿Quieres que te llene la botella antes de irnos?

Asiente y me la tiende.

—Gracias, tío.

Me dirijo al dispensador de agua cuando me doy de bruces con alguien al doblar la esquina. Se me caen las botellas al suelo y agarro del hombro a la persona con la que he chocado, para estabilizarla.

—Perdona. No estaba mirando por donde iba... —Aurora finalmente recupera el equilibrio y levanta la vista—. Oh. Hola.

—Hola. —Se mueve y entonces me doy cuenta de que todavía la tengo agarrada. Tiene los ojos algo hinchados—. ¿Estás bien?

—Estoy genial —dice al instante, y me dedica una sonrisa luminosa que parece de todo menos real. Conozco su sonrisa de verdad (se me han quedado grabadas todas las veces que la hice reír) y no es esta—. Todo va fenomenal.

No me da la impresión de que todo vaya fenomenal. Cojo las botellas que se me han caído y aprovecho los segundos sin que sus ojos verdes y tristes me miren para devanarme los sesos y averiguar qué le ha podido pasar. Esta mañana he oído que le decía a Maya que no le gusta que le pongan de pareja con Clay porque le molesta cómo le mira el cuerpo cuando trabajan juntos.

A mí tampoco me gusta cómo le mira el cuerpo cuando están juntos, ni su forma de tocarla, siempre durante unos segundos más de lo debido. Pero lo achaco a los celos, no a la base de mis preocupaciones. Aurora y Maya están de acuerdo en que, aunque sea un poco baboso, en el fondo es inofensivo, lo que me hace sentir algo mejor y me da menos ganas de tirarlo al lago o a una madriguera de oso.

—Iba a por un poco de agua para mí y para Xander.

—El agua está bien —dice con un entusiasmo un poco exagerado—. El agua, eh... hidrata.

Me meto las botellas debajo del brazo y carraspeo.

—Aurora, ¿ha pasado algo?

—Nada que no debiera esperar a estas alturas. No pasa nada. Estoy bien. Todo va de lujo —dice. No sé a quién intenta convencer más, si a mí o a sí misma. Antes de que pueda seguir preguntando, da un paso atrás, con una sonrisa falsa—. Nos vemos en el cursillo.

Se va antes de que tenga tiempo de responder.

Los ventiladores solares que nos apuntan a los seis mientras esperamos a nuestro instructor son inútiles ante el calor excepcionalmente sofocante de la tarde.

—No puedo vivir así —gime Xander mientras se abanica con la mano—. ¿No podríamos haber hecho esto dentro?

—¿Cómo crees que estoy yo? —dice Maya, sacudiendo su camiseta de los Osos Pardos—. Si en Inglaterra no tenemos ni sol.

—A mí me preocupa más que se derritan los maniquíes de reanimación —digo, a la vez que señalo con la cabeza el montón de muñecos de plástico.

—Hola, hola. Ya estoy aquí. Lo siento, soy Jeremy y vosotros deberíais ser... —Mira su carpeta—. ¿Alexander, Aurora, Clay, Emilia, Maya y Russ? ¿Sí? Perfecto.

Enseguida me hago fan de Jeremy porque se queja del calor que hace y nos lleva a nosotros y al equipo a una zona de sombra. Además no me elige para hacer la demostración, lo que también le da puntos.

Emilia acaba sudando a chorros y jadeando una vez que consigue colocar a Xander en la posición de recuperación, pero nada más acabar se sienta y admira su trabajo con las manos en las caderas, como un padre orgulloso.

—El resto poneos por parejas y practicad, por favor —indica Jeremy—. Yo os vigilo, así que si tenéis cualquier problema me decís.

Clay se acerca inmediatamente a Aurora, pero yo llego antes.

—Vamos —digo, señalando con la cabeza una colchoneta—. Si quieres, te lo hago yo primero.

—Vale. —Creo que es la vez que más callada la he visto desde que llegamos hace unos días. Sé que no debería esperar nada mejor después de evitarla durante cuarenta y ocho horas, pero sigo sin saber qué la ha alterado antes y eso me inquieta mucho—. Gracias.

Nos colocamos en posición, ella en la colchoneta y yo a su lado, y de repente no recuerdo cómo se hace esto. Ya he asistido a cursos de primeros auxilios, porque el entrenador Faulkner nos obliga a hacerlos todos los años e insiste en que nunca sabremos cuándo los necesitaremos... Y sin embargo aquí estoy, como si no tuviera ni idea.

Miro cómo Xander coloca a Emilia y de pronto me acuerdo. La agarro de la parte de atrás del muslo y le coloco la pierna en la posición correcta.

—Deberías decirle que no te gusta cómo te toca.

Por suerte, esta tarea me permite no mirarla a la cara directamente, pero aun así siento sus ojos clavados en mí.

—¿Cómo lo sabes?

—Porque todo tu lenguaje corporal cambia cuando él se acerca.

Suelta una especie de carcajada.

—Parece que te fijas mucho en mi cuerpo para no haberme mirado apenas desde que llegamos aquí.

Sus palabras me paralizan, pero el impacto solo dura un segundo antes de que me sobreponga y le mueva suavemente los brazos en los ángulos correctos, girándola sobre el costado hasta la posición de recuperación.

—Díselo, Aurora.

—¿Estás celoso? —pregunta mientras gira sobre su espalda y se sienta.

Está recostada sobre las manos, con el pelo alborotado por la colchoneta y unas cuantas pecas en las mejillas. Joder, es guapísima, pero hoy tiene algo diferente. Claro que estoy celoso de que a Clay le resulte tan fácil hablar con ella y tocarla sin pensar en las posibles consecuencias.

—No, no estoy celoso.

Parece triste.

—Entonces no tienes por qué preocuparte, ¿verdad?

—Aurora, es que...

Se levanta antes de que pueda acabar la frase.

—Perdona, voy al baño.

Asiento y miro cómo se marcha. Me tumbo en la colchoneta para no tener que ver cómo los demás están de buen rollo mientras siguen el ejercicio. Cinco minutos después reaparece y se deja caer a mi lado en la hierba. Entonces se pasa el pelo por detrás de las orejas, se hace un ovillo y dice:

—Perdón por estar un poco rara. Estoy teniendo un mal día. Es el cumpleaños de mi padre y, en fin, tenemos una relación de mierda. Bueno, llamarlo relación ya es mucho... ¡Y con esto ya he hablado de más, oficialmente! ¿Podemos empezar de nuevo? Me gustaría colocarte en posición de recuperación.

—A mí también me gustaría mucho que me colocaras en posición de recuperación.

Es bonito ver lo concentrada que está. Intenta levantarme la pierna, como yo he hecho con ella, pero resopla y tiene que levantarla con las dos manos.

—¿Quieres que te lo ponga más fácil?

—¡No! —dice, tirándome de la pierna para colocarla en el ángulo correcto—. Si estuvieras desmayado sería aún más difícil.

—Vale, entonces...

—Dios santo, me siento como si estuviera en el gimnasio. ¿Por qué eres tan grande? —Me va a matar mientras intenta salvarme—. ¡Ay, se me ha olvidado comprobar si respirabas o no!

Antes de que pueda asegurarle que estoy respirando (de momento) me ahogo en un mar de pelo rubio con olor a melocotón cuando me acerca la oreja a la cara. Una vez que todas mis extremidades están en el ángulo correcto, me atrae hacia ella para colocarme en la posición final.

—Muy bien, Aurora —dice Jeremy detrás de mí. Ni siquiera me había dado cuenta de que estaba ahí—. Ahora podéis pasar a los vendajes. Hay que seguir una guía paso a paso; os traigo un paquete y me avisáis cuando hayáis terminado.

—Buen trabajo, compañero —me dice Aurora, levantando la mano para que choque los cinco—. Hacemos un buen equipo. —Choco la palma de mi mano contra la suya—. Se te da bien... salvar a la gente.

Sonrío mientras la escucho hablar sin control, un poco más confusa con cada palabra que sale de su boca.

—A ti también se te da bien salvar a la gente.

—Se me está derritiendo el cerebro con este sol. Vamos a por las vendas. Si quieres, házmelo tú primero. —Sacude la cabeza y se lleva la mano a la frente—. Uy, eso ha sonado raro, ¿no?

Cuando Aurora se muere de vergüenza está adorable.

—Sí. Buen trabajo, compañera.

11

Russ

Aurora está muy muy borracha, lo que significa que tengo que guardar las distancias.

Aunque Xander me ha asegurado que la gente bebía alcohol cuando él vino el año pasado y que no pasó nada, yo sigo optando por mantenerme alejado del caótico juego de beber que parece ser mitad Verdad o Atrevimiento, mitad Yo nunca, dependiendo del lado del círculo de la hoguera en el que estés.

Nuestra cabaña es una de las ocho cabañas de monitores que bordean el lago, lo que me da un punto de vista perfecto para observar lo que hace el resto del campamento mientras estoy a mi bola con un libro.

Mi amor por la lectura empezó cuando era pequeño y mi padre estaba de mal humor porque, como a todos los ludópatas, se le da fatal el juego. Leer era lo más divertido que podía hacer en silencio absoluto, y me servía para evitar llamar la atención cuando él se ponía a discutir por alguna cosa.

Siento como si se cerrara el círculo cuando hago lo mismo para alejarme de mis problemas de adulto.

Sé que para los demás puede parecer aburrido, pero de momento me encanta estar aquí, y aparte de los motivos obvios, esto es lo que me hace querer no volver a casa. Puedo intentar no preocuparme por lo que la gente sepa o piense de mí, que es algo que me cuesta dejar de lado cuando estoy en la universidad. Probablemente no vuelva a ver a la mitad de estas personas, así que eso es lo que me repito para mis adentros para intentar ser yo mismo y participar.

Aunque sí que hay una persona que puede que vuelva a ver, y ahora mismo está bebiendo directamente de una botella mientras se ríe a carcajada limpia. No parece muy real, sino más bien una farsa. Aurora me suele dar esa impresión: siempre se muestra muy feliz, todo sonrisas y carcajadas, pero intuyo que hay algo forzado en ellas.

Antes me he sentido como el mayor imbécil del mundo cuando ha venido hacia mí, seguramente para liarme en el juego, y en cuanto le he visto la botella de tequila en la mano, me he dado la vuelta en dirección a mi cabaña para alejarme de ella. La he sorprendido mirando hacia aquí unas cuantas veces, pero cada vez que veía que le devolvía la mirada, volvía a centrarse corriendo en el juego.

Cojo la botella de agua de la barandilla que hay a mi lado, estiro las piernas y me dirijo a los dispensadores de agua que hay junto al césped principal. Es raro no tener que preocuparme de pisar a algún perro sin querer, aunque echo de menos a mis pequeñas sombras cuando no están por aquí.

Jenna dice que debería estar agradecido de que me hayan escogido, y lo estoy. Nunca he sido la primera opción de nadie, por lo que me aferro con fuerza. Incluso aunque sean perros.

Paso por delante de las cabañas vacías de los niños, al lado del jardín principal, cuando oigo pasos en el camino de grava. Aurora tiene las mejillas sonrosadas y los ojos vidriosos cuando me alcanza.

—Odio correr —jadea, apoyándose en las rodillas mientras intenta recuperar el aliento—. ¿Qué haces?

—Voy a por agua. ¿Va todo bien?

Ella asiente, se incorpora e inmediatamente empieza a tambalearse.

—Todo va genial. Me encanta mi vida.

A mí no me parece que le encante su vida; lo ha dicho balbuceando y en un tono agudo incómodo y muy poco natural. No sé lo que ha pasado entre la actividad de esta tarde y ahora, que tiene la típica cara de la chica borracha que se echa a llorar en las fiestas.

—¿Seguro que estás...?

—No te has unido. —Se tambalea hacia delante, recupera el equilibrio rápidamente y camina hacia mí hasta que está lo bastante cerca como para que alcance a tocarla. El olor del fuego flota en el ambiente, cosa que me alegra porque así me olvido de su champú. Le tiembla el labio inferior y mantiene un ritmo de respiración entrecortado—. ¿Soy yo? ¿He hecho algo mal?

—No. Es que no quiero meterme en líos por beber —explico con sinceridad—. Y tú estás muy muy borracha. Deberías irte a la cama; mañana tenemos el cursillo de seguridad en el agua y ya es muy tarde.

Sigue tambaleándose y casi puedo oír cómo giran los engranajes de su cabeza mientras su cerebro chapotea en el tequila con el que ha intentado ahogarlo.

Reconozco un tintineo familiar de collares de perro y el sonido de unas patas sobre la grava. Decido no esperar a saber con quién vienen, así que agarro a Aurora del brazo y tiro corriendo de ella hacia el espacio oscuro entre las cabañas.

—Viene alguien —digo cuando me mira alarmada.

No creo que este sea el mejor momento para descubrir a alguna de las criaturas menos adorables que sin duda rondan el campamento por la noche.

Arrastro a Aurora hacia las sombras con toda la rapidez y el sigilo que puedo mientras ella se ríe entre dientes. Le parece muy gracioso.

—Deja de reírte —susurro. Ella se inclina sobre mí y hunde la cara en mi camiseta intentando ahogar las risitas que se le escapan. No es suficiente, y cuando suelta un pequeño ronquido, le tengo que tapar la boca con la mano con cuidado—. Chis.

Pez se detiene justo en el punto donde acabamos de estar Aurora y yo, mirando a la oscuridad, es decir, a nosotros.

Aguanto la respiración mientras el corazón me bombea tan fuerte que me sorprende que Aurora no oiga el pum, pum, pum. Pienso en todas las excusas que podría dar mientras me doy cuenta de que estar en un rincón oscuro del campamento a solas con una chica borracha es mucho más alarmante que hablar con ella. Entonces Pez ladra y juro que se me para el corazón de golpe.

—Calla, pesada —dice Jenna, chistando con la lengua a los cachorros para que la sigan—. Vamos, Pez —añade con un silbido.

Espero hasta que dejan de oírse las pisadas en la grava antes de poder respirar tranquilo al fin.

—¡Au! ¡Joder! —Retiro la mano de la boca de Aurora—. ¿Me acabas de dar un mordisco?

—Porque se te ha olvidado que estaba aquí. —Como si eso fuera posible—. Se te da bien eso.

¿Cómo he podido acabar así, si estaba intentando escaquearme a propósito?

—Vamos, Edward Cullen. Volvamos al camino antes de que algo más grande y peligroso que tú decida morderme. —Es como estar con una niña pequeña: la agarro por los brazos para guiarla a través de la oscuridad y volver así al sendero iluminado.

—Russ, me encuentro mal —balbucea.

—¿Necesitas agua?

Asiente con la cabeza, y veo la posibilidad real de que esté a punto de potarme encima. La conduzco hacia los escalones del porche de la cabaña con el cartel de Mapaches, la siento y corro hacia el dispensador de agua. No tardo mucho, pero está más pálida cuando vuelvo.

—No me encuentro bien —gimotea con la cara entre las manos.

—No me extraña. Has bebido como un pez. Toma —digo mientras le tiendo mi botella de agua.

Ella me mira con los ojos verdes fijos en mí y parpadea despacio.

—¿Bebo como una perra?

—¿Qué? No, no quería decir... Da igual. —Le da un buen trago al agua, se limpia los restos mojados de la boca con el dorso de la mano y me devuelve la botella—. ¿Quieres que te acompañe a tu cabaña?

Aurora asiente y me tiende la mano. La ayudo a levantarse con delicadeza, entrelaza sus dedos con los míos y empieza a guiarme hacia su cabaña, que está en una zona distinta a la mía.

Estamos a medio camino cuando se para en seco, haciendo que yo también me detenga.

—¿Quieres que nos bañemos desnudos?

Dios santo.

—Tienes que irte a la cama.

—No quiero irme a la cama. —Deja asomar el labio inferior, lo que me recuerda a Stassie y Lola cuando están borrachas. Me parecería adorable si no estuviera tan estresado en este momento.

—Pues tienes que hacerlo —digo mientras la arrastro conmigo.

—Oblígame.

—No voy a intentar obligarte.

—Ya me has metido una vez en tu cama, no debería costarte tanto.

Tendría que haberme quedado leyendo.

—Si no te vas a dormir, mañana vas a querer morirte y no podrás echarle la culpa a nadie más que a ti.

—Es mi padre el que tiene la culpa de todos mis problemas, por lo tanto, eso no es verdad, ¿no? —Por muy borracha que esté, hay algo claro y seguro en su forma de decirlo. Es un sentimiento con el que me identifico, pero creo que intercambiar traumas es exactamente lo opuesto a lo que necesito este verano. Y, sin lugar a duda, es exactamente lo opuesto a lo que necesito ahora mismo, y menos con una persona borracha—. No me diga lo que tengo que hacer, señorito. Usted no es mi jefe.

—Pero si me acabas de decir que te obligue. Ya sé que no soy tu je... —Me callo al darme cuenta de que estoy discutiendo con alguien que seguramente mañana no recordará nada de esto—. ¿Por eso has bebido tanto? ¿Tu padre ha hecho algo?

—Es su cumpleaños. —Se mira el reloj con los ojos entrecerrados—. ¿Eso es un doce o un dos? Era su cumpleaños. Y le encargué un regalo para que se lo entregaran. La tonta de Rory: siempre con esperanzas y confiando en la gente equivocada.

—¿No le ha gustado o qué?

—No lo ha abierto. He hablado con su secretaria... ¿Sandra? No, ¿Brandy? Brenda. He hablado con Brenda porque él no me cogía el teléfono y mi regalo seguía en la oficina. —Se encoge de hombros y vuelve a cambiar de actitud. Es como si cada vez que habla de algo que la hace infeliz, se obligara a aparentar felicidad—. Su novia y su hija le han llevado a Disneyland como sorpresa. ¡Pero si él odia Disneyland, joder! Nunca fue con nosotras cuando mi madre nos llevaba a mi hermana y a mí... Pero Norah e Isobel consiguen todo lo que les da la gana, y a mí solo me queda existir a su sombra.

—Lo siento. —No sé qué más decir, y entonces llegamos a la cabaña veintidós y empieza a subir los escalones. Me acuerdo del incidente que ha tenido Xander metiéndose por error en la cabaña de Clay y la cojo de la mano—. ¿Seguro que esta es la tuya?

—Sip. —Señala las lucecitas que decoran el porche—. Cabaña dos dos. Un número de ángel.

Me detengo en la escalera y le suelto la mano.

—¿Qué ángel?

Ella se da la vuelta tan rápido que por poco pierde el equilibrio, pero el paseo hasta aquí, el agua y el rato sin una botella de tequila a mano la han ayudado a serenarse ligeramente.

—¿Por qué te paras?

—No podemos entrar a las cabañas de los demás.

Ella resopla y pone los brazos en jarras como si yo hubiera dicho una locura.

—A nadie le importan las normas. A nadie le importan lo suficiente como para castigarme.

—A mí sí, Rory. Y lo entenderías si no fueras tan borracha.

Me arrastra por los escalones y la sigo a regañadientes.

—Entra, por favor.

—Me quedo en la puerta —digo con firmeza, lo cual es completamente inútil porque acto seguido me da un empujón—. Aurora, no puedo estar aquí. Necesito este trabajo.

—Me ha gustado cuando me has llamado Rory.

—Rory, métete en la cama, por favor. Túmbate de lado por si vomitas.

Para mi sorpresa, se quita los zapatos y se tira en la cama.

—Buena chica. Vale, buenas noches.

—¡Espera! —grita cuando me doy la vuelta para irme—. Tengo hambre.

Sí, es exactamente igual que Stassie y Lola.

—No puedo ayudarte con eso ahora mismo. Pero por la mañana te traigo el desayuno.

—No, no. —Se acurruca debajo de una manta, y aunque no es ideal que se duerma con esa ropa, no estoy dispuesto a hacer nada al respecto—. Mañana volverás a odiarme.

Abro la boca y la cierro sin decir nada.

—No te odio.

Bosteza y empieza a perder fuerzas para mantener los ojos abiertos.

—¿Puedes esperar a que me duerma? Seguro que no tardo nada.

Sigo en shock por que crea que la odio, aunque seguro que solo lo ha dicho por culpa del alcohol.

—Claro, ¿por?

—Porque es más fácil despertarse y que no estés que ver cómo te marchas.

Me siento en el borde de su cama y reflexiono sobre sus palabras, intentando trazar un plan para resolver mañana el lío en el que me he metido. Ella no tarda mucho en dormirse y me pongo celoso al instante, porque sé que me voy a pasar la noche en vela preguntándome si habría sido más fácil ver cómo se iba después de que nos enrolláramos. ¿O fue más fácil descubrir que se había marchado?

El desayuno es más tranquilo de lo normal sin Aurora, y lo odio.

Es prácticamente una experta en Honey Acres después de venir tantos años como campista, así que en el comedor siempre suele respondernos a un montón de preguntas sobre cómo será cuando lleguen todos los niños.

Emilia se sienta con su desayuno y nos da evasivas cuando le preguntamos por Aurora. Afirma que está mala y que no tiene hambre, sin decir a las claras que tiene resaca.

Espero hasta que todos están inmersos en una conversación sobre los pros y los contras de los programas semestrales en el extranjero antes de escabullirme y dirigirme a la cabaña veintidós con una botella de zumo de naranja y unas barritas de cereales.

Cuando llego, Aurora está en el porche, y siento una punzada al descubrir la cara que pone al verme. Me detengo al pie de la escalera.

—Hola. Te he traído el desayuno, como te prometí.

Lo acepta sin muchas ganas, como si yo fuera un gato que le está dejando un ratón muerto en la puerta.

—Gracias.

—Quería ver cómo estabas. Emilia ha dicho que no te encontrabas...

—Russ, ¿qué haces? —me interrumpe.

—Anoche te dije que te traería el desayuno. Aunque seguramente no te acuerdes porque ibas muy borracha.

—No, digo aquí. Ahora. —Sacude la cabeza y se pasa la mano por el pelo—. O eres supersimpático conmigo o me evitas. Y ahora vienes todo majo y no sé si vas a estar así todo el día o no, y estoy cansada de preguntarme qué he hecho para caerte mal.

—Me caes bien. Lo siento, Aurora. Me caes muy bien.

Se sienta en el peldaño de arriba y deja el desayuno a su lado. Siento cómo crece la frustración dentro de ella.

—Siempre eres muy simpático, pero es con todo el mundo menos conmigo, Russ. Con todo el mundo. Estoy muy cansada de que me traten así cuando estoy en casa...

No soporto esta culpa. Lo último que quiero es ponerle las cosas más difíciles, sobre todo cuando tiene toda la razón. He hecho un esfuerzo con todos menos con ella. Lo primero que debería haber hecho ayer después de la llamada con JJ era disculparme con ella. Pero, en lugar de eso, esperaba que de alguna forma se le olvidara por arte de magia y los dos pudiéramos ignorarlo. Tendría que haberme imaginado que no iba a ser así. Convivir todo el día con un grupo pequeño de personas en un lugar aislado lo hace todo mucho más intenso, incluso aunque haya pasado poco tiempo. Y sé que con el paso de los días la sensación no hará más que crecer.

Sé que tengo que ser sincero con ella para que se dé cuenta de que el problema es mío, no suyo, pero no me salen las palabras porque soy un cobarde.

—... y he venido aquí para huir de esos sentimientos y dedicarme a mí misma. No sé lo que estoy haciendo, pero sea lo que sea, se me está dando como el culo, así que no necesito que lo empeores dándome una de cal y otra de arena durante el resto del verano. Si solo vas a intentar ser mi amigo a ratos, preferiría que... no sé, que no lo intentaras. Ignórame todo el rato; será más fácil de asumir.

Respiro hondo y me obligo a hablar.

—Rory, la he cagado. Lo siento. Cuando te fuiste y no me dejaste tu número ni te despediste, pensé que era tu forma de decirme que no querías volver a saber nada de mí —digo despacio, intentando reprimir la vergüenza—. Luego nos tocó estar juntos en esto y no quise que te sintieras incómoda. Entiendo que no debería haberlo dado por hecho y no quería herir tus sentimientos.

Se queda boquiabierta y me mira desde el escalón.

—Sé que estoy de resaca, pero ¿acabo de alucinar y oírte decir que la razón por la que estás así desde que llegamos es porque me fui? ¡Si tú querías que me fuera!

—No quería que te fueras. ¿Qué dices?

Se levanta de golpe, y gracias a la escalera nos quedamos a la misma altura y veo perfectamente su cara de desconcierto.

—Pero si te tiraste muchísimo tiempo en el baño. Estabas esperando a que me fuera. Te oí hablar con alguien, así que me fui.

—Estaba hablando conmigo mismo, Rory. Estaba animándome para pedirte salir, algo que esperaba no tener que admitir nunca en voz alta delante de ti. Pero prefiero quedar en ridículo a que pienses que soy el típico tío que se mete en el baño a esperar a que te vayas.

—Ay, Dios.

—Nunca hago eso de tener rollos de una noche, y pensaba que nos lo habíamos pasado bien. Quería volver a verte, pero estás en otra liga...

—Dios mío. —Se deja caer de nuevo en el escalón y esta vez me agacho delante de ella mientras esconde la cara entre las manos—. Fallo de comunicación. Russ, hemos cometido un fallo de comunicación. Me has convertido en una mala comunicadora.

No soy capaz de procesar esta conversación.

—¿Una qué?

—Podríamos haber tenido una conversación y ya está. ¡Este no es el tipo de escena de película que quiero en mi vida! —se lamenta en voz alta, mirándome a través de las manos.

Se las retiro de la cara para obligarla a mirarme. Ella ladea la cabeza mientras me mira con una expresión a medio camino entre la frustración y el alivio.

—Lo siento, Rory. Siempre la cago en todo. De verdad que no quería herir tus sentimientos.

—Si no me hubieras evitado anoche, te habría preguntado borracha en Verdad o Atrevimiento por qué estabas tan raro, y además a gritos y con público delante, así que habríamos llegado al fondo del asunto de una forma u otra.

Su mano izquierda sigue aferrada a mí, pero con la derecha ha empezado a dibujar formas en la palma de mi mano. Sé que debería levantarme e irme ahora que ya está todo aclarado, pero llevo en las venas una tremenda falta de autocontrol.

—Anoche ibas tan borracha que casi nos pilla Jenna —digo con un suspiro—. No puedo prometer que vaya a estar siempre cerca cuando te la juegues, Aurora. De verdad necesito este trabajo y no me arriesgaré a que me despidan, así que si vuelve a ocurrir, por favor, no pienses que te estoy evitando.

Suelta otro gruñido, esta vez acompañado de un gesto dramático, pero sigue acariciándome con los dedos.

—No creo que vaya a beber más. Pero aquí no despiden a nadie, Russ. Todo el mundo se salta las normas siempre y no pasa nada.

El recuerdo de la piel suave de Aurora debajo de mí me nubla el pensamiento.

«Piensa con la cabeza, Callaghan, no con la polla».

—No quiero probar esa teoría.

—Pero si lo divertido es probar la teoría. —Me dirige una sonrisa de verdad, de las que le marcan líneas en las orillas de los ojos—. El truco está en que no te pillen.

Me clava la mirada y sé que debería mirar a otro lado, pero no puedo. Noto cómo la baja hasta mi boca y después vuelve a mis ojos y se muerde el labio.

Quiero besarla.

Y ella quiere que la bese.

Tengo que contenerme para no inclinarme sobre ella, aunque cuesta mucho mientras me mira así. Suspiro y me obligo a recordar por qué he venido aquí y qué estoy intentando evitar.

—Solo quiero convivir en paz contigo y no meterme en líos, Aurora.

Se encoge de hombros y deja caer las manos en el regazo mientras me levanto.

—No pasa nada. Se supone que debería estar trabajando en mí misma o algo así. En mi cabeza lo tenía muy claro, pero ahora todo me baila un poco. Probablemente debería volver a centrarme en eso.

—Tengo que irme antes de que vengan a por mí. No quiero

que piensen que estamos aquí a solas, sería un poco raro. Siento todo, de verdad, pero me alegro de que lo hayamos aclarado.

—Es una respuesta extrañamente formal a una confesión tan personal, pero cuanto más tiempo paso a su lado más ganas me entran de probar su teoría.

Por suerte, ella no dice nada. La miro mientras desenrosca el tapón del zumo de naranja y me lo tiende.

—Por convivir en paz.

12

Russ

—¿Y esa cara de llevarte el perro al beicon? —dice Xander con suspicacia, examinándome al milímetro.

—¿El qué? —Miro cómo Salmón y Trucha levantan las orejas al oír la palabra «beicon» e inmediatamente me queda claro que esta mañana Xander es su favorito.

—Es como llevarse el gato al agua, pero mejor.

—Es mi cara normal. —Y de alivio por no tener que evitar a quien no quiero evitar—. ¿Me pasas la brocha?

Mi compañero no parece muy convencido mientras me la pasa.

—Antes has tardado un buen rato en llevarle el desayuno a Aurora.

Me lo imagino añadiendo: «Y ahora estás de buen humor», y aunque no lo dice, la cara que pone es suficiente como para suponer que eso es lo que está pensando.

—No ha sido tanto rato.

—Está muy buena. Estoy pensando en ponerme con ella de pareja en el cursillo de natación que tenemos luego —dice con cuidado, de una manera que me da a entender que me está provocando—. ¿Qué te parece?

Sin mirarlo, me concentro en revisar que tengo suficiente

pintura y brochas, consciente de que me voy a delatar enseguida.

—Me parece una gran idea.

—Eres un puto mentiroso, Callaghan. —Se echa a reír—. Pues muy bien. Que disfrutes de tu verano de diversión secreta. Yo me quedaré solo en nuestra cabaña con mis perros.

—Nuestros perros.

Se apoya en la pared de detrás.

—Vaya con los calladitos.

—¡Pero si no he hecho nada! —No lo mires—. Todo está en tu cabeza.

—Ah, bueno, pues perdona. Entonces le diré a Clay que tiene oportunidades con ella.

Aunque me cuesta horrores, consigo decir:

—Sí, claro.

Xander suelta una carcajada y me da un puñetazo suave en el hombro.

—Te guardo el secreto. Por algo me llaman el rey del buen rollo.

Ahora sí que no puedo evitar mirarlo con el ceño fruncido. He mordido el anzuelo.

—¿Quién te llama el rey del buen rollo?

—Yo.

—Vale, rey del buen rollo. Si quieres algo estaré en la pista de tenis.

Cojo el material y me dirijo allí para dedicar el resto de la mañana al proyecto. Una de nuestras tareas de esta semana es preparar el campamento para los niños, y se agradece una actividad tranquila para parar un poco el ritmo de cursillos y ejercicios de equipo.

Aquí nadie me pide que hable de mí, ni que recuerde en qué orden hay que atar algo o qué tengo que hacer si alguien deja de respirar. Solo tengo que pintar vallas, arrastrar muebles y limpiar cosas, así que nadie me molesta, a excepción de Xander.

Me siento bien después de mi charla con Aurora, y ya estoy menos preocupado por cómo voy a pasar el verano con ella.

—Qué asco de pájaros. —Me doy la vuelta al oír la voz y

bajo un poco la manguera con la que estoy limpiando una mesa de pícnic con pinta de haber sido el váter de los pájaros durante bastante tiempo. Aurora parece más viva que antes, lleva un termo en cada mano, y en los labios le asoma una sonrisa tímida—. Te he traído un café. Si lo quieres, obviamente.

Desde que llegamos la he visto tener muchos detalles con la gente: siempre llena las botellas de agua de todos, es la primera en ayudar a quien tenga algún problema en los cursillos o distrae a Maya cuando echa de menos a su familia. Ahora yo me he ganado el mismo trato.

—Me apetece, gracias.

—De nada —dice mientras me lo tiende—. Suponía que lo necesitarías. Esta mañana te he visto corriendo supertemprano; se me olvidó decírtelo antes. No duermes mucho, ¿no?

Odio el *running*, pero es de las pocas cosas que me ayudan a despejar la mente. Como dijo Xander al llegar, el teléfono a veces pilla conexión y todos los mensajes entran de golpe. Esta mañana mi cerebro ya estaba exhausto después del rato con Aurora borracha la noche anterior, así que cuando empezó a vibrarme el móvil de madrugada, tuve que mirarlo.

Lo primero que vi fue un mensaje de mi madre con una foto de ella y papá cenando en un restaurante, sonriendo a la cámara como si nada. Me picó la curiosidad y empecé a ojear el resto de publicaciones, hasta que al final deduje que papá había ganado una pasta en algún sitio y que lo estaban celebrando. La frustración fue suficiente para empujarme a salir a correr antes de que nadie se despertara.

El problema de adicción de papá nunca ha sido el alcohol, sino el juego. El alcohol solo es lo que le consuela después de perder, y como la mayoría de los adictos al juego, pierde a menudo. Es el alcohol lo que le vuelve desagradable, y es entonces cuando sus mensajes empiezan a volverse desagradables. Cuando tiene una buena racha es completamente diferente, pero las rachas son lo que los ludópatas usan para que parezca que tienen algún tipo de habilidad y no lo que en realidad es: una serie de golpes de suerte.

Aurora sigue esperando a que le conteste.

Hablar de mis padres es como abrir la caja de Pandora. A veces me pregunto si me aliviaría algo de carga tener a mi lado a alguien en quien confiar, pero no me atrevo a contárselo a nadie. Aunque Henry conoce mi historia, me sigue costando mucho contarle todo lo que pasa. Me da vergüenza admitir que a mi propio padre le preocupan más los boletos de apuestas que yo. Me conformo con mi respuesta vaga por defecto.

—No mucho, no. Pero estoy acostumbrado, no te preocupes. No me puedo creer que hayas madrugado tanto como para verme.

Me coge el termo y me roza un momento la mano, suficiente como para que me suban chispas por los brazos, y luego coloca los dos sobre la mesa, ya limpia. La observo mientras desenrosca y pulsa botones metódicamente hasta que me sirve una taza.

—¿Me creerías si te dijera que yo estaba meditando?

—No. —Acepto la taza de café y la miro por encima del borde mientras le doy un sorbo.

—Estaba potando. Por eso estaba despierta tan temprano —dice entre risas mientras se sirve un té de su propio termo con torpeza—. Quiero pensar que fue una intoxicación alimentaria y no la excesiva cantidad de tequila que me bebí. Puede que te acuerdes; fui yo la que hizo el ridículo delante de ti.

—Me acuerdo vagamente de que tuve que rechazar tu oferta de bañarnos desnudos.

Se pone roja como un tomate y abre mucho los ojos. Dios, es un alivio no ser el que se ruboriza por una vez.

—Si me permites, necesito encontrar algún mapache hambriento para que me devore. Adiós.

Le cojo de la mano mientras se da la vuelta para irse.

—Fue gracioso, aunque un poco estresante pensar en quedarme a solas con una chica borracha que quería bañarse en bolas.

Cuando me aseguro de que no se va a ir, le suelto la mano. Ella se aclara la garganta, bebe del vaso y me mira.

—¿Necesitas ayuda con algo? Emilia me ha echado de la zona de baile.

—¿Y eso?

Estira la pierna y me muestra el tono púrpura oscuro de los moratones que se le extiende por la espinilla.

—Estaba aburrida porque es una fanática del control y he intentado saltar las barras de ballet.

Se me escapa una carcajada tan grande que no me doy cuenta de que es mía hasta que ella se echa a reír también. Me paso la mano por la cara.

—Si dejo que me ayudes, ¿te vas a portar bien?

—Si estoy motivada, me suelo portar bien.

Tengo la impresión de que no debería seguir preguntando, pero no puedo evitarlo. Por mucho que no quiera, soy como una polilla, y Aurora una llama gigante.

—¿Y qué es lo que más te motiva?

Se muerde el labio mientras finge que piensa y me viene a la mente un momento muy diferente a este en el que la vi hacer el mismo gesto.

—Que creas que me porto bien.

Al final me voy a quemar.

—Muy bien, pues entonces coge una brocha.

Aurora tiene las piernas encima de mis hombros. Otra vez.

Solo que ahora es porque está subida mientras pinta el área más alta del cobertizo de herramientas, pero yo tengo los mismos pensamientos inadecuados. Le agarro de los muslos con las manos, que me están calentando las orejas, mientras ella tiene una mano enredada en mi pelo y con la otra pasa la brocha por la madera.

—¿Has visto *Ratatouille*? —pregunta mientras me desliza los dedos por el pelo.

Me cuesta no reaccionar físicamente a los escalofríos que me recorren todo el cuerpo.

—Claro, ¿por qué?

—Soy como la rata. —Me tira suavemente de un mechón—. ¿Probamos a cocinar algo?

—Perdona —digo mientras le aprieto los muslos de broma y ella se aferra a mi mechón—. Se llama Remy.

—Usted perdone, no sabía que estaba en presencia de un auténtico experto en *Ratatouille*. Bueno, creo que esto ya está.

El cobertizo ha quedado diez veces más bonito que antes, y aunque probablemente no hacía falta dedicar tanto rato a un almacén cualquiera, ha estado bien pasar un rato sin que nadie nos interrumpiera.

—¿Russ?

—¿Qué?

—¿De qué pelo tengo que tirarte para que me bajes al suelo?

—Ay, perdona. —Me agacho para que pueda bajarse y me siento patético cuando noto que mi primer instinto es buscar si hay algo más que podamos pintar juntos—. Lo has hecho muy bien.

Se le iluminan los ojos con el cumplido, y las pequeñas piezas de todo lo que sé sobre ella empiezan a encajar.

—No podría haberlo hecho sin ti. Literalmente.

En la mandíbula tiene una mancha de pintura marrón y por acto reflejo acerco la mano para frotársela, pero no desaparece.

—Eres un poco desastre.

—No te haces una idea —dice en voz baja.

Ahora que estamos a solas, quiero preguntarle sobre lo que me ha dicho esta mañana. Tengo curiosidad por saber por qué cree que necesita trabajar en sí misma. Por los datos sueltos que ha compartido durante los ejercicios de romper el hielo que hemos hecho y por nuestra primera conversación en la fiesta, me cuesta creer que no sea tan segura de sí misma como aparenta. Bueno, a veces es un poco torpe, pero igual que yo. El problema es que hacer preguntas suele dejar la puerta abierta para que me las devuelvan, y eso es algo que preferiría evitar, siendo egoísta.

Aurora se toma mi silencio como lo que es, una puerta cerrada, y nos quedamos ahí parados con esa sensación colgando sobre nuestras cabezas. Entonces deja caer la brocha en la bandeja, coge la manguera que he usado antes y presiona la palanca mientras me apunta directamente al pecho.

Me quedo boquiabierto cuando el agua fría me empapa y suelto una carcajada de sorpresa. Su mirada es exactamente igual a la que me dirigió cuando la conocí en la cocina de casa: traviesa.

—Auro... —El chorro me vuelve a golpear—. Bueno, tú lo has querido...

Suelta algo más parecido a un aullido que a un grito mientras acorto la distancia hasta ella en un par de zancadas. Intenta agarrarse a la manguera y me da la espalda para protegerla. Su cuerpo está pegado a mi camiseta mojada y se sacude de risa mientras trata de zafarse de mí. No me cuesta nada quitársela y enseguida le apunto a la cabeza con ella.

—¡Está helada! —grita a la vez que intenta redirigirla hacia mí—. ¡Vale, tregua! ¡Tregua!

Tiro la manguera al suelo y doy un paso atrás. La tela húmeda se me pega al cuerpo y me doy cuenta de que es verdad, estaba helada. Agarro la parte de atrás de la camiseta y me la saco por encima de la cabeza, escurriendo toda el agua que puedo.

—No lo hemos pensado bien.

Se escurre el pelo y me mira. Tiene la ropa relativamente seca.

—No sé, no me parece una mala decisión.

No me da tiempo a preguntarle a qué se refiere exactamente, porque oigo el característico tintineo de collares; Xander debe de haberse quedado sin beicon. Pez, Salmón y Trucha siempre me encuentran en cualquier sitio, pero esta vez han traído a una amiga.

—No sé si quiero saber qué haces sin camiseta —dice Emilia mientras se acerca a nosotros. Se vuelve hacia Aurora—. Pareces una rata mojada.

—Habrase visto —murmura ella—. Se llama Remy.

—He... Un momento, ¿qué? —dice Emilia. Sigo intentando escurrir lo bastante la camiseta para poder volvérmela a poner, y, por lo que parece, Aurora está esforzándose en mirar a la recién llegada en vez de a mí—. He venido a liberarte del exilio.

Jenna me ha pedido que me vaya con la camioneta a recoger un pedido de huevos de la granja que hay al lado del minigolf. Porque ha habido un problema con el reparto o algo así, y todo el mundo tiene cosas que hacer.

—¿Y por qué no va Jenna? —pregunta Aurora, escurriéndose el agua del pelo.

Me siento en el suelo con las piernas cruzadas e inmediatamente los dos perritos vienen a acurrucarse en mi regazo mientras acaricio a Pez.

—Ha dicho que el granjero es gilipollas y lo odia con la fuerza de los mares. Creo que han discutido cuando le ha llamado preguntando por el pedido. Y la camioneta es de marchas, así que te necesito.

—¿Sabes conducir con marchas? —pregunto, algo impresionado.

Aurora asiente con la cabeza y pone cara de sorpresa al verme con mi club de fans peludo.

—Mi padre tiene una empresa automovilística, o bueno, algo así, y he pasado mucho tiempo en Europa. ¿Te las arreglarás bien solo?

No le hago más preguntas sobre la «empresa automovilística» porque entonces tendría que admitir que he hablado de ella con mis amigos y que sé que su padre es dueño de un equipo de Fórmula 1. Quiero ofrecerme a ir con ella en lugar de Emilia, pero creo que sería raro.

—Sin problema. Id a por los huevos.

—Nos vemos luego en el lago —dice mientras se aleja con Emilia.

Emilia me dice adiós con la mano y le pasa un brazo por los hombros a Aurora antes de irse.

—Qué monos estabais —la oigo decir.

Justo cuando empezaba a pensar que la convivencia podía ser fácil, Aurora va y se pone dos trocitos de tela con margaritas y lo llama biquini.

—Es ideal —le dice Maya—. Me encanta el patrón.

¿El patrón? ¿Cómo puede concentrarse Maya en el patrón cuando Aurora tiene casi todo el culo fuera?

—Sé fuerte, hermano —susurra Xander a mi lado. Lo ignoro, intentando no alimentar sus sospechas. No hay nada de lo que sospechar, pero sigo sin querer contarle lo que pasó antes de que llegáramos aquí.

—Rory —dice Jenna con un suspiro mientras se acerca a los seis que esperamos en el muelle—. ¿Dónde está tu bañador de cuerpo entero?

—Se está secando en la cabaña porque la patosa esta lo ha manchado de zumo de naranja —responde, señalando a Emilia con la cabeza. Jenna se cruza de brazos y Aurora hace lo mismo—. Nadie se va a morir si me ve la barriga durante una hora. Y ya sé que cuando vengan los niños no me lo podré poner.

Jenna se lleva una mano entre los ojos y sacude la cabeza. Si no supiera cuál es su relación, pensaría que ella y Aurora son hermanas. No se parecen (Aurora es alta y rubia, mientras que Jenna es bajita y de pelo negro), pero la forma en que discuten y se quieren me recuerda a una relación entre hermanas.

—Solo he venido a deciros que vuestro profesor de hoy se va a retrasar un poco. Pero enseguida viene.

El campamento cuenta con varios socorristas bien formados y debidamente cualificados, pero, para mayor seguridad, los monitores también reciben formación básica sobre seguridad en el agua para que todos estén a salvo, mayores y pequeños.

Emilia espera a que Jenna regrese a la orilla para pillar desprevenido a Xander y empujarlo al agua, lo que desencadena al instante una lucha de poder entre el resto de nosotros. Noto unas manos pequeñas que se me clavan en la base de la columna vertebral, pero la fuerza apenas me mueve un centímetro. Entonces oigo a Aurora resoplar detrás de mí mientras trata de empujarme, y se me hace muy fácil agarrarla de las manos y arrastrarla conmigo para saltar del muelle.

El agua está más fría de lo que esperaba, pero se agradece

con el calor que hace, y cuando me impulso para salir a la superficie, me encuentro a Aurora haciendo pucheros con los ojos brillantes.

—Eso ha sido muy cruel —dice mientras me salpica agua con la mano y empieza a nadar a mi lado—. ¡No estaba preparada!

Me echo hacia atrás el pelo mojado que se me ha pegado a la frente, riéndome de su cara de cabreo, que se multiplica cuando le salpico agua con la mano. La carcajada que suelta es mágica, joder. Sin filtros, fuerte, salvaje. Me clava la mirada mientras sonríe, con las pestañas llenas de gotas de agua y pecas en el puente de la nariz.

Es tan guapa que duele.

Me cago en la puta. No debería atraerme tanto.

¿Por qué me encanta joderme la vida?

Levanta la mano del agua y me preparo por si acaso vuelve salpicarme, hasta que el chillido de pánico que suelta me hace agarrarla de la mano y tirar de ella hacia mí.

—¡Algo me ha tocado el pie! —Me rodea la cintura con las piernas y me aprieta el pecho mientras se aferra a mí—. Voy a llorar.

Estoy bastante seguro de que nadie se había imaginado así el cursillo de supervivencia.

Estoy bastante seguro de que no voy a sobrevivir ni cinco minutos con ella abrazada a mí de esta forma.

—Será una planta o algo así, tranquila.

Aurora se separa de mí y pone algo de distancia entre nuestros cuerpos para poder mirarme a la cara, pero mantiene las piernas entrelazadas a la altura de mi espalda.

—Podría ser un tiburón.

Se me escapa un bufido.

—No es un tiburón. Estamos en agua dulce. Y esto es California.

—Los tiburones toro son diádromos, pueden sobrevivir en agua dulce. —Levanto la ceja—. ¿Qué? Veo el canal de National Geographic.

—Si es un tiburón toro, siento ser yo quien te lo diga, pero estás jodida.

Sonríe mientras entrelaza las manos en mi nuca.

—Si es un tiburón toro, los dos estamos jodidos porque te arrastro conmigo. Eres más grande, seguro que sabes mucho mejor.

—Créeme, tú sí que sabes bien.

Los dos nos quedamos paralizados. No quería decirlo en voz alta. Baja la mirada hasta mis labios, luego la sube de nuevo a mis ojos y se le entrecorta la respiración. Solo dice un pequeño «oh», y esa respuesta basta para que me ponga a rezar que ojalá sí que sea un tiburón y así me salve de una vez de mí mismo.

13

Aurora

Después de dos veranos sin venir se me había olvidado lo mucho que me gusta Honey Acres.

Una vez terminada la semana de formación sin grandes incidentes ni humillaciones, los campistas llegaron hace unos días a rebosar de emoción, de expectación y sobre todo de azúcar, y siento que no he tocado el suelo con los pies desde entonces.

He viajado a un montón de sitios con la Fórmula 1 y he probado algunas de las mejores cosas del mundo, y aun así este punto del mapa en mitad de la nada en California es mi lugar favorito de todo el planeta.

Me hace muy feliz ver cómo las personas que he conocido aquí se convierten en monitores y confidentes de los niños, porque para algunos es la primera vez que están lejos de casa. Solo han pasado unos días, pero por fin siento que tengo un propósito. He estado tan cansada y atareada que no se me ha ocurrido ni mirar el móvil, y desde que Russ y yo aclaramos nuestro malentendido, paso la mayor parte del tiempo intentando hacer las cosas de la forma más divertida y sin rayarme demasiado.

Ya he reemplazado a Emilia con dos nuevas mejores amigas: Freya y Sadia, dos niñas de ocho años de nuestro grupo, porque han dicho que les gustan mis pecas y que soy muy alta. Eso es mucho más de lo que Emilia me ha dicho nunca, así que está fuera. Lo comprendió perfectamente cuando se lo dije y me confirmó que ella también me ha sustituido por Tammy, una niña de nueve años que también es bailarina y que en estos pocos días no ha intentado saltar la barra de ballet como si fuera una valla.

Xander y Russ llevan cinco minutos moviendo la cabeza de un lado a otro como en un partido de tenis, mirando cómo Emilia y yo discutimos de broma, hasta que finalmente Xander le pasa un brazo por el hombro a Russ y le dice que él nunca lo sustituiría.

En los últimos días Russ ha estado más relajado que nunca. Se está portando genial con todos y cada uno de los niños del grupo, y siempre sabe qué hacer o decir para que participen o salgan del cascarón. Yo me cuido de no quedarme demasiado embobada, porque los niños de esta edad se dan cuenta de absolutamente todo, y lo último que necesito es que me acosen para averiguar si es mi novio.

En nuestro grupo de Osos Pardos hay veinte campistas de entre ocho y diez años, aunque lo que no tuve en cuenta antes de pedir este grupo es que los niños de ocho a diez son cotillas de narices. Es un terreno delicado para mí, que tengo una tendencia crónica a irme de la lengua y estoy desesperada por conseguir cualquier tipo de aceptación, pero hasta ahora he conseguido mantener el pico cerrado. Además, Russ no tiene ninguna intención de ser mi novio, con lo que le gusta cumplir las normas. No es que quiera que sea mi novio, pero un verano de solo semicelibato estaría bien.

Solo faltan ocho semanas y pico.

Los chavales tienen una hora de descanso después de comer para que no les dé el sol en la hora más calurosa del día y puedan relajarse después de una mañana de equitación, tiro con arco y voleibol. Atravieso el campamento y enseguida veo a Russ y Emilia observando algo cerca de la cabaña de los Osos Pardos.

—¿Qué hacéis? —pregunto mientras me acerco. Me chistan

a modo de respuesta. Russ señala a una zona de sombra junto a la cabaña donde algunos campistas parecen estar organizándose para algún tipo de actividad. Me tapo el sol de los ojos con la mano y los miro en silencio durante dos minutos antes de repetir—: ¿Qué hacéis?

—Llevamos cinco minutos intentando averiguar qué es lo que hacen —dice Emilia—. Pero no nos queda claro si están jugando a algo o maquinando un pequeño golpe de Estado.

—A lo mejor es un ritual —señala Russ y se encoge de hombros cuando lo miro llena de confusión.

—Vosotros no deberíais tener niños a vuestro cargo. Obviamente están ensayando para el concurso de talentos de fin de campamento. Supongo que ya habrán venido algún otro año. Tiene sentido porque así empiezan con ventaja. Nosotros deberíamos haber hecho lo mismo.

—Perdona, un momento —me interrumpe Russ, poniéndose delante de mí con el ceño fruncido—. ¿Cómo que deberíamos haber hecho lo mismo?

Bajo la mano.

—Lo que más me gusta de ti es que eres tan grande que me tapas el sol —digo, en referencia a su metro noventa y cinco.

Emilia se mueve a mi lado para ponerse en la sombra de Russ.

—Ah, pues sí.

—Aurora, ¿por qué dices que deberíamos haber ensayado? ¿Ensayado qué exactamente?

—¿Xander no te ha dicho nada del concurso de talentos? Todo el mundo tiene que hacer algo, incluidos los monitores. Lo más probable es que lo anuncien el domingo; así ha sido siempre que yo he venido.

Nunca lo había visto tan alterado, y eso que llevo una semana viendo cómo se trastabilla cada vez que tiene que hablar de sí mismo. Se le tensa la mandíbula y empieza a morderse la mejilla por dentro, y yo me esfuerzo por concentrarme en su preocupación mientras me lo imagino bailando sobre un escenario.

—¿Vas a vomitar? —pregunta Emilia, dando un paso atrás.

—No tengo ningún talento —dice él.

Quiero decirle que no es verdad, porque he sido testigo de lo que es capaz de hacer con la lengua, pero eso es contraproducente para nuestra incipiente amistad.

—Seguro que sí —digo—. ¿El hockey?

—No voy a jugar al hockey en un concurso de talentos. ¿No os puedo animar desde el público? Lo mejor para todos es que no participe.

—¡No! Tienes que participar. Me encanta ese concurso. Me paso todo el verano esperándolo. Y los niños también.

Suspira y echa la cabeza para atrás antes de volver a mirarme.

—¿Tan importante es para ti?

Asiento.

—Cuando era pequeña tenía un profesor particular porque siempre estábamos viajando por el trabajo de mi padre. Nunca hice ninguna obra de teatro ni ningún concurso de talentos. Esta era la única oportunidad que tenía, y me hacía sentir menos sola.

—Vale. Pues lo haré.

—¿Me lo prometes? —pregunto, levantando el meñique—. Tienes que venir a los ensayos.

Entrelaza su meñique con el mío.

—Te lo prometo.

—Esa ha sido la manera más creativa que ha tenido Aurora de chantajearte para participar, Russ, y has caído —dice Emilia—. ¿Has pensado en expresar el concepto de hockey a través de la danza contemporánea?

—Eres portero, ¿verdad? —pregunto. Él pone cara de sorpresa y asiente—. Pues yo te tiro cosas y tú las bloqueas. Ya está. Talento.

Se pasa una mano por el pelo y se la lleva a la nuca, hundiéndose los dedos en la piel para aliviar la tensión.

—¿Por qué me da la impresión de que solo quieres tirarme cosas?

—Qué bien la conoces —bromea Emilia, y nos da la espalda para volver a mirar cómo bailan los niños.

Russ sonríe y los hoyuelos de sus mejillas me hacen quedarme embobada hasta que vuelve a hablar.

—Puede que ese sea mi talento.

—No tienes por qué ponerte nervioso —le digo en voz baja para que solo él pueda oírme.

—¿Me lo prometes?

—Te lo prometo.

Después de una semana de adaptación, el campamento está en pleno apogeo y la hoja de inscripción para mi equipo de fútbol está casi llena. Me muero de emoción.

Tras la comida y el descanso, los campistas eligen cómo pasar la tarde apuntándose a diferentes actividades opcionales que organizan los monitores. Por las mañanas ya les damos el horario programado, pero por las tardes tienen la oportunidad de escoger lo que más se ajuste a sus gustos personales.

Lo único que siempre se me ha dado bien es meterme en líos, pero Jenna dijo que no me dejaba ponerlo como opción. Pensé en juntarme con Emilia para ofrecer danza, pero ella me advirtió de inmediato que mantuviera mi absoluta falta de coordinación lejos de su sala. Así que voy a dar fútbol, porque es difícil que la cague con eso.

Es casi imposible no entender bien el fútbol cuando pasas tu infancia entre un montón de ingleses. Solo tengo que aparentar seguridad en mí misma y los niños pensarán que se me da bien.

Sé que tener la hoja de inscripción casi llena no significa nada, pero hay algo tranquilizador en saber que ofreces una actividad que les gusta y les hace ilusión. Y sé que no es por mí, sino porque quieren jugar al fútbol. Aun así, sí siento que también se apuntan un poco por mí, y estoy feliz de que les caiga tan bien como para querer pasar más tiempo conmigo.

Aunque vaya a inventarme todo sobre la marcha.

Russ se acerca mientras coloco varios conos de colores en el césped.

—¿Necesitas ayuda?

—Tú tendrías que estar disfrutando de tu día libre.

«Tranquila. Respira. No te distraigas por lo guapo que es».

—Estoy disfrutando de mi día libre. —Hace un gesto con los labios y se le marcan los hoyuelos—. Y me apetece aprender a jugar al fútbol.

Coge un montón de conos y empieza a imitarme y a colocarlos en el suelo a la distancia adecuada para que los niños regateen el balón entre medias. Me repito a mí misma «tranquila» y «respira» mientras coge la escalera de agilidad y empieza a extenderla donde yo he colocado las otras. Hago un esfuerzo consciente para no llenar el silencio con estupideces, porque Russ es muy callado y me da miedo que acabe hasta las narices de mí, pero cada segundo en silencio me parece una oportunidad perdida de hacer que se abra un poco más conmigo.

Además, cuando estoy con él no tengo ni idea de lo que se me puede escapar.

No tengo nada importante que decir, así que empiezo una charla intrascendental, lo que algunos odian aún más que cuando divago sola.

—¿Dónde has dejado a tu amante?

—Está dormida en mi cabaña. Hace demasiado calor para ella, pero ahí se está bastante bien.

Levanto la cabeza tan rápido que me cruje el cuello.

—Espera, ¿qué?

Russ se para en seco y nos quedamos paralizados un momento. Está intentando entender por qué estoy tan confusa y yo averiguar si de verdad me está diciendo lo que me está diciendo. Sacar conclusiones precipitadas es una tontería, pero no me enorgullezco precisamente de mi sensatez.

Se acerca un poco más hasta ponerse a mi lado, con la misma sonrisa suave de antes.

—Rory, yo me refiero a Pez. ¿Tú estabas hablando de Xander?

Vale, ¿ves? De todo se aprende.

—Sí, pensaba que... Estaba intentando no sacar... Sí. Sí, estaba hablando de Xander.

Intenta contener la risa, lo cual agradezco porque solo puedo pensar en cuál será el mejor lugar donde esconderme; a lo largo de los años he encontrado montones de escondites geniales por aquí y sé que nunca me encontraría. Podría vivir tranquilamente con los animalitos, como Blancanieves.

—Xander está durmiendo la siesta con los perros. No, no he cambiado de pronto toda mi personalidad para empezar a follarme a tías del trabajo en mitad de la tarde.

La forma en la que dice «follarme a tías» me hace sentir extraña; suena rarísimo saliendo de su boca.

—Pensaba que ya estabas listo para mandar a la mierda el reglamento. Debe de ser duro portarse tan bien todo el rato.

—La verdad es que no es tan difícil ahora que lo estoy haciendo. Solo me hizo falta emborracharme y escuchar lo comprometido que está Russ con este trabajo para darme cuenta de que tenía que mantener el compromiso conmigo misma que me hice al llegar.

Continuar con la misma tendencia de hacerme daño y reaccionar no me beneficia en nada, y no es para lo que quería volver a Honey Acres. Esta es la vez que más tiempo he logrado comprometerme con algo que no implique saltarme las normas.

—Todavía no he llegado a eso, pero si me apetece meterme en algún lío, serás la primera en enterarte.

Está ligando conmigo. Estoy segura al noventa y nueve por ciento (o quizá más bien al ochenta y siete por ciento) de que está ligando conmigo. ¿Dónde está Emilia cuando la necesito? Quiero una segunda opinión. Necesito responderle con algo ingenioso y divertido, y, lo que es más importante, algo que le indique que tal vez podría estar dispuesta a follar en el bosque.

Tengo que dejar de ignorar que el universo intenta boicotearme, porque no han pasado ni diez segundos cuando veo a Clay y Maya caminando hacia nosotros, seguidos de cerca por una multitud de pequeños y ansiosos jugadores de fútbol. Puede que no sea el universo, puede que simplemente a veces se me olvide que estoy aquí para cuidar de los niños y no solo para mirar los enormes muslos de Russ en pantalón corto.

En cualquier caso, esta no era la segunda opinión que necesitaba.

La actividad transcurre sin sobresaltos, y el porcentaje de seguridad que tenía en que Russ había ligado conmigo disminuye cada vez que pienso en ello. Al llegar la noche puedo decir que he sobrevivido a otra ronda de caos en el comedor, a un baile y a asegurarme de que todo el mundo se va a la cama. Estoy exhausta después de todo el día, lo que reduce considerablemente mis opciones de portarme mal. Emilia se ha ido a la cama hace una hora después de su llamada diaria a Poppy, y yo llevo veinte minutos intentando armarme de fuerzas para levantarme de esta silla tan cómoda junto a la hoguera.

Salmón ronca sobre mi pecho mientras el fuego nos mantiene calientes, y cabe la posibilidad de que me quede dormida aquí mismo. Se me cierran los ojos y lucho por mantenerlos abiertos, porque sé que si me duermo aquí, alguien me va a dibujar algo en la cara, fijo.

—¿Estás dormida?

Abro un ojo y veo a Russ delante de mí, igual de espabilado que esta mañana.

—Sí, largo de aquí.

Se ríe y me da hasta rabia lo guapo que está siempre. Sé lo poco que duerme y sé lo duro que trabaja durante el día, y aun así ahí está, fresco como una lechuga.

—Vamos, te acompaño a tu cabaña. No te puedes quedar dormida aquí. Xander dijo que te iba a dibujar una polla en la cara como te viera dormirte.

—Pero no quiero molestar al cachorrito —digo, señalando a la bola de pelo que me calienta el estómago—. Creo que ha duplicado su peso en una semana, así que no sé si podré quitármelo de encima.

—Xander le ha enseñado a hacer trucos dándole premios de beicon. Yo lo cojo, vamos.

—¿Nos puedes llevar a los dos? Tengo sueño.

Intento no estremecerme cuando me roza el estómago con las manos para coger al perrito y se lo pone en el pecho como si fuera un bebé. No lo consigo, pero es lo bastante educado como para fingir que no se da cuenta.

—Tú tienes piernas y no tienes la barriga llena de beicon.

Me tiende la mano para levantarme con suavidad.

—¿Cómo lo sabes? Es de mala educación darlo por hecho.

—Eres vegetariana, Rory —dice entre risas—. Si estás aprendiendo trucos para que te den beicon, me parece un problema mayor que tener una polla en la cara. —Me lo deja a huevo. Podría contestarle un montón de cosas, pero me muerdo la lengua para no decirlas. Russ sacude la cabeza y me aleja de la hoguera en dirección a mi cabaña—. No digas nada.

—Tranquilo. Ya has dejado claro quién es tu favorito. Salmón también tiene piernas, o mejor dicho, patas, pero da igual. Que sepas que si me hago amiga de algún oso pardo de verdad, pasarás a ser mi segunda opción así de rápido —digo, chasqueando los dedos.

—Creo… —empieza a decir, y entonces se calla, y mientras seguimos andando hacia la cabaña lo miro y no logro descifrar su expresión. Mi mirada lo saca del ensimismamiento y se echa a reír, aunque su risa suena forzada—. Creo que puedo soportar ser tu segunda opción, pero en California no hay osos pardos. La verdad es que aún no he averiguado cómo encajan con los Erizos, los Zorros y los Mapaches, y eso que me leí el folleto.

—Orla puso los nombres de animales por grupos de edad cuando tomó el relevo de su padre. Le pareció más divertido que poner nombres por edades, supongo, y dejó que Jenna eligiera los nombres cuando tenía unos cinco o seis años. No me acuerdo de la historia completa, pero, sí, la pequeña Jenna no sabía mucho de osos, al parecer.

—¿Jenna también vino aquí de niña? —pregunta, acariciando el lomo del cachorro con la mano—. Pues qué guay que ahora trabaje aquí.

—¿Cómo? Jenna es la hija de Orla. ¿No lo sabías? —digo—. Creía que todo el mundo lo sabía, lo siento.

Su expresión es difícil de precisar, a medio camino entre la risa y la desesperación.

—Cómo no va a ser mi jefa la hija de la dueña.

Por fin llegamos a las cabañas y deseo que hubiera alguna razón para seguir paseando y hablando. Se detiene cuando llego a los escalones. Subo yo primero y también me detengo, sin muchas ganas de despedirme.

Da un paso hacia mí y baja la voz, supongo que para no despertar a Emilia, pero en este escalón estoy más alineada con su altura y su cuerpo se acerca peligrosamente al mío.

—Jenna ha dicho que tenemos que dejar de llevar en brazos a los cachorros, porque se van a acostumbrar y dentro de poco serán muy grandes. Y también ha dicho que son perros, no bebés, pero no puedo evitarlo.

Me quedo boquiabierta.

—Perdona, ¿me estás diciendo que te estás saltando las normas?

—Fue más bien una sugerencia...

—Es una norma y te la estás saltando. Dios mío.

—No. Solo...

—Estás fuera de control, Callaghan. Así se empieza. Llevas a un perrito en brazos y en cuanto te descuides estarás estrellando un barco en el que no deberías estar y arriesgándote a que te expulsen —digo. Él entorna los ojos al oír un ejemplo tan concreto—. Teóricamente. En fin, te invitaría a pasar, pero a diferencia de ti, yo respeto a la autoridad y creo que hay una norma sobre no arrastrar a tu cabaña a hombres que lleven cachorritos en los brazos.

—Quién iba a decir que eres capaz de ser buena chica.

Por poco me ahogo.

—Buenas noches, Russ. Gracias por acompañarme.

Subo el resto de escalones hasta el porche de la cabaña. Mejor poner un poco de espacio. El espacio significa que no puedo agacharme y besarlo. O abalanzarme sobre él como un mono.

—Buenas noches, Aurora —dice en voz baja—. Que duermas bien.

Me doy la vuelta y abro la puerta lentamente para no despertar a mi compañera. Cuando miro para atrás, sigue ahí parado en el mismo sitio.

—¿Qué haces?

—Mirar cómo te vas, para que no tengas que mirar tú cómo me voy.

El corazón se me sube a la garganta mientras cierro la puerta con cuidado detrás de mí, y cuando por fin me meto en la cama, decido que tengo clarísimo que estaba ligando conmigo.

14

Russ

No me imaginaba que podría llegar un momento en que aplicaría los consejos de JJ a mi vida real y además me beneficiaría de ellos, pero aquí estoy.

«Tú eres el único que sabe que no tienes seguridad» es una frase que siempre me ha dicho para tener más confianza con las mujeres, pero lo estoy aplicando a otras cosas y, para mi sorpresa, funciona. La preocupación innecesaria es un proceso mentalmente agotador y, por definición, no tiene ninguna lógica. Lo único que consigue es hacerme sentir solo, incluso cuando estoy rodeado de gente.

El equipo ha logrado establecer una rutina cómoda con los campistas, y Aurora y yo también hemos encontrado la nuestra cuando no estamos con los niños. Cada vez que la acompaño a su cabaña me cuesta más no darle un beso de buenas noches, sobre todo porque parece que ella también lo desea; pero agradezco que haga esfuerzos para no meternos en problemas.

Creo que lo agradezco.

Estoy desayunando con Emilia cuando la mujer eternamente instalada en mi cabeza aparece caminando a trompicones. Se sienta al lado de su mejor amiga y resopla.

—Nunca más. Lo digo en serio. Pagaré lo que sea. Fingiré mi propia muerte. Me dan igual las consecuencias.

Me tapo con la taza para que no me vea reír y miro hacia atrás para asegurarme de que los niños todavía están desayunando y no nos oyen. Xander se sienta a mi lado, con el plato sospechosamente lleno de beicon. Me inclino y susurro:

—Deja de dar de comer a los perros.

Él sacude la cabeza sin dejar de mirar el plato.

—No eres mi madre. No tengo que obedecerte.

—Seguro que no ha estado tan mal —le dice Emilia, conteniendo la risa, a Aurora, que sigue con el ceño fruncido.

Todos los campistas duermen en una cabaña y nosotros nos turnamos para dormir allí y supervisarlos durante la noche un par de veces a la semana. Siempre hay alguien mayor, como Jenna, disponible por las noches en caso de emergencia, así que mientras tus niños no se porten mal, es fácil.

Maya estaba enferma anoche, así que Aurora se ofreció voluntaria para cubrir el turno de noche, creyendo erróneamente que le tocaría con Xander. Cuando se dio cuenta de que era con Clay, puso cara de que el mundo se iba a acabar.

Y, bueno, a mi parte malvada le hizo gracia.

—Seguro que sí ha estado tan mal, Emilia —masculla de malos modos—. Me dijo que no le importaba acurrucarse en la cama conmigo si me daba miedo la oscuridad. Sé que estaba de coña, pero lo prefiero mil veces más cuando no intenta hacerse el gracioso.

Emilia pone cara de exasperación.

—¿Y qué le dijiste?

—Le dije que a veces apuñalo en sueños. —Por poco me ahogo con el café—. Y pensé que con eso se acabaría la conversación, pero empezó a decirme que eso sonaba a que había algo debajo de mi cama y que tenía que investigarlo.

—Hay que reconocer que tiene creatividad —dice Xander—. Es difícil ser tan gilipollas hoy en día y a esa edad, pero ahí está él, esforzándose.

Aurora le lanza una mirada asesina.

—Jessica vino a pedirme que le cogiera el peluche que se le

había caído al otro lado de la cama y Clay dijo que podía haber un asesino escondido y ella se puso a chillar. Entonces todos se pusieron a chillar. Me sorprende que no lo oyerais. Todavía me pitan los oídos. Tardamos unas dos horas en conseguir que se calmaran y volvieran a la cama.

—Pues yo he dormido como un bebé —dice Xander, dándole un mordisco a la tostada.

—Yo no. Roncas —gruño mientras cojo el café.

—Joder —dice Emilia entre risas—. Pensaba que los niños estaban cansados y abatidos por lo larga que es la cola para llamar a casa por el Día del Padre.

Siento un peso aplastándome los hombros en ese momento: es domingo.

Aurora pone cara como si le hubieran dicho que tiene que volver a pasar la noche con Clay, y yo estoy igual. Solo es un día. Sé que es solo un día, pero un día que te da en toda la cara con una fuerza considerable cuando no tienes una buena relación con tu padre.

Una de las actividades de principios de la semana fue hacer tarjetas del Día del Padre para que los niños las enviaran a casa y, aunque sabía que este momento iba a llegar, todavía me pilla desprevenido.

Xander se echa a reír.

—La forma más fácil de averiguar quién tiene traumas con su padre. Decirles que es el Día del Padre. Qué bonito momento de unión.

—Habla por ti —bromea Emilia—. Mi padre es el mejor tío que conozco.

—Justo en este momento acabo de decidir que no voy a permitirme entrar en crisis, así que podéis compartir vuestros traumas con otros, muchas gracias —añade Rory con una sonrisa dulce dirigida a Xander—. Ya entraré en crisis después, como cualquier hijo de vecino. O si me siento especialmente aventurera, guardaré mi crisis en una cajita y la enterraré muy profundo para que entre en erupción en otro momento mucho menos conveniente.

—¿Qué podemos hacer hoy con los niños? —pregunto, por cambiar de tema y evitar implicarme demasiado en la conversación—. ¿Qué es lo que más les gusta?

—El balón prisionero con pintura —dicen Xander y Rory al unísono. Ella levanta una ceja y Xander susurra:

—¿Acabamos de convertirnos en mejores amigos?

Aurora va a por su desayuno mientras nos organizamos y enseguida aparecen Clay y Maya y se unen a nuestro plan. Los domingos suelen ser muy tranquilos; después de una semana de actividades programadas todos están cansados, así que también planeamos días de relax, y así todo el mundo tiene energía para la barbacoa del domingo y la velada nocturna, que suele ser una película o un espectáculo.

Pero lo del balón prisionero con pintura no suena nada tranquilo.

Cuando todo está organizado, Xander y yo llevamos a los niños a sus habitaciones para limpiar para la inspección. Los Osos Pardos van a la cabeza del ranking del campamento, algo que mis compañeros me han atribuido a mí y mi necesidad de mantenerlo todo ordenado.

Limpiar es más un hábito que un hobby. Cuando vivía con mi padre solía tener cambios de humor impredecibles. Cada vez que perdía se ponía muy irascible y yo hacía lo que podía para prevenir las broncas.

Hacía los deberes lo antes posible, a veces incluso en los recreos del colegio. Siempre me buscaba trabajos raros por el barrio para no tener que pedirle nunca dinero. Lo mantenía todo impoluto para que no tuviera ni una sola razón por la que quejarse.

Pero nada de eso importaba. Después de perder y tomarse alguna copa, mi padre era capaz de encontrar motivos hasta en una habitación vacía. A pesar de todo, mantuve esos hábitos. Y ahora nos van a ayudar a ganar una pizza. Quién lo iba a decir.

La mañana avanza al ritmo lento habitual de los domingos. Organizamos unos partidos de fútbol sala para los niños que sí tienen energía, y puzles y manualidades para los demás. Paso más tiempo mirando cómo Aurora corre entusiasmada y anima a sus jugadores que doblando la pajarita de origami que tengo entre las manos.

—Estás coladísimo por Rory —dice Michael, un niño de diez años que, al parecer, no sabe mantener la boca cerrada—. No dejas de mirarla.

—¡Qué dices! —contesto, de pronto muy concentrado en el origami—. Rory es mi amiga. Estoy viendo el partido.

—No has dicho que no estés colado por ella.

—Tampoco he dicho que lo esté.

Lo deja estar de momento, y suspiro de alivio al acordarme de que los padres de Michael son actores y no abogados, como los de otros niños de por aquí que son muy buenos debatiendo.

Cuando llega la hora de irse al comedor, por fin termino de doblar la pajarita. Maya y Xander se llevan a los niños a comer y yo me quedo recogiendo los juguetes y las manualidades que se han quedado a medias por las mesas.

—Deja que te ayude —dice una voz suave detrás de mí.

—Tranquila, yo me ocupo. Siéntate —le digo a Aurora—. Estarás cansada.

Se sienta delante de un puzle a medio terminar y se queda mirándolo fijamente antes de empezar a desencajar las piezas.

—Esto es lo que a veces siento respecto a ti, ¿sabes?

La miro, tiene las mejillas sonrosadas de haberse pasado la mañana corriendo, el pelo recogido hacia atrás, que le deja la cara despejada, y muchas pecas en la nariz después de tres semanas al sol a diario. Sigue desmontando el puzle poco a poco y lo vuelve a meter en la caja.

—¿Como si quisieras meterme en una caja? —bromeo, sin saber a qué se refiere.

—No, como si tú fueras el puzle y yo tuviera todas las piezas, pero todavía no hubiera averiguado cómo hacer que encajen unas con otras.

—Te he hecho una cosilla —digo, cambiando radicalmente de tema—. No es nada del otro mundo. Estaba distraído viéndote fallar goles.

Se echa a reír.

—Soy malísima. Soy literalmente el sueño de todo portero.

—La verdad es que sí. —Me mira por fin mientras le pongo delante la pajarita de papel—. Te lo digo como portero.

Coge la pajarita y la sostiene en la mano como si fuera el objeto más precioso del mundo, a pesar de que es horrible.

—Me encanta. Gracias, Russ.

Las normas del balón prisionero con pintura son las mismas que las del balón prisionero normal. La diferencia es que la pelota es en realidad una esponja que hay que empapar en una de las muchas mezclas de pintura repartidas por el césped antes de lanzarla contra tus oponentes. Cada ronda es de un color distinto, para dejar claro quién está dentro y quién fuera.

Teniendo en cuenta que la mayoría de mis oponentes son niños, unido a mi larga experiencia haciendo deporte, en ningún momento me he preocupado por quedar cubierto de pintura. Pero cuando la esponja me golpea de lleno en el pecho y la pintura verde sale despedida por el impacto, me doy cuenta de que estaba muy equivocado.

Aurora pone cara de triunfo mientras se sacude el exceso de pintura verde de la mano. La tía tiene un buen brazo, lo cual me pone muchísimo. Aunque no estoy listo para explorar cómo me excita su habilidad para golpearme.

—¡Pensaba que se te daba bien el bloqueo! —grita desde el otro lado de la línea central.

—¡Ya te dije que no tengo talento para nada!

—A mí se me ocurren un par de cosas para las que sí tienes talento.

Me parece perfecto que piense que soy mejor en la cama que jugando al balón prisionero con pintura.

Cuando me elimina y salgo del campo, me siento al lado de Maya, que también está cubierta de pintura.

—¿Desde cuándo las niñas de ocho años son tan competitivas?

Miramos cómo los demás siguen jugando. Cierro los ojos un segundo y me vuelvo hacia el sol, disfrutando del calor en la cara. En ese momento algo húmedo me impacta en la pierna. Al abrir los ojos, veo a Rory sonriendo.

Maya se echa a reír y me da una toalla.

—Al final os van a pillar.

Me da un vuelco al estómago.

—Pero si no... No hay nada que pillar.

—Vale, tío. Claro que no.

El baño común es lo bastante grande para Aurora y para mí (de hecho, para unos cuantos más) y, sin embargo, estamos tan cerca el uno del otro que puedo sentir el calor que irradia su cuerpo.

—Es inútil —se lamenta, pasándose el paño húmedo por el cuello una y otra vez—. Estoy destinada a parecer un dálmata de colores para siempre.

—Ven aquí. —La levanto por la cintura, la siento en la encimera y le quito el paño de la mano. Ella separa las piernas para abrirme paso y yo le levanto un poco la barbilla para acceder a las partes que tiene manchadas de colores—. Te han puesto perdida.

En cuanto los niños se dieron cuenta de lo buena que era Aurora, se convirtió en el blanco de todos. Ella murmura una afirmación mientras le limpio la mandíbula, y cuando bajo a su cuello, le da un escalofrío. Se ruboriza, pero los dos ignoramos la reacción, signifique lo que signifique.

—¿Cómo estás hoy? —pregunta, para romper el silencio.

—No te gusta el silencio, ¿eh?

—Y a ti no te gusta responder preguntas, ¿eh?

—*Touché*. Hoy ha sido... bueno, más fácil de lo que esperaba. Supongo que distraerse ayuda. ¿Y tú?

—Igual. Creo que lo único que he querido siempre ha sido que alguien deseara estar conmigo. Porque mi padre no quiere; da igual cómo intente expresarlo la gente para que suene mejor. Y mi madre sí que quiere estar conmigo, pero... —Le muevo la cara despacio, inclinándola para verle el otro lado—. No sé cómo describirlo para que no suene horrible. No sé. A veces me asfixia y es demasiado. Pero los niños sí quieren estar conmigo porque les parezco maja, y aunque suene patético, significa mucho para mí.

—No es patético.

—Y además no pueden huir. —Suelta una carcajada forzada—. Así que todo bien.

—Mereces a alguien en tu vida que te haga sentir bien, Aurora.

—Tú me haces sentir bien.

Se gira para mirarme, y siento cómo se me clavan sus ojos verdes con pestañas largas. Quiero acariciarle el labio con el pulgar, besarla, ver si sabe igual de bien que como recuerdo. Duda, pero reconozco esa mirada. Es la que pone cuando desea preguntarme algo, pero no sabe cómo.

—Pregúntamelo, corazón. Te prometo que no voy a huir.

—Da igual. Deberíamos volver a la barbacoa antes de que alguien piense cosas raras. No quiero que te metas en problemas.

Aurora se desliza hacia delante hasta que su cuerpo queda pegado al mío y doy un paso atrás, quizá unos segundos más tarde de lo debido, pero el simple hecho de hacerlo tiene su mérito. La cojo de las manos para ayudarla a bajar y le abro paso hacia la salida.

—Rory —digo, apoyándome en la encimera donde acaba de sentarse ella. Se detiene en la puerta y me mira con interés—. Tú también me haces sentir bien.

15

Russ

Una llamada interrumpe mi lista de reproducción de *running* por enésima vez en la última hora, y confirmo oficialmente que mi hermano ya me está tocando los cojones hasta el punto de que me dan ganas de descolgar el teléfono solo para decirle que deje de llamarme de una puta vez.

—¿Qué quieres, Ethan? —Mi tono contrasta radicalmente con la paz de Honey Acres a primera hora de la mañana. Los caballos que están pastando en el prado junto a mi ruta de *running* se me quedan mirando y sueltan un relincho de fastidio antes de alejarse de la valla, sobresaltados.

Lo mejor de este lugar es que apenas tiene cobertura, aunque sí que hay algunas zonas lo bastante amplias en las que el servicio es tan bueno como para que mi familia pueda invadir mi tranquilidad.

—Eres un puto gilipollas que no coges nunca el teléfono de nadie. —Es un comienzo duro, no me lo esperaba—. A ver si maduras de una puta vez.

Da igual dónde esté o lo que esté haciendo, o lo bien que cumpla las normas, que el universo siempre encuentra la forma de humillarme.

—¿Qué quieres, Ethan? —repito, con una frustración diluida por culpa del impacto de sus palabras.

—Papá está en el hospital. Y mamá no para de preguntar por ti, quiere que vayas. Así que deja de enterrar la cabeza en la arena como un egoísta y fingir que no eres parte de la familia, y ve a apoyarla, hostia.

Lo lógico sería esperar que mi reacción al enterarme de que mi padre está en el hospital fuera más dramática, pero lo primero que me pregunto es cómo habrá llegado a esa situación. Esto ya ha ocurrido, así que tampoco es una gran sorpresa. Cuando empeñó las joyas de mamá le dio un arrebato tan grande de culpa que se emborrachó y tuvieron que hacerle un lavado de estómago. O cuando una vez se metió en una pelea en un casino y acabaron dándole puntos. Y otra vez tuvo un accidente de coche, aunque juró que no había bebido.

—No puedo. Estoy trabajando.

—Madura de una puta vez —dice en tono cortante—. Como no cojas el puto coche ahora mismo, me planto en el campamento y te llevo a rastras de los pelos.

—¿Desde qué estado vas a viajar para hacer eso? ¿Vas a interrumpir la gira para esto? —Ethan y yo nunca hemos tenido la típica conexión de hermanos. Al llevarnos siete años, la diferencia era demasiado grande, y a eso se sumaba que él siempre ha huido de la línea de fuego de papá. Siempre me ha dado rabia que me dejara solo, pero tal vez yo habría hecho lo mismo de haber sido el mayor.

—Ahora mismo estoy en San Francisco. No voy de farol, Russ. Ignorar el teléfono ya no te va a funcionar. Mueve el culo por tu familia. No puedes tirar la toalla porque a veces sea difícil, me cago en todo.

No sé si reír o gritar. Quiero decirle que eso es exactamente lo que él me hizo a mí cuando se mudó a la otra punta del país y me dejó solo. Ethan dice que soy demasiado cabezota y estrecho de miras. Que no tengo ni idea de lo que es enfrentarse a una enfermedad tan corrosiva y que él lo entiende mejor que yo porque está en la industria musical.

Una vez me dijo que tiene más recuerdos de cuando las cosas iban bien y que por eso no está tan enfadado como yo. Es fácil ser compresivo y decir que no estás enfadado cuando vives en la otra punta del país la mayor parte del año.

—No quiero hablar con él, Ethan. No lo entiendes. No hay quien lo vea venir. Puede estar suave como un guante o comportarse como un mierda. Y lo odio.

—Está sedado. Hazlo por mamá, Russ. No es culpa suya.

—Vale —digo—. Luego te veo. Tú vas a ir, ¿no?

—Estás haciendo lo correcto. Conduce con cuidado, tío.

Una sensación de miedo que conozco bien me empuja a volver corriendo a mi cabaña. Es temprano, así que aún no hay nadie fuera y los niños no se han despertado. Xander ha hecho el turno de noche, así que está en la cabaña de los Osos Pardos con Maya y no quiero arriesgarme a entrar y tener que darle explicaciones.

Tras una ducha rápida, meto unas cuantas cosas en una mochila y me dirijo al edificio principal. Tardo cinco minutos en armarme de valor para llamar a la puerta de la jefa de turno. Jenna me abre medio dormida y la miro con la mochila colgada al hombro.

—Siento mucho despertarte —digo al no encontrar las palabras para explicarle lo que estoy haciendo.

—No te preocupes. ¿Pasa algo? —pregunta con cuidado.

Me seco el sudor de las manos contra el pantalón y me obligo a centrarme.

—Si te cuento una cosa, ¿me puedes guardar el secreto? ¿Por ser mi jefa?

Asiente despacio, se ajusta la bata a la cintura y se apoya en el marco de la puerta.

—Puede ser confidencial si lo necesitas. Siempre que no ocasione un problema de seguridad. ¿Qué ha pasado, Russ?

—Mi padre está en el hospital y necesito irme a casa un día o dos. Puedo recuperar los turnos perdidos o algo así. Lo siento mucho, Jenna. ¿Te importa?

—Dios mío. Por supuesto que no me importa. ¿Puedes conducir? ¿Está lejos tu casa? ¡Lo siento mucho! ¿Qué ha pasado?

En ese momento me doy cuenta de que estaba tan ocupado

discutiendo con Ethan que ni siquiera le he preguntado. Como estamos así continuamente, a veces preguntar sobre los hechos concretos no forma parte de mis prioridades. Me sentiría mal si no fuera porque tengo en mente un par de motivos y estoy seguro de que debe de ser uno de ellos.

—No, mis padres no viven lejos de Maple Hills. Pero la verdad es que no me apetece hablar de mi familia. Prefiero que no salga de aquí, ¿vale? No quiero que el resto del grupo sepa que he ido al hospital.

Ella asiente y me siento inmediatamente mejor.

—¿Puedes decirles que he tenido una urgencia personal o algo así? Pero que estoy bien. No quiero que nadie se preocupe.

—No es que no quiera que el resto de monitores se enteren de que he vuelto a Maple Hills, pero prefiero que se me ocurra cualquier otra excusa para no tener que hablarles de mi padre.

—Claro. Espero que tu padre se mejore. Si vas a tardar más de dos días, ¿me avisas?

—Sí, ya te llamaré, pero seguro que vuelvo antes. Gracias, Jenna.

Se me encoge el estómago en cuanto veo los carteles de Maple Hills en la autopista, y ahora que estoy tomando la salida no sé ni siquiera si sigue en mi cuerpo.

El café de gasolinera que me estoy bebiendo está quemado y amargo, la representación perfecta de mi estado de ánimo en este momento. Ignoro los carteles que indican el camino al campus, y en su lugar sigo los que mandan al hospital.

Cuando veo el edificio, pienso en que podría darme media vuelta, apagar el móvil, volver a Honey Acres y hacer como que no pasa nada. Quiero huir de esto, no tener la conversación que estoy a punto de tener y evitar a las personas con las que nunca quiero hablar, pero no lo hago. Aparco la camioneta en el aparcamiento de visitas, como si ese simple gesto pudiera hacer que la visita fuera más rápida y yo pudiera volver a una vida que estoy empezando a disfrutar de verdad.

Veo a mamá antes de que ella me vea a mí en la sala de espera de familiares. Parece más cansada que la última vez que la vi, aunque no recuerdo cuándo fue eso. ¿Hace cuatro meses? ¿Cinco? Tiene unas ojeras oscuras que le contrastan con la piel pálida, el pelo más gris y la cara demacrada. Agarra el vaso de café con las dos manos con la vista clavada en el infinito, y vuelvo a preguntarme si debería dar media vuelta y marcharme.

Pero avanzo hacia ella hasta colocarme delante. Durante el viaje, que mira que ha sido largo, en ningún momento me he planteado que tendría que decir algo al llegar, y ahora que la tengo delante no sé ni qué decir.

Ella tampoco dice nada, solo se levanta y me rodea con los brazos. Hunde la cara en mi pecho y se echa a llorar.

—¿Qué ha pasado? —pregunto en tono monocorde.

—Se ofreció a ir al supermercado a por algo de cena y le embistió un borracho con el coche —dice mamá, secándose las lágrimas con la manga.

—¿Le embistió? ¿Pero él iba borracho también?

—¡No! ¡Claro que no! —Parece horrorizada, como si fuera una locura que yo insinúe que él también iba puesto. Me cuenta toda la historia en detalle y saco la conclusión, por el punto donde ocurrió el accidente, de que volvía a casa desde el hipódromo. No hay ningún supermercado cerca de la intersección—. Puedes pasar y hablar con él un minuto, no creo que el médico tarde mucho.

—¿Cómo que hablar con él? Ethan me ha dicho que estaba inconsciente. Y, por cierto, ¿dónde está Ethan?

—Estaba inconsciente, pero ya se ha despertado. Y tu hermano está de gira por el medio oeste, creo. ¿Por qué? ¿Creías que estaba aquí?

La próxima vez que vea a Ethan le estrangularé.

—No quiero hablar con él, mamá. No quiero estar aquí.

Ella suspira, se sienta y me hace un gesto para que haga lo mismo. Nunca había deseado tanto estar rodeado de extraños, pero no hay nadie más en la sala.

—Necesitas superar ya esta fase de rebeldía adolescente,

Russ. No sé qué hacer contigo. Ya eres un adulto, pero también eres miembro de esta familia, te guste o no. Tienes que empezar a mirar un poco por nosotros.

No me doy cuenta de dónde viene ese sonido hasta que la silla empieza a temblar porque me estoy riendo a carcajadas. La situación no tiene nada de gracioso; nunca lo ha tenido, pero me sigo riendo hasta que la risa se convierte en un traqueteo que siento que está a punto de ahogarme y paro.

—Vosotros nunca jamás habéis mirado por mí.

—¿Cómo puedes decir eso, Russ? ¿Alguna vez te ha faltado comida en el plato? ¿O ropa en el armario? ¿Gasolina en el coche para ir al colegio? ¿Entrenamientos de hockey? ¿Un techo donde refugiarte? —Se le empañan los ojos al mirarme mientras espera a que responda—. ¿Te crees que yo hacía horas extra porque me gustaba? Tu padre está enfermo, Russ. No puedes dar la espalda a los demás solo porque no sean perfectos.

—Tú se lo estás consintiendo. Cada vez que te quedas cruzada de brazos, estás empeorando las cosas. Sabes que no iba al supermercado. Sabes que si fuera así, ninguno de nosotros estaríamos aquí.

—No puedes presumir de saber lo que significa un matrimonio o lo que hay que hacer para mantenerlo unido —dice, sacudiéndose las manos en la falda—. Cuando quieres tanto a una persona, estás dispuesto a dar tu vida para que esté bien. No creo que el hospital sea el mejor sitio para esta conversación, Russ. Mejor lo hablamos luego en casa.

—No voy a ir a casa. No quiero hablar de nada. No quiero estar aquí.

Mi madre nunca había hablado de los problemas de mi padre con tanta sinceridad. Percibo el dolor en sus palabras, incluso cuando intenta decirlas con calma, pero eso no mitiga el mío. Es una lucha en mi cabeza en la que nadie puede intervenir, en la que nadie lo entiende de verdad y en la que absolutamente nadie gana. Como es lógico, entiendo que es una enfermedad, que es una enfermedad que se instala. Que mi padre nunca ha dispuesto de una mínima oportunidad y que todo ha estado en contra, lo cual es irónico teniendo en cuenta que es un enfermo adicto al juego. Puedo ser consciente de todo eso, entenderlo y decirlo en serio, lo que no hace que duela menos, joder.

—¿Entonces para qué has venido, cariño? Si no quieres hablar de lo que pasa en la familia, ¿para qué vienes?

Le podría decir que Ethan me ha mentido diciéndome que iba a venir también. Le podría explicar que la idea de que se presentara en Honey Acres y montara un numerito delante de todos mis nuevos amigos me daba ganas de vomitar. Igual que la idea de que Aurora me mire con lástima al enterarse de que mientras su padre dedica su vida a una industria multimillonaria, el mío la dedica a otro tipo de carreras.

—No quería que te quedaras sola, pero tampoco he conducido cuatro horas para discutir contigo —digo, frotándome las sienes con los dedos.

Se acerca y me coge de la mano.

—No me habría casado con él si no fuera un buen hombre. Nadie se despierta un día y decide hacerse adicto a algo. Nadie elige hacer daño a la gente que quiere.

Me duele todo el cuerpo de la adrenalina de estar aquí, y estoy exhausto. Todo el sentimiento, todo el rencor y todo el dolor han salido a la superficie como el pus de una herida abierta.

—¿Sabes que me pide dinero? —Antes de que abra la boca ya sé que la respuesta es no. Nunca se le ha dado bien poner cara de póquer, al igual que a papá, por irónico que suene—. Y cuando no se lo doy, me manda a tomar por culo y me dice que no soy hijo suyo.

Se le llenan los ojos de lágrimas, pero no las derrama.

—Lo siento mucho, Russ.

—Me hace sentir que no merezco nada de lo que tengo en la vida. —Nunca había dicho esto en voz alta y siento como si estuviera vomitando las palabras—. Me hace sentir que nadie me querrá nunca, porque si ni siquiera mi padre me antepone a una partida de póquer, ¿por qué lo iba a hacer otra persona?

—Eso es por culpa del alcohol y la desesperación. Pero te quiere muchísimo. Los dos te queremos muchísimo.

Sé que sus palabras solo tienen la intención de tranquilizarme, pero vuelven a sonarme a excusas para él. No creo ni que se dé cuenta.

—Yo no sé hacer como tú y fingir que no pasa nada, mamá. No tendría que haber venido, lo siento.

—Dile a tu padre cómo te sientes.

—¿Cómo?

Mamá se levanta, se recoloca la ropa y el pelo y se prepara para entrar ahí y seguir fingiendo que esto no es un puto desastre.

—No crees que pueda mejorar nunca, ¿no? No quieres tener nada que ver con él. Ni con nosotros. —Se le quiebra la voz—. Pues entonces entra y dile cómo te sientes. No tienes nada que perder.

Camino aturdido hacia la habitación de mi padre siguiendo las indicaciones de mi madre. Nunca le había hablado con tanta franqueza; no creo que le haya hablado nunca a nadie así. El médico está saliendo justo cuando voy a entrar.

—¿Eres de la familia?

—Su hijo.

—Tu padre tiene mucha suerte —dice, dándome una palmada en la espalda antes de irse.

Suerte.

Papá no dice nada mientras paso a la habitación y me siento junto a la cama. Las máquinas a las que está conectado emiten pitidos regulares, que me hacen saber que en alguna parte de su cuerpo debe de haber un corazón.

El silencio es ensordecedor. Me hace pensar en que Aurora no lo soportaría. Lo llenaría con algún comentario ridículo y se sonrojaría y yo la miraría, tratando de absorber toda su luz. Ojalá no hubiera contestado a la llamada de Ethan. Ojalá estuviera jugando al voleibol o al fútbol o a cualquier otra cosa, lo que fuera, en un lugar lejano donde no tuviera que enfrentarme a nada de esto.

—Tienes cara de querer decirme algo —dice papá, con la voz ronca. Está hecho una mierda; tiene moratones, arañazos y cables por todas partes.

Tengo mucho que decir. Todos los pensamientos oscuros que he tenido alguna vez sobre mí mismo. Todos los riesgos que no he corrido por miedo. Todas las conversaciones que he cortado por miedo a que la gente viera mi verdadero yo. Todas las relaciones que no llegué a tener por no querer meter la pata y ser un fraude.

—Has roto a esta familia y ahora no sé cómo arreglarla.

Se pasa un buen rato sin decir nada, y de pronto el hombre al que siempre he visto enfadado y amargado se hace pequeño bajo la luz fluorescente del hospital.

—Ya lo sé.

—Durante mucho tiempo he mantenido la esperanza de que el padre al que quería estaba ahí dentro, atrapado, pero ahí. Ya no. No eres el que me enseñó a patinar ni a montar en bici. No te reconozco.

—Ya lo sé.

—Me da miedo conseguir las cosas que quiero por si acaso se joden por mi culpa, porque me has hecho creer que soy un mierda, y te odio por eso. Te odio por estar en todas partes y en ninguna al mismo tiempo.

—Lo entiendo.

—Eres como una mala hierba. No hay ni un solo aspecto de mi vida que no hayas invadido o destruido. Ni siquiera he podido pasar un verano en paz sin que tú lo tengas que joder. No te hablo, ni siquiera leo tus mensajes, pero siempre estás ahí, metido en mi cabeza.

Las palabras me salen a toda velocidad y llenas de furia, pero cada una de ellas va en serio, y me muero de rabia por haberlas retenido tanto tiempo. A cada sílaba que pronuncio siento un pequeño alivio en el pecho que aligera el peso que me ha oprimido durante tantos años.

—Te mereces algo mejor, hijo.

Tumbado en la cama mientras me escucha desahogarme tiene un aspecto absolutamente débil.

—Sí, me lo merezco. Y mamá también. Arregla tu puta vida.

Papá no grita tras de mí mientras me levanto y me voy. Mi

cuerpo funciona en piloto automático, la memoria muscular se pone en marcha para alejarme lo máximo posible de él. Ethan dirá que estoy enterrando la cabeza en la arena, pero he sido más honesto con papá en una sola conversación de lo que nadie ha sido con él en años. Ahora mismo nuestra familia está rota y tapar las grietas no va a ayudarnos a ninguno.

No soy consciente de lo que acaba de pasar o de adónde estoy yendo hasta que me paro con la camioneta frente a mi casa de Maple Avenue. La sensación de familiaridad me reconforta de inmediato y decido tomarme un descanso y reflexionar antes de volver al campamento.

La puerta no está cerrada con llave, así que abro y me encuentro con lo último que esperaba encontrarme: el culo al aire de Henry mientras empotra a alguien en el sofá del salón.

16

Russ

La puerta se abre y aparece Henry, esta vez con ropa. Me bajo de la camioneta evitando cualquier contacto visual mientras paso a su lado y entro en casa.

No es que sea la primera vez que le veo el culo a Henry; es algo normal cuando formas parte del mismo equipo de hockey. Vestuarios y habitaciones de hotel compartidas; no es nada nuevo.

Pero esto sí que era nuevo.

—Lo siento, tío —digo, sentándome en el sillón, porque no pienso volver a tocar el sofá nunca más en mi vida—. Debería haberte avisado, no pensaba que estarías aquí. ¿Está bien tu... amiga? A ella no la he visto, si le sirve de consuelo.

—¿Por qué te disculpas por entrar a tu propia casa? —dice mientras saca una botella de agua de la nevera—. Está bien, solo un poco muerta de vergüenza. Se está duchando y le he dado una mascarilla hidratante para que se relaje. Luego voy a ver como está, pero primero dime qué haces en Maple Hills.

—Movidas familiares. Solo he venido un rato, por eso no te escribí para avisarte de que venía. Quería darme una ducha antes de volver al campamento.

—No puedes regresar hoy —dice Henry—. Es una paliza

de coche para un solo día. Quédate a dormir y vete por la mañana. ¿Quieres hablar de las movidas familiares?

Niego con la cabeza y me paso la mano por el pelo. Ahora que se me ha bajado toda la adrenalina me doy cuenta de lo cansado que estoy.

—Tienes razón. Me iré a primera hora de la mañana. No te sientas obligado a quedarte conmigo. Me puedo meter en mi cuarto para quitarme del medio, pero, por favor, no folles en este sillón, ¿vale? Es mi favorito.

Me dirige una sonrisa tensa mientras se levanta y va hacia la escalera.

—Lo siento por ti si crees que alguna de las superficies de esta casa es segura. Te ahorraré la descripción completa de lo que vi una vez que le estaba haciendo Lola a Robbie mientras estaba sentado justo ahí.

—No te preocupes, me lo puedo imaginar.

—Se la estaba chupando.

Creo que me sentaré en el suelo.

—Fantástico. Escucha, estoy hecho polvo, me voy a duchar. Y a lo mejor me echo una siesta. ¿Robbie sigue en Nueva York?

—Sí, vuelve la semana que viene. Yo intentaré no hacer ruido.

—Eres un buen amigo —digo entre risas.

Asiente y se vuelve hacia mí en la escalera.

—Tú también.

La siesta nunca ha sido mi fuerte, ni siquiera cuando no tengo la cabeza llena de ruido. Cuando mi hermano empezó con las llamadas y los mensajes, puse el teléfono en modo «no molestar». Estar sin cobertura durante un mes ha acabado con cualquier dependencia que tuviera del móvil; ahora cada vez que lo oigo me pongo de mala leche.

No sé cuánto tiempo he estado mirando al techo de mi habitación, pero sé que el suficiente como para que me empiece a cabrear no coger el sueño. Tal vez sea porque no oigo los ronquidos de Xander o porque no hay un perro acaparando todo el espacio.

—¡Cariño, ya estoy en casa!

Al principio creo que me estoy imaginando cosas, pero entonces oigo una risa tan escandalosa y ridícula que sé que es imposible habérmela imaginado. Henry me pisa los talones mientras bajo la escalera hacia el salón. Cuando llego al último peldaño, Kris, Mattie y Bobby ya están tirando varias cajas de pizza y botellas de cerveza sobre la encimera de la cocina.

—¡Pero bueno! —grita Kris entusiasmado—. ¡El hijo pródigo ha vuelto!

—Tengo demasiado *jet lag* como para explicarte que eso no significa lo que crees que significa —dice Mattie.

—Ni caso —dice Bobby mientras me choca la mano y me da un abrazo—. Es que le encanta decir que tiene *jet lag* para que todos le pregunten dónde ha estado.

—¿Puedes tener *jet lag* de tres horas? —pregunta Henry mientras abre una de las cajas de pizza.

—¿Qué tal en Miami? —pregunto, aceptando la cerveza que me da Kris.

—De locos, tío. —Mattie me enseña en el móvil una foto de los tres en la sucursal del Honeypot en Miami—. A la próxima os venís los dos.

—No hace falta —dice Henry.

Bobby me tiende una caja de pizza y nos agrupamos alrededor de la isla de la cocina para comérnoslas. Tengo que contener un gemido de placer al morder una porción de la de pepperoni, y me doy cuenta de que es lo primero que como en todo el día.

—¿Qué hacéis aquí? —pregunto mientras trago la pizza con la cerveza.

—Hen nos ha dicho que te has presentado aquí y le has pillado sin querer con las manos en la masa —dice Kris.

Henry suelta un gruñido en respuesta.

—No. Está en el chat grupal, ¿no lo has visto?

—No, lo siento. —Me saco el móvil del bolsillo y activo las

notificaciones para no sentirme tan mal—. La verdad es que no me he conectado casi desde que me fui.

—Te echábamos de menos, tío —dice Mattie—. Y somos cotillas de cojones. Queremos saber por qué has vuelto del campamento, porque Turner es demasiado educado como para sonsacártelo.

—Pero te echábamos de menos —insiste Bobby—. Lo cual es más importante que saber si te han despedido o no.

Henry murmura entre dientes algo que no entiendo. Sé que puedo confiar en que Henry nunca contaría nada privado mío.

—Un borracho embistió a mi padre con el coche. Pero está bien. He ido a verlo, pero mañana regreso al campamento.

Asiento con la cabeza cuando me dicen que se recupere, les doy las gracias y no vuelvo a mencionar nada sobre mi padre. Puede que no sepan exactamente cuál es la situación, pero saben que hay algo que no va bien en mi vida fuera de la universidad. Por mucho que quiera a mis compañeros de equipo, creo que nunca estaré en condiciones de explicarles la frustración y la vergüenza que me provoca toda esta situación.

—¿Jenna sigue trabajando allí? —pregunta Bobby con una sonrisa extraña—. Todo el mundo estaba obsesionado con Jenna.

—Tú estabas obsesionado con Jenna —dice Kris mientras le da un mordisco a la pizza—. Estaba convencido de que al cumplir los dieciocho tendría alguna oportunidad. Solo fuimos un verano, pero estuvo hablando con ella como tres años más.

—Sí, es mi jefa. Es genial, majísima. Odia tener que andar detrás de la gente, así que mientras no nos metamos en líos, nos deja a nuestra bola.

—¿Sigue estando igual de buena? No sé por qué lo pregunto cuando sé perfectamente que sí —dice Bobby—. Joder, a lo mejor podría currar allí el año que viene.

—¿Cómo es tu grupo? —pregunta Mattie mientras le pone caras a Bobby.

—La verdad es que es genial. Hay un chico, Clay, que es un poco gilipollas, pero no como para ser insoportable. Xander, mi compañero de cabaña, es un tío de puta madre. Maya es muy guay, llegó a través de un programa internacional de campamentos con sus amigas. Suele estar con ellas cuando no está trabajando, así que tampoco la conozco tan bien. Emilia y Aurora son muy majas.

—Espera —dice Kris.

—¿Aurora? —añade Henry—. ¿La chica que te hizo bomba de humo en mitad de la noche?

Me masajeo la nuca para aliviar el cosquilleo nervioso que empiezo a notar mientras asiento con la cabeza. A ver si se nos ocurre una nueva forma de describirla, porque las cosas han cambiado mucho desde aquella Aurora.

Estallan los vítores, los saltos y los abrazos, algunos chocan los cinco mientras celebran algo… Aunque la verdad es que no tengo ni idea de qué.

—¿Qué hacéis?

Mattie es el primero en dejar de dar saltos.

—Es la chica de la Fórmula 1, ¿no? ¿Puedes conseguirnos invitaciones para el Paddock Club?

—Es imposible que no hayáis follado después de un mes —dice Bobby con expectación.

—Pues no. —Todos dejan de celebrar—. Hay una norma de romance cero, y admito que además la primera semana la evité lo máximo que pude. Pero ahora estamos bien, somos amigos.

Mi público me mira con caras de confusión. Luego se miran entre ellos, nombrando en silencio a un líder, que resulta ser Kris.

—Sabes que ni Dios va a cumplir esa norma, ¿verdad? ¿Un montón de veinteañeros juntos durante dos meses y medio con la norma de no hacer nada? Venga, hombre.

—No duraréis ni una semana más —murmura Mattie, dándole otro mordisco a la pizza.

Henry le hace un gesto de desaprobación.

—Porque no tenéis ningún respeto por la autoridad.

—Eso ya lo veremos, capitán —dice Mattie con una sonrisa.

Henry pone cara de exasperación, como cada vez que alguien le recuerda su nuevo cargo.

—Russ solo está cumpliendo las normas.

—Las normas me comen los huevos —dice Bobby—. A lo mejor mañana estamos todos muertos.

—Necesito el trabajo, tíos. Perdón por decepcionaros. La verdad es que ella es la hostia; como amiga, me refiero. Es... la hostia.

—Te has tragado un diccionario, ¿eh? —dice Mattie antes de esquivar la servilleta que le lanzo.

Necesitaría un diccionario entero para describir lo genial que es Aurora. De pronto me pregunto qué estarán haciendo en el campamento. A estas horas los niños ya deben de haber cenado, y probablemente estarán tomando chocolate caliente alrededor de la hoguera. Aurora se estará quejando de que no le caben todos los malvaviscos que quiere en la taza y Xander la intentará convencer de que se meta todos los que pueda en la boca para batir su récord.

Me pregunto si alguien la acompañará a su cabaña esta noche y si esperará a verla entrar.

Kris se termina la cerveza y se encoge de hombros con indiferencia mientras la vuelve a dejar en la encimera.

—Colega, no creo que seas el único que se enamora de otra monitora, y no pueden despediros a todos.

Es agridulce irse de casa por segunda vez.

Cuando los chicos dejaron de intentar convencerme de que tengo que vivir la vida al máximo, se pusieron a contarnos sus vacaciones en Miami y todas las salvajadas que han hecho allí. Yo solo me tomé una cerveza, Bobby y Kris ya iban por la cuarta cuando recrearon el momento en que alguien confundió a Mattie con un actor de cine famoso y todos acabaron en la zona VIP con Tristan Harding, el chico que sale en todas las películas románticas que les encantan a Stassie y Lola.

Estuvimos recordando los partidos de la temporada pasada,

nuestra victoria en el campeonato y las predicciones para la nueva temporada. Cuando di por terminada la velada, diciendo que tenía que madrugar, se pusieron tristísimos por tener que volver a despedirse, lo que me quitó las ganas de irme.

Mattie y Bobby se quedaron a dormir en las habitaciones de Robbie y JJ, y a Kris le tocó quedarse en el sofá mancillado por Henry después de perder cinco veces seguidas a piedra, papel o tijeras.

Se levantaron antes de salir el sol, aun teniendo algo de resaca, y me hicieron el desayuno y un café, para que comiera algo decente antes de salir de viaje. Contar con amigos de verdad me demuestra que tengo que dejar de intentar pasar desapercibido. Decirle a mi padre exactamente cómo me siento me ha liberado de lo que me estaba oprimiendo todo este tiempo. A ver, nadie cambia de la noche a la mañana, pero vuelvo a Honey Acres sintiéndome como una persona nueva.

Aunque tampoco es que parezca muy nuevo. Apenas he dormido y se me nota en la cara. Cada vez que me muevo me noto el cuerpo cansado; estoy entumecido de tanto conducir.

Al volver a registrarme en la recepción del campamento, veo que Jenna está en una reunión, lo que significa que solo la saludo a través del cristal de la puerta de la oficina principal y no tengo que responder a ninguna de sus preguntas. No queda nada para la hora de comer y sé que Emilia o Aurora deben de estar cubriéndome. A pesar de lo cansado que estoy, lo único que quiero es tomarles el relevo para que puedan disfrutar del día libre que les he robado.

Hoy a los Osos Pardos les toca bañarse, y el lago está justo al lado de mi cabaña, así que me da tiempo a ponerme la camiseta de monitor y dejar la mochila antes de ir a relevarlas.

De camino a mi cabaña, veo a Aurora andando en mi dirección, con la vista clavada en el suelo.

—Hola —le digo cuando está a pocos metros.

Levanta la cabeza y abre los ojos de par en par al verme. Me doy cuenta de que estoy conteniendo el aliento a la espera de que me diga algo, o que me dirija la sonrisa que ya me he acostumbrado a ver cada vez que nos cruzamos, pero nada de eso llega.

—¿Estás bien? —pregunta, apretándose los brazos.

—Sí, estoy bien. Siento mucho que hayáis tenido que cubrirme. Voy para el lago ahora, para que Emilia y tú os podáis tomar el día libre.

—Hoy te ha cubierto Emilia, yo lo hice ayer. Pero no va a dejar que te hagas cargo, así que déjala. Cambiamos natación por baile porque creíamos que iba a llover, pero como ves todavía hace calor y no ha caído ni media gota. Por tu cara diría que necesitas dormir.

—Lo siento mucho. Te haré el turno alguna otra vez para que puedas tener otro día libre o algo así. Te compensaré.

—Te perdiste el ensayo del concurso de talentos —dice en voz baja. Me duele escuchar su tono de decepción. Frunce el ceño—. Me da igual tener que cubrirte, Russ. Pero desapareciste. Jenna solo nos dijo que tenías un asunto personal y que no era grave. Así que no entiendo por qué no me dijiste que te ibas. —Se le quiebra la voz—. Me dejaste. A nosotros. Estábamos muy preocupados. Y discutí con Jenna porque no paraba de decirme que estabas bien, y eso me estaba cabreando bastante.

—Aurora, lo siento. —Doy un paso hacia ella con cautela, y luego otro, hasta que puedo abrazarla. Ella me estrecha entre sus brazos y hundo la cabeza en su pelo; así encajamos a la perfección.

—¿Dónde estabas? ¿Qué ha pasado? —murmura contra mi pecho—. Puedes contármelo.

—No quiero hablar de ello —digo con franqueza—. Siento mucho haberme perdido el ensayo. Y siento haberos preocupado. No volveré a hacerlo, te lo prometo.

Algo hace que se separe de mí y dé un paso atrás.

—No pasa nada.

Está claro que sí pasa algo, y me da rabia que me dirija la misma sonrisa forzada que le pone a la gente para fingir que todo va bien. No quiero que vuelva a levantarse un muro entre nosotros. Entonces las palabras se me escapan antes de entender por qué.

—Cuéntame un secreto.

—¿En serio?

Cuando asiento, respira hondo y dice:

—Estoy triste porque te marcharas sin decirme nada. No a los demás, sino sin decirme nada a mí. Creo… o creía que significaba algo más para ti que el resto. Que confiabas más en mí porque hemos vivido cosas, o como quieras llamarlo.

—Y tienes razón.

—Anoche pensé en coquetear con Clay solo para sentirme deseada, ¿no es patético? Pero no lo hice. Llamé a mi madre, me acosté temprano y me pasé el día con Emilia, intentando no meterme en líos.

La idea de que mi desaparición empujara a Aurora hacia Clay me hace sentir como el culo.

—No eres patética, Aurora. Siento mucho haber herido tus sentimientos. Otra vez.

—Esto no va sobre mí, obviamente eres tú el que ha tenido un problema. Yo solo intento no ser la persona que actúa siempre pensando en los demás. Lo hago constantemente, pero quiero dejar de hacerlo. Creo que es lo único que se me da mejor que irme de la lengua. —Aprieta los labios y me mira fijamente. Ojalá pudiera contarlo todo como ella, pero incluso después de las últimas veinticuatro horas, hay algo que me lo impide. Se encoge de hombros y se rodea el cuerpo con los brazos para protegerse—. Quiero apoyarte porque me importas. Pero tengo la impresión de que podría ser mejor amiga si te comunicaras conmigo.

—He vuelto a provocar otro fallo de comunicación.

Asiente.

—Algo así. No digo que tengas que desnudar tu alma, Russ. Todavía estamos conociéndonos; tienes derecho a poner límites y guardarte cosas para ti mismo. Hay personas que saben cómo abrirse, y otras no. Solo tenemos que encontrar un punto intermedio.

—Siento mucho haberme perdido el ensayo. Sé lo importante que es para ti el concurso de talentos y no me lo habría perdido si hubiera tenido elección.

Aurora deja caer los brazos, mostrándose algo más relajada a medida que hablamos.

—No pasa nada. Habrá muchos más. Emilia y Xander se pusieron muy intensos.

Me fijo en la mochila que lleva a la espalda.

—¿Ibas a alguna parte? ¿Antes de cruzarte conmigo?

—Iba de excursión a un sitio que me encanta, pero como no sabía qué tiempo haría, iba a coger el chubasquero. No sé si lloverá; creo que Xander se lo inventó porque no quería hacer natación.

—¿Puedo ir contigo? No voy a poder relajarme aquí, así que no voy ni a intentarlo. No me importa que me pille la lluvia.

Ella sonríe y me invade una sensación de alivio.

—Si nos pilla la lluvia, disfrutaremos del arcoíris.

17

Aurora

Esta mañana me he despertado y me he dicho a mí misma que tengo que olvidarme de Russ Callaghan. Que no era más que otro tío con el que me había obsesionado por haberme dado atención y que no era la persona que yo me estaba creando en mi cabeza. Emilia dice que o bien me encariño con demasiada facilidad, o bien no me encariño en absoluto, y que no tengo término medio como cualquier persona normal.

Tengo que cuestionarme de verdad si alguien merece la pena cuando sus acciones me hacen llamar a mi madre solo para oírla decir lo mucho que me echa de menos.

Ya había tomado una decisión y me estaba aferrando a ella, y me ha funcionado hasta que él ha vuelto a pasearse por el campamento y me lo he encontrado de frente. Es difícil enfadarse con alguien cuando está hecho una mierda absoluta. Es difícil saber si yo habría reaccionado igual si él hubiera entrado sonriendo y con su aspecto de siempre.

Iba a coger algunas cosas para la excursión cuando de pronto le solté todo lo que sentía al hombre al que no puedo dejar de contarle mis secretos. No sé qué es exactamente (si la suavidad de su rostro o la forma en que su mirada hace que me derrita cuando me presta toda su atención, o esos malditos hoyuelos), pero me dan ganas de volcar todas mis inseguridades sobre él.

Debe de estar agotado de estar conmigo.

Aunque no tan agotado como para dejarme cargar con mi mochila.

Russ, recién duchado, me acompaña a cada paso por el sendero cada vez más empinado y hace que parezca fácil.

—Puedo llevar mi propia mochila —repito por millonésima vez con la respiración entrecortada. Necesito hacer más deporte, en serio—. Pareces un burrito de esos que hay en las islas griegas.

—Me gusta ayudar —dice tan tranquilo—. Y estoy acostumbrado a cargar cosas. Aunque no a que me llamen burrito, así que gracias.

—¿Cómo es posible que ni siquiera estés sudando? Puedes llevarme a mí también si quieres, me duelen las piernas.

Ni siquiera tengo tiempo para decir que era broma antes de que me coja en volandas y de pronto me vea con la cara pegada a la mochila. Russ me agarra del muslo para que no me resbale de su hombro mientras continúa al mismo ritmo.

Esto no era lo que le había pedido.

—Aurora, cada vez que te retuerces me restriegas el culo en la cara —dice como si tal cosa.

Señor, dame fuerzas.

—No te he pedido que me llevaras en brazos. ¡Solo estaba en plan dramático para solidarizarme contigo!

Me hunde los dedos en el muslo y la parte de mi cuerpo que más he descuidado últimamente empieza a palpitar. El grosor de mi muslo frente a la extensión de su mano no es algo que deba obsesionarme en este momento.

—Pues yo también me solidarizo contigo —bromea—. De todas formas, ya casi hemos llegado a la cima. La verdad es que ahora sí me siento como un burro.

—Me retracto. Tú eres Shrek y yo la princesa Fiona.

Se echa a reír y yo me sacudo con el temblor de sus hombros.

—Bueno, el verde es mi color favorito.

—¿Qué tipo de verde? ¿Verde ogro?

—El que más se parezca a tus ojos. —Empieza a bajarme al suelo otra vez, aunque tengo las piernas como de gelatina—. Joder, qué bonito.

Estoy demasiado distraída pensando en lo que acaba de decir sobre mis ojos como para darme cuenta de que hemos llegado a mi lugar favorito. No estoy segura de cuál es el nombre oficial para este tipo de lago, pero el agua es cristalina y cálida y estamos lo suficientemente lejos de la civilización como para que no nos moleste nadie. Las rocas que bordean la orilla eran mis preferidas cuando venía de pequeña, pero ahora lo que más valoro es lo tranquilo que es este lugar. Russ me ayuda a extender la manta de pícnic sobre la hierba junto al agua y yo saco las botellas de agua y las barritas energéticas.

—Es la primera vez que nos quedamos solos desde que llegamos.

—Ni una sola persona que nos moleste —digo mientras me quito las zapatillas. Me mira, con los ojos bailando sobre mi piel, mientras empiezo a bajarme los pantalones cortos.

Él me imita y se desviste despacio. Me mira mientras me quito la camiseta y hace lo mismo. Me da vértigo, se me acelera el corazón y no puedo contener una sonrisa.

Arroja los calcetines a la creciente pila de ropa.

—Pues nada, ¿vamos allá?

Asiento con la cabeza y cuento hasta tres. La adrenalina se apodera de mí y, cuando digo «tres», mi cuerpo cobra vida propia y echo a correr lejos de Russ hacia las rocas.

Puede que hacer un esprint en biquini sea la peor idea que he tenido nunca, y eso que he tenido un montón de ideas malísimas. Como sufra una conmoción cerebral al golpearme en la cara con mis propios pechos, nunca me recuperaré de la vergüenza.

Noto las rocas calientes bajo mis pies mientras subo a lo alto. No es una subida difícil ni alta, pero soy muy consciente del hombre que viene detrás, que sospecho que ha frenado para dejarme ganar y al que fijo le he puesto el culo en la cara por segunda vez hoy.

La carrera era para ser el primero en meterse en el agua, pero ahora que estoy aquí arriba parece más alto que cuando era pequeña. Russ no me da la oportunidad de pensármelo mucho, porque enseguida llega arriba, me coge entre sus brazos y salta conmigo al agua.

El frescor del agua es un alivio contra el calor, pero no contra mi calor interno cada vez que miro a Russ. Se echa el pelo mojado para atrás y sus bíceps asoman por la superficie del agua. Se pone a flotar de espaldas para absorber el sol. Parece más contento que esta mañana; me alegro de que haya venido conmigo. Este es el lugar más tranquilo que conozco y me da la impresión de que lo necesitaba.

A lo mejor debería haberle dado las coordenadas y haberle dejado venir solo, porque el silencio empieza a ponerme nerviosa, pero intento esforzarme para no llenarlo como normalmente hago.

—¿Cómo descubriste este lugar? —pregunta Russ con los ojos cerrados, todavía flotando de espaldas. Dios mío, qué alivio poder volver a hablar.

Floto a su lado, porque temo que se rompa el ambiente si me pongo a dar voces.

—Un año teníamos un monitor al que no le gustaban mucho los deportes de equipo, así que organizaba caminatas por los terrenos de Orla y su familia. Este era mi lugar favorito.

—Es precioso.

—Sí.

—¿Hay tiburones?

—Hay muy pocas probabilidades.

Abre los ojos cuando me sonríe y se me acelera el corazón.

—Menos mal.

—Ya tienes mejor cara —digo con cautela. Quiero que me cuente por qué se marchó sin previo aviso, pero estoy intentando no meterme demasiado en su vida y que no se sienta incómodo después de que me haya dicho que no quiere hablar del tema.

Dios, es agotador tener que pensar antes de hablar.

—Estoy mejor. Muchas gracias por traerme aquí.

—Si... Bueno, en fin... —«Buen comienzo, Rory»—. Si cambias de opinión y quieres hablar de lo que ha pasado, me parece genial. Podemos encontrar un término medio.

—No quiero cargarte con mi mochila.

—No me importa. No es ninguna carga. Tú eres el que acaba de cargar con mi mochila y conmigo por una colina. Puedo con lo que me eches, Callaghan.

—Sí es una carga. Y ya tienes muchas, no necesitas más.

Odio ser tan bocazas. Hace semanas, cuando empezamos a trabajar aquí, alguien me preguntó por qué no tengo novio. No sabía cómo explicar de manera simpática delante de gente que acababa de conocer (incluido Russ) la idea de que tengo poca o ninguna confianza en los hombres y que soy un desastre de persona. Así que dije lo primero que me vino a la mente, que por desgracia resultó ser algo sobre que no quería cargar con la mochila de otras personas.

—Quiero tu mochila.

—Aurora —dijo esta vez con más firmeza—. Te prometo que no la quieres.

No me está escuchando y me siento cada vez más frustrada, pero sé que esto solo es culpa de mis palabras. Siento que me pongo nerviosa mientras me esfuerzo por verbalizar mis pensamientos.

—Sí que la quiero. Quiero todo. Tú finge que soy un aeropuerto. Dámelo todo.

Deberían amordazarme, en serio.

Russ frunce el ceño, igual de confundido que yo.

—¿De qué estás hablando?

—¿Aeropuertos? ¿Mochilas? No tengo ni idea. No tengo ni idea de lo que hago o digo la mayor parte del tiempo, pero lo que dije antes iba en serio, Russ. Puedo soportarlo.

Estoy en un terreno desconocido y lo odio. Alarga la mano y me coloca el pelo mojado detrás de la oreja, su mano se queda un poco más de lo necesario y todo mi cuerpo vibra de felicidad.

—Probablemente deberíamos salir antes de arrugarnos.

Grito para mis adentros.

Él no dice nada mientras me ayuda a salir del agua y volvemos a la manta. Me recuesto sobre la tela suave con una leve sensación de fracaso y me tumbo boca arriba.

Me tapo el sol con la mano y miro cómo Russ no para de revolverse de un lado a otro, intentando ponerse cómodo.

—Apoya la cabeza en mi tripa.

—Estoy bien, solo tengo que enco...

—Vas a estar cómodo, te lo prometo.

Se mueve hacia mí a regañadientes y se apoya con cuidado sobre mi tripa.

—Si te molesta...

—Emilia me usa como almohada todo el rato. Y tú tienes mucho más cuidado que ella. Estoy bien, te lo juro.

No sé exactamente cuándo consigo estar cómoda en el silencio, pero sin mi cháchara constante soy capaz de escuchar su respiración. Pasamos quince minutos en silencio hasta que por fin habla.

—A mi padre lo embistió un borracho con el coche. —Me quedo paralizada con el impacto del alivio y el pánico de que por fin haya decidido abrirse conmigo—. No veo ni hablo con mi familia a menudo porque... —Hace una pausa y espero mientras le acaricio con delicadeza el pelo para que sepa que le estoy escuchando—. Bueno, porque mi padre no me hace sentir muy bien conmigo mismo. Cuando era pequeño era mi ídolo. Nunca se perdía un partido de hockey, ni una exposición del colegio, ni una reunión de padres. Pero al graduarme en el instituto ya apenas hablábamos.

—¿Y qué cambió? —pregunto en voz baja.

—Él cambió. No ocurrió de la noche a la mañana. Eran pequeñas cosas que se fueron volviendo más frecuentes con el tiempo, y que cada vez resultaba más difícil mantener una conversación con él. Se volvió cada vez más desagradable y ahora no soporto hablar con él.

—Qué horror. Siento lo del accidente. Es mucho que procesar de una vez. ¿Tu padre estaba bien cuando llegaste?

—Se recuperará. Ya he tenido que ir a visitarlo al hospital unas cuantas veces y siempre ha sido por su culpa. Esta vez técnicamente no era el responsable, pero aun así tengo la impresión de que algo de culpa sí tiene, no sé si me explico. —Sigo revolviéndole despacio el pelo con la mano y me da miedo que si paro, él pare también—. Como si de alguna forma pudiera haber evitado estar ahí para que el otro coche no chocara con él.

—Ya, te entiendo.

—Yo no quería ir, pero mi hermano me dijo que él iba a ir también y que me llevaría a rastras a Maple Hills si no me presentaba de forma voluntaria. No quería traer aquí mis dramas familiares; precisamente vine al campamento para huir de ellos. Pero resulta que Ethan me mintió, porque ni siquiera está en esta parte del país. Muy listo. Sabe que habría ignorado su amenaza si hubiera sabido que estaba tan lejos.

—¿No os lleváis bien?

—Ethan está enfadado con el mundo y no entiendo por qué. Mi rabia es porque siento que no puedo escapar. Pero él ya escapó hace unos años, así que ¿de qué se queja? Se me hace difícil llevarme bien con él cuando siempre me está gritando por un motivo u otro. A veces me recuerda a mi padre. Debería decírselo la próxima vez que me grite. Supongo que simplemente gestionamos las cosas de formas muy distintas. Él se cree que soy un egoísta y yo creo que él es el egoísta... En fin, no es la base ideal para una buena relación.

—Yo tampoco me llevo muy bien con mi hermana. Sí que gestionamos las cosas parecido, la verdad, lo cual no dice nada bueno de nosotras; pero vivimos vidas muy diferentes. Así que te entiendo bastante.

—Ayer fui sincero por primera vez respecto a mis sentimientos. Me sentó bien poder decir por fin lo que quería. Y me sienta bien contarte esto, así que gracias por tener tanta paciencia conmigo.

—Eres muy valiente, Russ.

—Soy lo opuesto a valiente. Él me lo ha dicho tantas veces que se me ha grabado en el cerebro.

A cada palabra que dice, entiendo cada vez mejor quién es Russ y me siento halagada de que el hombre que nunca habla haya querido compartir esto conmigo.

—Eres valiente. Vivimos en una sociedad que nos dice que nuestros padres son lo mejor que nos va a ocurrir en la vida y tú... No sé cómo expresarlo. Te priorizas a ti mismo. Eso es valiente.

—Hace mucho que aprendí que si no me priorizaba a mí mismo, nadie más iba a hacerlo. Perdonar a la gente que te decepciona una y otra vez es como meter la mano en el fuego una y otra vez y pretender no quemarte.

—Así somos mi padre y yo. Salvo porque yo sí me he chamuscado.

—¿Qué te pasa con él?

—Elsa cree que nos odia porque las dos conducimos fatal, pero yo creo que es porque me parezco a mi madre, y él odia a mi madre.

Se recuesta sobre los codos y me mira.

—Espera, ¿tú hermana se llama Elsa? ¿Tus padres son personajes de Disney?

He perdido la cuenta de las veces que me han preguntado eso.

—Cállate. A mí me llamaron así por la aurora boreal. Podría haberme pasado toda la vida pensando que tenía nombre de princesa, pero mi madre decidió que era mejor traumatizarme contándome dónde me habían concebido.

Se echa a reír mientras vuelve a tumbarse sobre mi tripa.

—¿Y Elsa?

—Es anterior a Frozen. Es un nombre muy popular en algunas partes de Europa. A mi padre le gusta fingir que viajó de mochilero por los países nórdicos cuando era joven, pero en realidad se alojaba en hoteles de lujo y comía en restaurantes de lujo todas las noches. No ha visto un albergue ni una mochila en su vida. —A mamá le encanta burlarse de eso—. Es dueño de un equipo de Fórmula 1 llamado Fenrir, que procede de la mitología nórdica, así que todo está relacionado. Cuando éramos pequeñas Elsa le decía a la gente que teníamos un hermano que se llamaba Thor.

—¿Te consuela si te digo que yo me llamo así por un perro que tenía mi madre de niña?

—Sí. Me siento tonta hablándote de mi padre después de que tu padre haya sido tan cruel contigo. Mi padre no es cruel. No me dice cosas horribles; solo me hace sentir que su vida sería más fácil si yo no estuviera. Siempre ha priorizado su trabajo ante todo, lo cual entiendo porque carga con una gran responsabilidad sobre los hombros, y por eso yo he tenido oportunidades y he estado en sitios por los que otros matarían.

—Las cosas caras no hacen que las malas sean más aceptables —dice Russ.

—Dejaría todo eso por sentir que me quiere. Estamos atrapados en un bucle en el que él me ignora y entonces yo hago alguna tontería para llamar su atención. Cuando era adolescente robaba en las tiendas, sabiendo que me pillarían. Me hice con un DNI falso y me metía en lugares donde aún no tenía edad de entrar. Cabreaba a mis profesores. Publiqué una foto mía un día de carrera con la ropa de su principal rival, Elysium. Las páginas de F1 la compartieron a saco.

—Joder, Rory.

—Y funciona, pero solo durante poco tiempo, cuando está cabreado. Aunque al menos me llama y me ve. Sin embargo nunca pasa nada. No me castiga, ni intenta entenderme. Mi madre lo justifica porque para ella tiene sentido que yo sea así, es culpa de mi padre. Luego a él se le pasa el enfado y vuelve a hacer como si yo no existiera. Y cada vez pienso: «Ahora sí que va a demostrar que le importo», pero acabo hiriendo mis propios sentimientos. —Sé que ya estoy divagando, pero cuando estoy a punto de parar, él levanta la mano y me aprieta la que tengo apoyada en su pelo, animándome a continuar—. Estoy atrapada en un bucle. Tiene una novia llamada Norah, que tiene una hija de nuestra edad que se llama Isobel. Norah sube posts de papá como si fueran la familia más feliz del mundo. Pero yo nunca formaré parte de ella, y eso me pone triste y me lleva a hacer cosas como beber cantidades excesivas de tequila y pedirte que te bañes desnudo conmigo.

—Parece que fuera hace un millón de años.

—Por eso me gustaba tanto este lugar cuando era pequeña. Durante dos meses me sentía querida y valorada. No tenía que preocuparme de lo que ocurriera en casa. Sabía que volver aquí era lo único que podía romper el bucle. Y hasta aquí mis traumas. Qué divertido. Vaya par, ¿no?

—Somos dos traumas andantes.

—¿Le odias? Yo no odio a mis padres, a pesar de ser la raíz de todos mis problemas. —No dice nada, así que yo tampoco. Puede que lo haya presionado demasiado, así que sigo enrollándome mechones de su pelo entre los dedos mientras le acaricio suavemente el cuero cabelludo—. Lo siento, no tienes que contarme nada que no quieras. No pretendía ir tan lejos.

—No lo has hecho. Ayer le dije a mi padre que le odiaba, pero era porque estaba dolido. No creo que lo odie exactamente. Creo que solo odio cómo me hace sentir. Si dejara de hacer lo que sabe que no debe hacer y empezara a actuar como la persona que era cuando yo era un niño, entonces podría aceptarlo en mi vida.

—¿Y tu madre?

Se queda pensando unos instantes.

—Quiero mucho a mi madre. Siempre he vivido enfadado con ella por justificar a mi padre. Pero después de hablar ayer creo que se ha dado cuenta de que no lo sabe todo. Y hasta aquí mis traumas.

Ahora que sé el tipo de relaciones difíciles a las que se enfrenta a diario puedo entenderlo mucho mejor, y me da vértigo que se haya abierto a mí con un tema tan delicado.

—Gracias por contármelo.

—Gracias por compararte con un aeropuerto.

Intento contener la risa para que no se maree, pero no puedo evitarlo. Me cubro la cara con las manos, como si eso eliminara la vergüenza.

—Te juro que normalmente no soy tan desastre. Creo que

me pones nerviosa. Me sale así, no puedo evitarlo. A veces me quedo en la cama despierta por la noche pensando en lo ridícula que soy. Emilia no para de meterse conmigo desde que llegamos.

—Me encanta, Aurora. —Se tumba boca abajo y apoya la barbilla en la palma de la mano. Lo miro a través de mis dedos—. Haces que me resulte más fácil ser yo mismo porque eres tan... tú. Yo le doy demasiadas vueltas a todo lo que digo y hago, y tú...

—¿No pienso antes de hablar?

—Dices lo que se te pasa por la cabeza. —Me retira las manos de la cara, así que ya no tengo dónde esconderme—. Es genial. Eres genial.

—Tú sí que sabes hacer que las chicas se sientan especiales, Callaghan. —Creo que voy a combustionar—. La próxima vez que me ponga a divagar recuerda que tú lo has querido.

Se echa a reír, todavía tumbado, y me apoya la mejilla en la tripa desnuda.

—¿Te importa? —dice con cautela.

—No. —Yo le apoyo la mano en la nuca, trazando figuras con los dedos por los músculos tensos de sus hombros—. ¿Te importa?

—No.

No sé exactamente qué animal estoy dibujándole en la piel cuando ocurre (creo que algo a medio camino entre un hipopótamo y un pingüino), pero se queda dormido. Así que sigo dibujando, hasta que en algún momento mi mano se detiene y yo también me duermo.

18

Aurora

—Rory, cómo huele. No puedo.

Emilia se cubre la boca con las manos para ahogar una arcada. No puedo evitar hacerle un gesto de exasperación cuando da un paso atrás y se aleja de la sábana empapada de vómito que estoy metiendo en la bolsa de la ropa sucia.

—Qué delicadita. No es para tanto.

—No puedes obligarme a hacer esto durante el Orgullo. Es un delito de odio, Aurora.

Empezamos a robarles alcohol a nuestros padres cuando íbamos al primer curso del instituto. Le he sujetado el pelo a Emilia mientras vomitaba más veces de las que me gustaría recordar, pero resulta que ahora la idea de limpiar la pota de otra persona le resulta repugnante.

Ato la bolsa y se la doy.

—Por favor, ¿puedes deshacerte de esto y decirle a la enfermera que venga?

Me quita la bolsa de las manos, asiente y sale corriendo de la cabaña, gritando «¡Te quiero!» por encima del hombro.

—¡Auroraaaaaaa! —Mi nombre resuena en el interior del bloque de los baños junto a las cabañas de los niños, seguido inmediatamente de un sonido de vómito.

Justo así, con el sonido de mi nombre, es como ha empezado antes el festival del vómito.

Hemos pasado el día celebrando el Orgullo. Tengo purpurina en lugares donde nadie debería tener purpurina, cosa que no me sorprende teniendo en cuenta que Xander estaba al cargo del bote y lo ha rociado por todas partes. Cuando hicimos la formación sobre diversidad e inclusión, Orla nos explicó que no celebraríamos el Orgullo hasta después del 4 de julio. Una de las madres de los campistas es manager de varias jóvenes promesas de la música y podía traerlas a actuar para los niños, pero no estarían disponibles hasta hoy.

De cualquier forma, aquí se pierde la noción del tiempo, así que si me hubieran dicho que seguíamos en junio, me lo habría creído.

Creía que estaba siendo una noche fácil cuando Jasmine me dijo que no se encontraba bien y que quería irse a la cama nada más cenar. El turno nocturno les tocaba a Maya y Clay, pero dije que no me importaba quedarme con Jasmine hasta que acostaran al resto de niños.

Comprobé que no tenía fiebre, así que le dije que se sentara en la cama mientras iba a buscar desmaquillante para quitarle la purpurina y los arcoíris de las mejillas, y ahí fue cuando oí cómo me llamaba.

No sé cómo se las apañó para poner perdida toda la cama, pero lo hizo. La dejé metida en la ducha mientras cambiaba las sábanas, y en ese momento Emilia apareció para preguntarme si quería un refresco.

Al asomar la cabeza por el cubículo, me encuentro a Jasmine sentada en el suelo de la ducha con cara de pena. Se le llenan los ojos de lágrimas en cuanto me ve y le empieza a temblar el labio inferior.

—Perdón.

—No tienes por qué pedir perdón, mi niña. —Me agacho detrás de ella y le aparto el pelo mojado mientras vuelve a poner la cabeza sobre el retrete—. Te sentirás mejor cuando termines.

—Creo que he comido demasiadas chuches —murmura.

—Yo también lo creo.

—Quiero irme con mi mamá.

—Lo sé, cariño. Pero vamos a limpiarte y luego llamamos a tu mamá.

Cuando su cuerpo ha tenido suficiente, la ayudo a levantarse del suelo justo a tiempo para que Kelly, la enfermera del campamento, aparezca y la examine. Como sospechaba, parece que lo único que tiene Jasmine es una sobredosis de chuches y entusiasmo. Cuando volvemos a quedarnos solas, subo a Jasmine a la encimera mientras voy a por su neceser.

No tardo mucho en verlo, teniendo en cuenta lo difícil que es no verlo, pero aun así me sorprende.

—¿Ahora robas ositos de peluche, Callaghan?

Russ levanta la vista desde la litera de Jasmine, con la sábana en la mano.

—Sí. —Señala hacia una bolsa de ropa sucia detrás de él—. Me gustan especialmente los que huelen a muerte.

—No sé cómo una sola niña puede causar tanta destrucción. Gracias, no tenías por qué rehacerle la cama. Podría haberlo hecho yo.

—Tú ya tienes bastante. Emilia no era capaz de contarnos lo que había pasado sin que le dieran arcadas, así que he pensado que era mejor venir a averiguarlo.

Cojo el neceser y otro pijama del cajón de debajo de la cama de Jasmine y vuelvo con ella rápidamente. Tiene el mismo aspecto mareado que antes, pero está recuperando un poco el color en las mejillas. Enseguida se pone un pijama nuevo, y yo la cepillo y le trenzo el pelo mientras ella se lava los dientes.

Llaman a la puerta del baño, y cuando respondo, Russ está en el otro lado con la botella de agua de Jasmine.

—Debe de estar deshidratada.

¿Pero cómo puede ser tan mono?

—Es verdad, gracias.

—Ya he hecho la cama y ahora llevo al osito a la lavandería. ¿Necesitáis algo más? —Sacudo la cabeza—. Vale, pues me quito del medio.

—Gracias.

Lo miro alejarse, y antes de cerrar la puerta, se vuelve hacia Jasmine y le da la botella de agua. Ella frunce el ceño.

—Estás muy rara.

—No, claro que no.

—Sí. Estás muy tímida. Nunca eres tímida, siempre hablas un montón. —Para ser una niña que acaba de potar todo lo que tenía dentro, es sorprendentemente astuta—. Leon dijo que Russ es tu novio.

Ignoro el arrebato de pánico y en su lugar trato de concentrarme en limpiarle la pintura con purpurina de la cara, porque al parecer la ducha no ha sido suficiente.

—Pues Leon se equivoca.

—Leon dice que os estáis mirando todo el día y que siempre estáis juntos.

A lo mejor mañana Leon acaba con la cara metida en el barro.

—Somos amigos. Soy amiga de todos los monitores. ¿Si te juntas con Leon significa que es tu novio? No.

—Leon dijo que lo negarías.

¿Qué narices lleva esta pintura?

—Creo que Leon necesita cotillear un poco menos y jugar un poco más con sus amigos.

—Lo sabe todo sobre todos. Nos ha dicho que la hermana mayor de Mona está en los Mapaches y que se puso a llorar porque está por Russ.

El arcoíris empieza a borrarse y el final de la conversación está tan cerca que casi puedo saborearlo. El padre de Leon es dueño de un periódico amarillista que se sostiene a base de fotos de los paparazzi, en el que tristemente he aparecido alguna vez, así que no me sorprende nada que Leon no sepa meterse en sus asuntos.

Suspiro y de pronto me siento culpable por todos los veranos que me pasé acosando a Jenna.

—La hermana mayor de Mona tiene catorce años y es muy joven para todos los monitores. Debería gustarle alguien de su edad.

—¿Estás celosa? Lo pareces.

Señor, dame paciencia.

—Los adultos no se ponen celosos de los niños, cielo. Pero supongo que todas estas preguntas significan que ya estás lo bastante bien como para separarte más de dos metros del váter. Creo que es hora de volver a meterte en la cama. ¿Todavía quieres llamar a tu madre?

—No, no hace falta.

Jasmine se mete en la cama ya limpia y en ese momento Jenna entra en la habitación.

—Hola, cariño.

—Hola —respondo.

—No era a ti —gruñe mientras se sienta en la cama—. He oído que estabas malita.

Jasmine le cuenta a Jenna un resumen de lo que ha pasado, destacando mi habilidad para sostenerle el pelo, y Jenna asiente hasta que termina. Al final le dice que se va a quedar con ella para vigilarla.

Jenna me susurra «De nada» mientras me voy.

La fiesta sigue cuando salgo afuera, donde retumba el inconfundible sonido del karaoke en pleno apogeo, pero sé que huelo fatal, así que vuelvo a mi cabaña para darme una ducha. He celebrado el Orgullo todos los años desde que Emilia salió del armario cuando teníamos quince, y este es el primero que he tenido que abandonar para librarme del olor a pota.

Por muchas ganas que tenga de meterme en la cama, vuelvo a la actividad para ayudar a mi equipo con nuestros niños. Estoy a medio camino cuando Clay me grita desde el otro lado del camino.

—¿Cómo está Jas?

—Está bien, solo han sido demasiadas chuches y emociones.

Se mete las manos en los bolsillos de los pantalones y señala con la cabeza al edificio principal.

—¿Me ayudas a traer más malvaviscos? Se nos han acabado los que no tienen gelatina.

Reprimo un suspiro, porque no es culpa suya, soy yo y mi

deseo de sentarme junto a la fogata con un perro o tres y un bol de galletas con malvaviscos. Pero si no encuentra los malvaviscos, no comeré nada, así que asiento con la cabeza y cruzo la hierba para acercarme a él.

—¿Te está gustando el campamento? No me puedo creer que ya llevemos la mitad. —Le sonrío a él y a su intento raro de charlar, del que se da cuenta al momento—. Qué pregunta más tonta. Lo siento, nunca tengo la oportunidad de hablar contigo a solas.

He evitado activamente cualquier momento a solas con Clay desde que hicimos el turno de noche juntos porque no estoy interesada en él en absoluto, ni siquiera como amigo. No estoy totalmente en la parra; sé que va detrás de mí. En circunstancias normales quizá me habría llamado la atención, pero sus miradas pegajosas me hacen sentir incómoda. Creo que me ayuda estar con gente que quiere estar conmigo solo porque le gusta mi compañía. Clay me mira como si me estuviera desnudando. Russ me mira como si le estuviera contando la historia más interesante del mundo.

Me gusta sentir que puedo ofrecer algo más. Me gusta sentir que merezco algo más. Puede que me haya costado arrancar esta nueva era de crecimiento y desarrollo personal, pero lo estoy consiguiendo.

He notado que Clay se está juntando mucho con una de las socorristas por las noches, después de que los campistas se acuesten, así que espero que ya tenga a otra persona a la que perseguir.

—Me encanta estar aquí. Me va a dar mucha pena que se termine el verano. ¿Y a ti?

Desconecto de inmediato cuando empieza a hablar de todas las cosas que podría haber hecho este verano en lugar de venir aquí. Cuando menciona por tercera vez su incipiente carrera de modelo, me parece que está hablando en otro idioma. Y en cuanto me adentro en la despensa, me sigue de cerca mientras me habla del viaje a Cabo que va a hacer con sus amigos antes de que empiecen las clases.

—Si te apetece venir, estás invitada —dice, apoyándose en las estanterías sin mover un dedo para ayudarme mientras busco la bolsa de malvaviscos.

—Es un detalle, pero tengo el pasaporte caducado. —No es verdad—. Gracias.

Latas de judías, de tomates, de judías... ¿Por qué tenemos tantas judías?

—Bueno, lo de Cabo no es seguro. A lo mejor vamos a Las Vegas.

Maíz, salsa picante, más judías...

—Seguro que os lo pasáis genial, vayáis adonde vayáis. ¡Anda! Aquí están. —Me pongo de puntillas para alcanzar la caja de malvaviscos y poder salir de una puñetera vez de aquí.

—Deja que te ayude. —Clay acerca su cuerpo al mío, sin llegar a tocarme. Alarga el brazo, coge la caja a la que no llegaba y se la mete bajo el brazo. No retrocede cuando me doy la vuelta y, cuando levanto la vista, él mira hacia abajo. Sigue mirando hacia abajo y entonces baja la cabeza y cierra los ojos.

Siento un hormigueo en la nuca y me sudan las palmas de las manos.

—¡No quiero que me beses!

Mi intención es decirlo con calma. Incluso con frialdad. Un «No, gracias, no me interesa» despreocupado, como una adulta. Pero lo que ocurre es que sin querer se lo grito tan fuerte que pega un bote, se incorpora de inmediato y abre los ojos. Su reacción instantánea es de confusión, porque me imagino que no está acostumbrado a que lo rechacen, pero enseguida hace como que no ha pasado nada.

—No intentaba besarte, Aurora.

Reprimo el impulso de argumentar que por supuesto que intentaba besarme, porque cuanto antes dejemos esto atrás, mejor, pero no puedo ignorar la oportunidad de ser un poco cruel.

—Lo siento, me he equivocado entonces. Eres muy buen amigo, Clay.

La cara que pone cuando digo «amigo» podría usarse como espantapájaros.

—Claro —murmura mientras se da la vuelta con los malvaviscos y sale de la despensa.

Me tomo mi tiempo para volver a la zona de la fogata, para evitar encontrarme de nuevo con mi gran amigo Clay por el camino. Cuando llego, los niños están tomando chocolate caliente con aire de cansancio después de todo un día de fiesta.

—¿Y esa cara de flipada que me traes? —pregunta Emilia mientras me siento en la silla de camping entre Xander y ella. Russ está hablando con Maya al otro lado del fuego, así que puedo hablar tranquilamente.

—Clay ha intentado besarme en la despensa, y cuando le he dicho que no, va y dice que no estaba intentando besarme.

La risa de Xander es más escandalosa que la de todos los campistas juntos, y se lleva una mano a la boca cuando todos los niños se vuelven hacia él.

—Perdón —dice—. ¿Y tú qué has dicho?

—Que es muy buen amigo. —A Xander le da otro ataque de risa y tengo que esperar a que se le pase—. Os juro que no lo he malinterpretado. Estaba así de cerca con los ojos cerrados, inclinado sobre mí. Y me acaba de invitar a Cabo.

—¡Qué suerte! —dice Emilia—. Con lo que te gusta Cabo.

—Le he dicho que tenía el pasaporte caducado.

Los niños están demasiado exhaustos como para pedir nada, así que paso el resto de la velada con Xander y Emilia de risas, a mi costa básicamente. Cuando llega la hora de acostar a los niños, nos vamos a las cabañas para acostarnos pronto, porque me da la impresión de que Emilia y Xander ya han comentado absolutamente todas las tonterías que he hecho en mi vida.

Me resulta raro escuchar ahora todas esas anécdotas y darme cuenta de cómo basta un poco de esfuerzo y el entorno adecuado para ser una persona totalmente distinta. No digo que no vaya a volver a hacer nunca ninguna insensatez, pero estar en Honey Acres me hace sentir como en casa. Estar desconectada del teléfono la mayor parte del tiempo me mantiene en el presente, y tengo mucho que agradecer. Es más difícil tenerlo en cuenta cuando mi padre me decepciona y me hace recordar todo lo que no tengo.

Emilia se va al baño para asearse y yo me pongo una camiseta grande. Al principio, cuando llaman a la puerta me parece haberlo imaginado, pero enseguida vuelvo a oír los golpecitos, seguidos de un pequeño quejido. Por muy lista que sea Pez, no sabe llamar a las puertas, así que no me sorprende ver a Russ en el porche cuando abro. Iluminado por la luz, me recorre con la mirada de arriba abajo, incendiando cada centímetro de mi piel.

Debería quedarme en el umbral.

No hay razón para acercarme a él. Lo veo y le oigo perfectamente desde la seguridad de mi cabaña. Pero, por supuesto, me acerco. Tiene restos de purpurina en el labio superior y he de esforzarme para mantener las manos quietas.

—Hola.

—Hola. Quería comprobar que estabas bien. —Levanto la ceja—. Xander.

Será cotilla.

Es peor que Leon.

—Estoy bien. No pasa nada. —Asiente y se revuelve un poco en el sitio. Se me hace raro que Xander le haya dicho que necesito algo, porque no estaba mal—. ¿Para qué has venido, Russ?

Se frota la nuca con la mano, un gesto que llevaba tiempo sin verle hacer.

Señor, está usted un poco nervioso.

—No sé, Rory. —Suspira y me retira el pelo de la cara con la mano—. Quería verte.

Me inclino hacia él y percibo en el aire el olor difuso del sándalo y la vainilla. Veo un destello de incertidumbre en su rostro antes de que dé otro paso hacia mí. Bajo la voz.

—¿Estás celoso?

—Claro que sí. —Lo dice con tanta sinceridad que me pilla un poco desprevenida—. Tengo ganas de partirle la cara y no entiendo por qué.

Necesito todo mi autocontrol para no abalanzarme sobre él. Me encantaría darle un empujón, provocarle, ver qué hace. Pero los celos solo tienen algo de gracia cuando puedes hacer algo para resolver la tensión.

—No tienes por qué estar celoso ni partirle la cara. Básicamente porque es una tontería, pero también porque necesitas este trabajo, ¿recuerdas?

—Necesito este trabajo. —Asiente una vez y luego otra, como si estuviera manteniendo un debate silencioso en su cabeza. Al asentir por tercera vez da un paso para salir del porche—. ¿Quieres ir de excursión mañana?

—Tengo que trabajar.

—Xander dijo que te podía cambiar el turno para que nuestros días libren coincidan.

—Cuando dices excursión, ¿te refieres a una excursión de verdad? ¿O a que yo me queje mientras subimos la cuesta hasta nuestro lugar y luego nos tumbamos al sol?

En las mejillas se le dibujan dos hoyuelos y me derrito por dentro.

—A nuestro lugar.

—Eso estaría muy bien, pero solo si a él no le importa cambiarme el turno.

—No le importa. —Baja otro escalón y me entran muchas muchas ganas de darle un beso de buenas noches—. Buenas noches, Rory. Hasta mañana.

—Buenas noches, Russ. —Espera hasta que me meto en la cabaña para que yo no tenga que ver cómo se marcha, como hace todas las veces sin excepción.

Emilia se está secando el pelo con una toalla cuando vuelvo adentro. Señala a la puerta.

—¿Me he perdido algo?

—Creo que estoy viviendo mi propia película.

—Ya era hora —dice, volviendo a encender el secador.

19

Russ

—Estás hecho un truhan, amigo mío —dice JJ con orgullo—. Te apoyo.

No pretendía empezar el día con una videollamada con JJ, pero llegados a este punto, ya no puedo empeorar más las cosas. ¿No? No quería contarle todo, pero por una vez me apetecía abrirme, porque estoy ilusionado con algo.

—No sé lo que estoy haciendo, JJ —digo—. Fingir seguridad solo vale hasta cierto punto. Y en realidad tendría que alejarme de los problemas, llevo semanas repitiendo lo mucho que necesito este trabajo y ahora me siento como un hipócrita.

—Vamos a ver, tú le gustas a esta chica.

Me aprieto la nuca para liberar la tensión acumulada.

—Eso creo. Aunque puede que me equivoque.

—No, no era una pregunta. Le gustas a esta chica y a mí no me parece que estés fingiendo nada. Le has pedido salir hoy porque a ti también te gusta. ¿Cuando estás a solas con ella finges algo?

Lo pienso un poco, pero la respuesta es fácil.

—No, con ella siento que puedo ser yo mismo.

—Escucha, colega —dice JJ, aclarándose la garganta—. Sé

que cargas con la mochila de tus movidas familiares y todo eso, y sé que te gusta pasar desapercibido. Pero no pierdas la oportunidad de divertirte solo porque estás con la cabeza gacha mirando al suelo para que nadie te vea. Sabes que siempre puedes quedarte aquí si lo necesitas, para evitar el drama familiar hasta que vuelva a empezar la universidad.

—Gracias, JJ.

—Me toca las narices que haya tenido que graduarme para que la gente empiece a apreciar mi gran sabiduría —se lamenta—. Piensa en lo mucho que habría mejorado la vida de la gente si me hubieran hecho caso antes.

—Yo siempre te he hecho caso —replico—. Llevo semanas fingiendo seguridad.

—Pues nada, recuerda que ya no hace falta. Ya tienes la seguridad. Eres un jugador de hockey alto, sexy y con estudios. Las mujeres pasan por alto todas las alertas rojas de los tíos que miden más de uno ochenta y cinco. Así que deja de temer que va a pasar algo malo y pásatelo bien.

—No creo que tenga ninguna alerta roja...

—¡Ay, mi pequeño niño ingenuo! —dice entre risas—. Eres un hombre blanco heterosexual. Esa es tu alerta roja.

—Ahí no te falta razón. Gracias por la charla, tío. Te lo agradezco mucho.

—Te quiero, tío. Hablamos pronto.

Algún día Aurora se quitará la ropa delante de mí y no tendré que ponerme a enumerar presidentes mentalmente.

Tira los pantalones cortos encima de la camiseta que ya se ha quitado y luego se saca los calcetines de los pies, los añade a la pila y se tumba en la manta de pícnic. Hemos venido más preparados que la otra vez, con toallas y comida de verdad para pasar la tarde.

—Qué calor hace hoy —dice mientras se ajusta el biquini.

Ya he visto lo que hay debajo de la tela, así que no sé por qué me intimida tanto.

—Luego va a haber tormenta. Y mañana refresca.

—Uf, no soporto los truenos y los rayos. A Emilia le toca turno esta noche también. —Me agacho hacia su ropa, la doblo y la añado a la mía. Ella se sienta apoyada en los codos para mirarme—. ¿Por qué siempre lo doblas todo? Me da la impresión de que estás siempre ordenando.

Esta es la parte en la que le hago una pregunta sobre sí misma. Cuando cambio de tema, cuando desvío su atención hablando de sus cosas hasta que se distrae lo suficiente como para acordarse de que me ha preguntado algo. Pero me agota mucho la ansiedad de intentar controlar siempre la conversación, y estoy cansado de estar en guardia con ella.

Me siento a su lado con las piernas cruzadas y suspiro profundamente.

—A veces mi padre venía a casa de muy mal humor y se quejaba de todo: que si la casa estaba desordenada, que si la cena no estaba lista, que si mi hermano y yo aún no habíamos hecho los deberes… Y, joder, yo odiaba tener que esperar a que llegara a casa sin saber nunca de qué humor se iba a presentar.

Se sienta delante de mí, también con las piernas cruzadas, de modo que sus rodillas descansan sobre mis gemelos. Es un gesto tan sencillo que cuando me apoya las manos en las piernas, me apetece seguir hablando.

—Intentaba hacerlo todo antes de que tuviera la oportunidad de quejarse. Mantenerlo todo ordenado se convirtió en un hábito. Me gusta ayudar, y ordenar las cosas es una forma fácil de ayudar a la gente.

—Siento mucho ser tan desordenada. —Me sonríe tímidamente—. Tengo la costumbre de dejar un rastro de destrucción por donde paso, literal y metafóricamente.

—Como un incendio.

Asiente y se hace un ovillo.

—No es mi intención.

Le acaricio los tobillos con los dedos mientras mantiene la cabeza apoyada en las rodillas.

—Ahora es cuando me cuentas algo sobre ti para no sentirme tan raro por ser el único que se está abriendo. —Lo digo un poco de broma, pero sonríe—. Así funciona esto, ¿no? Un secreto por otro.

—Me encanta que creas que me estoy abriendo solo para empatar y no porque soy totalmente incapaz de guardarme mis pensamientos en la cabeza cuando estoy contigo. ¿Qué quieres saber? Soy un libro abierto, Callaghan.

—No dejas de mencionar que quieres cambiar. ¿Y eso por qué? A mí me pareces perfecta, así que no sé por qué querrías cambiar.

Levanta la cabeza y se me queda mirando durante mucho rato. Sus ojos verde esmeralda me devuelven la mirada, pero por una vez, Aurora no dice nada. Después de unos instantes, al fin habla.

—Durante años me he dicho a mí misma que soy muy autoconsciente e independiente, pero no es verdad —dice—. Es muy duro admitir que tú misma eres la que se interpone en el camino de tu propia felicidad, pero hace tiempo que me di cuenta de que yo era el problema. Simplemente no sabía por dónde empezar. ¿Alguna vez has sentido que has basado toda tu personalidad en una sola cosa? ¿Hasta el punto de que ya no sabes desligarte de ella?

—¿A qué te refieres?

Apoya la cabeza en las rodillas, como si se encogiera lentamente delante de mí.

—A ver, yo sé que soy un desastre. Y si yo soy la primera en decirlo, la gente no puede usarlo para hacerme daño. Si soy la primera en admitir la carga emocional que llevo a la espalda, entonces los demás no podrán usarlo como excusa para alejarse de mí, porque yo ya era consciente de ella. ¿Me explico?

—Sí.

—Y sé que me cuesta gestionar el rechazo, así que no le doy a nadie la oportunidad de rechazarme. Busco conexiones físicas con la gente, sentirme validada, porque necesito que los demás me demuestren que me quieren. Así que digo que soy autoconsciente porque sé todas esas cosas de mí misma, pero en realidad no sé nada. Digo que soy independiente, pero todas las decisiones que tomo son por culpa de alguien. Eso no es ser independiente.

—Aurora, mucha gente te quiere. Eres increíble y puedes ser todo lo independiente que quieras.

—Honey Acres tiene algo que me hace sentir muy bien —dice en voz baja—. Me siento muy frágil ahora mismo, pero estoy empezando a recordar lo que me gusta de mí misma. Quiero tomar decisiones que me hagan feliz. Y tengo miedo de que cuando vuelva a Maple Hills, ya no quiera esforzarme tanto. Que seguro que estoy rodeada de tanto ruido que olvidaré este sentimiento.

—No dejaré que lo olvides, no te preocupes. —Mis palabras quedan suspendidas en el aire entre nosotros como signos de interrogación, porque ninguno de los dos ha mencionado que cuando acabe el verano volveremos al mismo sitio. Pasé dos años en la universidad antes de conocerla, así que no es descabellado pensar que podría estar otros dos sin verla, ya que la universidad es muy grande.

Aurora se tumba boca abajo, con los brazos bajo la cabeza y la cadera pegada a mí. Su contacto me hace sentir cómodo, una sensación a la que no estoy acostumbrado. Es familiar y seguro, como si hubiera un acuerdo tácito entre nosotros cuando su piel se aprieta contra la mía. Nos sumimos en un silencio natural, algo cada vez más habitual entre nosotros, en el que yo no cuestiono nada y ella no siente la necesidad de llenarlo, y por segunda vez me quedo dormido a su lado.

Los árboles han creado una sombra sobre mí cuando me despierto un rato después solo.

Solo.

Me da un vuelco al corazón y se me eriza la piel de incomodidad al ver el hueco vacío a mi lado. Quiero sorprenderme, pero en el fondo llevo semanas preparándome para este momento. En cuanto me paso de frenada y le cuento demasiado sobre mí, ya es tarde. No puedo enfadarme con ella por salir corriendo, porque sabía que esto acabaría ocurriendo si me abría tanto con alguien.

Salgo de la manta y, en cuanto levanto la cabeza, la veo flotando de espaldas en el agua, y mi corazón no sabe qué hacer. Creo que me ha dado un latigazo de pasar tan rápido de la desesperación a la felicidad.

Soy imbécil.

Estoy a dos metros cuando las ondas del agua la avisan de mi presencia y deja de flotar.

—Hola, dormilón —dice en voz baja, mirándome. La agarro suavemente por la cintura y la acerco a mí. Me siento mejor cuando al instante me rodea con los brazos y las piernas como yo quiero—. Pareces triste. ¿Qué te pasa?

Hundo la cara en su cuello mientras la estrecho entre mis brazos, y respiro su olor a melocotón y crema solar.

—Creía que te habías ido.

Ella me abraza con fuerza.

—Lo siento, necesitaba refrescarme. ¿Estás bien?

Asiento, aflojando los brazos para que pueda echarse hacia atrás para mirarme. Me retira el pelo de la cara y le miro los labios.

—No tienes que disculparte. Creía que habías salido huyendo. Me he asustado, pero estoy bien.

—Puede que no sean las mismas circunstancias, pero me identifico mucho con lo que sientes, Russ —dice con cautela, acariciándome la sien y la mandíbula con las yemas de los dedos—. Sé lo que se siente al esperar demasiado de alguien que te decepciona. No vas a asustarme con tus sentimientos o tus experiencias, te lo prometo. Sé que no va a mejorar tu situación, pero yo he elegido estar a tu lado, y nada de lo que me digas hará que cambie de opinión.

Trago saliva cuando me roza el cuello y la clavícula.

—Gracias.

El momento de pánico y alivio ha pasado, pero sigo sin querer soltarla. Funcionamos bien así, los dos solos lejos de todos los demás. Donde ella quiere ser validada, y yo, ser la prioridad de alguien. Donde ambos ignoramos la realidad de que su cercanía es forzada y que, en circunstancias normales, esto no ocurriría.

Nuestros cuerpos se rozan, y ella suspira profundamente y se muerde el labio mientras piensa qué decir.

—Ser vulnerable da miedo. Compartir las cosas que crees que nadie va a entender da miedo. Pero si hay algo que se me da bien es ignorar todas las señales normales para dejar de hablar. Puedo enseñarte, pero tengo que ser honesta, es mucho más fácil con alguna copa de más.

—No creo que emborracharnos juntos sea buena idea. En realidad, no bebo. La fiesta aquella fue una excepción. Intentaba ganar algo de seguridad y pensé que me ayudaría. —Se estremece cuando le recorro la columna vertebral con los dedos y noto cómo se le tensan los muslos. Aprieta los labios y veo cómo contiene una carcajada—. No parecía muy seguro de mí mismo, ¿verdad?

Niega con la cabeza mientras suelta una risita.

—¿Sabías que te frotas la nuca cuando estás nervioso? Siempre lo haces. También se te ponen rosas las puntas de las orejas; es adorable. —Intento alejarme flotando porque siento cómo me sube el calor a la cara, pero ella no me suelta mientras se ríe y tira de mí para acercarme—. ¡Lo siento, lo siento, lo siento!

—Adorable —repito, con su cara a centímetros de la mía—. Como un cachorrito.

Baja la mirada y enseguida vuelve a mis ojos.

—Adorable como un tío que no es el típico gilipollas que te intenta bajar las bragas en las fiestas.

Me acerco un poco más a ella.

—Nadie me había dicho nunca esas palabras en la misma frase.

—Me alegra ser la primera —susurra—. Me reafirmo.

Ninguno de los dos se ha dado cuenta de que el cielo ha empezado a oscurecerse ni de que las nubes se han movido para tapar el sol y, una vez más, no puedo evitar sentir que el universo interviene cuando la lluvia empieza a golpear el agua a nuestro alrededor y ninguno tenemos la oportunidad de cerrar esos últimos centímetros que nos separan.

20

Aurora

—¿Qué tiene que hacer una para que le den un beso? —refunfuño mientras ayudo a Emilia a cargar una bandeja con chocolate caliente. Lleva toda la tarde lloviendo de forma intermitente, algo inusual para esta época del año en California, y para mí, muy inconveniente, ya que nos ha obligado a Russ y a mí a volver corriendo al campamento. Según el señor Alexander Smith, que todo lo sabe, es el remanente de una tormenta tropical que se ha arrastrado hacia el norte, así que nos espera un tiempo terrible durante las próximas doce horas. Odio los truenos y los rayos, así que saber que a Emilia le toca turno con los niños esta noche y yo me voy a quedar sola en nuestra cabaña me pone los pelos de punta. Por eso me he pasado los últimos veinte minutos quejándome a mi mejor amiga, a quien se la trae al pairo.

—¿Qué ha pasado con lo de ceñirse a las normas para poder dormir tranquila por las noches sabiendo que no has contribuido a que despidan a nadie?

—No creo haber dicho eso nunca.

Entorna los ojos mientras intenta intimidarme para que confiese.

—Sé a ciencia cierta que no te acuerdas de toda la verborrea que te pasas el día soltando, pero yo sí. Fijo que lo dijiste al menos cinco veces. Creo que prefería cuando estabas desatada. No me dabas tanto la matraca.

Le doy un golpecito en la frente con una mano, mientras que con la otra me lanzo un malvavisco a la boca. Emilia puede quejarse todo lo que quiera. Solo me he pillado por un chico en todo el tiempo que llevamos siendo amigas; ella ha estado soltera un total de cuatro días en todos estos años, y yo he sido testigo de cada una de las fases de todas sus relaciones.

Me lo debe después de haber tenido que aguantar una vez a una tía loca que resultó ser una narcotraficante con un montón de amigos chungos.

—No sé cómo sentir estos sentimientos. Es lo contrario al miedito. ¿Qué hago?

—¿Te gusta de verdad de la buena? Es decir, no te gusta solo que te preste atención, ¿no? Y como ahora sabes que le gustas, estás segura de que no te rechazará...

—Me gusta de verdad de la buena. Creo que es un tío genial y me hace reír. Me hace sentir vista, y no quiero cagarla porque no sé comportarme como una adulta funcional. ¿Por qué no me has obligado todavía a ir a terapia? Qué mala amiga eres.

—¿Qué pasa con eso de «No necesito que un psicólogo me diga que tengo traumas paternofiliales»? —dice, con los ojos en blanco—. En fin, ¿quieres un consejo? No te va a gustar.

—Estoy lista. Dime.

—Deberías esperar a que volvamos a Maple Hills. Y ver cómo te sientes cuando recuperes tu libertad y te quites las gafas de campamento.

—Uf —suspiro—. Odio ese consejo. ¿Por qué no me dejas?

—Porque te quiero. Mueve el culo —me ordena mientras levanta la bandeja de chocolate caliente y me señala la otra—. Si vas a darme la matraca, al menos ayuda.

Intento ayudar, pero mi cerebro va a toda velocidad esta noche. Entre la tormenta y Russ, estoy de los nervios. Juro que el tiempo avanza más despacio de lo normal, así que decido hacer lo único que puede robarme la energía más que ninguna otra cosa.

Me apoyo en la pared junto al teléfono común del edificio principal, para no salir a por el móvil, que tengo guardado en la cabaña, y cuento los pitidos mientras espero a que mi madre me descuelgue. He intentado acordarme de llamar todas las semanas, pero he estado tan ocupada y los días pasan tan rápido que no se me ha dado muy bien.

Está cabreada. Cada vez que se me olvida llamarla me deja bien claro que le molesta no ser mi prioridad. Se están acabando los tonos y sé que esta llamada está a punto de ir al buzón de voz porque se está haciendo la digna. Cree que lo está consiguiendo, aunque en realidad me da igual que no conteste, porque al menos así puedo decir que lo he intentado.

—¿Hola? —Contesta como si no tuviera todos los números del campamento guardados en su teléfono.

—¡Hola! Soy yo —digo con todo el entusiasmo que puedo—. Solo era para ver qué tal estabas.

—Ah —dice como si nada—. Hola.

—¿Cómo estás?

—Bien. Ahora me pillas mal, Aurora. Tengo mucho que hacer.

Es jueves por la tarde y hay tormenta. ¿Qué tendrá que hacer? Nunca sale cuando llueve para no correr el riesgo de estropearse el peinado.

—¿Qué haces?

—Así que ahora te apetece hablar conmigo, ¿no? —Puedo sentir cómo se drena toda la energía de antes. Como si esta interacción tan predecible me hubiera recalibrado de algún modo—. No puedo dejarlo todo porque de pronto te dé por llamarme.

—Lo entiendo, mamá. Podemos hablar en otro momento. —Se oye un ruido al otro lado de la línea y oigo un ronroneo—. Espera, ¿eso es un gato?

Oigo otro.

—Sí, es un gato.

Me siento como si me estuvieran gastando una broma. Miro

a la habitación vacía para comprobar si Emilia está agazapada entre las sombras esperando para saltar sobre mí.

—¿De quién es el gato?

—Es mi gato.

—Tú no tienes gato. ¿Te gustan los gatos?

—Me gusta este gato porque es mío. Lo he rescatado.

Me viene una imagen de mi madre como la típica loca de los gatos que acaba llenando toda la casa con ellos.

—¿De dónde?

—Un día vino a desayunar conmigo en la terraza. Le di un poco de mi salmón ahumado, porque parecía hambriento, y siguió viniendo, así que lo dejé entrar en casa. Y he decidido quedármelo.

Apoyo la frente en la pared, con el teléfono pegado a la oreja.

—¿Tenía collar?

—Sí, pero no era muy bonito. Le compré uno nuevo de Louis Vuitton. Puedes conocerlo si un día te da por hacer ese viaje tan largo y tan duro del que tanto te gusta quejarte.

Me reservo el derecho de quejarme siempre del tráfico de Los Ángeles, y ella no puede echarme la culpa de eso.

—¡Mamá! ¡Has robado la mascota a alguien!

—Yo lo rescaté, Aurora. Y está absolutamente feliz aquí conmigo. —El ronroneo al otro lado de la línea aumenta, y una parte de mí considera que me está engañando para que la visite solo para comprobar si realmente le ha robado el gato a alguien.

—¡Tienes que mirar el número que sale en su collar original! Sé que lo único que escuchas es el océano y las mentiras de Chuck Roberts, pero en algún lugar de Malibú, si prestas atención, escucharás a un niño llorando por haber perdido a su querida mascota.

—Estás muy dramática hoy, cariño. ¿Estás con la regla?

Señor, dame paciencia.

—No.

—¿Has visto que tu padre está pasando las vacaciones de verano en el yate con la mujer del tiempo y su familia? —dice en tono despreocupado—. A Elsa no le parece nada bien. Quería ir a Mónaco.

—Mamá, ¿dónde iba a verlo exactamente? Estoy en medio de la nada, sin apenas cobertura, tratando de mantener con vida a un grupo de veinte niños —digo con un resoplido. No me sorprende que mi padre haga eso, y el hecho de que no me haya hecho daño de inmediato es liberador. No diría que les deseo unas estupendas vacaciones, pero tampoco me molesta.

—La verdad es que no sé qué haces, Aurora. No me cuentas nada. Pero me tengo que ir, ya es la hora de cenar de Gato.

—¿Lo has llamado Gato?

—¿Y cómo lo voy a llamar? Es un gato. Adiós, cielo. No te olvides de volver a llamar.

Vuelvo aturdida al lugar donde los demás están viendo una película y, cuando llega la hora de que Emilia y Xander manden a la cama a los Osos Pardos, aún no he asimilado que mi madre me ha sustituido por un gato robado.

De vez en cuando mi madre me da un descanso temporal, cuando encuentra alguna distracción nueva. Catas de vinos, clases de pilates, un promotor inmobiliario llamado Jack... pero nunca una mascota. Y por muy raro que sea, me alegro de que ya no esté sola en esa casa.

—¿Y si duermo en tu cama contigo? —le pregunto a Emilia.

—¿Y si duermes sola en tu cama? —responde ella. Hay dos dormitorios anexos a la cabaña de los niños para los monitores que hacen guardias nocturnas, y así como la zona de los niños es muy espaciosa, no se puede decir lo mismo de las habitaciones contiguas—. Es una tormenta. Sobrevivirás. ¿Sabes a qué no sobreviviré? A compartir esa cama diminuta contigo.

—Conmigo puedes dormir en la cama más pequeña del mundo, Ror —bromea Xander—. Me ofrezco voluntario porque soy un buen amigo.

Lo miro con cara de hastío, sabiendo perfectamente que si aceptara su oferta, saldría corriendo.

—Es muy tentador, pero no, gracias.

Fue aquí, durante una tormenta especialmente intensa, donde empezó mi miedo. Un rayo provocó un incendio forestal no lejos de los terrenos de Orla y por poco tienen que evacuarnos. Por suerte, los bomberos lo controlaron. Era muy pequeña y, desde entonces, siempre me han asustado.

Ayudo a Freya a ponerse el chubasquero cuando se abren las puertas y Russ entra en pantalón de chándal y con una sudadera de los Osos Pardos. Se sacude la lluvia del pelo y mira por toda la sala hasta dar conmigo. En cuanto me ve, sonríe y no puedo reprimir una sonrisa. Dios, tengo que controlarme. Freya tose con fuerza, desviando mi atención.

—¿Russ es tu novio?

Como esto sea otra vez cosa de Leon, juro que lo saco a dormir a la intemperie la próxima vez que me toque turno de noche.

—No. Es mi amigo. No mi novio.

—¿Entonces por qué siempre pasáis los días libres juntos?

—¿Es que a ti no te gusta estar con tus amigos o qué? —pregunto, poniéndole la capucha sobre los rizos oscuros—. Porque a mí sí, y por eso paso los días libres con él.

—No soy una niña pequeña —dice—. Sé guardar secretos.

—Aquí no hay ningún secreto, bobita. Venga, ponte a la fila, porfa.

—Vale —dice, con un leve tono de decepción—. Pero Russ te mira como mi padre mira a mi papá cuando él no se da cuenta, así que creo que es porque te quiere.

—Buenas noches, Freya —mascullo.

Hay una ley no escrita en el campamento que hace que los niños siempre acosen a preguntas a los monitores sobre sus posibles intereses románticos. Lo sé porque yo lo hacía de pequeña.

Lo más sensato es dejarlo estar, porque total, ¿quién hace caso a la opinión de un niño pequeño? Y, aun así, aquí estoy, preguntándome exactamente cómo se mirarán sus papás.

Por suerte, ningún otro niño decide entrometerse en mi

vida, y Russ se queda lo bastante lejos como para no seguir alimentando los rumores de Leon. No he visto a Russ desde el momento del casi beso, que fue interrumpido por una huida de la lluvia.

Estaba convencida de que esta vez sí que lo haría. Estábamos muy pegados y sentía cómo me agarraba con las manos, pero supongo que, a diferencia de mí, él sabe contenerse. Por motivos evidentes, no esperaba tener un verano salvaje lleno de sexo desenfrenado, pero creo que tampoco se vaya a morir nadie si nos damos un besito.

Aunque si quiere follarme contra un árbol, no voy a oponer resistencia.

Dios, ojalá me hubiera traído el vibrador.

—Tienes cara de estar dándole vueltas a algo —dice Russ entre risas, llenando el hueco vacío a mi lado—. ¿Qué pasa?

—Se me ha olvidado el vibrador. —Me quedo paralizada y tomo la sabia decisión de no mirar cómo reacciona a mis palabras. Se le habrán puesto las orejas rosas; no tengo ni que mirarle para estar convencida. Lo sé—. No pretendía decir eso en voz alta.

—¿Quieres que te acompañe a la cabaña? —dice, ignorando mi comentario, gracias a Dios—. Hace un tiempo de perros.

—No, tranquilo —murmuro mirando al cielo negro—. Me voy a quedar aquí hasta que todos se acuesten.

—¿Te importa que me quede contigo?

—Me gustaría mucho.

Los truenos se oyen más fuertes en la cabaña que en la sala de cine y estoy pensando en aceptar la oferta de Xander. Podemos inventar un turno de noche de tres personas, ¿no?

He probado con música en los auriculares. He intentado meditar. He intentado distraerme con un libro, pero el tiempo es tan malo que ni siquiera los multimillonarios sexis dueños de parques temáticos logran distraerme. Cada vez que retumba un trueno, juro que toda la cabaña tiembla. Me he convencido tres veces de no ir a la cabaña de Russ. Ha sido como cuando en una película alguien se levanta, se dirige a la puerta, agarra el picaporte y de pronto sacude dramáticamente la cabeza y se da la vuelta.

Nada bueno puede salir de ir a verlo, y sin embargo, no me lo quito de la cabeza. Él no va a hacer que pare la tormenta y no puedo ir a su cabaña, así que no tiene sentido aventurarme en la oscuridad.

Con la suerte que tengo, seguro que salgo y me cae un rayo encima.

Me pongo a discutir conmigo misma por cuarta vez cuando suena la puerta. ¿Qué probabilidades hay de que Russ esté teniendo la misma discusión consigo mismo? ¿De que cierre esos últimos centímetros y me bese?

Empujo la puerta y me doy cuenta de que la respuesta a esa pregunta es cero.

Cero probabilidades.

—Madre mía, menuda leonera —dice Jenna, asomando la cabeza por la puerta. Mira la ropa tirada por el suelo y frunce el ceño—. ¿Cómo podéis dar dos pasos ahí dentro?

—¿Puedo ayudarla, señora Murphy? —refunfuño, sin la menor intención de ocultar mi decepción de que no sea un jugador de hockey de metro noventa y cinco con los ojos azules y tendencia a sonrojarse.

—Vaya, hoy estás de morros. Veo que no has superado el miedo a las tormentas. —Coge la mochila y saca una linterna—. Por si se va la luz.

Ah, que puede irse la luz. Fantástico.

—Recuérdame por qué elegí venir a trabajar para ti en lugar de pasarme el verano en un yate o algo así igual de gilipollas, pero guay.

—Porque me quieres —dice con orgullo—. Y, claro, los yates son muy guais, ¿pero alguna vez has tenido que enfrentarte a tal cantidad de lluvia que haga que todo empiece a inundarse? Eso en Dubái no te pasa.

—Estoy viviendo mi sueño, Jen.

—Y lo sabes —dice con una sonrisa—. Vale, tú eres la última. Me voy a la cama porque esta noche no me toca turno y este tiempo es una puta mierda. No te estreses, ¿vale? Por la mañana ya habrá pasado.

¿Alguna vez ha servido de algo decirle a una persona estresada que no se estrese? Vuelvo a la cama, intento ponerme a leer otra vez y abandono a los cinco minutos. Por primera vez en mi vida no me apetece leer una novela romántica.

Como eterna soltera, creo que lo raro es que me gusten. Ahora que lo pienso, es un enigma que tenga tanta fe en los finales felices de la ficción, pero que nunca me haya planteado cómo podría ser el mío.

Vuelven a llamar a la puerta. Abro otra vez y me encuentro a Orla. Ahora sí que puedo confirmar que el universo me está vacilando. Recapitulo mentalmente todo lo que he hecho hasta llegar aquí que podría haberme puesto en el radar de Orla, pero no se me ocurre nada. Solo he sido un putón dentro de mi cabeza, no en la vida real, y no puede leerme el pensamiento, así que no tiene ni idea de lo desesperada que estoy por un besito, como una absoluta pringada.

—Hola, cariño. Creo que me he equivocado. —Saca el móvil para revisar los mensajes—. Parece ser que hay una gotera y tengo que hacer una foto para los informes de mantenimiento. Te juro que ser mayor ya no tiene ningún tipo de ventaja. La hacen a una salir en mitad de una tormenta, ¡habrase visto!

Me tiende el teléfono mientras se quita las gafas y limpia el vaho y el agua con el cuello de la chaqueta que lleva bajo el chubasquero.

—Aquí pone veintisiete, no veintidós. El veintisiete está junto al césped principal. Creo que está enfrente de la cabaña de los Erizos.

Orla se aprieta la capucha, vuelve a coger el móvil y se lo guarda en el bolsillo.

—Gracias, corazón. Perdona por molestarte, que duermas bien.

Estoy mirando el techo, escuchando cómo amaina la lluvia

e intentando dormirme cuando estalla un trueno justo encima de mi cabaña.

—Vale, vamos allá. Está pasando —me digo a mí misma mientras salgo de la cama y me pongo las zapatillas. Enciendo la luz y busco entre las cosas de Emilia y las mías. Jenna tenía razón, esto es una leonera. ¿Dónde coño está mi chubasquero?

Admito la derrota y saco mi sudadera de los Osos Pardos, que combinada con mis pantalones hace que parezca que me he disfrazado de Russ.

Esto es muy mala idea.

—Las malas ideas forjan el carácter —me digo en voz alta, y justo en ese momento se va la luz de la cabaña—. Me cago en mi vida. Esto no es una señal.

Sigo repitiéndome que no es una señal mientras busco a tientas la linterna que Jenna me ha dado antes y me dirijo despacio a la puerta en la oscuridad. En cuanto salgo afuera, veo que en otras cabañas sí tienen luz. Solo se ha ido en mi fila de cabañas.

Cómo no.

El hecho de que nunca haya googleado las posibilidades de que te caiga un rayo me parece un gran error mientras echo a correr por el sendero en dirección al lago.

El auténtico riesgo es que él me rechace.

¿Qué estoy haciendo? La antigua Aurora estaría abucheándome y desmayándose de horror si pudiera verme ahora mismo.

Doy las gracias por tener una linterna mientras me aproximo a la hilera de cabañas y cuento los números hasta dar con el cartel donde pone treinta y tres. Se me sube el corazón a la garganta cuando subo las escaleras del porche hasta la puerta de Russ.

Lo peor que puede decirme es que me vuelva a la cama. Al menos eso creo que es lo peor. Sé que no debería estar aquí, así que no tengo motivos para sorprenderme si en este momento no quiere saber nada de mí ni de mi desesperación.

Un rayo atraviesa el cielo, impresionante pero aterrador, y llamo a la puerta de madera. La luz se cuela por un hueco entre las cortinas, pero no abre la puerta. Vuelvo a llamar y espero, pensando que podría estar en el baño o algo así, pero no contesta.

Rechazada y un poco avergonzada, admito la derrota y salgo del refugio del porche de nuevo a la lluvia. Ha sido una estupidez y no debería haberlo hecho. A lo mejor he malinterpretado algo. Seguro que me lo voy a pasar genial dándole vueltas a esta noche durante el resto de mi vida. Cuando sea vieja y esté arrugada, me despertaré con sudores fríos obsesionada con cómo salí en mitad de una tormenta con una sudadera de un oso para ser ignorada a continuación por un tío en el que no podía parar de pensar.

Entonces doblo la esquina de la cabaña y veo a Russ caminando hacia mí. Tiene la cabeza gacha, pero después de algunos pasos más, levanta la vista y se detiene.

—Hola —dice en medio de la oscuridad. Está igual de empapado que yo y lleva la misma sudadera y el mismo chándal que antes, ahora más oscuros por la lluvia.

—Hola.

—He ido a tu cabaña —dice en voz baja—. Pensaba que igual estarías asustada. Quería asegurarme de que estabas bien.

No sé qué responder a lo que me ha dicho con palabras, así que me acerco a él, y él se acerca a mí, y estoy tan hipnotizada que ni siquiera me inmuto cuando un relámpago ilumina el cielo de Honey Acres, porque finalmente cierra esos últimos centímetros y me besa.

21

Aurora

Ahora entiendo por qué hay tantas canciones sobre besos bajo la lluvia.

Russ me aprieta contra la pared de su cabaña, mis piernas le rodean con fuerza como otras veces, salvo que esta vez me enreda los dedos en el pelo y tira para ladearme la cabeza y besarme, lamerme y chuparme todo el cuello.

Es diferente de la última vez; tiene más confianza, está más seguro de qué hacer para que me retuerza y empiece a gemir. Le tiro de la sudadera, impaciente por volver a ver su cuerpo y sentirlo contra el mío. Me ayuda a quitarse la tela mojada por encima de la cabeza e inmediatamente me quita la mía también. Nuestras pieles húmedas se pegan y el calor me inunda todo el cuerpo como un incendio.

—Joder, eres preciosa —me susurra al oído—. No me puedo creer que hayamos tardado tanto en hacer esto.

Amén. Nos merecemos una medalla de oro o algo por el autocontrol que hemos demostrado a pesar de saber lo bien que estábamos el uno con el otro.

—A algunos nos gusta respetar las reglas, Callaghan —bromeo. Me agarra el culo con las dos manos y siento como si todo mi cuerpo fuera a estallar en llamas de un momento a otro.

Nos movemos hacia su cama y me deposita con cuidado en el colchón. La suavidad contrasta con la aspereza de la pared. Se baja los pantalones y los calzoncillos y tengo que hacer esfuerzos para evitar que se me caiga la mandíbula al suelo. El tiempo me había borrado de la memoria lo grande que la tiene, y después de varias semanas con la única compañía del chorro de la ducha, siento que he perdido práctica.

—¿Sabes lo que me sube el ego que me mires así? —dice, arrodillándose en la cama entre mis piernas, totalmente desnudo.

Estoy bastante segura de que hay una norma en alguna parte que dice que es de mala educación no mirar a la cara a alguien cuando te habla, pero para ser justos, no han visto lo bonita que es la polla de Russ.

—Estoy evaluando la posibilidad de que me partas por la mitad.

Suelta una carcajada y se inclina sobre mi cuerpo para besarme despacio.

—¿Estás segura de que quieres hacer esto?

—Llevo semanas pensándolo —confieso—. No me importa arriesgarme un poquito.

Russ me desabrocha el pantalón, me lo baja y a continuación me quita las bragas y me abre las piernas delante de él. Sin una gota de alcohol en mi organismo, este es el momento en el que normalmente me sentiría expuesta. Pero no con él.

—¿Qué necesitas? —pregunta, masajeándome la cara interna de los muslos.

Todo.

—Necesito sentirte cerca.

Se tumba en la cama conmigo y me coloca de costado de tal forma que nuestros vientres se toquen. Me sube la pierna por encima de su cadera y coloca el brazo por debajo de mi cabeza.

—¿Así?

—Perfecto.

Russ se toma su tiempo para acariciar con la mano la curva de mi cintura, a lo largo de la parte baja de mi espalda hasta llegar a mi culo. Funde su boca y su lengua con mi boca y me desliza la mano por el culo hasta enterrarla entre mis piernas.

—Joder, Aurora —masculla, presionando la frente contra mí—. Estás empapada.

Su polla se agita contra mi vientre.

—¿Puedo tocarte?

—Puedes hacerme lo que quieras. —Gime cuando se la agarro y empiezo a subir y bajar la mano con lentitud. Me mete un dedo y enseguida otro, dilatándome. Se me acelera el pulso y mi respiración adquiere un ritmo irregular mientras muevo la mano al ritmo que más le gusta—. Eres buenísima, corazón.

Es paciente y observa todas mis reacciones para saber exactamente lo que me gusta. Me empieza a temblar la pierna que tengo subida a su cadera y noto una sensación creciente en el estómago que se apodera de mis huesos.

—Me voy a correr. —Encuentra mi clítoris con el pulgar y lo único que quiero es atraerlo hacia mí cada vez más y más cerca, no sé cómo, pero le agarro de la nuca con la mano libre y gimo pegada a su boca—. Oh, joder. Russ. Dios.

—Muy bien. Déjame verte esa cara tan bonita cuando te corras. —Mi cuerpo se agita y se retuerce sobre su mano, sin soltarlo. Saca los dedos y sus caderas empujan mi mano un par de veces antes de detenerse—. No quiero correrme todavía.

—¿Dónde tienes los condones?

Miro cómo pone cara de terror.

—Mierda.

—Por favor, dime que has dicho «mierda» por tener que separarte de mí dos segundos para ir a por los condones, y si quieres voy yo.

—No tengo —confiesa avergonzado—. No me mires así, ¡no esperaba follar aquí!

Se tumba boca arriba y me tira de la pierna para subirme encima de él. Tiene la polla como una roca, convenientemente colocada en paralelo a su cuerpo, pero entre mis piernas. Muevo las caderas despacio y se le ponen los ojos en blanco, y me agarra con rapidez de las caderas para mantenerme en mi sitio mientras imita mis movimientos empujando hacia arriba.

Todo está hinchado, sensible y mojado, lo que nubla mi capacidad para resolver problemas. Tampoco puedo culparle por no tener condones cuando yo tampoco los he traído.

—¿Podemos no usar? ¿Cuándo te hiciste pruebas? —pregunto—. Yo tomo la píldora y en el último test que me hice salió todo bien. Siempre los uso. Y podemos ir esta semana a Meadow Springs a comprar.

—Yo me hice tests unas semanas antes de conocerte y estaba todo bien. Eres la única persona con la que he estado desde entonces, pero… eh, no me siento cómodo sin usar condón. No lo voy a disfrutar si estoy pensando en las estadísticas de efectividad de la píldora.

—No pasa nada, lo entiendo perfectamente. —Quizá deberíamos haber tenido esta conversación antes de desnudarnos, pero al menos la estamos teniendo. Parece un poco avergonzado, aunque no tiene por qué. Tiro de él hasta que se incorpora, se apoya sobre los brazos y yo le rodeo el cuello, dándole un beso en los labios—. Hay muchas otras formas de satisfacerte. Vamos a contarlas… ¡Oh! Un momento, seguro que Xander tiene.

No creo que jamás me haya movido tan rápido como ahora que me abalanzo al lado de la cabaña de Xander. Russ pone los pies en el suelo, sentándose al borde de la cama.

—Rory, no creo que debamos rebuscar entre las cosas de Xander.

No le falta razón; no le voy a hacer caso, pero la tiene.

—¿Crees que si Xander supiera que necesitas un condón se enfadaría?

—Bien visto.

Reviso los lugares obvios, como su mesilla de noche, su neceser, el cajón de los calcetines, el armario, pero no encuentro ninguno. Si yo fuera Xander, ¿dónde escondería los condones?

Me tiro al suelo, miro debajo de la cama y, aunque es muy probable que encuentre algo peludo con garras, enseguida veo una bolsa de viaje.

—Joder, Aurora —masculla Russ, con cara de sufrimiento.

Tengo el culo al aire y el pecho pegado al suelo, y no hace falta ser un genio para darse cuenta de lo que debe de estar pensando ahora mismo. Tiro de la bolsa hacia mí y encuentro exactamente lo que busco. Sostengo en el aire los paquetes de papel de aluminio como si fueran un trofeo e intento no volver corriendo a la cama. Jamás he visto a Russ moverse tan rápido como cuando coge un paquete, lo rasga y se pone el condón.

Todavía sentado en el borde de la cama, me agarra por detrás de los muslos para mover mis piernas a ambos lados de sus caderas. Se coloca y me dejo caer sobre él con cuidado. Estoy tan llena que me quedo aturdida, dilatada y paralizada.

—Tómate tu tiempo —murmura con suavidad, besándome el pecho. Me sujeta la cintura con las manos, guiándome mientras subo y bajo tímidamente, llenándome un poco más de él a cada bajada—. Eso es, buena chica. Joder, eres increíble, Aurora. Me estás haciendo perder la cabeza.

Los halagos siempre mejoran el sexo y no me da vergüenza admitirlo.

Y Russ Callaghan me puede llamar buena chica todas las veces que quiera.

Continuamos a un ritmo perfecto. Me agarra el culo para ayudarme a botar sobre él, mientras que con la boca explora mi cuello y mis pechos. Me froto los dedos frenéticamente entre las piernas y me aprieto con más fuerza contra él.

—Estoy a punto —jadeo.

Sigue guiándome con las manos y sumerjo la boca en la suya; nos arde la piel por tantos sitios que parece que fuéramos una sola persona. Siento como si una luz me atravesara el cuerpo y me aferro a él con fuerza, cabalgando en el placer, con él dentro.

—¿Estás bien? —susurra.

—Me arden los muslos. Pero merece la pena.

Russ me levanta, me tumba de nuevo en su cama y se acuesta detrás de mí. Su brazo se desliza bajo mi cabeza, pega el pectoral a mi espalda y parece que estamos a punto de hacer la cucharita, hasta que siento su polla haciendo presión por detrás.

—Levanta un poco la pierna, corazón.

—No me la metas por detrás.

Se me eriza la piel cuando se echa a reír junto a mi cuello.

—No entraba en mis planes, pero gracias por la información.

Se desliza de nuevo dentro de mí con una embestida y todo parece distinto desde este ángulo. Bajo la pierna y siento cómo su brazo baja de mi cuello hasta mi pecho, y me acaricia un pezón. Me desliza la otra mano por el vientre, la introduce entre mis piernas e inmediatamente tengo claro que ha ganado contra todos los demás tíos.

Mueve las caderas adelante y atrás con suavidad, en combinación con su mano, y sigue susurrándome de todo al oído. Lo siento por todas partes y sé que pronto volveré a caer al vacío. Me siento valorada y venerada. Como si su única misión en la vida fuera hacerme sentir preciosa y deseada. Hago fuerza con las caderas hacia atrás mientras él impulsa las suyas hacia delante, y nos perdemos en un ritmo enloquecido, en busca del placer.

—Eso es, demuéstrame cuánto lo deseas —me dice al oído—. Por ti merece la pena cualquier riesgo, Ror.

El sonido de nuestros cuerpos chocando uno contra otro ahoga el ruido de la tormenta. Joder, ni siquiera sé si continúa la tormenta. Russ me está nublando todos los sentidos. Cuando yo gimo, él gime. Cuando acelero, él también. El pulso en mi cuello martillea contra su boca y sus embestidas se vuelven fuertes e irregulares. Jadea mi nombre y me frota más deprisa con los dedos, haciendo que caiga con él.

Estoy exhausta, entumecida y absolutamente saciada.

Nos quedamos tumbados muy quietos, todavía con él dentro. Emite un profundo suspiro.

—Creo que estoy obsesionado contigo.

Es como tener otro orgasmo.

—Eso es el subidón del sexo.

—No.

La saca despacio y me besa con suavidad cuando hago una pequeña mueca de dolor. Se va al baño a quitarse el condón y por primera vez no espero a que el tío con el que acabo de acostarme cierre la puerta y espere a que me vaya.

Vuelve a tumbarse a mi lado, se inclina para verme la cara, me aparta el pelo y me besa en la frente.

—¿Quieres algo? ¿Agua? ¿Una ducha? ¿Algo cómodo?

—Estoy bien. —Me arropa con el edredón y se mete conmigo—. Gracias.

Me da un beso en la frente y se acurruca contra mí, cubriéndome con los brazos. Nunca me había quedado a hacer la cucharita después de follar, pero me siento tan segura y feliz que es casi abrumador. Coge un libro de la mesilla y atenúa la lámpara. Quiero preguntarle qué está leyendo, pero se me cierran los ojos y estoy a punto de quedarme dormida cuando él pregunta:

—¿Seguirás aquí por la mañana?

—Sí, te lo prometo.

22

Russ

No recuerdo la última vez que dormí más de unas pocas horas. Las cortinas cerradas no nos dan ninguna pista de la hora que es, pero sé que anoche tuve un sueño profundo; lo noto.

Miraría la hora en alguna parte, pero Aurora está dormida encima de mi brazo y el otro lo tengo encima de la piel suave de su tripa. Cuando le doy un beso en el hombro, se revuelve un poco y se acurruca contra mí, pegando el culo a mi polla y provocándome un gemido gutural.

Repite el movimiento, esta vez con una intención más clara, aunque finge que está dormida. Empujo las caderas hacia ella a propósito y me acerco para susurrarle al oído:

—Sé que estás despierta, Rory.

Se le escapa una risa, mi segundo sonido favorito del mundo entero. El primero es su voz gimiendo mi nombre, obviamente.

—Qué manera de despertarme —dice con un bostezo.

La despertaría todos los días como ella quisiera si eso significara pasar la noche juntos.

Estira la mano por detrás y me roza la rodilla, luego el muslo; sube cada vez más despacio y se detiene para medir mi reacción, hasta que dobla el brazo detrás de su espalda y me roza los huevos y la polla con suavidad.

—¿Está bien así? —pregunta mientras me la agarra y empieza a mover la mano.

—Sí —digo a duras penas, moviendo las caderas al ritmo de su mano para facilitarle las cosas—. Se te da muy bien, corazón.

De repente se detiene y me asusto, pensando que he hecho algo mal, pero entonces se da la vuelta para mirarme. Sigue medio dormida, con el pelo ondulado por la lluvia de anoche, y me mira de una forma que hace que se me encoja el corazón. Me gustaría poder guardar este momento, embotellarlo y protegerlo de cualquier peligro externo que intente destruirlo.

Aurora me besa e inmediatamente deja de importarme todo excepto el presente. Se separa y me besa la clavícula, el pecho, bajando poco a poco, hasta que contengo la respiración por el deseo y veo que la expresión somnolienta de su cara ha dado paso a otra mucho más traviesa.

Me besa en la cara interna de los muslos, en la cadera, en todos los puntos menos donde quiero. Le aparto el pelo por detrás de la oreja y le levanto la barbilla para que me mire.

—¿Es que quieres que te suplique, Aurora?

Joder, esos ojos verdes me miran llenos de inocencia, como si mi polla no estuviera a pocos centímetros de sus labios. Me da un beso en la base, sin dejar de mirarme.

—No. —Me da otro beso un poco más arriba—. No necesitas suplicarme que te haga algo que llevo varias semanas deseando.

Entrelazo las manos por detrás de la cabeza y me tiro del pelo mientras flexiono el abdomen, tratando de controlar la respiración.

—Van a ser los mejores siete segundos de mi vida.

—No me hagas reír mientras intento seducirte —protesta entre risas.

—No tienes que intentarlo, ya lo has conseguido. Considérame seducido. Y obsesionado. Y satis… —Sus labios se sumergen en la punta de mi polla y se me olvida hablar. Era una broma lo de los siete segundos, aunque ya no lo tengo tan claro—. Eres increíble. Joder.

Se le resbala el pelo por la cara mientras baja un poco más, y yo se lo vuelvo a recoger con la mano en una especie de coleta. Me hace saber que le gusta con un gemido de satisfacción, mientras se la mete hasta el fondo de la garganta.

A mí también me gusta.

No quiero parpadear para no perderme ni un instante. Con las uñas de la mano libre me acaricia suavemente los abdominales mientras coordina la otra mano con la boca para llevarme al límite. La agarro del pelo con más fuerza, se me tensan los músculos y siento como se aproxima el estallido.

Me mira desde el hueco entre mis piernas con los ojos vidriosos, totalmente concentrada.

—Estoy a punto.

Mis palabras la incitan; un poco más y llego, pero justo en ese momento se abre la puerta de la cabaña y Xander aparece después del turno de noche con los perros, borrando de un plumazo toda posibilidad de que se me vuelva a poner dura nunca más.

—¡Joder! —gritamos a la vez. Él se tapa los ojos y yo cubro el cuerpo desnudo de Rory con una manta.

—Perdón, perdón —grita Xander, y sale de la cabaña a una velocidad sobrehumana—. ¿Ya no se lleva lo de poner un calcetín en la puerta o qué? Dios bendito.

Horror es la única palabra para describir cómo me siento ahora mismo.

Miro a Aurora, esperando descubrir la misma cara de vergüenza, pero por supuesto que no la encuentro, porque es Aurora. Se tapa la boca con la mano para evitar que se le escape una carcajada.

—Lo siento —susurra—. No me estoy riendo, te lo juro. ¿Estás bien?

Con la manta que le he echado por encima cubriéndole media cabeza, se arrodilla desnuda entre mis piernas mientras se me baja todo. Me paso una mano por la cara y me echo a reír, lo que da rienda suelta a su risa. La atraigo hacia mí, le beso la frente y ella se acurruca a mi lado.

—No hemos durado ni seis horas antes de que nos pillaran.

—La próxima vez seremos más listos —dice, acariciándome la piel—. Tengo que volver a mi cabaña antes de que alguien se dé cuenta de que no estoy. Siento que no hayas podido terminar.

Aurora dice «la próxima vez» tan a la ligera que no sé ni qué responder. No quiero renunciar a ella, pero tampoco quiero que nos despidan si nos pillan. Aunque lo que menos quiero es perderla. Ella es lo único de mi vida que no se ha estropeado de ninguna forma por culpa de todo lo demás. Me hace tener esperanza, y no estoy listo para despedirme de ese sentimiento.

—Tendremos más cuidado —digo, dándole otro beso en la frente.

Sale de la cama, empieza a vestirse y arruga la frente cuando coge su ropa todavía húmeda del suelo.

—No me has doblado la ropa, Callaghan —dice—. Estoy orgullosa de ti.

Me pongo los bóxers y los pantalones cortos, me siento en el borde de la cama y la veo hacer una mueca al meterse la sudadera medio húmeda por la cabeza. Se está poniendo las zapatillas cuando tiro de ella hacia mí y la coloco entre mis piernas. Sus manos se posan a ambos lados de mi cara y me sonríe mientras yo le froto el dorso de los muslos con las mías.

Llaman a la puerta y abren de inmediato.

—No es por estropear este entrañable momento, pero la verdad es que he venido porque tengo que cagar. Así que si podéis daros vida para que no tenga que irme al bosque como un oso, estaría muy bien.

Aurora mira hacia la puerta, sin despegar las manos de mi cara.

—Sabes que hay otros baños, ¿no? Tu siguiente opción no es el bosque.

—¿Es que ya no puede tener uno ni un lugar favorito donde plantar un pino? ¿A eso hemos llegado como sociedad?

—Ya me voy, dramática —grita ella antes de darme un beso de despedida.

Me dan ganas de tirarle del brazo y echar el cerrojo a la puerta, pero probablemente que nos hayan pillado ha sido lo mejor; no tengo ni idea de qué hora es y dudo que hubiera encontrado la motivación para mirar la hora.

Los perros entran corriendo en cuanto Rory abre la puerta y Xander intenta chocarle los cinco al pasar, pero baja la mano cuando ella le da un golpe en las costillas.

—Te he robado una cosa, lo siento. Adiós.

—¡Las niñas ricas siempre hacen lo mismo! —dice él. Entra sin disimular la sonrisa, cierra la puerta tras de sí y yo no puedo evitar sonreír también como un tonto—. Voy a cagar y luego hablaremos de qué coño ha pasado.

Me entretengo con los perros mientras él se va y, cuando vuelve, sigo con la misma sonrisa bobalicona. Ni Xander ni yo trabajamos hoy (es mi segundo día libre y el primero para él tras cambiar el turno ayer con Aurora), pero sin necesidad de comentarlo, sé perfectamente que vamos a pasarnos el día ayudando al resto.

Que no se me malinterprete, los niños pueden ser agotadores, pero en el buen sentido. Me mantienen la mente ocupada y me lo paso bien ayudándolos a ganar confianza. Cuando era pequeño, ponía a los niños ricos en una especie de pedestal porque creía que nunca tendría problemas si mi familia era rica. Mi opinión no cambió mucho a medida que me hacía mayor, sobre todo cuando empecé en una universidad en la que parecía que todos mis compañeros eran más privilegiados económicamente.

Creo que trabajar aquí está empezando a curar ese niño interior. Veo a estos chicos con las mismas inseguridades y preocupaciones que yo tenía y me doy cuenta de lo tonto que era.

Y sí, puede que una pequeña parte de mi motivación para ayudar hoy sea estar con Rory.

Xander se tira en su cama, esquivando por los pelos a Trucha, que mordisquea uno de sus calcetines.

—¿A que adivino lo que ha robado la señorita Babas? ¿No será un condón por casualidad? —Asiento y sonríe todavía más—. Me alegro de que toméis precauciones y no tenga que daros la charla sobre que a los niños no los trae la cigüeña.

Preferiría que me atacara una bandada de cigüeñas a mantener esa conversación con Xander.

—Sabes que tenemos la misma edad, ¿verdad?

—Los jóvenes de hoy en día... —Esquiva la zapatilla que le lanzo—. Reflejos de felino, amigo mío. Ahora en serio, me alegro por ti. Me da una envidia que te cagas, pero me alegro. Vas a tener un amor de verano y todo. Estás viviendo el sueño.

—Gracias, tío. ¿Qué vas a hacer hoy? —pregunto, para cambiar de tema antes de que me obligue a hablar más de la cuenta. Cuesta perder los malos hábitos.

—Lo primero que quiero hacer es dormir. Jax se puso anoche a contar historias de miedo, el muy cabrón. Y sé que está feo llamar cabrón a un niño de diez años, pero es que es bastante capullo. Muchas lágrimas y mucho drama, un coñazo. No te pregunto qué vas a hacer tú porque sé que la respuesta es estar con tu chica y fingir que te interesan los deportes de equipo.

Estoy a punto de corregirle diciendo que no es mi chica, pero me gusta cómo suena.

—Más o menos eso, sí.

Bosteza y se mete en la cama, tapando también a Trucha, que inmediatamente empieza a mordisquear la tela.

—Tu secreto está a salvo conmigo, tío.

Cuando me ducho y voy a desayunar, no hay rastro de la lluvia de anoche. Estoy a medio camino del comedor cuando oigo a mi espalda:

—¡Espera!

Recién duchada y con una camiseta de los Osos Pardos, Aurora sonríe mientras corre para alcanzarme. Me roza la mano al pasar, con disimulo por si alguien nos está mirando desde alguna parte, pero lo suficiente como para sentir escalofríos por todo el brazo.

—Hey.

—Hola.

—Hola —repite con torpeza—. Solo quería decirte... Bueno, he estado pensando... Y, en fin, sé que te hice saltarte las reglas anoche y prometí que...

—Rory —la interrumpo en voz baja. Me detengo y me coloco frente a ella. No estoy acostumbrado a esa expresión insegura ni a ese tono dudoso en la voz. Incluso cuando se pone a divagar para llenar los silencios, suele tener un aire de confianza, pero en este momento parece una mujer nadando en la incertidumbre—. No me obligaste a hacer nada. Yo también fui a tu cabaña, ¿recuerdas?

—Lo sé, pero este trabajo es importante para ti y es importante para mí, y me encanta estar aquí, pero también sé que tengo la impulsividad de un mapache hambriento. No quiero que pienses que las cosas que son importantes para ti no lo son para mí, cuando sé que son importantes para ti. ¿Me explico?

—Creo que sí. Yo no me arrepiento de nada. —Joder, quiero besarla—. Te lo prometo. Estoy intentando relajarme un poco, no rayarme tanto por todo.

—Te vendría genial. Seguro que serías más feliz.

—Y...

¿Cómo lo digo?

—¿Y...? —repite ella.

—Me gustas mucho, Aurora. Mucho. Me alegro de que ocurriera lo de anoche.

Abre la boca y la cierra, luego la vuelve a abrir un poco. Parece un pececillo. Se aclara la garganta, asiente y dice con una especie de graznido:

—Yo también. —Vuelve a aclararse la garganta—. A mí también me gustas mucho.

—Y...

—Y... creo que deberíamos ir a desayunar antes de que manden a una expedición a buscarnos —dice, rompiendo el extraño silencio que flota en el aire—. He ido antes a explicar por qué iba a perderme el izado de bandera y llegar tarde al desayuno antes de darme una ducha, y no sé por qué, Orla estaba allí.

He tenido que mentir y decir que no me había sonado el despertador porque se había ido la luz y no cargaba el móvil y que me daría toda la prisa posible.

Seguimos caminando hacia el comedor y asiento con la cabeza.

—Buena excusa.

Suelta una carcajada.

—Pues no. Resulta que la luz volvió dos minutos después de que saliera a buscarte y no tenía nada que ver con la tormenta. Fue el tío que estaba arreglando las goteras del tejado, que pulsó el interruptor equivocado.

—Bueno, no pueden demostrar que estás mintiendo.

—Emilia puede, ella lo sabe fijo. Me ha echado una mirada que flipas. —Suspira profundamente mientras nos acercamos a las puertas, se detiene y se vuelve hacia mí—. Lo siento, nadie me había dicho nunca que le gustaba de verdad y que significaba algo más que un polvo. Me he quedado descolocada. No quiero volver a la universidad y no verte todos los días, Russ. Verte es la mejor parte del día. Y si no te importa esperar y ser paciente mientras intento averiguar lo que significa, entonces tal vez podamos tener algo especial.

Ahora soy yo el lanzado. Parece demasiado fácil, demasiado natural para ser la vida real, pero es mi vida real.

—Siempre esperaría por ti, Aurora.

23

Aurora

Llevo varios días con mariposas en el estómago.

Al principio pensaba que estaba enferma. No eran náuseas exactamente, sino más bien una especie de cosquilleo en el abdomen. Se calmó por la noche, cuando Emilia y yo nos fuimos a la cama, así que pensé que se me había pasado, pero volvió a empezar al día siguiente. Me pregunté si sería alguna alergia, aunque en realidad no era una sensación mala, solo diferente.

Tardé tres días en darme cuenta de que eran mariposas.

—¿Entonces no te estás muriendo? —dice Emilia con una especie de graznido mientras guarda el último chaleco salvavidas en el arcón. Ha vuelto a perder la voz después de un torneo de voleibol especialmente reñido ayer. Perder la voz por pasarse el día gritando es normal, pero a mí nunca me ha ocurrido. Mis cuerdas vocales se niegan a callarse, para decepción de Emilia.

Esta tarde hemos paseado en kayak y hemos tenido un poco de soledad (bueno, toda la soledad que se puede tener en un campamento). Eso me ha ayudado a darme cuenta de que tengo sentimientos, y que esos sentimientos están flotando por mi estómago y me hacen sentir muy rara.

—No me estoy muriendo. Confirmado.

—Solo has sufrido un cortocircuito por culpa de un hombre. Entendido. —No me mira, así que no ve el corte de mangas que le hago, pero como cualquier mejor amiga, lo sabe—. Dios, qué fácil es sacarte de quicio. Me gusta esta nueva tú; vas por ahí flotando como una criaturilla del bosque, eres monísima.

—Perdona, ¿has dicho algo? No te he oído. —Miro al otro lado de la orilla, donde el hombre en cuestión está levantando kayaks y devolviéndolos a su soporte como si nada. Criaturilla del bosque no es lo peor que me han llamado, especialmente Emilia—. Echo de menos a Poppy. Ella te equilibra cuando te pones en plan coñazo.

—Bueno, créeme, le va a flipar esta historia, mi pequeño conejito de dibujos animados. —Carraspea con violencia y empieza a mover los brazos—. ¡Eh, Russ! ¿Puedes venir, por favor?

No parece ella cuando lo dice, pero el grito es lo bastante alto como para captar su atención. Aunque me apuesto lo que sea a que no tiene ni idea de lo que ha dicho. Guarda el último kayak y se abre paso entre los campistas mientras Clay los acompaña a prepararse antes de la cena.

—¿Qué haces? —mascullo entre dientes para que no me oiga mientras se acerca.

—¿Qué tal? —dice él, al llegar hasta nosotras.

Dios, qué guapo es.

Emilia señala el arcón dramáticamente.

—Tengo que ir al baño. ¿Podrías ayudar a Rory a meter el arcón otra vez en el cobertizo, por favor?

—¿Estás bien? —le pregunta él, sin duda en nombre de los dos—. Estás un poco rara.

—Nunca se sabe quién puede estar escuchando. De nada.

—No podrían oírte ni aunque lo intentaran —digo.

Es su turno de hacerme un corte de mangas mientras sale corriendo detrás de Clay, y ahora que se ha ido, las mariposas aletean con todas sus fuerzas.

Vale, no es alergia.

Los últimos días han sido una mezcla de miradas, roces de manos, cuchicheos y sonrisas cómplices. Me preocupaba que después de semanas cogiendo confianza, una vez resuelta la tensión sexual, se disipara el entusiasmo. Pero entonces me arrastró hacia un pasillo vacío y me dio un beso que me dejó sin respiración, y sé que no tengo nada de qué preocuparme.

Lo más increíble es que haya un tío que de verdad quiera pasar tiempo conmigo y tener una conexión más allá de la que hay cuando nos desnudamos. Sé que tengo el listón de hombres bastante bajo, lo que a menudo me hace desconfiar de mi juicio, pero también sé que puedo confiar en mi intuición respecto a Russ.

Russ le da una patadita al arcón, que se mueve un centímetro. Al cogerlo se le marcan todos los bíceps debido al peso.

—Yo puedo, no hace falta que me ayudes.

Ay, señor. La carne es débil.

—Pero quiero.

No está lejos del cobertizo, que no es tanto cobertizo sino más bien un almacén, y en menos de un minuto ya estoy nerviosa por caminar detrás de él, mirando cómo se le flexionan los músculos de la espalda y sosteniéndole la puerta. Deja el arcón en el suelo de la estancia oscura y, por suerte, no hace falta que hagamos nada más. Y yo no debería entrar y dejar que la puerta se cierre tras de mí, pero lo hago.

Debe de haber un interruptor en algún sitio, pero no tengo ninguna intención de buscarlo. Por varios tragaluces se cuelan pequeños halos de luz, y no decimos nada mientras sus manos palpan mis hombros y suben a mi cuello. Yo le coloco las mías en la cintura y las deslizo hacia su nuca. Su boca se sumerge en la mía, despacio y con suavidad, como si intentara memorizar el instante en el que me roza con la lengua. Acerco mi cuerpo al suyo y le hundo los dedos en el pelo mientras me pongo de puntillas en un intento por acercarme aún más a él.

Estoy a punto de quejarme de que me haya soltado el cuello, cuando me agarra por la parte de atrás de los muslos para colocarme las piernas alrededor de su cuerpo y me sienta en la superficie más cercana. Cada roce es perfecto, pero no es suficiente y quiero más. Me siento embriagada por él, embriagada por la lujuria, el secreto y la prohibición.

Me recorre la mandíbula con la boca y baja por el cuello.

—Te deseo muchísimo.

—Pues aquí estoy.

Duda de si seguir, y lo entiendo, aunque eso no significa que no quiera que me empotre contra lo que sea este mueble que tengo debajo del culo. No me apetece que me pillen aquí con las bragas por los tobillos. Los niños no pueden entrar aquí, y ya he visto que se han vuelto a su cabaña. Ninguno nos arriesgaríamos a eso.

Lo que me preocupan son los demás monitores.

Lo cual hace que esto sea unas diez veces más sexy de lo normal, aunque me fastidie, porque podrían pillarnos y noto cómo vuelve esa sensación que estoy tan acostumbrada a buscar. La que me inunda de endorfinas todo el sistema y me pone los nervios como cables en tensión. Es adictivo y problemático, pero incluso a pesar de todas las alarmas que se me disparan en la cabeza, sigo teniendo ganas de probar la estabilidad de este mueble que tengo debajo.

—No deberíamos —susurra.

—Pues no —contesto con otro susurro—. Pero si por lo que sea tú quieres, que sepas que sería muy silenciosa.

La risa de Russ es grave y ronca, más sucia de lo normal, y me empieza a palpitar la entrepierna. Así he acabado, poniéndome cachonda de solo oír una risa sucia.

—Muy lista —dice en tono burlón, y juro que este hombre está intentando acabar conmigo—. Pero me encanta cuando haces ruido.

Vuelve a hundir la boca en mí, le rodeo el cuerpo con las piernas y gimo cuando su erección presiona el vértice de mis muslos. Estoy lista para mandar todo a la mierda y ponerme de rodillas, pero entonces algo en alguna parte se cae y nos pega un susto de muerte.

Me besa de nuevo, esta vez de forma lenta y suave, mientras frota las manos arriba y abajo por la parte trasera de mis muslos, y entonces sin duda noto que hay algo que se está moviendo.

—¿Qué coño es eso? —pregunto, desenganchando las piernas a regañadientes y bajando los pies al suelo. Russ me ayuda mientras tanteo la pared en busca del interruptor de la luz. Lo enciendo y todo el cuarto se ilumina con las cajas y estanterías llenas de material.

—No veo nada… —dice, igual de confuso que yo.

—No creo que… —Es en ese momento cuando la zarigüeya más grande que he visto en mi vida se escabulle delante de mí y grito tan fuerte que me sorprende que el edificio no se venga abajo.

Russ está convencido de que el universo ha enviado una zarigüeya para que dejemos de zorrear y volvamos al trabajo.

También está avergonzado de que el sistema educativo o mis muchos veranos en este mismo campamento no me hayan enseñado que las zarigüeyas no son peligrosas. Si no son peligrosas, ¿por qué tienen los dientes tan afilados? Y no, la verdad es que no utilizó la palabra «zorrear», pero dijera lo que dijera se me olvidó enseguida, porque aún tenía la mano en la parte baja de mi espalda y yo seguía mojada y cachonda.

Putas zarigüeyas.

Esta noche estoy intentando distraerme al máximo siendo una monitora ejemplar. Para mí no hay baile demasiado extremo ni demasiadas tazas de chocolate caliente. Hago cualquier cosa para distraer mi atención del jugador de hockey que me ha vuelto una persona absolutamente irracional. Y no es que nunca haya sido irracional. Pero ser irracional por culpa de un hombre… Eso sí que no me había pasado nunca.

Ayudo a Jade a recogerse los rizos cuando Emilia se desploma a mi lado.

—Voy a acostarme. Me ha venido la regla y tengo ganas de llorar, vomitar y pegar a alguien al mismo tiempo. Los chicos han dicho que me cubren esta noche, ¿te importa? Lo siento.

—Claro que no, tranquila. ¿Necesitas algo?

Jade se vuelve para mirarnos.

—Mi madre siempre les dice a mis hermanas que tomen manzanilla.

—Buena idea, cariño. Emilia, vete a la cama. Te llevo una manzanilla cuando termine aquí. ¿Quieres chocolate? —Ella asiente—. No tardo.

Cuando termino con Jade, Clay me promete llevarse a todos a la cama mientras yo preparo algo para Emilia. Un rato después me acerco a la cabaña de los niños y observo que reina un silencio preocupante.

Abro la puerta y me encuentro con Clay, Russ, Xander y Maya mirándome con cara de pánico. Todos los niños están perfectamente acostados, y solo alguno que otro sigue preparándose para ir a la cama. Miro a los cuatro.

—¿Qué habéis hecho?

—Me las piro, tío —dice Xander, con la cabeza gacha mientras le da una palmada a Russ en el brazo.

—Te quiero mucho, Aurora, pero no tengo fuerzas para esto —añade Maya.

—Que Dios te ayude, hermano —añade Clay, que sale por la puerta detrás de los otros dos, sin mirarme a los ojos.

Russ se pasa la mano por la cara y suelta un suspiro tenso.

—¿Qué me he perdido? —pregunto con cautela.

—Hola, Ror —dice en un tono alegre absolutamente forzado y falso—. Estoy cubriendo el turno de Emilia porque pensaba que podría molar estar contigo. Tenía un plan guay. Con algo de picoteo y…

—Russ, ¿has perdido a algún niño o algo así? ¿Por qué estás tan raro?

Vuelve a suspirar y empiezo a prepararme para que me dé la peor noticia posible, y en cierto modo, me la da.

—Estás muy guapa hoy.

—¿Por qué no me lo dices ya? —digo, perdiendo la paciencia.

—Kevin ha hecho la caca más grande que he visto en mi vida y ha bloqueado todo el sistema de retretes. —Se le escapa una pequeña arcada—. Y cuando intentas tirar de la cadena, todos los demás rebosan, y lo siento, pero es horrible. Sé que se supone que solo tenemos que llamar a mantenimiento para las averías que no podemos arreglar, pero no sé si alguien puede arreglar esto.

—Madre mía. —No puedo evitar poner los ojos en blanco—. Bueno, venga, dramática. Andando. Seguro que estás acostumbrado a esto. ¿No vivías en una fraternidad?

—No conozco a ningún hombre adulto capaz de hacer algo así —dice, totalmente serio.

¿No es romántico? Nada ayuda más a estrechar lazos que pasar el rato con alguien limpiando retretes. Huelo el problema antes de entrar en el enorme cuarto de baño. Los baños adjuntos tienen unos cuantos retretes y duchas privadas para todos los campistas, y, no sé cómo, pero Kevin ha conseguido atascar todas las tuberías.

Me llevo una mano a la cadera, señalo la caseta con un gesto de cabeza y Russ pone cara de pánico cuando se da cuenta de que le estoy pidiendo que haga algo.

—Tú eres el ingeniero, Callaghan. Diseña una solución.

—Tapiar la entrada y no volver jamás. Esa es mi solución.

—Voy a tirar de la cadena y a rezar.

—Eso ya lo he intentado… —dice, agarrándome de las caderas para impedir que entre en el cubículo. Tira de mí hasta que mi espalda se apoya en su pecho, sus manos permanecen en mis caderas y me da un vuelco al estómago. Malditas mariposas—. Quizá deberíamos llamar a mantenimiento ya.

Me zafo de él, porque no vamos a tener este momento tan mono resolviendo un problema de caca.

—Llamar a mantenimiento es admitir la derrota.

—Admito la derrota. —Levanta las manos en señal de rendición y se sienta en la encimera—. Ya la había admitido incluso antes de que llegaras. Vamos a llamar a mantenimiento.

—Voy a tirar de la cadena solo una vez a ver qué pasa.

—Aurora, no…

—Me ayudará a averiguar qué pasa —digo, tapándome la nariz mientras entro en el baño.

—Ror, se va a inundar todo.

—No, claro que no. Lo más probable es que baje.

Pulso el botón de la cisterna y las tuberías hacen un ruido que no había oído en mi vida.

Puedo sentir la mirada de Russ desde el otro lado de la encimera de la cocina, pero no le voy a dar la satisfacción de devolverle la mirada.

—Te lo dije —dice en tono de flipado.

—Cállate. No quiero oírte.

Después de que se haya inundado el baño por mi culpa y hayamos tenido que evacuar a los niños, hemos conseguido realojarlos en el edificio principal. Por suerte, como solemos tumbarnos aquí a ver películas, había suficientes colchones para todos, y Cooper, el monitor senior que hacía el turno anoche, nos ha dado unos cuantos sacos de dormir.

Me imagino que los niños han notado el estrés que irradio, porque ninguno ha hecho ni un solo amago de quejarse y se han metido enseguida en sus camas improvisadas. Anexa a la sala principal hay una cocina donde preparamos bebidas y aperitivos por las noches, y allí es donde paso los siguientes quince minutos engullendo nata montada directamente del bote.

Russ rodea la mesa para acercarse a mí. Me da un empujón suave con la cadera, yo le devuelvo el empujón y, antes de darme cuenta, estoy encima de la encimera con un hombre enorme entre las piernas.

—¿Qué puedo hacer para que te animes? —me pregunta, retirándome el pelo detrás de las orejas a ambos lados.

—Construir una máquina del tiempo y volver a antes de que tire de la cadena.

—Podría hacerlo. Aunque me llevaría un poco de tiempo.

Le apunto con el bote y él abre la boca para que le eche un chorro de nata montada en la lengua.

—Si pudieras volver atrás en el tiempo y cambiar algo, ¿qué cambiarías?

Es una pregunta en la que pienso mucho, lo cual es una tontería porque nunca ocurrirá, pero por algún motivo me encanta atormentarme pensando en formas distintas en las que podría haber hecho las cosas.

Me frota los muslos con delicadeza y se concentra en mirar el movimiento en lugar de a mí, hasta que al final se encoge de hombros.

—Nada.

—¿Nada? ¿No cambiarías ningún error que hayas cometido o exámenes que pudieras haber hecho mejor o algo así? —Niega con la cabeza—. ¿En serio, nada?

—¿Has oído hablar del efecto mariposa?

—Me suenan de algo las mariposas, sí. —«De hecho, ahora tengo aproximadamente un centenar aleteando en mi estómago y todas cobran vida cuando te me acercas». Pero creo que está hablando de la película—. ¿Qué efecto tienen en mi máquina del tiempo?

—No mariposas, sino el efecto mariposa. Si cambiara una sola cosa de mi pasado, provocaría una reacción en cadena y puede que no llegara a conocerte nunca.

Que sean doscientas mariposas, todas aleteando a la vez.

Se me seca la garganta, pero me obligo a decir:

—Sabes que no tienes que regalarme los oídos para bajarme las bragas, ¿verdad? Eso ya lo has hecho.

—No te estoy regalando los oídos, pero nunca me voy a cansar de ver cómo te ruborizas.

Es abrumador ver cómo Russ muestra el chico que realmente es por dentro cuando se le cae la coraza de inseguridad. Joder, me siento muy afortunada de poder ser testigo de esto.

Mi beso lo pilla desprevenido, pero enseguida se adapta a él, y espero por Dios que nadie me quite ni una sola mariposa.

24

Russ

Aurora me tiende el segundo café del día mientras miramos discutir a Xander y Emilia.

Hace varias semanas empezaron a mencionar en la misma frase las palabras «concurso» y «talentos», y tenía la esperanza de que fuera una broma. Entonces Aurora me dijo lo importante que es para ella (hay quienes lo llamarían chantaje emocional) y como no puedo evitar hacer siempre lo que me pide porque estoy obsesionado con ella, ahora estoy aquí esperando a que me enseñen a bailar.

Sabía que si le fallaba después de haberme perdido el primer ensayo, nunca podría recuperar su confianza, así que he llegado a la sala antes que nadie, listo para empezar.

Lo que Aurora no había mencionado cuando nos dijo que nos preparáramos para hacer un buen trabajo es que tendríamos que decidir cuál sería nuestro talento como grupo.

Yo tengo muy claro cuál es mi talento y el de Aurora, pero no sería apropiado hacerlo en un escenario con público.

Se coloca a mi lado, golpeándome de vez en cuando con la cadera; Maya y Clay se ponen al otro lado y los cuatro miramos cómo discuten nuestros dos compañeros. Otra vez.

—Es un concurso de talentos, Xan —suelta Emilia.

—Y yo reboso talento natural —replica él.

—Y yo soy bailarina con estudios profesionales.

—Lo que yo tengo no se aprende.

Maya se cruza de brazos y ladea la cabeza.

—¿Deberíamos intervenir?

—No —digo, dándole un sorbo al café—. Ya se cansará.

—Emilia no —dice Aurora mientras me coge la taza de las manos y le da otro trago—. Jamás se rendiría ante un hombre.

Los niños se estaban poniendo nerviosos por no tener tiempo suficiente para ensayar, ya que los tenemos ocupados todo el día con otras actividades; así que hemos hecho un cambio de planes para dedicar toda la mañana a esto antes de volver al horario habitual esta tarde.

Creía que Aurora había exagerado cuando dijo que era muy importante, pero resulta que no era una exageración. Todo el mundo se lo toma muy en serio, lo que hace que me preocupe todavía más.

Rory se acerca a mí con aire aparentemente distraído y apoya el brazo en el mío mientras sigue mirando a nuestros amigos pelearse como hermanos. Joder, es un poco patético que disfrute de algo tan simple como que ella gravite a mi alrededor.

—¡Eh! —les grita a Xander y Emilia, y consigue que ambos se den cuenta de que los estamos mirando—. ¿Qué tal si os ponéis de acuerdo y nos comunicáis la decisión cuando esté tomada? Si quisiera ver a dos personas pelearse por algo sin sentido, pasaría tiempo con mis padres.

—Vale —replican los dos, pero vuelven de inmediato a la discusión anterior.

—Id a aprovechar vuestro día libre —les dice Aurora a Clay y Maya—. No se van a poner de acuerdo en nada por lo menos en las próximas dos horas.

—Eres la mejor, Roberts —dice Maya, bostezando y despidiéndose con la mano mientras desaparece en dirección a las cabañas.

—A mí no me importa quedarme por aquí un poco más

para echar una mano —dice Clay, metiéndose las manos en los bolsillos mientras se encoge de hombros.

Hoy tiene una sonrisa rara. Es forzada e incómoda, y me están dando ganas de ponerme delante de Aurora y decirle que se largue. Por supuesto no puedo, porque sería de mala educación, además de un poco perturbado.

—No hace falta —dice ella, con el tono más cortante que le he oído nunca—. Te mereces un descanso, así que ve a disfrutarlo.

Clay me mira de reojo e inmediatamente me doy cuenta de que me falta una pieza del puzle. Me aclaro la garganta y pongo mi sonrisa más falsa para adaptarme a la situación.

—Aprovecha el día libre, tío. Aquí no va a pasar nada interesante.

Al final se resigna, y con gesto avergonzado se dirige a las cabañas detrás de Maya.

—¿Por qué está tan raro? —le pregunto a Aurora en voz baja mientras se aleja de nosotros.

—No lo sé. ¿Puedes cuidar de que a nadie lo devore un león de la montaña durante cinco minutos? —Me quita la taza de la mano y coge también las botellas de agua de la mesa de pícnic—. Voy a rellenar esto de agua y a coger unas sillas, y así nos sentamos para ver a los demás, ¿vale? ¿Traigo también papel de origami? Sí, creo que sí. Busca algún punto estratégico.

Sale disparada hacia el edificio principal sin darme tiempo a que pueda contestarle. Miro cómo se aleja antes de acercarme a Emilia y Xander, que, para sorpresa de nadie, se están lanzando miradas asesinas.

—¿Por qué está tan raro Clay hoy?

Emilia levanta las cejas.

—¿Cómo que hoy? Lo dices como si no estuviera así todos los días.

—Rory le ha contestado borde y él parecía avergonzado.

—Lleva así desde que intentó besarla —dice Xander como si nada—. Pero no te habías dado cuenta porque nunca nos prestas atención porque no somos rubios ni te chupamos la polla.

—¿Estás celoso o qué? —le dice Emilia.

—Sí. Me quedaría genial el rubio —replica él—. Aunque no me van las pollas, lo siento, tío. Lo probé una vez y no es lo mío.

—Un momento. —Me pongo los dedos en las sienes para tratar de procesar los últimos diez segundos—. ¿Cómo que Clay intentó besarla?

—¡Si ya te lo conté! —dice Xander—. Y luego fuiste a su cabaña para comprobar que estaba bien y acabaste ofreciéndome como voluntario para trabajar.

—Me dijiste que la estaba molestando y que la invitó a irse de vacaciones con él, ¡pero no que intentara besarla!

—Ah, pues perdón —dice Xander, como si pudiera quitarme de la cabeza la imagen de Clay besando a Aurora.

—¿Quién intentó besar a quién? —dice Jenna, que justo aparece a mi lado y oye mi última frase. Esta semana ha hecho mucho calor, así que Jenna se ha quedado a los perros para asegurarse de que estaban frescos. Pez da vueltas a mi alrededor, mientras que Trucha se tira enseguida a los cordones de mis zapatillas para comérselos y Salmón me hace un gesto para que lo coja—. Caballeros, nada de seguir tratando a los perros como bebés. Se acabó lo de llevarlos en brazos.

—No le veo el sentido, pero vale —masculla Xander, haciendo pucheros.

—Es para el concurso de talentos, Jen —dice Emilia de pronto, cosa que es mentira, mientras yo me agacho para hacer carantoñas a los perros—. Estamos trabajando en un guion.

Jenna nos mira.

—¿Dónde está doña Problemas?

—Ha ido a por unas sillas plegables para que nos sentemos y vigilemos a todo el mundo —digo, sin apartar la vista de los perros. La presencia de Jenna, sabiendo que estoy haciendo algo que no debería, me pone nervioso de cojones. No entiendo la emoción que le ve la gente a tener que andar todo el día a escondidas. A mí no me provoca emoción en absoluto, lo único que siento es culpa. Aunque no la suficiente como para hacerme parar.

—Dudo que llegue a alcanzarlos, están en el estante de arriba del armario del material. Voy a ayu…

—Voy yo —digo enseguida.

Jenna me mira como si fuera a reprocharme algo, pero antes de que lo haga, Emilia interviene.

—Jen, ¿me ayudas a zanjar una discusión, por favor? No podemos decidirnos por una actuación.

Se centra inmediatamente en las opciones que le dan, y es mi oportunidad de salir por patas. Por poco me caigo al suelo, porque Trucha no me suelta los cordones, pero por fin logro liberarme y corro hacia el edificio principal. Este campamento está lleno de almacenes y edificios de todo tipo, así que miro en dos y en el tercero por fin encuentro a Rory, haciendo equilibrios de puntillas sobre un taburete, intentando llegar a las sillas plegables.

—¡Joder, Rory! —Corro hacia ella y la agarro de las caderas para que no se caiga y se rompa algo—. ¿Por qué no me pides que te ayude?

—No quería molestarte. Creo que llego, solo tengo queeeee… —La levanto de las caderas con firmeza para que pueda coger dos sillas de lo más alto, y enseguida la bajo al suelo con seguridad. Sigo agarrándola mientras me pasa las sillas para que las deje en el suelo.

Se gira con cuidado y me dirige una sonrisa dulce pero traviesa; me pone las manos en los hombros y la miro.

—Te dije que llegaba.

—Por favor, no hagas cosas que puedan hacerte daño.

Baja de un salto y aterriza a mi lado.

—No tienes por qué preocuparte. Llevo veinte años sobreviviendo a mis decisiones cuestionables.

—Claro que me preocupo —replico, sentándome en el taburete y atrayéndola hacia mí—. No lo hagas.

Abre las piernas para sentarse a horcajadas sobre mí, y de pronto se me olvida el motivo de la preocupación. Me rodea el cuello con los brazos y se inclina para acercar mi boca a la suya y dice en voz baja:

—Sabes que decirme que no haga algo me da más ganas de hacerlo, ¿no?

Froto la nariz contra la suya.

—¿Qué puedo hacer para que te portes bien?

—Mmm. Se me ocurren un par de cosas.

—¿Aquí?

—No veo ninguna zarigüeya —dice, inclinándose para morderme el labio suavemente—. Y creo que necesito una lección para aprender a portarme bien.

Besar a Aurora es embriagador. Cada centímetro de su boca se amolda a mí a la perfección, y encajamos como si lo hubiéramos hecho cientos de veces. Es difícil preocuparse de que nos pillen cuando se está restregando contra mí, pero no imposible.

—¿La puerta tiene cerrojo?

—No —dice, arrastrando la boca por mi barbilla—. Va a tener que ser rápido.

Suelto un gruñido y la agarro por las caderas.

—No tengo condones.

Se echa para atrás con una sonrisa dulce.

—No pasa nada, de todas formas era un riesgo estúpido.

Va a levantarse, pero la mantengo en su sitio. Le desabrocho los pantalones cortos y me mira mordiéndose el labio mientras intenta controlar la respiración.

—No puedes hacer ruido —susurro, deslizándole la mano dentro de las bragas. Joder, siempre está lista para mí.

—Me niego a ser responsable de mis actos cuando estás así de guapo.

Hay algo en sus piropos que me hace sentir intocable. No le da pudor decirme lo bueno que estoy incluso mientras hago las tareas más mundanas. Me da la seguridad de que se siente tan atraída por mí como yo por ella, y me dan ganas de arriesgarlo todo para verla decir mi nombre mientras pone los ojos en blanco.

No es difícil satisfacerla así. Besos, presión, ritmo y, lo más importante, decirle lo increíble que es. Soy adicto a la forma en la que se aferra a mí mientras sacude todo el cuerpo contra mi mano, y cuando noto que se tensa y empieza a estremecerse con mis dedos dentro, me hundo en su boca para ahogar el momento en que grita mi nombre.

Esta es mi parte favorita, cuando se queda satisfecha y mimosa, pegada a mi piel. Retiro la mano con cuidado y la estrecho con fuerza entre mis brazos.

—Voy a tener que ponerme en riesgo más a menudo —dice entre risas.

—No te voy a mentir, me han motivado los celos, no la caballerosidad. ¿Por qué no me dijiste que Clay había intentado besarte?

—Porque pensaba que te lo había dicho Xander. Viniste a mi cabaña y dijiste que estabas celoso —dice con el ceño fruncido.

—Sí... pero era por otra cosa mucho más tonta que un beso.

—No pensaba que fueras el típico posesivo. —No lo dice con dolor ni tristeza—. Vaya, siempre son los que menos te esperas.

—Es normal ponerse así cuando uno se da cuenta de lo especial que es la otra persona. Y de que no tiene ni puta idea de cómo ilumina todo. Eres como la luz del sol, Rory. Quiero disfrutar de todo lo que tienes. Y no quiero compartirlo con Clay en absoluto. Ni siquiera por un minuto.

Se pone rígida mientras se echa hacia atrás, poniendo distancia entre nosotros.

—Yo no soy nada de eso.

Odio que no se dé cuenta.

—Sí, lo eres.

—No quiero ser la luz del sol, Russ. —Sacude la cabeza con rotundidad—. Si te pones al sol mucho tiempo, te quemas. No quiero ser otra persona más de tu vida que te queme. Déjame ser la luz de la luna.

Su mirada de vulnerabilidad me quita el aliento.

—¿Qué pasa si nos pilla la lluvia? No hay arcoíris por la noche.

—No necesitas arcoíris cuando tienes la aurora boreal —dice

con suavidad—. Y la última vez que nos pilló la lluvia no pasó nada. De hecho, fue increíble.

Quiero decirle algo bonito y divertido, pero al mirarla se me enredan todos los pensamientos. Nada me parece lo bastante bueno. Nada puede expresar lo fascinado que estoy por ella.

—Si tú eres la luz de la luna, ¿eso me convierte a mí en el mar?

Me encojo de vergüenza cuando se inclina y me da un beso. Lento, suave, sincero. No se ríe de mi terrible intento de decir algo bonito.

—Quieres que vuelva a hablar de tiburones, ¿verdad?

La ternura se desvanece cuando ambos nos echamos a reír, pero no me importa.

—Probablemente deberíamos volver antes de que alguien venga a buscarnos.

Me meto las sillas bajo el brazo y caminamos de la mano hacia la puerta. Rory apaga la luz mientras yo presiono el pomo, y en ese momento aparece Jenna.

No me había salido ningún gallo desde los quince años, hasta ahora.

—¡Jenna, hola! —Me aclaro la garganta unas cuantas veces—. Perdón, había mucho polvo ahí dentro.

—Solo quería asegurarme de que no os habíais perdido, lleváis ahí una eternidad. ¿Y Aurora?

Durante una fracción de segundo tenemos que ponernos de acuerdo telepáticamente para decidir qué camino tomar.

O, mejor dicho, qué mentira decir.

Por suerte, Aurora sale por detrás de mí y resopla.

—A lo mejor si etiquetarais el material o el orden tuviera algún sentido, no tendríamos que buscar las sillas por todas partes.

—Bueno, relájate —dice Jenna, y me acuerdo de la relación de hermanas que tienen—. Perdona por preocuparme por tu seguridad. Qué jefa tan horrible soy.

Si Jenna ha sospechado algo, no da ninguna pista. Volvemos al grupo y, después de coger una silla extra para ella y una hoja de papel para Rory, las coloco en fila a la sombra, en un sitio desde donde se ven los ensayos de todos los grupos.

No debería estar tan nervioso, si pienso que no nos han pillado haciendo nada y que sentarnos aquí juntos no es ilegal, pero teniendo en cuenta que aún conservo el olor de Aurora en la mano en la que me apoyo mientras Jenna me pregunta por la universidad, me parece bastante ilegal.

25

Russ

¿Sabes cuando tienes la sensación de que todo el mundo te está mirando hacer algo, pero debes convencerte de que se trata de tu imaginación?

Pues así me siento. Excepto por que ahora levanto la vista del plato del desayuno y todo el mundo me está mirando, literalmente.

—¿Qué? —murmuro con la boca llena de huevos revueltos.

Aurora tiene cara de querer empezar una pelea, pero hace una hora estaba tan contenta, cuando conseguí encontrar un sitio privado durante dos minutos y apretarla contra un árbol muy grande y discreto para enrollarnos.

Emilia parece muy tranquila, totalmente normal, pero Xander tiene cara de estar tan cabreado como Aurora.

—¿Tienes algo que decirle al grupo? —dice Aurora en tono dramático, recostándose en su silla y cruzándose de brazos. Siempre he odiado meterme en problemas, pero la forma en la que me mira es bastante sexy.

—¿Qué? ¿Tengo que contarle algo al grupo o qué? —Hay tantas tradiciones en este lugar que cabe la posibilidad de que se me haya olvidado alguna gilipollez.

—Tu cumpleaños, Russ —suelta Aurora—. Es mañana.

Me concentro en mi plato de huevos, pero Aurora me da una patada por debajo de la mesa y tengo que levantar la vista. Si la miro fijamente durante demasiado tiempo se pondrá a hacer pucheros o sonreirá y yo accederé a hacer algo que me convertirá en el centro de atención, aunque no quiera.

—Ah, ¿sí?

—¿Ya se lo habéis preguntado? —dice Jenna mientras camina hacia nuestra mesa.

—Dios. ¿Preguntarme el qué? —mascullo.

—Qué tipo de tarta quieres para tu cumpleaños —dice Jenna.

—No necesito una tarta. No me gustan mucho los cumpleaños, así que no os sintáis obligados a hacer nada, por favor.

Jenna se sienta al lado de Aurora y le roba una tostada del plato. Aurora está demasiado ocupada mirándome como para darse cuenta. Jenna le da un mordisco y vuelve la atención a mí.

—No seas así, ¡que cumples veintiuno!

—¿Veintiuno? —grita Aurora—. ¿Y quieres pasarlo aquí, sin tarta ni fiesta? Me encanta este lugar, pero eso sería una mierda, Russ.

Jenna la mira mal.

—Oye, que es mi legado familiar, cuidado.

—Eres una *nepo baby* en versión granjera, así que te relajas —protesta Aurora—. ¿Nos podéis dar unos días libres para ir a Las Vegas?

—Si ni siquiera tienes edad para entrar en la mayoría de sitios de Las Vegas —le dice Emilia a Aurora, y ella le lanza una mirada asesina.

—¡No quiero ir a Las Vegas! —digo, aunque no creo que a nadie en esta conversación le importe mi opinión.

Aurora parece consternada.

—¿Por qué no? Podemos coger la gran fortuna que hemos ganado como monitores de campamento y apostar todo al rojo.

Vuelvo a bajar la mirada al plato de huevos, preguntándome cómo puedo decir que no me gustan los juegos de azar sin que eso genere más preguntas que no quiero responder.

Por suerte, Jenna me salva.

—¿Puede alguien decirme qué tarta tengo que comprar? Preferiblemente el cumpleañero.

Xander es el primero en responder.

—Chocolate.

Seguido por Emilia.

—Limón.

Y por último Aurora.

—Helado.

Todos se vuelven hacia mí otra vez.

—No quiero tarta.

—Sois un caso —protesta Jenna mientras se levanta de la mesa—. En veinte minutos estaré en la cabaña para hacer la inspección. ¿Quién libra hoy?

—Russ y yo —dice Aurora como si nada.

—Me alegro de que después de esforzarme a saco para cuadrar todos los horarios, os cambiéis los turnos cuando os sale de las narices —dice Jenna, poniendo los ojos en blanco. Jenna se ha portado bien con los cambios, a pesar de tener que reimprimir la tabla de horarios cada vez que hacemos uno. Aurora le ha dicho que somos los únicos a los que nos gusta ir de excursión y que por eso pasamos tanto tiempo juntos—. Os voy a poner a los dos el mismo día libre a partir de ahora. Estoy desperdiciando mucho papel.

No sé cómo lo hará la gente de otros campamentos para liarse a escondidas, teniendo en cuenta que muchos apenas ofrecen tiempo libre. A Aurora y a mí nos cuesta mucho encontrar intimidad, pero tenemos la suerte de que Emilia y Xander son flexibles y se caen lo suficientemente bien como para cambiar turnos con nosotros para que podamos pasar tiempo a solas.

Siento que no paro de sudar de la presión por la presencia de Jenna, pero Aurora parece tan tranquila y cambia de tema.

—¿Quieres algo de la heladería de Meadow Springs?

—Creía que os ibais de excursión —dice Jenna, y confirmo que estoy sudando.

—Jen, ¿qué te parece hacer una gran guerra de comida esta

noche en lugar de una fiesta de pijamas? —interviene Xander para cambiar de tema.

—Pues no me parece bien —responde, desviando al instante su atención hacia mi compañero de cabaña.

Aprovecho que la atención está en otra parte para devorar lo que me queda de desayuno, mientras que Aurora ya se ha escabullido corriendo con la excusa de que tenía que hacer algo.

—Estoy cabreada contigo —dice mientras llegamos a mi camioneta.

—Lo sé, corazón.

Le abro la puerta del copiloto y le sostengo la mano para que suba. Mientras se mete dentro se le levanta el vestido de verano y se le ven las bragas de encaje, y cuando me mira, me doy cuenta de que eso ha sido un castigo.

—Estoy cabreadísima.

—Lo asumo y te animo a seguir recordándome lo cabreada que estás —digo mientras cierro la puerta.

Meadow Springs es un pueblecito que no queda muy lejos de Honey Acres y que es muy popular entre los monitores.

Llevo diciendo que tengo que ir a visitarlo desde que llegué, pero el día tiene pocas horas y prefiero pasarlas por ahí con Aurora.

En el pueblo hay un solo bar al que suelen ir muchos de los monitores a tomar algo en sus días libres, pero ir de bar en bar (¿sería ir de bar en bar cuando solo hay un lugar donde beber?) no está en nuestros planes.

A pesar de su insistencia en que está enfadada conmigo por lo de mi cumpleaños, en cuanto abro la puerta de la camioneta para ayudarla a bajar, Aurora me rodea el cuello con los brazos y me besa. La cantidad de autocontrol y concentración que tengo que ejercer a diario para no tocarla delante de todos es insana. Se hunde en mí y noto su cuerpo suave y cálido.

—¿Te hace ilusión? —me pregunta, apretándome las manos mientras baja de la camioneta.

Se alisa el vestido y se recoloca los tirantes; joder, está tan guapa que me planteo no volver nunca a Honey Acres.

—Eso depende —digo—. ¿Vamos al famoso Museo del Té? Es el único de su clase y la mejor atracción turística del año 1973, según la *Gaceta* de Meadow Springs.

Echa la cabeza hacia atrás mientras se ríe y la miro embobado.

—No sé si serás capaz de soportar la emoción.

Entrelazo los dedos con los de Rory y me doy cuenta de que aquí no tenemos que fingir, puedo cogerla de la mano y besarla sin tener que preocuparnos de nada. Ella también se da cuenta; me aprieta la mano con fuerza y me mira con una expresión muy dulce.

Ni siquiera hemos salido aún del aparcamiento cuando ya la estoy atrayendo hacia mí. Le cojo la cara con las manos y la inclino para poder volver a besarla.

—Estás guapísima hoy.

Resopla con aire juguetón y me pone las manos en la camiseta, acercando mi cuerpo al suyo.

—Me lo dices todos los días.

—Porque todos los días me lo parece.

Me suelta y entrelazamos las manos para dirigirnos hacia la zona de tiendas.

—Será que te gusta cómo me queda este vestido.

Frente a nosotros aparece un parque de bomberos del tamaño de mi casa.

—Me gusta cómo te queda todo —digo con sinceridad—. Y también cuando no llevas nada.

Ahoga un grito dramático y se detiene justo antes de que doblemos la esquina.

—¡No puedes decir eso aquí, Russ! Vas a escandalizar a todo el pueblo.

Se echa a reír y me doy cuenta de que es una broma.

—No hay nadie por aquí que vaya a oírme.

—La gente se enterará. Seguro que por alguna parte hay una vieja cotilla escondida con el sentido arácnido activado porque sabe que me quieres arrancar el vestido y hacerme cosas sucias e indecentes.

—Eso es exactamente lo que quiero hacerte.

—Luego me lo haces. Pero de momento —doblamos la esquina— bienvenido al distrito comercial de Meadow Springs.

A primera vista parece que el distrito comercial solo consiste en dos hileras de negocios familiares paralelas que abarcan desde una comisaría hasta el parque de bomberos. Sé que son familiares porque lo pone en carteles en todas y cada una de las tiendas.

—Guau, esto es como estar en Rodeo Drive —digo, mirando las tres tiendas de bolas de bolos—. ¿Cómo pueden tener tres tiendas diferentes de bolas de bolos, pero no una farmacia? ¿Y cómo puede ser económicamente viable?

—Ah —dice—. No te imaginas el drama. Resulta que había un negocio familiar...

—Qué sorpresa.

—... y cuando el padre murió, los tres hijos no se pusieron de acuerdo sobre cómo gestionarlo, así que lo dividieron en tres tiendas que se hacen la competencia entre sí. Y a la gente le genera mucho estrés porque quieren respetar la santidad de los bolos y no meterse en disputas familiares.

—¿«La santidad de los bolos»? —Estoy sorprendido, confuso y extrañamente interesado—. ¿Cómo sabes todo esto?

Se detiene ante una librería y me doy cuenta de que en un par de minutos ya hemos recorrido toda la calle.

—Jenna me mantiene al tanto. Va al Comité de Meadow Springs de Compromisos de Mejoras del Pueblo y Otros Anuncios Importantes. Lo llamamos CMSCMPOAI para abreviar.

Pronuncia la retahíla de consonantes de una forma que suena más bien como un estornudo.

—De verdad, creo que me estás vacilando.

Me sonríe mientras abre la puerta de la librería.

—Lo mejor es que no te estoy vacilando en absoluto.

Sobre nuestra cabeza suena una campanilla y un olor a café rancio y polvo me invade de inmediato. La tienda es pequeña, con el mismo tenue resplandor parduzco, pero hay mucho donde elegir. Estoy hojeando los clásicos y Aurora arruga la nariz cuando saco una antología poética antigua.

—Odio la poesía.

—Pero si estudias Literatura, ¿cómo puedes odiar la poesía? —Devuelvo el libro al estante.

—Es como: ve al grano, ¿no? Si quieres a alguien, dilo con el corazón. Por eso me gustan las novelas románticas; sé qué esperar de ellas —dice Aurora, pasando los dedos por los lomos mientras caminamos entre dos filas de estanterías—. No me fío de la poesía. Crees que estás leyendo una intensa historia de amor, pero luego descubres que en realidad trata de un zapato.

Se detiene en la sección de libros de misterio y me pongo detrás de ella para cogerla de la cintura. Le apoyo la barbilla en la cabeza mientras examina todos los lomos de los libros. Saca uno y echa un vistazo a la contracubierta antes de devolverlo al estante.

—Una amiga mía de la carrera que se llama Halle trabaja en la librería Capítulos de Maple Hills, y es majísima, pero opina que deberían echarme porque no me entusiasma Jane Austen.

—¿Qué te pasa con Jane? ¿Odias la poesía y también a Jane Austen? Voy a tener que estar de acuerdo con tu amiga Halle —bromeo.

—No me pasa nada, simplemente el señor Darcy me parece un imbécil. —Se me escapa una carcajada, porque de todas las cosas que esperaba que dijera, ninguna era esa—. Tú ríete, pero tengo razón. Cualquier hombre que diga: «Es tolerable, pero no lo bastante guapa para tentarme», merece que lo tiren del caballo a un estanque, no conquistar a la chica.

Aurora se vuelve para mirarme, e incluso con esta luz horrible es hipnótica.

—Yo nunca diría eso sobre ti, corazón.

Jamás me cansaré de esta sensación de poder besarla libremente. Y ese alivio instantáneo me hace pensar en que pronto empezarán las clases y en que volveremos a la misma universidad cuando termine el campamento. Le acaricio la mejilla con el pulgar y disfruto sintiendo su pulso en la palma de la mano apoyada en su cuello.

—¿Por qué? ¿Porque soy guapa?

Niego con la cabeza y le acaricio el labio inferior mientras me mira con cara de pena.

—No, porque nunca podría describirte como «tolerable».

Se queda boquiabierta y busca el libro más cercano para golpearme mientras yo me río, luchando por acercarla a mí.

—No, suéltame —dice mientras yo hundo la cabeza en su pelo y le beso el cuello—. Estoy enfadada otra vez.

Había olvidado por completo que esta tienda tiene un encargado hasta que oigo cómo se aclara la garganta detrás de mí. Aurora y yo nos giramos, ella con el pelo alborotado y las mejillas sonrojadas debido a nuestra pelea de broma.

—Siento interrumpir —dice—. ¿Puedo ayudarlos en algo?

Estoy a punto de decir que no, pero Aurora se me adelanta.

—Hola, sí, la verdad es que sí. Mi marido y yo queremos abrir un club de estriptis aquí, en Meadow Springs. ¿Por casualidad no tendrá algún libro sobre emprendimiento?

—Creo que algún día me gustaría tener una librería —dice Aurora mientras se come otra cucharada de helado de chocolate—. A lo mejor hago eso cuando termine la universidad.

Después de aterrorizar al dueño de la librería con los planes de Aurora para abrir un club de estriptis, tan bien pensados que sospecho que no se le han ocurrido sobre la marcha, nos aventuramos al otro lado de la calle, a La Vaca Feliz, una heladería muy bonita.

—Múdate aquí, abre una librería para hacerle la competencia a esa, únete al Comité de las Chorradas o como se llame, vende novelas guarras y escandaliza a todo el pueblo.

—Me encanta escandalizar a la gente —dice con orgullo—. ¿Y tú qué vas a hacer cuando yo abra mi librería y corrompa a las masas?

—Abriré una tienda de bolas de bolos para hacerles la competencia a las otras tres, por supuesto.

Aurora suelta una carcajada y se cubre la boca inmediatamente.

—Nos van a acabar echando del CMSCMPOAI.

—Pues creamos otro. —Me encojo de hombros.

—Estás sediento de poder. Pero me alegro de que lo hayas pensado, porque no creo que Meadow Springs esté en la NHL.

Rebaño lo que me queda de helado y miro de reojo el suyo.

—De cualquier forma, no quiero ser jugador profesional.

Levanta las cejas.

—¿Qué? ¿En serio? Creía que el sueño de todo atleta era jugar en una liga profesional.

La respuesta de Aurora no me molesta, porque es la que siempre me dicen cuando sale este tema de conversación.

—No tengo ninguna intención de ser famoso y no me gusta tanto el hockey como para renunciar a mi privacidad.

—Pero ¿por qué? —dice ella, ahora más seria.

No puedo decirle que es porque siempre me preocupará que alguien investigue a mi familia, o que el dinero que gane hará que mi padre sea aún más insistente. Me encojo de hombros, pero me doy cuenta de que espera una respuesta por mi parte.

—No sé, Ror. Supongo que valoro una vida discreta. Adoro a mis compañeros de equipo y, por supuesto, me encanta el hockey, pero no estoy seguro de si habría intentado siquiera jugar a nivel universitario si ese no hubiera sido el motivo para conseguir una beca completa. —Empieza a darle vueltas a la cuchara en el bol de helado y al instante sé que he dicho algo malo—. ¿Qué? ¿Por qué pones esa cara?

—Mi familia es bastante conocida, Russ. Bastante famosa, de hecho. Elsa es casi una *influencer*, y siempre anda saliendo en las revistas, y mi padre es mundialmente conocido por Fenrir, así que hay bastante gente que sabe quién soy. Además, mis padres tuvieron un divorcio muy sonado.

No lo relacioné con Aurora cuando la conocí, pero recuerdo vagamente a mi madre siguiendo el juicio hace unos años.

—Oh. Nunca lo había pensado así.

—Exacto... Oh. No estoy diciendo que tenga encima a los paparazzi todo el tiempo. La mayoría de las veces me dejan en paz, a menos que quiera llamar la atención a propósito, pero nunca le podría garantizar privacidad a la persona con la que salgo. Ni siquiera puedo garantizársela a mis amigos.

Teniendo en cuenta la de vueltas que le doy siempre a todo, no me puedo creer que nunca haya pensado en esto. Me devano los sesos en busca de una respuesta y no la encuentro, pero por suerte me salva el dueño de la heladería que nos ha atendido antes al acercarse a nuestra mesa.

—¿Son ustedes los que van a abrir un club de estriptis?

26

Russ

—Nunca he conocido a nadie al que le vayan a hacer una mamada que tenga esa cara de seta.

No me doy cuenta de mi empanada mental hasta que oigo a Xander decir «mamada» y «cara de seta».

—No me van a hacer ninguna mamada luego, pero intentaré animarme. Perdón, tío.

Después de que todo el mundo me haya cantado el *Cumpleaños feliz* esta mañana, Xander me ha dicho que pasaríamos el día libre en Meadow Springs por si había algún plan interesante que hacer allí. Le he dicho que ya sabía la respuesta y que no eran muchos, pero él ha insistido diciendo que ahora que tiene mi custodia compartida con Rory, no podía negarme después de haber ido ayer con ella.

Es un detalle, pero no creo que dos hombres puedan pasar tanto tiempo jugando al minigolf.

Lo normal sería pasar mi día libre merodeando por aquí para ver a Rory, pero después de nuestra conversación de ayer sobre la fama y la privacidad, necesitaba un poco de distancia durante unas horas para pensar con claridad. No puedo pensar bien cuando estoy con ella, y necesito volver a usar el cerebro, porque últimamente no lo hago.

Después de ir al Pato Mareado, el único bar disponible, Xander y yo decidimos comer unas hamburguesas antes de regresar al campamento. Me he pasado toda la comida escuchando a medias, sumido en mis pensamientos.

—Yo creo que la Constitución dice que te tienen que hacer una mamada cuando cumples veintiuno —bromea. Me atraganto con el refresco—. ¡Ja! Te has reído, cabroncete. ¿Qué te pasa? Cuéntaselo al tío Xan.

—¿Te acabas de llamar tío Xan?

—Bueno, no puedo llamarme papi Xan, ¿no? Hasta ahí llego. Vamos a ver, ¿qué cojones te pasa?

Mi reacción instintiva es darle la vuelta a la conversación y empezar a hablar de Xander, pero creo que me vendría bien saber su opinión. Llevamos semanas compartiendo el mismo espacio y la verdad es que es un buen tipo, así que decido arriesgarme.

—Me preguntaba si debería dejarlo con Aurora.

—No me jodas. Ni de coña —me dice, esperando mi reacción—. Por favor, dime que me estás vacilando.

—Casi nos pillan esta semana. Abrí la puerta justo cuando Jenna apareció. Si hubiera llegado dos minutos antes me habría pillado... Bueno, da igual, me habría pillado haciendo algo que habría hecho que me mandaran a casa.

—Dos personas liándose a escondidas a las que casi pillan. De eso se trata, hermano. Ahí está la gracia; además, ¿tan grave sería volverte a casa? Ya casi hemos terminado el campamento, y tu amigo te dijo que podías quedarte con él si lo necesitabas. Eres demasiado listo como para pensar que me iba a tragar esta excusa. ¿Cuál es el verdadero motivo?

Tengo que reconocer que Xander tiene razón. Sin duda estoy más tranquilo desde de que mis amigos me animaron a arriesgarme a que me despidieran y JJ me ofreció un techo donde refugiarme si lo necesitaba hasta tener la excusa de la universidad y el hockey para no estar disponible.

—¿Te he dicho alguna vez que no quiero ser jugador profesional?

Deja la hamburguesa, se limpia las manos y la boca con la servilleta y se apoya en la mesa, concentrándose en mí.

—No, no lo has mencionado. ¿Por qué no? ¿Qué tiene que ver eso con Rory?

—No quiero ser famoso. No quiero que todo el mundo pueda meterse en mi vida ni quiero llamar la atención de la opinión pública. Es mi peor pesadilla, y no me gusta tanto el hockey como para renunciar así a mi intimidad.

—Vale, ¿y…?

—Y ella ya es famosa. Anoche la busqué en Google y hay muchísima información sobre su familia, incluso hay fotos de Emilia. Es una pasada. Sabía lo de su padre, pero creo que no era consciente de hasta qué punto llegaba, no sé si me explico. Porque para mí ella es Rory, y es como es, y se me olvida que fuera del campamento tiene otra vida.

—Otra vida de la que vino a escapar. —Xander da un largo sorbo a su cerveza y se pone más serio de lo que nunca le he visto—. Necesito saber si sabes que lo que dices es una locura y solo necesitas que te tranquilice, o si lo crees de verdad. Porque puedo asumir la típica crisis tonta en la que te parece que todo se está volviendo demasiado real, pero si de verdad crees que deberías romper con ella, no sé cómo ayudarte, hermano.

—Crees que estoy siendo un imbécil, ¿no?

Xander se encoge de hombros y me lo tomo como un sí, aunque no lo diga porque es un buen amigo. Probablemente estoy siendo un imbécil, pero también sé que nunca me sale nada bien en la vida. Es difícil no dejarse llevar por las cosas buenas, ya que, en comparación, ocurren con muy poca frecuencia.

Xander deja escapar un suspiro que siento en los huesos.

—Creo que estás creando un problema donde no tiene por qué haberlo. Piensa en cualquier famoso con una novia, novio, mejor amigo y tal que no sea famoso. Y ahora dime algo escandaloso sobre ellos. Piensa en su secreto más profundo y oscuro, la única cosa en el mundo que querían que nadie supiera pero que sacaron a la luz de todas formas. —Me quedo totalmente en blanco—. No puedes, porque a nadie le importa una mierda.

¿Has pensado alguna vez en romper la relación con tus amigos que acaban de hacerse profesionales? ¿Tus amigos que ya son famosos?

No me gustaría tener que romper mi relación con Nate o JJ.

—Nunca se me ha pasado por la cabeza.

—¿Tu hermano no está en una banda también? ¿Qué pasa si se hace megafamoso? Sin Aurora estarías exactamente en la misma situación. Está claro que te gusta y ella te mira como si hubieras inventado la puta luna. Así que estad juntos, y no me des estos sustos.

Esto es como un jarro de agua fría. Jamás querría renunciar a la forma en la que me mira Aurora.

—Tienes razón, tío. No sé. Creo que me he dejado llevar por mis sentimientos.

—No pasa nada. Los sentimientos son buenos. —Saca el móvil, le echa un vistazo a la pantalla y se lo mete de nuevo en el bolsillo—. No es bueno guardar la mierda en un cajón. Y que conste, creo que eres tonto porque tenéis una química brutal. Y ella es genial. Tú eres genial. Y seguro que el sex…

—Para el carro.

—Madre mía, qué protector. En fin, lo dicho. ¿Qué podrías haber hecho que fuera tan malo como para renunciar a alguien que te hace feliz? No es que os vayáis a casar, pero a ver, esto no es algo que tenga pinta de desaparecer en el futuro. ¿Cuándo dejó de valer la pena el riesgo?

—Nunca he dicho que no valiera la pena correr el riesgo por ella. Quiero estar con ella. Me gusta muchísimo, joder, y no puedo entender cómo coño ha pasado esto. Pero que quiera estar con ella no significa que merezca tenerla. Es solo que… No sé. No sé lo que estoy diciendo.

Xander se termina la cerveza y yo le doy un sorbo a mi refresco, bastante cabreado conmigo mismo.

—¿Crees que eres lo bastante bueno para ella?

—¿Qué?

—Ya me has oído —dice, apoyando el codo en la mesa—. Tiene que ser algo así lo que te está rayando, porque acabas de usar el verbo «merecer». ¿Eso es lo que te preocupa? ¿Que vayáis en serio en el futuro y que haya un debate internacional para decidir si la mereces?

—Joder, no estaba pensando en eso ahora mismo. —Otra cosa más por la que preocuparme.

Xander pone los ojos en blanco.

—Contesta a mi pregunta, tío. ¿Crees que eres suficiente para Aurora?

Querer estar con ella, estar con ella y sentir que me la merezco son tres cosas muy diferentes.

—No, no lo creo. Soy un puto fracaso.

—Ese es tu problema. Lo que eres es un puto pesimista. Te voy a decir una cosa, Callaghan, sin gilipolleces y sin medias tintas: eres lo suficientemente bueno. Y cuanto antes te lo creas, antes podremos fingir que esta crisis nunca ha sucedido. Tienes que confiar en que el universo te va a dejar ser feliz, tío. Pero si no confías y defraudas a Aurora cuando te acojones, entonces sí, mejor retírate ahora que aún estáis empezando. Ella no se merece eso.

—¿Y si la cago antes?

Vuelve a hacer el mismo gesto de exasperación.

—Cómo te gusta flagelarte, hermano. No eres un fracaso. Tienes veintiún años y eres uno de los tíos más majos y sensatos que conozco. Somos amigos, así que puedes ponerte como te dé la gana y no te lo tendré en cuenta, pero ella sí que lo hará si rompes la relación y luego cambias de opinión cuando te des cuenta de que la has cagado por todo lo alto.

Vaya mierda. Me froto la mandíbula de los nervios, sintiéndome aún más gilipollas que antes de que arrancara esta conversación.

—¿La Constitución también dice que te tienes que tragar una chapa cuando cumples veintiuno o qué?

—Deja de comportarte como un tonto del culo y dejaré de azotarte con mi sabiduría. Vamos, cumpleañero, acábate la bebida. Cierta mujer obsesionada contigo me ha mandado un mensaje para decirme que volvamos al campamento.

Apuro el resto del vaso.

—No sabía que Pez supiera mandar mensajes.

Reflexiono sobre las palabras de Xander mientras conducimos de vuelta a Honey Acres con la radio lo bastante alta como para no tener que charlar.

Después de pasar por recepción, Xander empieza a hablarme de una de las socorristas (está seguro al setenta y cinco por ciento de que le lanza miraditas cuando llevamos a los niños al lago) mientras nos dirigimos a la zona donde se hacen las actividades nocturnas. Mantiene un flujo constante de anécdotas, lo que no es del todo raro en Xander, pero hoy le noto algo diferente y entonces me paro en seco.

—Hay una tarta, ¿no? —Xander también se detiene y se encoge de hombros con cara de vergüenza.

—¿Por qué iba a haber una tarta? Puede que haya tarta, puede que no. No lo sé. Solo estoy aquí para cuidar de los niños; no sé nada de cocina. —Deja escapar un suspiro y pone los brazos en jarras—. Vale, quizá hay una tarta.

—Gracias por ser tan claro y conciso, amigo.

Ya casi hemos llegado cuando me pasa un brazo por los hombros.

—A ti te pone ojos de cachorrito. Pero no sabes el miedo que puede llegar a darnos a los demás cuando se lo propone.

Puedo soportar una tarta en mi cumpleaños si le hace ilusión a Aurora. Cumplir años durante las vacaciones de verano siempre ha significado que todo el mundo está a otras cosas, y los intentos de mi madre de celebrarlo siempre acababan con algún drama, así que dejé de esforzarme.

No he comprobado si alguien ha intentado ponerse en contacto conmigo hoy para felicitarme, pero anoche, cuando usé el móvil para buscar en Google a la familia Roberts (lo cual me avergüenza admitir ahora), no tenía llamadas perdidas ni mensajes de mi familia. No he sabido nada de nadie desde que papá estaba en el hospital y, aunque dejé claro que no quería que se pusieran en contacto conmigo, me sorprende que me hicieran caso. Ni siquiera tengo ninguna petición de dinero de mi padre, lo cual es más sospechoso que sorprendente.

Xander carraspea y me saca de mis pensamientos.

—Escucha, tengo que vendarte los ojos, y no quiero que me pegues.

—Por favor, dime que me estás vacilando. ¿Para qué coño me tienes que vendar los ojos?

—¿Tú te crees que voy a bromear con esto? A lo mejor Clay sale de tu tarta para hacer un estriptis, yo qué coño sé. —Se saca del bolsillo una de las vendas que usamos para algunas actividades con los niños—. No te ganaría en una pelea, grandullón. Así que no te resistas. Ella dejó muy clarito que tenías que entrar con los ojos vendados.

Me coloca la tela sobre los ojos mientras resoplo.

—¿Sabías que esto iba a ocurrir y aun así me has dejado lloriquear sobre mis sentimientos?

—Te lo he dicho, eres tonto. —Dejarme guiar por Xander a ciegas es mi infierno particular. Todo está en silencio absoluto cuando por fin nos detenemos, y una parte de mí está preocupada por si me tira al lago o algo así—. Te voy a quitar la venda. Recuerda sorprenderte con la tarta —susurra mientras me desata la tela de la cabeza.

Entrecierro los ojos bajo la luz del sol mientras la visión se me reajusta y todo el mundo grita «¡Feliz cumpleaños!» al unísono. Inmediatamente se me amontonan varios cuerpos encima, y solo cuando me liberan de sus garras y retroceden, me doy cuenta de quién está delante de mí.

Henry le da un empujón a Nate para sacarle de su espacio personal mientras Robbie se aparta del camino de Kris y Bobby. JJ apoya el brazo en mi hombro, y me da la impresión de que se me ha caído la mandíbula al suelo.

—Feliz cumpleaños, chaval.

—Las chicas y Joe te mandan recuerdos —dice Robbie—. Queríamos hacerles una videollamada, pero vemos que lo de la mala conexión no era broma.

—¿Qué coño está pasando?

Dos de mis campistas, Sadia y Leon, se abren paso entre mis amigos y me tienden una enorme tarjeta de cumpleaños hecha a mano. Sadia frunce el ceño.

—No puedes decir palabrotas delante de nosotros.

Me agacho e intento volver al modo de trabajo mientras acepto agradecido la tarjeta.

—Tienes razón. Lo siento, es que estoy muy muy sorprendido. —En la parte delantera hay un dibujo, aunque no sé qué es. Parece hecho con una pistola de pintura muy enfadada—. Dadme una pista, chicos.

Leon señala las manchas azules.

—Eres tú llorando cuando Kevin se cagó.

—Tus amigos gritan mucho —dice Sadia, mirándolos. La verdad es que no paran de dar voces mientras intentan controlar el entusiasmo. Todos llevan al cuello un cordón amarillo con la palabra «Visitante».

—Que te difame una niña de ocho años... —le dice Mattie en voz baja a Robbie.

—Yo te difamo constantemente, Liu —resopla Nate.

No han bajado la voz lo suficiente, porque Sadia los oye.

—¡No es difamación si es verdad! Mi madre es abogada.

—De acuerdo, lince —dice Jenna abriéndose paso entre la gente—. Ya hemos tenido a Russ para nosotros solos durante varias semanas. ¿Por qué no lo dejamos un minutito con sus amigos antes de empezar la fiesta?

—¿La fiesta? —repito, tragando saliva.

—¿De verdad creías que Aurora te iba a dejar librarte de la fiesta? —dice Jenna. Hay algo en su tono. Algo que me dice que quizá sabe lo que no quiero que sepa, y por algún extraño motivo, eso me hace sentir mejor, porque no me ha despedido—. Ni hablar. Ha traído a todos en menos de veinticuatro horas. Se desvive por la gente que le importa.

Miro más allá de mis amigos y la veo hablando con Emilia junto al escenario. No sé por qué se ha puesto tan lejos, cuando lo único que quiero es abrazarla.

—Vuelvo en un minuto —les digo a los chicos y me dirijo hacia ella.

Se le ilumina la cara cuando me acerco, y necesito toda mi capacidad de contención para abrazar primero a Emilia y no levantar sospechas. Suelto a Emilia y tiendo los brazos hacia Rory. Ella me rodea la cintura con los suyos y hundo la cabeza en su pelo.

Aurora se separa y me sonríe. Está radiante.

—Feliz cumpleaños, Callaghan.

—Eres increíble.

—Feliz cumpleaños, Russ —dice Emilia, dándome una palmada en el brazo mientras se aleja para dejarnos solos.

No quiero soltarla, pero sé que tengo que hacerlo. Ella también lo sabe, por eso se echa para atrás.

—No me has dado tiempo a comprarte un regalo de cumpleaños. —Coge una bolsita de papel a su espalda—. Así que no es gran cosa, pero que sepas que me ha causado mucho estrés y que he tardado un huevo de tiempo en hacerlo porque no tengo práctica.

Rebusco en la bolsa y saco mi regalo, un perro de origami amarillo.

—Dios mío, ¿es Pez? —Ella se inclina para mirar dentro de la bolsa, mete la mano y saca dos perros amarillos un poco más pequeños y me los coloca también en la palma de la mano—. Son increíbles.

—Intenté hacer zarigüeyas, pero nadie averiguaba lo que eran. —Dejo que sostenga el origami mientras saco otra cosa de la bolsa—. Vale, no te mentiré, este lo he robado de la biblioteca que nadie usa y es más viejo que nosotros dos juntos.

Leo el título:

—«Aprende los treinta y siete presidentes: para edades de seis a diez años».

—Sé lo mucho que te gusta enumerar presidentes. —Me lanza una mirada que me dan ganas de decir «A tomar por culo la fiesta»—. Hay un regalo más, debe de estar al fondo.

Rebusco en la bolsa y saco el último regalo. Es una tarjeta rosa del tamaño de una entrada de hockey. Cuando le doy la vuelta, como era de esperar, no tiene nada que ver con el hockey.

Vale por un deseo de cumpleaños.
Canjeable por Russ Callaghan en cualquier momento.
De Aurora Roberts.

—No tienes que decidir ahora mismo lo que quieres —dice en voz baja—. Seguro que estás un poco abrumado. Sé que me he pasado un pelín… —Me fijo en las guirnaldas, los globos y las serpentinas que hay por todas partes—. Pero te mereces cosas bonitas.

—Ojalá pudiera besarte.

—Puedes canjear el vale para hacer realidad ese deseo. A ver, escandalizaríamos a todo el campamento, lo cual no es apropiado para un cumpleaños, pero un trato es un trato.

Ojalá pudiera volver a hace un rato para abofetearme a mí mismo. No me habría pasado el día preocupado de si estar juntos era una buena idea.

Aurora Roberts siempre es una buena idea.

Le tiendo el cupón y pone cara de sorpresa.

—Quiero tener una cita contigo. Ese será mi regalo de cumpleaños.

—¿Una cita? —dice.

—Sí. Una cita de verdad.

—¿Conmigo?

—Contigo.

—¿Aunque te haya regalado por tu cumple unos golden retrievers de origami y un libro viejo de presidentes?

—Sobre todo por eso.

Lo más difícil de estar en el punto de mira de todo el mundo es no tener ninguna oportunidad para escabullirnos juntos esta noche. Me coge el vale de la mano con los ojos verdes brillantes y asiente.

—Deseo concedido.

Ser el centro de atención es agotador y estoy deseando que se acabe.

Muerdo un trocito de glaseado de mi segundo trozo de tarta, disfrutando de la tranquilidad ahora que todos los campistas se han ido a la cama. Bueno, toda la tranquilidad que puede haber con mis amigos aquí. En cuanto cortaron la tarta, entregaron los regalos y cantaron el *Cumpleaños feliz*, por fin me contaron cómo habían organizado la fiesta.

Antes de irnos ayer a Meadow Springs, Aurora consiguió el número de JJ gracias a Emilia y entre las dos coordinaron una fiesta sorpresa de última hora. Y han llegado esta mañana, justo a tiempo para hacer las pulseras de amistad que ahora llevo en las muñecas.

Henry ha dicho que Honey Acres es peor de lo que esperaba y Bobby está disgustado porque Jenna no está interesada en él y ni siquiera se acuerda de quién es, mientras que JJ está tan contento de habernos reunido todos otra vez.

Orla ha accedido a la visita de los chicos con la condición de que se pusieran los cartelitos de visitantes y que siempre estuvieran bajo supervisión.

—¿Debería esperar a que se mude con nosotros? —pregunta Robbie, sentándose junto a la hoguera conmigo y Nate—. Esa habitación altera las conexiones neuronales, te lo digo yo.

—¿Por qué actúas como si Lola no durmiera contigo cinco noches por semana? —suelta Nate.

—Intenta tú darle órdenes a Lola —se queja Robbie—. A ver qué tal te va.

Aurora ha estado muy dispersa esta noche, preocupada de que todo el mundo se lo pasara bien. Ojalá pudiera decirle que se sentara a mi lado para que los chicos la conocieran mejor, pero levantaría sospechas, y creo que si ella quisiera hacerlo, lo haría. Algunos de ellos la han pillado sola para hablar por separado, aunque no tengo ni idea de lo que le han dicho.

—No se va a mudar, no te preocupes. No le hemos puesto

nombre a lo que tenemos, así que supongo que de momento somos amigos que se gustan. —Las palabras suenan raras, pero ¿cómo voy a llamarla si no?—. Pero es genial. Me gusta mucho.

Se echan a reír al mismo tiempo. Nate sonríe mientras se recuesta en la silla.

—Me acuerdo de cuando Stas era mi amiga.

—Le caías fatal y luego le entró el síndrome de Estocolmo —suelta Robbie—. Nunca fue tu amiga.

—Pero me llevé el gato al agua, ¿no? —Nate se encoge de hombros—. No sé si sabes que Aurora se ofreció a pagarnos los vuelos a todos para que viniéramos. Estaba dispuesta a contratar a un chófer privado y todo. O bien está a punto de ser la mejor amiga que hayas tenido jamás, o estáis a punto de tener la clásica relación de la que Henry se queja desde el cuarto de al lado.

Intento apartar toda la inseguridad de antes y le contesto con la máxima honestidad:

—Quiero las dos cosas.

Vuelven a reírse a coro. Hasta ahora no me había dado cuenta de lo parecidos que son, como una pareja de ancianos que se pegan los gestos. Robbie le da un sorbo al chocolate caliente, Nate hace lo mismo y los dos me miran con sonrisas burlonas.

—¡Ah, el amor de la juventud!

27

Aurora

—Ya te dije que era muy buen tío.

Henry no dice nada más mientras se deja caer en una silla a mi lado con su desayuno. Los amigos de Russ se alojaron anoche en un hostal de Meadow Springs, pero Orla les dijo que podían visitarnos antes de marcharse siempre y cuando llevaran los carteles de visitantes y fuera durante la inspección matutina de la cabaña, para que los niños estuvieran ocupados con eso.

Me concentro en la tostada, de pronto nerviosa por hablar con el mejor amigo de Russ. A ver, técnicamente ya hablé con él una vez, pero fue cuando me escapé del cuarto de Russ sin mala intención después de acostarme con él.

—Lo sé. Nunca pensé que no fuera un buen tío.

Miramos a Russ, en la mesa de enfrente, mientras comemos en silencio. Se está riendo con Robbie y Mattie, dos de los chicos que anoche se empeñaron en querer conocerme mejor. He intentado mantener las distancias para no agobiarlo mientras están aquí sus amigos, pero cuesta mucho cuando todo el rato me sale acercarme a él de manera natural.

El ruido de las conversaciones llena nuestro silencio hasta que Henry lo rompe, pillándome desprevenida.

—En casa mi habitación está al lado de la de Russ. Y no está insonorizada, así que por favor tenedlo en cuenta.

Por poco me atraganto con el beicon vegano.

—¿Perdón?

—Me imagino que irás a visitarlo a menudo. Preferiría no oír tus orgasmos, lo siento. —Espero que se eche a reír o me dé alguna indicación de que está de coña, pero tiene una cara completamente seria.

—Eh... Bueno... —No soy alguien que suela trabarse con las palabras. Soy muy habladora. De hecho, siempre hablo de más. Me pierden las palabras—. Te prometo que intentaré con todas mis fuerzas no ponerte en esa tesitura.

—Me ha dicho que ya conoces lo mierdoso que es su padre.

—Sí.

—Te ha contado a ti más en seis semanas de lo que algunos de sus amigos hemos descubierto en dos años. —Visto así, valoro todavía más lo mucho que Russ ha confiado en mí—. No se da cuenta de cuánto lo queremos. Siempre piensa en negativo y se pone en lo peor. A veces hay que obligarle a ver lo bueno.

No se lo digo a Henry, pero sé exactamente a qué se refiere. Russ y yo habríamos empezado con mucho mejor pie si él no hubiera dado por hecho que estaría incómoda a su lado.

—Eres muy buen amigo, Henry.

—Russ se merece buenos amigos.

Pasamos el resto del desayuno hablando de algunas fotografías que Henry ha tomado del hostal y del paisaje de alrededor para probar nuevas técnicas de pintura cuando vuelva a casa. Cuando todos se han ido, me da la impresión de que Henry me va a recordar como la chica a la que le gusta su amigo y no como la chica con la que se cruzó la noche aquella.

Incluso horas después de que todos se hayan marchado, las secuelas de haber recibido la visita de siete desconocidos dolorosamente atractivos durante unas horas han alterado la rutina del campamento al completo. Todo el personal está medio cachondo y hay bastante caos después de haber visto tantas caras nuevas. Pero yo estoy bien, porque ya tengo mi ración diaria de hombre dolorosamente atractivo que me pone cachonda y caótica, así que estoy acostumbrada.

Maya y yo nos esforzamos por mantener a los niños entretenidos y quemar su exceso de energía cambiando la clase de manualidades por una búsqueda del tesoro (para consternación de Jenna y su horario), pero Russ y Clay pierden el mapa donde venían todas las ubicaciones de los tesoros y al final la actividad nos lleva el triple de tiempo.

La búsqueda funciona, y cuando llega la hora tranquila de después de comer, tanto campistas como monitores están mucho más relajados que hace unas horas. A Maya se le ha ido la voz de tanto gritar. La mía permanece invicta.

Estoy con los demás monitores sentada a la sombra en el banco de pícnic que hay junto a la cabaña de los Osos Pardos cuando Xander se aclara la garganta.

—Tengo que anunciaros una cosa. —Creo que está esperando algún tipo de reacción dramática por nuestra parte, pero nadie dice nada—. Emilia y yo hemos decidido separarnos por diferencias creativas.

—Dame una pista —dice Maya, entornando los ojos mientras se tapa el sol.

—No se puede ser más exagerado, madre mía —se lamenta Emilia—. El concurso de talentos. Al final Xander va a hacer algo él solo porque no nos ponemos de acuerdo en nada.

—¿Es porque dijo que no podrías ganar *American Idol*? —pregunta Clay—. Es imposible cantar bien canciones de campamento, hermano. No te lo tomes a pecho.

Me quedo boquiabierta.

—No. Ni se te ocurra. Somos un equipo. —El resto de grupos de monitores han dicho que van a preparar la actuación el día antes, porque no es tan serio. Me la suda, quiero que mi grupo sea el mejor. Por eso llevo semanas intentando que todo el mundo se organice. No es culpa mía que no sea lo suficientemente creativa como para que se me ocurra una idea a mí—. No puedes hacerlo solo, Xan. Es muy triste y solitario. Nos necesitas.

—No lo voy a hacer solo. Iré con Russ. —Le da una palmada en la espalda a Russ y de pronto él levanta la mirada, alarmado.

—Perdona, ¿qué?

—Diferencias creativas. El concurso de talentos. Trucos de perros. Vamos, colega, te lo dije hace una hora —dice Xander, bloqueando a Emilia con la mano cuando ella se echa a reír al oír lo de los trucos de perros.

—¡No sabía que te referías a que lo hiciera contigo! Si Xander se sale del grupo, ¿puedo no participar?

—¡No! —gritamos Xander y yo al mismo tiempo.

—Me lo prometiste —le recuerdo.

Pone los ojos en blanco.

—Tenía que intentarlo.

Desde la cabaña de los niños se oyen algunos chillidos, y Maya y Clay se levantan de un salto.

—Te lo juro por Dios, como Michael haya metido otra rana en la cabaña, le voy a hacer dormir en el lago —refunfuña Maya.

En cuanto desaparecen, Russ se acerca a mí y apoya la mano en un ángulo que aparta a Emilia y Xander de nuestra conversación.

—No me pondré con Xander si no quieres. Sé lo importante que es para ti.

Quiero besarle. Siempre quiero besarle. Con un suspiro dramático, apoyo la mano en la mesa junto a su codo para poder acariciarle el brazo disimuladamente.

—No pasa nada. No quiero que Xander vaya solo y no quiero que te agobies. Tampoco es para tanto. Y ahora que Emilia no tiene rival, seguro que hacemos un baile.

—Bailar contigo sí que me gustaría —dice en voz baja—. Merecería la pena.

Todas las mariposas de mi estómago aletean a la vez.

—Venga, ponte con Xander.

—Eres la mejor —dice rozándome con la rodilla—. ¿Haces algo hoy después de que terminemos de trabajar? —Sacudo la cabeza mientras me vienen a la mente un millón de posibilidades—. Pues no hagas planes. Vamos a tener una cita.

La tarde se me hace larguísima comparada con la mañana, y me paso varias horas mirando el reloj, impaciente por saber cómo será la primera cita de mi vida.

Poco después de acostar a los niños, Russ aparece con cara de preocupación, lo que me pone inmediatamente nerviosa. Llevo ropa cómoda, como me ha dicho antes, pero no tener ni idea de lo que está pasando no me parece lo que se dice divertido.

—Tenemos un pequeño problema —dice mientras se acerca a mí, deteniéndose lo bastante lejos como para no parecer demasiado cercano.

—¿Qué pasa?

—Tenemos que registrar la salida en recepción, pero si salimos juntos vamos a levantar sospechas.

—Ya lo hemos hecho alguna vez antes.

—Pero no de noche. No me negarás que es un poco sospechoso.

Tiene razón, por mucho que no quiera admitirlo. Ni siquiera sé lo que ha planeado, pero estoy nerviosa e inquieta y no quiero que me diga que no podemos ir.

—Hay un camino que sale de la puerta trasera de la cocina y que lleva a una vereda de tierra, a unos minutos en coche. Podría escabullirme, pero tienes que prometerme que no me delatarás, porque a diferencia de ti, que te saltas las normas a diestro y siniestro, yo estoy intentando reparar mi imagen.

Pone los ojos en blanco y se le dibujan dos hoyuelos mientras contiene una sonrisa.

—¿Es seguro?

—Sí, es un camino de evacuación que hicieron hace muchos años. Necesitaré una linterna.

Me tira las llaves de la camioneta.

—No quiero que camines en la oscuridad. No mires la caja trasera o estropearás la sorpresa.

Me devoran la impaciencia y los nervios mientras me apunto en el registro de salidas con la cara seria. Hasta que no llego a la camioneta de Russ no dejo de reprimir la emoción. Mantengo los faros encendidos mientras espero los cinco minutos que tarda en encontrarme y, cuando se acerca corriendo a la valla, intento no babear en cuanto la salta con facilidad.

¿Es que todo lo que hace es atractivo o es que soy muy impresionable? Una de las grandes preguntas de la vida.

Abre la puerta del conductor y se coloca frente al volante.

—Creo que prefiero no saber cómo sabes que esa cosa a la que llamas camino lleva hasta aquí. Peligro.

—¿Soy peligrosa o solo una exploradora?

Estira un brazo por encima del respaldo de mi asiento mientras mira por encima del hombro para circular marcha atrás por el camino de tierra, de vuelta a la carretera. De nuevo: ¿atractivo él o impresionable yo? Me acaricia las puntas del pelo y la respuesta definitiva es atractivo. Sí, atractivo, sin duda.

—Peligrosa. Cien por cien.

A estas horas no hay nadie en la carretera, pero Russ se concentra en conducir, con una mano apoyada en mi muslo, dando golpecitos al ritmo de una canción que suena en la radio. La siguiente canción es de un prometedor grupo de rock que le gusta a Poppy y que está empezando a sonar bastante en la radio. He pillado entradas para el concierto que dan en Los Ángeles dentro de unos meses, pero antes de que pueda decírselo a Russ, cambia de emisora.

—¿No te gusta Take Back December?

—La verdad es que no. —Levanta la mano de mi muslo para frotarse la mandíbula—. Es el grupo de mi hermano.

Dios mío.

—¿Tu hermano Ethan es Ethan Callaghan? ¿Cómo no me había dado cuenta antes? ¡A la novia de Emilia le encanta TBD!

—Sí.

No parece que le haga mucha ilusión, y después de lo que sé sobre su relación con su familia, no me sorprende. Gira a la derecha por un viejo camino de tierra y me mira una fracción de segundo antes de volver a apoyarme la mano en el muslo.

—¿Tu hermano es famoso, pero tú no quieres hacerte profesional porque no quieres ser famoso? Como alguien que pertenece a una familia que siempre está en la prensa rosa, sé que a veces no hay elección.

—No eres la única persona que me lo ha señalado últimamente, fíjate. Aunque Ethan no es del todo famoso. —Me aprieta el muslo con un gesto cariñoso que me recorre el cuerpo—. ¿Deberíamos decirle a todo el mundo que somos hijos únicos?

—Pues sí, pero aun así me preocupa un poco que al final todo eso dé lo mismo, porque parece que me estás llevando a alguna parte para asesinarme y enterrar mi cadáver en el campo... —La camioneta empieza a dar tumbos al adentrarse en un camino irregular en dirección a un viejo edificio abandonado—. ¿Dónde coño estamos? No vamos a follar en la casa encantada, si ese era tu plan.

Suelta una carcajada mientras aparca la camioneta.

—Creía que te conocías todos los rincones de Honey Acres, señorita Exploradora —dice en tono burlón, sacando las llaves del contacto.

—Y me los conozco. Pero esto no es Honey Acres. Seguro que estamos allanando el terreno de alguien.

Salimos del coche y me acerco a su lado, todavía confusa por no saber adónde vamos. En cuanto estoy lo bastante cerca de él, se inclina para besarme, reavivando las mariposas que ya son una extensión de mi cuerpo.

—Creía que te parecería emocionante allanar una finca.

—Allanar un hotel para robar una bolsa de cacahuetes, todavía. Pero allanar una finca es el típico motivo por el que la gente acaba con una herida de bala.

—Estamos en los terrenos de Orla, te lo prometo. Encontré este sitio un día que salí a correr y se lo pregunté al volver al campamento. No estamos tan lejos, lo que pasa es que se tarda más en llegar con el coche, porque no se pueden atravesar las vallas. —Se ríe y me coge de la mano mientras se acerca a la caja trasera—. Me acabo de dar cuenta de que la gente no se besa al principio de la primera cita.

—Sí que se pueden atravesar las vallas... pero luego te gritan cuando vas a disculparte y obligan a tus padres a pagar los desperfectos. —Levanta una ceja—. En fin. Nunca he tenido una primera cita, así que no me sé las normas. Y supongo que para ti eso será una alerta roja, porque el único motivo por el que con veinte años aún soy virgen de citas tiene que ser porque soy un coñazo, que lo soy, y bueno, a lo mejor nos atacan las vacas o nos comen los lobos o algo así, así que prefiero besarte al principio que no besarte. Y ya me callo. Estoy haciendo lo que siempre me haces hacer, que...

Russ se detiene en la parte trasera de la camioneta y me levanta la barbilla con el nudillo para cerrarme la boca.

—Ya sé que estudias Literatura, pero la expresión «virgen de citas» no existe, corazón.

—Yo creo que sí. —Me ignora y abre la puerta trasera, retira una sábana blanca y deja al descubierto cojines y edredones, una nevera y el proyector a pilas que a veces usamos para las noches de cine al aire libre—. Dios mío.

Me sube a la caja trasera, se inclina y vuelve a besarme. Lento, suave, perfecto.

—Yo tampoco había tenido nunca una primera cita —dice.

Me quedo en silencio mientras Russ me ayuda a ponerme cómoda en la cama improvisada y me da un termo de chocolate caliente y una bolsa de palomitas. Coloca el proyector encima de la camioneta, apuntando a la fachada lateral de la espeluznante casa, y es entonces cuando me doy cuenta de lo mucho que se lo ha currado.

No soy llorona, pero creo que este hombre va a hacer que se me salten las lágrimas. Me echa otra manta encima y finalmente se sienta, metiéndose también bajo las mantas.

—¿Estás cómoda? ¿Tienes frío? —pregunta.

—Está todo perfecto. —La pared se pone azul y aparece el castillo de Disney seguido de la lámpara de Pixar, y en cuanto el restaurante Gusteau aparece en la pequeña pantalla, me explota el corazón. Ha pensado en todo.

—¡*Ratatouille!* Russ, eres perfecto. Eres el hombre de mis sueños. Eres demasiado real para ser de verdad.

Mi sinceridad lo pilla desprevenido, y a la luz de la luna miro cómo le pasan por la cara todo tipo de emociones. Siempre he sabido que necesito la validación como el aire, y aunque no pienso que él sea exactamente igual, creo que nos parecemos bastante.

La gente siempre nos ha hecho de menos, y todas esas opiniones se han quedado enterradas en los dos, como semillas. Y todas las gotas de inseguridad han regado la tierra, y una vez han empezado a crecer, parece imposible que puedan parar. Pero no es imposible, solo hay que arrancarlas de raíz, una y otra vez si es necesario.

Somos muy diferentes y al mismo tiempo muy parecidos, y una parte de mí empieza a creer que es la mezcla perfecta.

Se acerca a mí y me retira un mechón de pelo de la cara.

—Cuéntame un secreto.

—No quiero volver a la realidad el mes que viene. Quiero quedarme aquí contigo y los perros y tirar los móviles a la hoguera —digo. Se ríe en voz baja y me masajea la nuca mientras yo sigo divagando—. Abriré una librería y tú una tienda de bolos, o construirás robots o lo que sea que hagan los ingenieros; supongo que algo para protegernos de los lobos y las zarigüeyas. Pero me elegirás y yo te elegiré a ti, y seremos felices sin que nadie nos lo impida.

—Eres lo más brillante de mi vida, Aurora —dice—. Y eres un recordatorio constante de que cuando me permito ser feliz pueden pasar cosas buenas.

Una parte de mí se pregunta si habría evitado parte de mi infelicidad si me hubiera abierto a alguien antes. Pero creo que la respuesta es no. Habría seguido cometiendo los mismos errores, pasando de una sobrecarga emocional a otra, buscando desesperadamente algo más. No habría podido hacer feliz a nadie, y lo más probable es que, una vez pasada la emoción del inicio, me hubiera vuelto a perder.

Russ me hace sentir a gusto; lo único que no sabía que necesitaba.

Nos acercamos, acurrucándonos más en las mantas, uno frente al otro, ignorando por completo a la rata animada que se proyecta en la pared.

—Cuéntame un secreto —susurro.

—No es un secreto porque mucha gente lo sabe, pero ¿puedo contarte algo malo que me ha pasado? ¿Algo de lo que odio hablar?

—Claro. —Espero pacientemente mientras él se muerde el interior de las mejillas de los nervios, para retrasar el momento. Entrelaza su pierna en la mía y me apoya la mano en la curva de la cintura, y justo cuando parece que está a punto de hablar, se inclina y me besa. Enseguida nos separamos, pero mantengo la frente pegada a la suya—. Voy a seguir aquí para besarte cuando acabes de contármelo —digo en voz baja.

—¿Te enteraste de lo que pasó con la pista de hockey el año pasado?

—Creo que sí, ¿por qué? ¿No tuvisteis que compartir la otra pista de hielo o algo así?

—Sí. Fue culpa mía.

Me quedo boquiabierta.

—¿Destrozaste la pista de hockey?

—¡No! Claro que no. Eh... Conocí a una chica, Leah, en una fiesta, y fue muy maja conmigo. Fui a la fiesta con mis compañeros de piso de ese momento. Leah me besó, nos enrollamos un poco, no del todo.

Que alguien me explique por qué me he puesto celosa.

—Luego a cada fiesta que iba, me encontraba a Leah y terminamos enrollándonos unas cuantas veces. Me gustaba y pensé que tal vez, solo tal vez, había una opción de que el segundo año no fuera una basura y pudiera tener algo de felicidad. Lo siguiente que sé es que tengo el móvil lleno de amenazas de su novio. Se habían peleado o algo así, y ella me había estado usando para vengarse de él.

—Siento mucho que te hiciera eso.

—Bueno, eso no fue lo peor. —Se ríe, pero no le hace gracia—. La relación con su novio era muy tóxica, una de esas relaciones que a todo el mundo le gusta odiar. Así que cuando se enteró de que estaba embarazada, le dijo a su hermano mayor, que es jugador de hockey en la UCLA, que el padre se había desentendido del bebé. Yo la había bloqueado en cuanto me enteré de lo del novio. No quiso darles mi nombre, solo que era alguien de mi equipo, pensando que ahí se acabaría la cosa. Pero no. Destrozaron la pista.

—Oh, Russ.

—Yo quise salirme del equipo de lo mal que lo pasé. Si Nate no me hubiera apoyado, lo habría hecho. Ya era bastante malo que hubieran destrozado la pista por culpa de ese tío, pero esto era mucho mucho peor. Todos hablaban de ello; tuve que ir a unas cuantas reuniones hasta que se demostró que yo no había hecho nada. Fue un puto horror.

—¡No tienes ningún motivo para sentirte mal! Tú eres la víctima. Lo único que hiciste fue liarte con una chica en una fiesta, y no hay nada malo en ello. Podrías haberte liado con todas las chicas de la fiesta, y eso sigue sin justificar que te usaran como chivo expiatorio.

—Eso es lo que dicen Stassie y Lola, pero yo todavía no he podido quitarme del todo la culpa. Cuando voy por el campus me pregunto si la gente se acordará todavía al verme. Odio tener que jugar en la UCLA sabiendo que todos van a estar pensando en eso.

—Odio que todo esto te haya afectado tanto. Cuando pasa algo te parece muy importante, pero solo es porque te está sucediendo a ti. En realidad, la mayoría de la gente ni se entera ni le importa. Si todo el mundo hablara de ello como tú crees que lo hacen, yo ya lo sabría. Pero solo escuché que hubo algunos destrozos. Nada sobre ti.

—¿De verdad no lo sabías?

—¡No! Te prometo que no lo sabía. Pero alguien se aprovechó de ti, Russ. Tienes que dejar de fustigarte por ello. —Le acaricio la cara con el pulgar y él me besa la palma de la mano—. Si le das demasiadas vueltas, no podrás seguir con tu vida. Destrozaron una pista de hielo, ¿y qué? Ni que se hubiera muerto alguien. ¿Sabes cuántas cosas he destrozado yo sin querer?

—Unas cuantas vallas, sospecho.

—Eso no fue sin querer. —Pongo los ojos en blanco y me acerco un poco más—. Pero sigo pensando lo mismo. Eres una gran persona, tus amigos te quieren y los perros te adoran. Es lo único en lo que pienso cuando pienso en ti. En lo fácil que es quer... cogerte cariño.

—No sé por qué me he acordado ahora. Lo siento, ¿ya la he cagado en nuestra primera cita? —Cierra los ojos y suspira, hundiéndose un poco más en las almohadas.

A veces quiero abofetearlo, porque no se da cuenta de lo feliz que me hace que me haya abierto la puerta a esta parte de sí mismo que tan guardada tiene.

—El hecho de que hayas compartido voluntariamente algo tan personal hace que esta haya sido la mejor cita del mundo, Russ. Te lo prometo. Gracias por contarme la historia completa.

Abre los ojos despacio.

—¿Puedes darme ese beso que me has dicho antes, por favor?

No puedo contener la sonrisa.

—Pues claro.

28

Russ

No tenía ninguna intención de hablarle a Aurora de Leah cuando llegamos, y ahora que lo pienso, no es el tema de conversación más apropiado para una primera cita, por mucho que ella diga que sí.

Pero Aurora siempre me lo pone todo más fácil.

Solo han sido unas pocas frases sobre algo que me atormenta desde hace casi un año, pero ya me siento mejor. Lo único que ha hecho ha sido escucharme y decirme que si todo el mundo hablara de ello ella se habría enterado, seguido de la frase «Ni que se hubiera muerto alguien», un poco más dramática.

No sé por qué me ha dado por contárselo ahora. Quizá porque me ha dicho que soy demasiado bueno para ser real, y sé que no lo soy. Esa historia es una de las cosas que demuestran que no lo soy y, al contárselo, ya no la engaño respecto a quién soy.

Compartir secretos que has guardado durante tanto tiempo es agotador.

—¿Puedes darme ese beso que me has dicho antes, por favor?

—Pues claro —dice con suavidad, inclinándose hacia mí.

Le acaricio la mejilla con la mano y le rozo suavemente la

piel con el pulgar mientras sus labios se funden con los míos. Sabe a chocolate caliente, y cuando acerco el cuerpo a ella, ella hace lo mismo de inmediato.

—Me encanta esto —le susurro al oído.

—¿Liarnos? —dice.

Le coloco la pierna encima de mí hasta ponerla a horcajadas sobre mis caderas. Agarra el edredón y se arropa con él hasta los hombros, y luego me rodea el cuello, formando un caparazón. Deslizo las manos debajo de su sudadera y le recorro la columna con una mano, acercándola a mí con la otra.

—Tenerte para mí.

Aurora me roza con la nariz y me besa con suavidad varias veces por toda la cara: la comisura de la boca, la sien, la punta de la nariz.

—Teniendo en cuenta lo mucho que les insistes a los niños para que hablen de todo lo que les pasa, es gracioso que a ti se te dé tan mal.

Apoya la frente en la mía y la abrazo por la cintura.

—A mí no me importa compartir. Mientras no sea a ti.

Me veo obligado a soltarla cuando se echa hacia atrás y dejo que mis manos se posen en sus caderas. Me mira con una incertidumbre que no estoy acostumbrado a ver en ella.

—Eso es muy bonito, pero ¿lo dices en serio?

Por muy desesperado que suene, odio la pequeña distancia que hay entre nuestros cuerpos ahora mismo, pero odio más lo insegura que parece en este momento. Ser tan sincero con alguien suele ponerme nervioso. Acabo de compartir algo importante con ella, de forma voluntaria, que conste, así que no me veo capaz de seguir compartiendo mis pensamientos y sentimientos. No se me dan muy bien las mujeres, cosa que no es ningún secreto, y en circunstancias normales seguro que estaría asustado, esperando a que me pisotearan.

Pero con ella no me siento así; quiero tenerla cerca.

—Que centres tu atención en mí es un regalo, Aurora. No tengo intención de no valorar el tiempo que paso contigo.

—Joder, Callaghan. ¿Cómo puedes ser tan mono? —murmura, bajando la mirada hacia sus manos, que juguetean con el dobladillo de mi sudadera.

—Solo soy así contigo. Eres la única persona que me ha hecho querer ser así, Aurora. Nunca tendrás que preguntarte si me importas o no. Nunca tendrás que preguntarte si eres mi primera opción. —El corazón me retumba en el pecho mientras se me escapan las palabras. Ella todavía tiene el edredón sobre los hombros, lo que me facilita volver a acercarla a mí tirando del borde—. Porque lo eres.

No puedo seguir hablando porque ella se hunde en mi boca y me agarra la cara con las manos mientras me aprieta las caderas contra el cuerpo, desatando una descarga de electricidad por toda mi columna que me provoca un gemido y me hace mover las caderas hacia ella. Me arde la piel al contacto con ella y, mientras toda la sangre de mi cuerpo discurre hacia abajo, me alegro de haberle dicho lo que siento cuando aún podía concentrarme en hablar.

—Yo tampoco quiero compartirte con nadie —dice mientras me besa por toda la mandíbula.

Me muerde suavemente el lóbulo de la oreja y su aliento me hace cosquillas en el cuello. Rodamos hasta que queda atrapada debajo de mí con las piernas entrelazadas a mi espalda.

Me aprieto contra ella, disfrutando al ver cómo pone los ojos en blanco y se le entrecorta la respiración. Aún estamos vestidos, pero el algodón endeble que nos separa solo demuestra lo bien que encajo entre sus muslos. Su lengua se enrosca en la mía, y arquea la espalda para empujar sus pechos contra mí.

—Mi chica perfecta —murmuro mientras le beso el cuello.

Aurora baja las manos, empuja torpemente la cintura de mis pantalones de chándal con una mano y hace lo mismo con sus leggings.

—Quiero sentirte —susurra.

Necesito toda mi fuerza de voluntad para despegarme de ella lo suficiente como para quitarle los leggings y un trocito de encaje que dice que son bragas, pero merece la pena. Me deslizo los pantalones y los calzoncillos por las caderas con cuidado de no hacer temblar la camioneta. Con la polla dura en la mano, dejo que Aurora vuelva a atraerme hacia ella, ahora los dos desnudos de cintura para abajo. La beso y gimo junto a su boca cuando introduce la mano entre nuestros cuerpos y me la agarra con suavidad. Mis caderas tienen vida propia y empiezo a penetrar su mano lentamente.

—No te la meteré, ¿vale?

—Vale.

Me acerca a ella y yo me quedo a la distancia adecuada, a la espera, conteniendo el aliento para ver qué va a hacer a continuación. Es entonces cuando abre un poco más las piernas y desliza con suavidad la punta de mi polla contra su clítoris. Es una sensación jodidamente perfecta. Es suave pero deliberada. Entonces repite el gesto cambiando las presiones, y cuando empieza a perder el ritmo, yo tomo el relevo y continúo con lo que ella estaba haciendo.

Me resulta más fácil apretarme contra ella, lo que me permite besarla también. Me clava los dedos en los hombros mientras nuestras lenguas se entrelazan.

—Esto es increíble —gime mientras arquea la espalda. Frota las caderas contra mí y el sonido húmedo es música para mis oídos, joder—. ¿Tienes un condón?

—Todavía no —digo. Eso llama su atención, pero ignoro su mirada de desconcierto y le subo la sudadera, dejando al descubierto lo que se supone que es un sujetador, pero que también es solamente un trocito de encaje—. ¿Te has puesto esto para mí?

Retiro la tela con cuidado y bajo la boca sobre una de las cumbres ya duras. Enseguida empieza a gemir más fuerte mientras intento prestar atención a cada centímetro de ella. Siento cómo me palpita la polla; estoy desesperado por meterme dentro de ella, pero verla correrse hace que la espera merezca la pena.

—Te he hecho una pregunta, Aurora.

—Quiero sentirte dentro de mí —balbucea, apretando las piernas contra mí.

Cambio al otro pecho.

—¿Te lo has puesto para mí? —repito.

Ella asiente frenéticamente con los ojos cerrados y la mandíbula desencajada. Me clava las uñas en la piel y le cambia la respiración.

—Porque quiero que me folles. Me voy a co...

Aurora entierra la cabeza en mi cuello mientras se le escapa un gemido que recordaré durante el resto de mi vida. Su cuerpo funciona a la perfección con el mío; es adictivo. Me estiro hacia la nevera portátil al lado de la cama improvisada y saco un paquete de condones que cogí antes.

Fue lo primero que compré. En otras circunstancias no diría mucho de mí, pero ni de coña iba a dejar que me mirara con la misma cara de decepción que ya he visto las otras veces que no iba preparado.

Rasgo el envoltorio con los dientes y me incorporo para ponérmelo lo más rápido posible.

—Tienes una polla muy bonita, ¿sabes? —dice apoyándose sobre los antebrazos—. Es como visualmente perfecta.

Me acabo de frotar contra esta mujer hasta provocarle un orgasmo, y aun así noto cómo me ruborizo cuando dice que tengo un pene bonito. En algún momento tendré que analizarlo.

—No sé qué responder a eso. ¿Gracias?

—De nada. Ten cuidado, por favor. —Se pone boca abajo, con las piernas ligeramente separadas—. ¿Te tumbas encima de mí?

—Claro. —Me coloco sobre ella, con las piernas encima de las suyas, abriéndome paso hacia sus muslos abiertos hasta que empiezo a hundirme en ella. No hay mejor sensación que esta. No existe—. Eres lo mejor que hay en el mundo, corazón.

En esta postura entra muy profundo. Me tumbo con la frente pegada a su espalda, haciendo todo lo posible por darle la cercanía que necesita sin aplastarla. La beso por los hombros y en el cuello; incluso le veo un poco la cara desde esta posición. Cubro de besos cada parte de su cuerpo que puedo alcanzar mientras la penetro a un ritmo constante.

Entrelazo mis manos con las suyas y las sujeto al colchón a ambos lados de su cabeza.

—Más fuerte —susurra, y me está costando la vida no correrme, especialmente cada vez que escucho uno de sus pequeños gemidos. Aprieta las manos mientras hago lo que me pide. El sonido de mis caderas al chocar contra su culo me está haciendo perder la cabeza, y cuando empieza a empujar contra mí, sé que estamos a punto.

—Estás muy dentro. Te siento por todas partes.

—Te ha entrado muy bien, corazón. Buena chica.

Los halagos son la clave para hacer que se corra, y en cuanto pronuncio «buena chica», sé que es solo cuestión de tiempo. Estoy a punto, noto una especie de latigazo e intento desesperadamente que ella llegue primero. La suelto, estiro la mano derecha y la deslizo por su cuerpo hasta encontrar el punto entre sus piernas que le hace echar la cabeza hacia atrás.

—Oh, Dios.

—Eso es, corazón. Enséñame lo guapa que te pones cuando te corres para mí.

Todo su cuerpo se empieza a sacudir, pero sus opciones son limitadas dado que mi cuerpo está encima de ella.

—Russ —gime mientras me aprieta con tanta fuerza que me corro en ese momento a la vez que ella. El orgasmo dura tanto que cuando la saco, todavía estoy temblando.

Me desplomo a su lado, hecho polvo. Ella se acurruca junto a mí y me besa con suavidad.

—¿Vas a juzgarme por follar en la primera cita?

Suelto una carcajada, porque nunca sé lo que va a salir de su boca.

—Técnicamente fue antes de la primera cita. Vacío legal.

—Gracias a Dios, en ese caso mi virtud no se verá comprometida.

Me pongo boca arriba, me deshago del preservativo como puedo y vuelvo a tumbarme, tirando de ella bajo mi brazo para que podamos contemplar las estrellas. La película ha terminado hace rato, pero prefiero escuchar solo su respiración suave.

—Menos mal. ¿Qué harías sin tu virtud?

29

Aurora

—Aurora, siéntate, por favor.

Arrugo el gesto, confusa, mientras miro de reojo a Emilia, a quien Xander no ha dado instrucciones estrictas de sentarse. Tomo asiento en el banco de pícnic y me apoyo en las manos mientras él se pasea dramáticamente delante de mí.

—Hecho.

—Gracias, Aurora.

—De nada, Alexander. Tus deseos son órdenes, cómo no.

Se para en seco.

—¿Esto te parece un chiste?

—¿Esto? ¿Lo que está pasando ahora? —Asiente con la cabeza—. Sí, me parece un chiste. No tengo ni idea de lo que está pasando. ¿Puedes moverte un par de centímetros a la derecha y luego un par hacia delante, por favor? Me está dando el sol en los ojos.

Se supone que hemos venido los tres a llenar las botellas de los niños antes de salir a escalar, pero no sé cómo, he acabado con Xander mirándome con cara seria. Me pareció raro cuando insistió en ayudar, y debería haber sabido que tramaba algo.

Chasquea los dientes y pone los brazos en jarras mientras me mira fijamente.

—Esto es serio.

—Seguro que lo que está pasando ahora mismo a ti te parece muy serio, Xan. Pero yo sigo sin saber qué pasa.

Miro a Emilia, que se encoge de hombros y lo mira con interés.

—Tu manera de comportarte me hace estar agradecida de que no me gusten los tíos —dice Emilia.

—Voy a fingir que no acabas de decir eso. Solo te diré dos palabras...

—¿«Afán» y «protagonismo»? —dice Emilia al mismo tiempo que yo digo:

—¿«Toca» y «pelotas»?

—Torneo y baloncesto —replica Xander mientras me fulmina con la mirada—. «Tocapelotas» es una sola palabra. Céntrate, Roberts. Que estudias Literatura.

Me cuesta mucho no reírme. Ha captado mi interés y estoy deseando ver adónde lleva todo esto.

—¿El juego es de ortografía o de baloncesto? Porque estoy confusa.

—Estoy hablando del torneo de baloncesto —repite, esta vez un poco más alto—. No podemos perder.

Vuelvo a mirar a Emilia, básicamente para confirmar que ambas estamos experimentando lo mismo y no estoy sufriendo una alucinación. Tiene el ceño tan fruncido que sus cejas perfectas casi se juntan en una sola.

Decido ser la portavoz de las dos. Me aclaro la garganta y fijo la vista en Xander de nuevo.

—Eh... ¿Vale?

—No sé qué sórdida y creativa magia sexual te ha prometido Callaghan para fastidiar el partido, pero necesito que te olvides. Mi reputación está en juego aquí y necesito que juegues en equipo.

—Rory es muy popular en el equipo de baloncesto de los Titans, Xan. No tienes de qué preocuparte —dice Emilia, apartándose de mi alcance cuando intento darle un puñetazo en el brazo—. Le encanta jugar en equipo.

—Cállate —le digo en tono cortante—. Xander, no te voy a mentir. No tengo ni idea de lo que estás hablando. No voy a fastidiar nada, no hay ninguna promesa de magia sexual, que yo sepa; y, cariño, no creo que sea para tanto. El torneo solo es para divertirnos.

No sé cómo (aunque la verdad es que creo que fue por culpa de Xander) hemos acabado organizando un torneo de baloncesto para esta tarde. Los equipos se han hecho al azar metiendo papelitos de colores en una gorra y, para su satisfacción, a Russ le ha tocado con Clay, mientras que Emilia y yo vamos con Xander y algunas de las socorristas. La pobre Maya no ha jugado al baloncesto en su vida, pero dice que no le importa porque todos los de su equipo son altos, y según ella solo por eso ya tienen que ser buenos.

—Russ me ha dicho que has accedido a ayudarlos a hacer trampas.

Será chivato.

—Russ te estaba vacilando, amigo. Eso es lo que hacéis todo el rato, ¿no? Vacilaros. Si ni siquiera he hablado con él desde esta mañana.

Lo que más me gusta es cuando Russ pasa por mi cabaña cuando vuelve de correr, antes de que se levanten los demás. Me siento en su rodilla o a su lado, dependiendo de lo sudado y asqueroso que esté, y vemos salir el sol. Siempre estoy medio dormida, pero recuerdo perfectamente haber hecho un plan maquiavélico para traicionar a Xander.

—Sabes que podrías haber dicho simplemente «no hagas trampas», ¿verdad? —dice Emilia, mirando el reloj—. Podría habernos ahorrado mucho tiempo.

—Si la oferta incluye magia sexual, podría hacer trampas, Xander. Solo estoy siendo sincera contigo; es probable que me deje influenciar. Ni siquiera sé lo que implica, pero sé que quiero formar parte de ello. Estoy segura de que puedes respetar la tesitura en la que me encuentro.

—No puedo y no quiero. No voy a perder contra Clay porque estés cachonda, Aurora —dice Xander con severidad.

—Si perdemos contra Clay es porque tengo que jugar al baloncesto y no tengo coordinación ojo-mano —contesto. Soy supervaga cuando nos toca baloncesto en el horario de los Osos Pardos, porque siempre dejo que se encarguen Xander o Clay—. Tienes que relajarte. No va a ir en tu contra la próxima temporada, ¿sabes?

Tanto Xander como Clay trabajaron aquí el año pasado, aunque en grupos distintos, así que cuando los han juntado este año ya se conocían un poco. Pero el mes pasado, una de las raras veces en las que miré el móvil, vi que Ryan me había mandado un mensaje contándome que había firmado con los LA Rockets.

Los chicos me oyeron decírselo a Emilia y empezaron a hablar de la NBA. Y eso llevó a una conversación sobre que Xander y Clay conocían a Ryan porque han jugado contra él, y para rizar el rizo aún más, los dos juegan uno contra otro.

A veces los he oído lanzarse indirectas sutiles entre ellos, pero me parecían los típicos piques de tíos. Lo que no sabía es que Stanford y Berkeley son enemigos acérrimos en los deportes, y al parecer eso se extiende a los partidos amistosos de baloncesto de los campamentos de verano.

Ridículo.

—Te he visto jugar al balón prisionero con pintura. Sé que tu coordinación ojo-mano está perfectamente, Judas.

—Pregunta seria —dice Emilia, cogiendo las botellas de agua que hemos dejado en el suelo cuando Xander ha insistido en pararse a discutir—. ¿Por qué sois así?

Él no contesta, sino que decide explicarnos todas las reglas del baloncesto mientras caminamos hacia los dispensadores de agua y regresamos. Cuando volvemos al grupo, me sorprende que los niños no se hayan desmayado de deshidratación.

Le doy a Russ su botella mientras levanta la ceja.

—¿Por qué habéis tardado tanto?

Se lleva la botella a los labios y da un trago largo. Cuando tiene la boca llena de agua, le cuento lo que nos ha dicho Xander, incluyendo mi nueva expresión favorita: «magia sexual». Se le escapa un chorro de agua de la boca y con el resto se atraganta tanto que empieza a golpearse el pecho y tiene que cubrirse la boca hasta que se le pasa la tos.

—¿Necesitas que te coloque en posición de recuperación, Callaghan?

A pesar de que le lloran los ojos y tiene la cara rosa, se echa a reír.

—No he podido evitarlo.

—Yo creo que sí.

—Corazón, no lo entiendes —dice en voz baja—. Se ha puesto pesadísimo. Me ha preguntado si me hacía ilusión jugar a un deporte de verdad. Normalmente está tan tranquilo, pero competir lo vuelve salvaje, y soy yo el que tiene que convivir con él.

—Oh, no —digo, haciendo pucheros en tono burlón—. ¿Te ha insultado el hombre malo que persigue a otros hombres para quitarles una pelota? ¿A ti, un hombre que también persigue hombres para quitarles una pelota, pero sobre hielo?

—Sé que te estás riendo de mí, y déjame decirte que te pones monísima cuando pones esa cara. Pero, por favor, dime que sabes que en el hockey no se juega con pelotas. Por otra parte, soy el portero, así que técnicamente no persigo a nadie, pero si pudiéramos empezar primero con lo de la pelota, sería genial.

Russ se me queda mirando, y dado que su cara no se ha recuperado del momento atragantamiento, su mirada es bastante intensa. A su lado veo a algunos de los niños que empiezan a ponerse los arneses de escalada, y desde luego no son los adecuados.

—¡Chicos! —grito, mirando a la espalda de Russ, que sigue perplejo—. ¡Esos no! Dejad que os ayude.

Paso a su lado y me dirijo hacia los campistas, cuando entonces oigo que me llama.

—¡Ror! ¡Necesito que me digas que sabes que el hockey no se juega con pelotas! ¡Por favor!

—¡Perdón, Callaghan! ¡No negocio con mis rivales! —le

grito por encima del hombro, sonriendo al ver cómo Xander se le acerca a toda prisa.

Hay un motivo por el que siempre me han gustado los jugadores de baloncesto, pero casi nunca voy a partidos de baloncesto: son un aburrimiento.

No sé quién ha organizado el horario del torneo (me imagino que Xander), pero ya he perdido la cuenta de cuántas rondas llevamos. No tengo ni idea de si vamos ganando o no, y aunque tengo agujetas en las piernas, es sobre todo de correr arriba y abajo por la pista mientras Xander acapara el balón y anota todos los puntos.

Los niños se lo están pasando en grande, chillando y gritando de emoción en cada ronda, pero yo ya he perdido el interés. Quiero un chocolate caliente. Quiero ver una película. Quiero acariciar a algún perro con la mano de Russ en mi muslo debajo de alguna manta.

Básicamente quiero recuperar mi noche normal con su horario de siempre.

—¿Y si nos negamos a jugar? —dice Emilia, estirando a mi lado.

—No nos necesita, así que no creo que funcione.

—¿Protestamos?

—No servirá de nada.

—¿Provocamos un incendio?

—Eso es pasarse —suspiro—. Aunque no creas que no lo he pensado.

—Sabes que si nos hubiéramos ido de vacaciones, como propuse yo, podríamos haber evitado esto.

—Lo sé —digo, suspirando todavía más dramáticamente—. También lo he pensado.

Lo único bueno de este circo es que Russ es bastante bueno al baloncesto, y cada vez que lo demuestra, Clay y Xander se quedan loquísimos, y da bastante satisfacción verlo. Cuando jugamos con los Osos Pardos (bueno, ese plural es un decir, porque yo no hago nada), Russ siempre se concentra en que los niños se lo pasen bien.

Ahora que juega solo para sí mismo, no tiene por qué contenerse, y yo no tengo por qué fingir que no lo estoy mirando, porque es lo que está haciendo todo el mundo.

Xander se sienta en el hueco libre a mi lado y oigo cómo Emilia refunfuña antes siquiera de que abra la boca. Él la mira con el ceño fruncido.

—La próxima vez que necesites algo de la balda de arriba de un armario, no te molestes en pedirme ayuda. Prueba a crecer un poquito.

Emilia suelta una carcajada irónica.

—Anda, alguien está peleón.

Él la ignora y se vuelve hacia mí.

—Roberts, ¿qué opinas del exhibicionismo?

—¿Que me lo hagan a mí? Ni de coña. No soy fan. ¿Hacerlo yo? No estoy en contra si es para algo importante, como un torneo de baloncesto amateur en un campamento de verano, donde no hay ningún premio ni incentivo real para participar... Pero con menores delante es imposible. Lo siento.

Suspira.

—Es verdad. Malditos niños. Ojalá Clay tuviera alguna mascota que pudieras robar.

—Claro, como robé un cerdo hace mil años, de pronto soy un peligro para las mascotas. —Pongo los ojos en blanco. De todas las cosas que me han acarreado mala reputación en todos estos años, esa es la más ridícula—. ¿Te sirve de consuelo si te digo que lo importante es participar?

Xander me lanza una mirada fulminante que me recuerda a mi madre mirando a mi padre.

—Madura, Aurora.

Después de lo que parecen unas doce rondas, por fin llega el momento de jugar contra Russ. Me he pasado toda la tarde evitándolo a propósito, le he lanzado miradas intimidantes y de vez en cuando me he pasado el dedo por el cuello cuando le he pillado mirándome.

Se acerca a mí en cuanto entramos en la pista y me estrecha la mano.

—¿No es ahora cuando me propones algo indecente y escandaloso para que te ayude a hacer trampas? —digo en voz baja, tratando de parecer despreocupada delante de todo este público.

—Lo siento, Roberts. No negocio con mis rivales. —Me suelta la mano, pasando a estrechar las de los demás para que no parezca raro.

Xander aparece a mi lado de inmediato.

—¿Qué ha dicho?

—Ha dicho que haría un trío con alguien del equipo de hockey si le ayudaba a hacer trampas. Le he dicho que no. Que estoy comprometida con mi equipo.

—Vale, podrías haber elegido algo creíble si ibas a mentirme. —Xander resopla, y es el gesto más suyo que ha hecho en todo el día, lo que me da esperanza de que esta versión superintensa de sí mismo pase rápido—. El chaval no te va a compartir con nadie, nunca. ¿Estás centrada en el partido?

—Siempre estoy centrada en el partido.

Empezamos a jugar, y en un giro totalmente predecible de los acontecimientos, se convierte en un show entre Xander y Clay. Emilia y yo corremos por pista arriba y abajo intentando seguirles el ritmo, pero tienen las piernas muy largas y todo se mueve demasiado deprisa. Luchan por anotar puntos, lo cual está muy bien, hasta que Clay y Russ cogen ritmo, lo cual dificulta que Xander y los demás de nuestro equipo puedan seguirles. Es más difícil, aunque no imposible.

Vamos empatados y, sinceramente, estoy más que lista para que esto termine.

—Roberts —me chista Xander mientras corre a mi lado—. Distráelo.

No necesito que me explique a quién se refiere. Pongo los ojos en blanco y me voy al otro lado de la pista, el lado que prefiere Russ, según parece. Los únicos buenos métodos de distracción que tengo implican desnudarme y, como ya hemos dicho, no puedo hacerlo aquí. Me mira por encima del hombro cuando me acerco a él y me siento como una tonta porque no puedo hacer lo que Xander me ha pedido.

Miro cómo Clay se enfrenta a Xander, luego me doy la vuelta en busca de Russ y me doy cuenta de que es mi oportunidad. La pelota va directa hacia él y me acerco todo lo que puedo.

—¿Podemos hacer un trío?

Russ gira la cabeza hacia mí al instante y el balón le impacta en todo el estómago. Ahoga un gruñido que me hace sentir un poco mal.

Incluso en su estado de agotamiento, se lanza a por el balón, pero yo soy más rápida y, en cuanto lo tengo en las manos, me quedo paralizada.

Mierda, no he pensado en nada más allá de la distracción.

—¡Vamos! —me gritan unas cincuenta personas a coro.

Botar el balón y mover los pies al mismo tiempo no es tan fácil como parece, y en alguna parte a lo lejos oigo cómo Xander me dice que se lo pase, pero ya es demasiado tarde, porque se me está echando un cuerpo encima. Que Russ se acerque tanto a mí delante de toda esta gente me parece escandaloso, pero incluso con su aliento en la nuca, que está haciendo que se me pongan los pezones duros, está absolutamente empeñado en recuperar la pelota.

—Aquí podemos jugar sucio los dos, corazón —dice.

Me sorprende que le haya oído, teniendo en cuenta lo alto que gritan los niños del público. Suena el silbato y Russ tarda un segundo más en despegarse de mí. Le hago señas, botando el balón una vez mientras nuestros compañeros discuten de fondo sobre Dios sabe qué. Me imagino que lo que acabamos de hacer infringe algún tipo de regla, pero mentiría si dijera que tengo algún interés en averiguar cuál.

—Tengo una propuesta.

—Si es otra oferta de trío, la rechazo con el debido respeto.

Se me escapa una carcajada.

—Si finjo que me he hecho daño, ¿puedes ir a buscar a los perros y así vamos a tomarnos un chocolate caliente?

—Pues claro que sí. El baloncesto es una mierda.

—No todos los deportes son iguales. —Xander me hace un gesto para que le lance el balón mientras sigue discutiendo con Clay—. Cada uno destaca en lo que puede.

Russ me mira fijamente con los brazos en jarras. Tiene el pelo revuelto, retirado de la cara como más me gusta. Me cuesta mucho no decirle lo guapo que es a cada minuto del día.

—Sé que antes nos hemos reído y tal, pero necesito oírte decir que sabes lo que es un disco de hockey y que tienes claro que no es una pelota.

—Claro que lo sé —contesto. Él exhala un suspiro de alivio—. Es como un pequeño neumático de cochecito de bebé.

—¿Qué? No, es...

Me doy la vuelta para alejarme de él, fingiendo tropezar con mis propios pies y caer al suelo antes de que pueda decir nada más, gritando «¡Ay!» con todas mis fuerzas. Russ se agacha a mi lado y finge que comprueba si tengo una lesión en la rodilla.

—Serías una actriz pésima, ¿sabes?

—Me duele muchísimo —digo como si nada—. Por favor, llévame a la enfermería, eres mi héroe.

El resto del equipo se acerca corriendo y se me queda mirando.

—¿Qué ha pasado?

—Se ha tropezado con sus propios pies —dice Russ, extendiendo las manos para ayudarme a levantarme—. Debería llevarla a la enfermería para que la examinen. Vosotros seguid sin nosotros.

Clay intenta protestar, pero Xander se le adelanta.

—Sí, es justo, porque los dos equipos tienen una persona menos. Que te mejores, Roberts. Buen partido, bla bla bla.

Luego me susurra «Bien hecho» mientras me alejo con Russ fingiendo una cojera. Me encanta que Xander piense que lo he hecho por él y no por mí.

Cuando estamos lo bastante lejos de la cancha de baloncesto como para que los gritos de ánimo de los niños sean solo un murmullo, Russ me saca del camino y me empuja contra un árbol. Mi ritmo cardiaco se acelera al instante, la excitación aumenta cuando él me aprieta, aprisionándome con sus brazos. Sé que todo el mundo está en la cancha de baloncesto, pero esto es bastante atrevido, especialmente para él.

—Si hubiera sabido que querías empotrarme contra un árbol, me habría caído mucho antes.

—¿Empotrarte? —repite—. No, necesito que me prestes toda tu atención mientras te hablo de discos de hockey.

30

Aurora

¿Cuál es la palabra para expresar ese momento en el que estás justo donde quieres estar?

Por primera vez me siento en paz conmigo misma y con mi vida, y no hay nada que pueda estropearlo. Hoy por fin es el día de visitas. Muchas familias salen del campamento durante el día y solo vienen a la barbacoa y a los juegos nocturnos, y otras ni siquiera se presentan a la visita.

Cuando era pequeña odiaba los días de visita. Algunos años mis padres no venían porque Elsa quería ir a ver a nuestros abuelos, así que usaban la oportunidad de quedarse sin hijas para cogerse vacaciones e intentar salvar su matrimonio insalvable. Otras veces solo venía mamá. El peor año fue cuando vinieron mamá, papá y Elsa y me deprimieron tanto que cuando se fueron, Jenna me dio una ración extra de helado.

Hoy está previsto que todos los niños pasen el día fuera del campamento, lo que significa que nos espera una jornada de lo más tranquila. A Emilia se le había olvidado que tenía la cámara que le regaló Poppy para documentar el verano y, por lo tanto, no ha documentado nada. Así que hoy vamos a hacer todas las fotos a la vez.

—¿Crees que también deberíamos cambiarnos de ropa?

—pregunta Emilia mientras meto diferentes accesorios para el pelo en un bolso con el móvil, los auriculares y un libro de bolsillo sobre una princesa y su guardaespaldas buenorro.

—Os quiero mucho, a ti y a Pops, pero no voy a andar cambiándome detrás de un árbol. Es un uniforme con un oso; ¿para qué íbamos a querer ponernos otra cosa?

No digo que sea una experta en fotos espontáneas, pero lo soy. Nos instalamos en un banco de pícnic cerca de la cabaña y le regalo a Emilia todo mi talento, cambiándome el peinado para que parezcan fotos de días distintos. Mientras finjo que me río con Xander, que por suerte está de espaldas a la cámara, nos damos cuenta de que esto no va a ser fácil.

Los perros son más fotogénicos que estos chicos, y no estoy exagerando.

—¡Russ, deja de poner caras raras! —grita Emilia. Se acerca a mí a trompicones y me enseña la cámara. La verdad es que parece que esté sentado sobre un nido de avispas.

—Eres demasiado guapo para salir tan mal en las fotos —digo mientras reviso todas las que hemos hecho. Le devuelvo la cámara a Emilia y le pido que vuelva a ponerse para probar una cosa.

—¿Y yo? —pregunta Xander mientras coge a Salmón para darle mimos.

—¡Baja al perro! —gritamos todos al unísono, a lo que él nos responde con un gruñido y un gesto de desdén.

—Xan, tú también eres guapo —dice Russ mientras intento que ponga un gesto más natural toqueteándole la cara—. ¿Qué haces?

—Te estoy relajando.

—Esto no es relajante, Aurora.

Miro alrededor para comprobar que no hay nadie por aquí cerca y me inclino para darle un beso. No esperaba que me correspondiera de esta forma tan entusiasta, pero entonces me agarra de la nuca con las dos manos.

Xander resopla de un modo exagerado y Russ me suelta.

—Es un poco egoísta que hagáis eso cuando yo llevo dos meses sin follar. Solo digo.

Ojalá pudiera embotellar la sensación que se me queda cada vez que Russ me besa. Aparto los ojos de Russ de mala gana para mirar a nuestro amigo con el ceño fruncido.

—Viste a Clay desnudo, seguro que eso cuenta como algo.

—Qué asco me dais —dice Emilia, acercándose a nosotros mientras me tiende la cámara—. Echo de menos a mi novia.

La inclino hacia Russ para que pueda verlas, primero en las que sale haciendo muecas, luego la del beso y al final unas de hace pocos segundos. Nunca había entendido la expresión «Me da un vuelco al corazón» hasta ahora, cuando veo cómo me mira Russ cuando cree que no lo observo.

Russ me da un beso en el hombro y siento escalofríos por todo el brazo.

—Qué guapa eres —susurra.

Esto es lo que se siente al ser deseada y valorada.

Esto es lo que quiero sentir siempre.

Emilia saca fotos de los chicos pasándose un balón de fútbol, algo de lo que ellos se quejan pero que les encanta a los perros. Emilia les ha dicho que no había forma de combinar el baloncesto y el hockey en un deporte que pudiera fotografiar, y que no era para tanto.

Estoy hojeando un libro cuando el móvil me empieza a vibrar en el bolso. Al principio no sé de dónde viene el ruido; lo he sacado como accesorio fotográfico, pero después de tantas semanas sin tocarlo me había olvidado de que existía.

Meto la mano en el bolso, lo saco y por poco se me cae al suelo cuando veo al Tío Que Me Paga El Alquiler mirándome fijamente.

—Hola, papá —digo, esperando que me haya llamado sin querer.

—Llevo más de veinticuatro horas intentando localizarte.

Ahí está ese carisma Roberts que tanto me gusta.

—Lo siento, papá. Estoy en el campamento, la cobertura de aquí es lo peor.

Resopla, como si le molestara mi incapacidad para controlar las redes móviles.

—Tengo que darte una noticia. Le he pedido matrimonio a Norah este fin de semana y ha dicho que sí.

—Eso es... —poco sorprendente— increíble, papá. Felicidades a los dos.

A lo mejor por eso está tan frustrado por no poder localizarme. Le preocupaba que me enterara por otra persona. Papá ha tenido montones de novias a lo largo de los años, pero en cuanto empezó a dejar que Norah publicara fotos suyas en internet, supe que no tardarían mucho en sonar campanas de boda.

No soy la mayor fan de Norah, por principios. Pero si va a casarse con alguien, al menos me alegro de que lo haga con una mujer más cercana a su edad y no con chicas que se acercan más a la mía o a la de Elsa, como estuvo haciendo durante un tiempo.

Mamá lo llamó su crisis de los cuarenta.

—Que estés en el campamento dificulta la organización de tu vestido de dama de honor. Tu madre me dijo que vuelves a casa el día 15, ¿correcto?

No sé qué dato afrontar primero. El hecho de que quieran que sea dama de honor o que mi madre y mi padre hayan hablado. Norah tiene sus propios hijos, así que no habría esperado que me incluyeran en el cortejo nupcial, y no me imagino a papá proponiendo que participe.

—Sí, papá, el 15.

—Le diré a Brenda que te cambie el vuelo; envíale los datos por correo electrónico junto con tus medidas actuales. Tendrás que volar directamente a Palm Springs.

¿Palm Springs?

—¿Para qué?

Le oigo suspirar.

—Para la boda, Aurora. ¿Me estás escuchando? Queremos que nos dé tiempo a una breve luna de miel antes de que terminen las vacaciones de verano y yo me tenga que ir a Europa para el Gran Premio de Holanda.

Las palabras se me atascan en la garganta.

—¿Os vais a casar tan pronto?

—Sí, Aurora. Y te necesito en Palm Springs. ¿Me entiendes?

Su tono insolente debería dolerme más de lo que lo hace, pero casi me explota el cerebro al darme cuenta de que ha esperado a que yo esté libre en lugar de hacerlo sin mí. Dios mío, sí que tengo el listón por los suelos.

—Lo entiendo, papá. Qué ganas de ver el vestido que me ha elegido Norah. Gracias, eh... Gracias por dejarme formar parte.

—Pues claro que formas parte, Aurora. Eres mi hija.

Me quedo muda. Es una frase muy simple en boca de un padre. Ni siquiera es algo particularmente bonito, pero viniendo de mi padre es importante. Por algún motivo siento que mi reciente felicidad es la que ha provocado esto. Cuando mandas buenas energías al universo, te las devuelve. Es una tontería, pero tranquilizadora, al fin y al cabo.

Quiero decirle lo mucho que esa pequeña frase significa para mí. Cómo eso es lo único que siempre he necesitado y cómo deseo desesperadamente tener una buena relación con él. Pero no tengo oportunidad de hacerlo, porque empieza a hablar de nuevo.

—Y sería raro que no salieras en las fotos. No voy a dejar que la obsesión de los medios de comunicación por prestaros atención a ti y a tu hermana le robe su momento a Norah.

Se me encoge el corazón.

—¿Así que solo quieres que vaya por las fotos?

—¿Te pasa algo hoy? ¿Por qué no me estás entendiendo? —dice en tono impaciente—. Norah ha contratado una exclusiva con una revista. Sí, tienes que ir para las fotos. No quiero que nos amarguen el día con rumores de crisis familiar por tu culpa.

Me noto el cuerpo entumecido.

—De acuerdo. ¿Puedo ir con acompañante?

—¿Necesitas acompañante? ¿Quién es? ¿Emily?

—Emilia —le corrijo—. No, no es ella. He conocido a alguien. Se llama...

—¿Has conocido a alguien dónde exactamente?

No sé por qué me sudan las manos, pero me sudan.

—En el campamento. Se llama...

Me interrumpe otra vez:

—No seas ridícula, Aurora. No voy a dejar que traigas a un desconocido a un evento familiar privado. —Puedo sentir cómo me late el corazón a medida que mi frustración crece—. Cuando dejes de jugar a las fantasías en la granja esa ni te acordarás de quién es. Sé realista por una vez, por el amor de Dios. Es mi boda, no una fiesta de cumpleaños infantil.

Tengo la garganta completamente seca, pero saco las palabras a la fuerza.

—Es importante para mí, papá. Quiero llevarlo. Vamos a la misma universidad, es realista, nos gustamos.

Suspira y me recorre un escalofrío por todo el cuerpo. Es como ácido.

—Estoy seguro de que tu rollete es muy importante y especial, pero he dicho que no. ¿Puedo confiar en que vendrás sola, Aurora? ¿Sí o no?

«Rollete».

—Sí.

—Bien. Te veo en unas semanas. Adiós.

La llamada se corta antes de que pueda despedirme y me quedo en el sitio, paralizada, intentando procesar cómo una simple llamada de tres minutos me ha jodido el día.

No sé qué pensaba que pasaría cuando he respondido a la llamada. Podría haber dejado de hablar al oír «Eres mi hija» y no haberme enterado de nada. Habría pasado el resto del día flotando por ahí como si fuera intocable. Pero he ido demasiado lejos, he pedido demasiado.

Si no estuviera tan desesperada por algo que claramente no voy a conseguir nunca, o si madurara y dejara de hacer el ridículo preocupada por importarle, quizá no me sentiría como si me pasara un camión por encima cada vez que hablo con él.

Necesito irme de aquí. Me lo repito una y otra vez mientras, no sé cómo, voy de la mesa de pícnic hacia mi cabaña. Me siento en la cama y me apoyo en la pared mientras repito la conversación en mi cabeza.

Pienso en lo que he dicho y en cómo me ha contestado, luego en lo que podría haber dicho en su lugar y en cómo podría haber respondido él.

Sigo y sigo y sigo, hasta que un sinfín de diálogos empiezan a dar vueltas en mi cabeza y no puedo hacer nada para obtener el resultado que quiero.

Un resultado en el que él cambie y yo sienta que me quiere en su vida para algo más que para salir en las fotos de la prensa.

Me tiemblan las manos cuando saco la maleta del armario y la abro sobre la cama. Me encanta Honey Acres, pero es una tontería fingir que es mi hogar cuando no lo es. Papá tiene razón, todo es mentira. Solo son unas personas a las que hace años pagaban para cuidar de mí y a las que probablemente les doy pena.

No sé por qué me traje tantas cosas, si sabía que apenas me pondría ninguna. Solo hace que sea más difícil salir corriendo de aquí. No sé por qué creí que aguantaría todo el verano. No soy capaz de doblar los pantalones cortos. En el fondo Jenna sabía que no aguantaría. Da igual en qué ángulo retuerza y doble la ropa, parece desordenada y desigual en mi maleta. Me pregunto si Emilia también pensó que iba a fracasar. A Russ se le da genial doblarme la ropa.

Podría ir a Bora Bora y apagar el móvil.

Si ni siquiera necesito un móvil. Joder, podría tirarlo a la basura.

¿Por qué no se doblan bien estos putos pantalones?

Tengo que decirle a alguien que vigile que Freya se acuerda de ponerse el repelente de mosquitos y de que Michael no puede comer nada con azúcar después de las seis de la tarde. Me voy a perder el concurso de talentos, pero Emilia se las arreglará sin mí. Todos estarán bien. Abro el cajón de la mesilla de noche para vaciarlo y veo la paloma de origami que Russ me hizo junto a mi colección de pulseras de la amistad de los niños.

Me desplomo en el suelo junto a la cama mientras noto una presión en el pecho, y los años de dolor que he enterrado debajo de una actitud estúpida y de un montón de bromas autodespectivas por fin salen a la superficie en forma de sollozo. Es como si se rompiera el dique y dejara caer las lágrimas porque no hay nada más que hacer ni nadie que pueda arreglarlo.

No estoy segura de cuánto tiempo permanezco sentada aquí antes de oír sus pasos.

—¿Ror?

La puerta de la cabaña se abre. Me imagino el caos que debe de ser esto. Aunque supongo que encaja bien con mi estado. Russ se hunde en el suelo frente a mí, e inmediatamente se me acerca para secarme las lágrimas de la cara.

—¿Vas a algún sitio, Roberts? —pregunta en voz baja.

—Tengo que irme. Me tengo que marchar.

—Vale, déjame hacer la maleta a mí también. Iré contigo.

Se me entrecorta la respiración y me pican los ojos.

—No puedes. Tienes que quedarte. Necesitas este trabajo. Y tienes que asegurarte de que aprueban la inspección de la cabaña y comprobar que no haya arañas en la litera de Sadia. Xander no lo sabe hacer bien. No he cambiado; solo te decepcionaré, Russ. No quiero decepcionarte.

Se sienta con las piernas cruzadas y me agarra para acurrucarme en su regazo. Su contacto me hace sentir mejor. Después de besarme los párpados y luego las mejillas, me besa las dos orejas y mi respiración empieza a acompasarse a la suya.

—Nunca podrías decepcionarme, Aurora, y no necesitas ser nadie más que tú misma. Sé que estás dolida y quiero hacer que te sientas mejor, pero si quieres que me quede a comprobar si hay arañas, tú también tienes que quedarte, porque si te vas, yo me voy. Todos te necesitamos y todos deseamos que te quedes aquí.

—Mi padre se va a casar —susurro, casi ahogándome con las palabras—. Y solo quiere que vaya para salir en la exclusiva de la revista, para que no parezca que somos una familia en crisis.

—Que le den por culo a tu padre. —Me coge la cara entre las manos y se echa hacia atrás para mirarme a los ojos—. No tienes por qué dejar que te siga haciendo daño, corazón.

Me tiembla el labio inferior.

—Solo quiero que alguien me quiera.

—Y mucha gente te quiere. Vamos a quedarnos los dos. Déjame demostrarte lo deseada que eres.

—Me gusta quién soy cuando estoy contigo, pero ¿y si tú también te vas? ¿Quién voy a ser entonces?

—¿Confías en mí? —me pregunta sin dejar de acariciarme la cara.

Todavía con las lágrimas resbalándome por la cara, asiento. Confío en él. Pero también tengo miedo.

—No me voy a ninguna parte, pero no me necesitas, Aurora. Eres fuerte, encantadora y divertida. Eres inteligente y cariñosa, y eres todas esas cosas sin mí. Solo te necesitas a ti misma, aunque puedes tenerme de todos modos. A mí también me preocupa cagarla, pero tenemos que confiar en nosotros mismos igual que confiamos el uno en el otro.

—No soy capaz de doblar los pantalones como tú.

—Exactamente —dice, pegando su frente a la mía—. Pues no te vayas. No huyas de este lugar que te hace sentir en casa. Ni de la familia que has escogido.

Russ funde sus labios con los míos, con suavidad y delicadeza, como si fuera a romperme si me besara con demasiada intensidad. Me recorre la espalda con los dedos, y noto cómo la tensión de mi cuerpo se disuelve poco a poco. Le rodeo el cuello con los brazos y me hundo en él, moviendo las caderas contra su cuerpo.

—Por favor, muéstrame cuánto me deseas —susurro—. Necesito quitarme de encima esta mala energía. Y tú me haces sentir bien.

Si no estuviera tan dispersa mirando cómo mi vida se desmorona, tendría más tiempo para impresionarme por la facilidad con la que Russ se levanta del suelo cargando conmigo entre los brazos. Mi maleta arma un escándalo al caerse desde la cama, y enseguida me deposita en el colchón y se tumba sobre mí.

El peso de su cuerpo sobre el mío ayuda a apaciguar la ansiedad que me sacude en oleadas. Se quita la camiseta y espera mientras le recorro el pecho con las manos, sintiendo su latido debajo de las palmas. La mía va a continuación, seguida de mis pantalones y luego de los suyos. Todavía hay alguna capa de tela entre nosotros, pero me recorre un escalofrío al sentir su peso entre las piernas.

Me da un beso en la frente.

—Lo deseo todo de ti, Aurora. —Otro en la nariz—. Quiero tus sonrisas. —Otro en la mandíbula—. Tus carcajadas. —Otro en la clavícula—. Quiero escuchar cómo divagas cuando estás nerviosa. —Otro en el pecho—. Quiero ver todas tus reacciones, grandes y pequeñas. —Otro en el centro de mi vientre—. Quiero ver cómo te frustras haciendo origami, pero lo haces igual, porque te encanta. —Otro en el ombligo—. Quiero protegerte de las zarigüeyas y los tiburones y, cuando sea necesario, de ti misma. —Finalmente, otro en mi cadera—. Y quiero desearte porque lo vales, corazón. Y porque también me haces sentir bien.

Nos incorporamos a la vez en la cama y me fundo con su boca, vertiendo en ella todo lo que puedo, mientras él me agarra del cuello.

Y en ese momento Jenna grita mi nombre desde el exterior de la cabaña.

Y la puerta se abre antes de que pueda gritar «¡Espera!».

31

Aurora

En la vida me han pillado un montón de veces haciendo cosas que no debía.

Cuando tenía siete años y estaba en casa de mis abuelos y empujé a Elsa a la piscina por decirme que me habían traído los extraterrestres.

Cuando tenía doce años y me castigaron por haber pegado a un niño que pegaba a otros niños, pero me escapé a un centro comercial porque me parecía un castigo injusto. Esa fue doblemente mala porque tampoco me dejaban ir todavía al centro comercial.

Cuando tenía quince años y me coloqué por primera vez en la caseta de la piscina, una decisión muy poco sensata, sobre todo teniendo en cuenta que mamá estaba en casa y me pilló enseguida.

Cuando tenía diecisiete años y los paparazzi me hicieron fotos saliendo de una discoteca a la que aún no tenía edad de entrar, totalmente colocada, con Connor James, el hijo del archienemigo de mi padre.

Básicamente todo lo que hice con Connor James tenía prohibido hacerlo. Quitando lo de estrellar el yate, porque sigo diciendo que eso no fue culpa mía.

Pero por malos que fueron esos momentos, al final nunca pasaba nada. Miradas de desdén y tal vez un breve sermón sobre mi seguridad, pero yo sabía que no pasaría nada y por eso lo hacía y por eso seguí haciéndolo.

Jenna pone los ojos como platos al abrir la puerta.

—Mierda. —Eso es lo único que le sale decir a Russ mientras busca algo para taparme. Aunque la verdad es que debería estar más preocupado por la enorme erección que hace presión contra sus bóxers.

Jenna aún tiene el pomo de la puerta en la mano, lo que le facilita volver a cerrarla al instante. Hay mucho que decidir mientras mi mente se debate entre el pánico y la confusión.

—Joder, joder, joder —murmura Russ a la vez que se apresura a recoger la ropa—. Todo va a salir bien. No entres en pánico.

—No estoy entrando en pánico —lo tranquilizo, subiéndome los pantalones cortos.

—Me lo estaba diciendo a mí.

Le tiemblan las manos mientras intenta volver a ponerse las zapatillas y lo guío suavemente para que se siente en la cama. Debería tener más prisa; de momento solo me he puesto los pantalones, pero me da igual que Jenna siga cabreada en la puerta si eso significa que consigo calmar a Russ.

Sé que odia meterse en líos por culpa de su padre, y por eso ha intentado evitar esta situación desde el primer día. Teniendo en cuenta que hace cinco minutos era yo la que estaba sufriendo una crisis, parece que lo único que hacía falta para que se me pasara era que Russ me mirara como si se acabara el mundo.

—No es tan malo —dice—. Somos adultos y ahora mismo no tenemos niños a nuestro cargo. Y, además, ya nos habíamos acostado antes del campamento, cosa que Jenna sabía.

—Russ, escúchame. En el peor de los casos, nos iremos unas semanas antes. De la mano. No pasa nada, y no tenemos por qué contárselo a nadie, y podemos escondernos en cualquier parte del mundo. Cometer un error no te convierte en un desastre. Tu padre es un mentiroso, tú no eres nada de lo que él te dice.

Me hace gracia que sea yo la que está dando consejos sobre

padres, pero eso es justo lo que hace que Russ sea tan importante para mí. Los dos estamos un poco rotos, los dos estamos tratando de ser mejores y los dos estamos buscando desesperadamente a alguien que nos quiera por lo que somos.

—¿Qué hace aquí?

—No tengo ni idea, la verdad. —Estresarme por eso es un problema para cuando me termine de vestir.

Jenna está agachada en el porche acariciando a Pez cuando por fin salimos de la cabaña. No dice nada mientras se levanta y se quita los pelos de perro de los pantalones. Esto parece un duelo para ver quién habla primero, y estoy a punto de disparar, pero Jenna se me adelanta.

—Tenéis visita —dice.

Russ y yo nos miramos, confusos. Él se aclara la garganta.

—¿Visita de quién?

Jenna se cruza de brazos con cara de enfado.

—De vuestros padres. Tu padre está aquí, Russ, y también tu madre, Aurora. Ambos os esperan en recepción.

La palabra «confusión» se queda corta para expresar lo que siento en este momento mientras los tres caminamos en silencio hacia nuestros padres. A Russ se le ha ido el color de la cara. Ojalá pudiera consolarlo, pero no me apetece empeorar las cosas con Jenna.

Mamá ya ha salido del edificio cuando llegamos. No consigo ver al padre de Russ. Jenna y Russ siguen caminando y siento como si me arrastraran.

—¡Russ! —grito, haciendo que se detenga y se dé la vuelta. Corro hacia él, envuelvo mis brazos alrededor de su torso, apretando fuerte—. Si te dice alguna crueldad, aunque sea la más mínima, aléjate de él. Te estaré esperando cuando vuelvas.

Me da un beso en la cabeza y no dice nada. Sigue su camino con Jenna y yo me vuelvo hacia mi madre.

—¿Vamos a hablar de por qué te has presentado aquí sin avisar?

Mamá odia salir al aire libre y va vestida como si fuera a ir de compras a Saint-Tropez, no a lo que sea que pretenda hacer aquí.

—Es el día de visitas. Se me ha ocurrido que podríamos dar un paseo —dice, como si nada.

Sospecho inmediatamente.

—¿Has venido hasta aquí desde Malibú sin avisar porque quieres dar un paseo conmigo?

—Eso es lo que te acabo de decir, Aurora.

¿Qué es lo peor que podría pasar?

—Pues vale.

Nuestras opciones para dar un paseo son limitadas porque mamá ha decidido ponerse unos tacones de Louboutin en lugar de unas zapatillas, así que la llevo hasta el lago, donde puede caminar descalza por la arena. Durante los primeros veinticinco minutos mamá no para de hablar de tonterías y yo estoy cada vez más cansada y frustrada. Mi madre no es la típica madre con la que se puede salir de paseo por el bosque; es más bien una madre de «vamos a comprar tu primer Luisvi». Pasan treinta minutos y mi desconfianza y confusión han llegado al límite. Me detengo delante de dos tumbonas que han dejado fuera y me siento.

—Necesito saber qué haces aquí, porque me está poniendo de los nervios que finjas que te gusta pasear.

—Me encanta pasear por la playa. ¡Es una de mis cosas favoritas! —dice a la defensiva.

—Sí, en Malibú. O en el Caribe. No esquivando palitos y vete a saber cuántas otras cosas más.

—Siempre desconfías de las intenciones de la gente. Eso lo has sacado de tu padre. Siempre hace lo mismo.

De pronto se me enciende la bombilla.

—Te has enterado, ¿no? —digo mientras ella se sienta a mi lado mirando al lago—. Por eso has venido. Cuando te preguntó cuándo vuelvo a casa, te contó que se había comprometido, ¿no?

Después del torbellino que ha sido la última hora se me había olvidado por qué estaba tan disgustada. Entrelaza sus dedos con los míos.

—Pensé que podrías estar molesta. Quería estar aquí para ti. No quería dejárselo a Emilia.

—¿Sabías lo que me iba a decir?

—No, pero supuse que podría haber algo. —Me roza con suavidad la mano con el pulgar—. Tu padre es un gilipollas, Aurora, lo digo con todas las letras. Había muchas más probabilidades de que te hubiera dicho alguna crueldad que de que estuvieras contenta como unas castañuelas.

Papá siempre ha sido nuestra piedra en el zapato. Me pregunto si será frustrante para mamá tener que verme luchar por la atención de alguien que le cae tan mal. No es algo de lo que solamos hablar, y tengo que reconocerle que al menos ella solo se muestra desagradable con él a la cara.

—¿Por qué no le caigo bien, mamá? No me trata como a una hija.

—Tu padre es... No lo sé, cariño. Cuando te cases, creerás que lo sabes todo de esa persona, pero la gente cambia. Y tu padre cambió. Primero fueron pequeñas cosas, cómo hablaba de ciertos temas, cómo trataba a los demás. Después nació Elsa y volvió a ser el hombre con el que me casé. Era maravilloso con ella, y por eso ella lo idolatraba.

Me dan ganas de volver a hacer la maleta.

—Debió de ser bonito.

—Pero no duró mucho y enseguida volvió a ser el de antes, desagradable con todo el mundo, que se peleaba por cualquier cosa y que llegaba tarde a casa sin motivo. Nuestro matrimonio estaba en tensión constante y yo estaba cansada de estar constantemente en pie de guerra. —Se remueve en el asiento y le aprieto la mano para que continúe. Nunca había sido tan sincera sobre su relación con papá y estoy desesperada por que me lo cuente todo—. Esta parte ya te la sabes, pero dejamos a Elsa con tu abuela y nos fuimos de viaje a ver la aurora boreal para desconectar por fin del mundo exterior, y volvimos a ser felices. Unas semanas después me enteré de que estaba embarazada de ti y él se puso muy contento.

—Anda, así que hubo un tiempo en el que estaba contento por mi existencia. Antes de que naciera.

—Eras como una muñequita diminuta cuando naciste. Eras

la perfección absoluta. No llorabas nunca, te pasabas el día durmiendo y te encantaba que te cogieran en brazos. Yo estaba obsesionada contigo. Pero Fenrir empezó a acaparar todo el tiempo de tu padre y yo no quería andar viajando mientras fueras tan pequeña, así que estábamos separados cada dos por tres. A medida que crecías, vimos que no te parecías a nadie de la familia Roberts y tu padre se distanció aún más.

—¿Se distanció? ¿Por qué?

—Al principio fue sutil. Comentaba lo rubio que se te estaba poniendo el pelo, cuando el de Elsa era castaño oscuro. Luego se te empezaron a poner los ojos verdes. Todos en esa familia se parecen y tú eras la excepción. Eras exactamente igual que yo.

Me dan náuseas y todo empieza a tener sentido.

—Cree que no soy hija suya.

—No lo dijo abiertamente, pero durante un tiempo estuve convencida de que esa era la explicación. Al principio no quise darle importancia porque pensé que, cuando crecieras, podríais estrechar lazos y reducir esa brecha que él había creado. —Mamá se roza la mejilla con el dorso de la mano—. Ojalá esa hubiera sido la explicación. Podría haberlo arreglado con una prueba de ADN y una buena sesión de terapia de pareja. Pero entonces empezó a tratar a tu hermana del mismo modo y me di cuenta de que estaba buscando respuestas que tuvieran sentido para mí, algo que poder asumir de alguna forma, cuando la realidad es que el problema siempre fue él.

»Nos peleamos muchísimo por eso. No podía soportar que hubiera formado una familia con un hombre capaz de tratar a sus hijas como si fueran un inconveniente. Sentía que estaba llorando la pérdida de mi marido sin que se hubiera muerto. Ya no era el hombre que yo había conocido. Y tú te diste cuenta; incluso siendo muy pequeña, ya intuías que las cosas no iban bien. Elsa empezó a portarse mal para llamar su atención, lo que funcionaba, así que tú la imitabas. Pensé que mejoraría cuando viajáramos juntos, pero no. En todo caso, os hizo empeorar a las dos.

Me siento en silencio por miedo a decir algo que interrumpa todas las respuestas que por fin me está dando.

—Al principio era inocente. «Papi, mira lo que hago», y te quedabas esperando a su reacción; pero cuanto menos respondía, más lo hacías. Y yo ni siquiera podía reñiros o asustaros para que os portarais bien, porque no era culpa vuestra. Erais niñas pequeñas que no sabían lo que habían hecho mal. Que no entendían... —Se le quiebra la voz—. Lo siento mucho, Aurora. Siento mucho que te sientas así contigo misma porque no hayamos sido mejores padres. Yo lo dejé cuando me di cuenta de que no cambiaría nunca, pero ya era demasiado tarde. El daño ya estaba hecho.

—¿Así que la respuesta a todas mis preguntas es algo que ya sabía? Porque es una mala persona.

—Nunca he pretendido ser la madre perfecta. Sé que tenemos nuestras diferencias, pero te quiero por mí y por Chuck. —Se levanta y se sacude el polvo invisible del traje, con los zapatos de tacón en la mano que parecen totalmente fuera de lugar—. Ya eres mayorcita, Aurora. No voy a decirte lo que tienes que hacer, y aunque lo hiciera, no me harías caso, pero legalmente tu padre tiene que pagarte los estudios y la manutención hasta que tengas acceso a tu fondo de inversión. Eso no significa que tengas que verlo. Haz lo que quieras con esta información.

Siento que he recibido de sopetón la explicación de toda una vida, y estoy agotada.

Al igual que mamá, llevo mucho tiempo buscando una explicación. Buscando desesperadamente respuestas que expliquen las cosas, que me den algo a lo que aferrarme para poder arreglar esto. Pero no creo que sea capaz de arreglar un grave defecto de carácter.

Yo también me levanto, sigo a mamá hacia el sendero principal y la ayudo a ponerse los tacones cuando llegamos.

—¿Te quedas un rato? Emilia debe de estar por aquí.

—No puedo, cielo. Tengo que volver a casa con Gato. Se estará preguntando dónde estoy.

Madre mía, me había olvidado del gato.

—¿Lo del gato es verdad? ¿O es una especie de estratagema para que vuelva a casa?

Pone los ojos en blanco mientras mete la mano en el bolso para sacar el móvil y ahí mismo, en el fondo de pantalla, veo una foto de un gato negro desaliñado tumbado en un mar de almohadas sobre...

—¿Por qué está en mi cama?

—Tú tienes tu propia casa, Aurora. No puedes pretender que te guarde la cama para siempre.

—¿Me estás tomando el pelo? ¡Si hace dos minutos me estabas pidiendo que me volviera a casa contigo!

Resopla mientras vuelve a meterse el móvil en el bolso.

—Seguro que, si en tu próxima visita le llevas un poco de salmón ahumado, accede a compartir la cama contigo.

He dejado a mamá con Emilia y le he dado a Xander la orden estricta de no ligar con ella. En cuanto se dio cuenta de que mi madre es como una versión más mayor de mí, se puso a bromear diciendo que no le importaría ser mi padrastro. Así que no pienso correr ningún riesgo. Y también le he dado permiso a Emilia para cruzarle la cara a Clay como se atreva a mirar en dirección a mamá.

Mientras me acerco a la oficina de Jenna, sé que voy a odiar cada segundo de esta conversación.

Honey Acres ha sido parte de mi vida durante más tiempo del que no lo ha sido, y sé que si me despiden, nunca volveré a ser bienvenida aquí. La verdad es que debería haber pensado en eso antes de empezar con Russ. No puedo mentir, nunca he creído en serio que siempre se cumpliera la norma de romance cero, pero después de la frialdad de Jenna antes, no las tengo todas conmigo.

Pero algunos riesgos merecen la pena, y aunque pudiera, no cambiaría nada de lo que ha ocurrido. Russ me dijo que no cambiaría nada del pasado porque no querría arriesgarse a no conocerme, así que si me despiden del lugar que más quiero en el mundo, al menos conservaré las mariposas.

Al llamar a la puerta con los nudillos, sé por la banda sonora de *Mamma Mia!* a todo volumen que Jenna está dentro. Nunca he llamado antes de entrar en el despacho de Jenna, así que no sé por qué lo acabo de hacer ahora. Quizá porque sé que no cabrearla todavía más puede ayudar a mi causa. Vuelvo a llamar un poco más fuerte y por fin me grita que entre.

Su cara al ver que soy yo prácticamente me corta la respiración.

Me doy cuenta de que no está enfadada, sino decepcionada.

—Jenna, lo siento.

—No me digas que lo sientes cuando no es verdad, Rory. Sabías exactamente lo que estabas haciendo cuando te saltaste las normas, y me has puesto en una tesitura muy difícil a sabiendas.

—Por favor, no le despidas, Jen —digo en un tono desesperado mientras me siento al otro lado del escritorio—. No se merece perder su trabajo porque yo lo convenciera de saltarse las normas.

—Los dos sois mayorcitos y los dos sois responsables de vuestros actos. —Mierda—. ¿Cuándo empezó?

Quiero mentir. Igual si le digo que ha sido solo hoy porque estaba triste le resultará más fácil procesarlo y no será tan dura. Pero Jenna significa mucho para mí y no quiero traicionarla aún más de lo que ya lo he hecho.

—Cuando la tormenta.

Ella sacude la cabeza mientras se apoya sobre las manos.

—Estoy hasta el coño de los universitarios que os pasáis el día más salidos que el pico de una mesa. Qué ganas de que os vayáis a vuestra casa de una vez y seáis el problema de otro. Estoy muy enfadada contigo, Aurora.

—Lo siento mucho, Jenna. Me iré sin decir nada, te lo juro. Pero, por favor, no despidas a Russ. Como pierda este trabajo le va a dar algo. No se lo merece, te lo prometo.

—¿Puedes parar con el rollo este de la autocompasión, por

favor? Me estás dando dolor de cabeza, y ya me duele bastante después de ver cómo te restregabas con un tío medio en pelotas y luego tener que mirar a tu madre a los ojos.

—Lo sien…

—Deja de disculparte y haz tu trabajo, por favor. No, tráeme una limonada. Y luego vete a hacer tu trabajo. —Levanto las cejas de sorpresa. Ella resopla, se cruza de brazos y se reclina en la silla—. ¿Qué? ¿Te crees muy especial? Si tuviéramos que despedir a todos los empleados que se lían con otros, no nos quedaría ninguno.

—Pero creía que…

—Lo vi la noche de la tormenta, Aurora. Sabía que te daría miedo, así que fui a tu cabaña. Miré cómo rondaba por los escalones bajo la lluvia, como si debatiera algo consigo mismo, hasta que por fin llamó a la puerta. Fue entonces cuando lo supe.

—¿Supiste qué?

—Supe que le importabas. —Suspira—. Así que ahora sé que no lo has hecho solo por pasarte las reglas por el forro.

—A mí también me importa él.

—Somos tu familia, Rory. Este lugar siempre será tu casa, aunque hagas cosas que me den ganas de estrangularte. No voy a informar de esto, cosa que debería hacer, pero eso no significa que tengas vía libre para hacer lo que te dé la gana en lo que queda de campamento, ¿entendido? Seguid escondiéndoos hasta apartaros de mi vista. No quiero oír ni pío de ninguno de los dos.

Mi familia.

—Te quiero, Jen.

—Y yo a ti. Cuando la gente te deja salirte con la tuya no es solo porque no les importes. Yo te dejo salirte con la tuya porque te mereces ser feliz. Te mereces sentir y saber que te quieren, y disfrutar de que te quieran, porque mucha gente te quiere, Ror.

—Hoy he tenido una gran conversación con mi madre. Ahora muchas cosas tienen sentido, sobre todo lo de mi padre.

Se levanta, se acerca a mí y me abraza.

—«Padre» no es más que una palabra. Y no significa nada a menos que haya actos de verdad detrás de ella. En realidad, ese tío no es más que un gilipollas con el que compartes ADN. Y ya está. No lo necesitamos. No te va bien sin él, te va mejor.

Jenna me da un beso en la cabeza antes de volver a sentarse en su escritorio.

—Vale, se acabó el momento moñas. Lárgate. Y para que lo sepas, vas a limpiar las cuadras el resto de la semana. Y llévate a tu amante bandido. Qué vejez me estáis dando los dos.

No ha sido para nada como me había imaginado, y me dirijo a la puerta absolutamente confusa. Pero por suerte no me van a echar, y tampoco a Russ. Puedo limpiar alguna mierda de caballo si eso significa que Jenna no está cabreada conmigo de verdad. Al abrir la puerta del despacho, de pronto se me ocurre una última pregunta antes de salir y prepararme para el final del día de visitas.

—Espera, ¿quién más se ha enrollado?

Se pasa los dedos por los labios, como si los sellara.

—Has perdido tus privilegios de cotilla. Haberlo pensado antes de bajarte las bragas.

Aunque tiene razón, me alegro de haberlo hecho.

32

Russ

Llevamos cinco minutos en este banco de pícnic sin pronunciar una sola palabra.

Tiene mejor aspecto que la última vez que lo vi, pero es lo que tiene no estar en una cama de hospital conectado a un montón de cables. Sabía que el silencio no podía durar mucho, pero debo admitir que no esperaba que se presentara aquí.

—No sé por dónde empezar, Russ —dice.

No me acuerdo de la última vez que estuvimos sentados en un lugar normal. Ojalá supiera cuántos minutos quedan para que se vaya, de esa forma haría una cuenta atrás.

—¿Por qué no empiezas diciéndome qué haces aquí? —pregunto en tono cortante.

No soy una persona que suela enfadarse, pero estar cerca de mi padre remueve algo dentro de mí. Es como si tuviera que convertirme en una persona distinta para poder afrontar que estoy con él.

—Han pasado muchas cosas desde que nos vimos por última vez. Tu madre me quitó el teléfono y vio todo lo que le había estado ocultando. Entiende lo mal que está la situación y lo mal que he tratado a todo el mundo, a ti incluido. Y me echó.

Me quedo de piedra.

—¿Por qué no sabía yo esto?

—Porque dijo que prefería dejarte disfrutar del verano sin que te lo jodiéramos. Sin que yo te lo jodiera. Quería llamarte por tu cumpleaños, disculparme por todo lo que he hecho, pero me dijo que no lo hiciera. Que te merecías tiempo y espacio para recuperarte del dolor que he causado a esta familia.

Al principio no digo nada. No sé si es porque me ha pillado desprevenido y no sé bien qué decir, o si es porque mi instinto me dice que espere a que lo suelte todo. A que revele cuáles son sus verdaderas intenciones.

—Entonces ¿qué haces aquí? No tengo dinero y no puedes quedarte conmigo. No puedo darte nada.

—No quiero nada, Russ —dice—. Solo he venido a hablar. Creo que podemos estar de acuerdo en que ya he abusado mucho de ti. He cometido muchos errores en mi vida y he agotado todas mis opciones. Me arrepiento de muchas cosas, pero no hay nada de lo que me arrepienta más que del daño que te he causado a ti, a tu madre y a tu hermano.

Sé que todos tenemos nuestros defectos, y mi padre vive a diario sabiendo que ha mostrado todos y cada uno de los suyos.

Sé que lo que yo he vivido no es la norma. No es la versión estereotipada de cómo funciona el mundo. He escuchado a personas cuyos padres eran tan atentos, tan cariñosos, tan responsables de sus actos que nunca se enteraban de cuándo había algún problema. Mi enfado no es hacia las personas con problemas de adicción. He mirado las estadísticas, he leído sobre casos, he escuchado muchas historias personales desgarradoras de superación y he sentido empatía. Lógico, ¿verdad?

Mi corazón siempre me ha dicho que mandara a la mierda a la lógica. Mi padre no debería haberse dejado vencer; debería haber luchado más. No porque sea mejor que nadie luchando contra demonios invisibles, sino porque es mi padre. Es mi padre, y yo lo necesitaba y él nunca hizo el intento de salir de ahí porque ni siquiera le importaba. Solo se escuchó a sí mismo, a sus deseos y a sus impulsos, y siguió actuando para sí mismo hasta que la ira, el arrepentimiento y el resentimiento llegaron como un tsunami... Y cuando dejó que la ola lo engullera, nos arrastró a todos.

Me aclaro la garganta y lo miro directamente a los ojos. Ya no soy un niño asustado, no tengo por qué hacerme pequeño delante de él.

—Sigo sin entender qué haces aquí, papá.

—La última vez que me viste, me dijiste que arreglara mi puta vida. Quería verte en persona para decirte que eso es lo que voy a hacer. Sé que lo más seguro es que no me creas, o puede que hayamos llegado al punto de que ya ni te importe. Pero voy a arreglarlo. No quiero seguir viviendo así. Quiero recuperar a mi familia. Quiero recuperar mi vida. Quiero volver a ser alguien a quien podáis admirar.

Debería estar ilusionado de que por fin diga todo lo que llevo queriendo oír durante tanto tiempo. Que quiere cambiar. Que sabe que las cosas están mal. Que sabe que ha hecho daño a la gente. Pero lo único en lo que puedo pensar es que solo son palabras pronunciadas en el orden preciso de manera que parezcan reales. Y eso siempre se le ha dado muy bien. Por eso mamá ha tardado tanto en darse cuenta de la realidad.

A veces hay un delicado equilibrio entre la dedicación y la desesperación, y por eso sé que papá ha tocado fondo. La adicción es una enfermedad, un juego en el que siempre se pierde. Todo el mundo sabe que la banca siempre gana. Puede que no sea esta mano, ni siquiera la siguiente. Puede ser después de una sola carrera de caballos o después de veinte. Puede que sea en esa última tirada de dados, pero al final la banca vendrá a cobrar, y cuando cobre, no quedará nada.

No creo que a papá le quede nada ahora mismo, y darme cuenta de eso hace que se me pase un poco la rabia.

—Espero que la recuperes, papá. De verdad. Pero no puedes anunciar que vas a cambiar y ya está; tienes que actuar. Tienes que hacer un esfuerzo consciente para buscar ayuda y eliminar las tentaciones de tu vida.

—Lo voy a hacer —dice en tono firme.

—¿Cómo?

—No lo sé.

Me froto las sienes con los dedos e intento no suspirar, porque no creo que piense que lo estoy ninguneando.

—Hay programas para gente en tu situación; he leído sobre ellos. Son anónimos y gratuitos. Deberías informarte; suele haber muchos folletos en los tablones de anuncios por la calle.

—Lo haré. Los miraré en cuanto vuelva. Mira, Russ, sé que no he sido la persona que te mereces. Has tenido que trabajar más duro, sacrificarte más, luchar solo porque yo no quería luchar contra mis demonios. No puedo cambiar el pasado, pero sí que puedo asegurarme de que no vuelva a pasar. Si hay algún tipo de ayuda, quiero encontrarla.

Creo que espera que le dé una charla diciendo que todo va a salir bien y que confío y creo que va a mejorar, pero no pienso creer en lo que dice hasta que no lo vea con mis propios ojos. Espero con todas mis fuerzas que vaya en serio, si bien ahora mismo me parece demasiado bueno para ser verdad. A una pequeña parte de mí le preocupa que ya sea demasiado tarde para poder perdonarle y que todo el mundo siga con su vida y yo me quede atascado en el pasado, todavía herido bajo la superficie.

¿Puede uno conseguir siempre todo lo que quiere? Me he pasado años luchando solo, y en muy poco tiempo las cosas han cambiado muchísimo.

Hasta ahora, este verano me ha salido bien lo de compartir mis sentimientos, cosa que me anima a ser sincero con papá.

—Estaría bien volver a sentirnos como una familia. Si mejoraras, no me resultaría tan difícil estar contigo. Tus cambios de humor impredecibles me provocan mucha ansiedad.

Asiente con los ojos empañados. Parece que va a añadir algo más, pero golpea la mesa con el puño dos veces y se levanta.

—No quiero molestarte más. Este sitio es precioso. ¿Te gusta trabajar aquí?

Asiento con la cabeza.

—Me encanta.

—Estoy orgulloso de ti, Russ. Te estás construyendo una

gran vida a pesar de lo que te he hecho pasar. —Parece como si fuera a inclinarse para darme un abrazo, pero en el último momento me tiende la mano para estrechármela—. Nos vemos pronto, hijo.

—Adiós, papá.

Me quedo solo, sentado a la mesa de pícnic durante otros veinte minutos. Pensando, procesando lo que ha ocurrido, preguntándome si de verdad esto puede ser el comienzo del cambio que tanto tiempo llevo ansiando.

Al cabo de un rato vuelvo en mí y voy a buscar a Jenna. Parece que hoy se han juntado más dramas que en todo el verano.

Sé que la he cagado y sé que Jenna tiene todo el derecho a despedirme por lo que ha visto, pero espero que no lo haga. Antes de esto, que me pillaran me parecía lo peor que me podía pasar en el campamento. Pero entonces mi padre se presentó de visita sorpresa, y de pronto eso se convirtió en lo peor que me podía pasar en el campamento.

Ahora me da mucho menos miedo enfrentarme a Jenna.

Mientras llamo a la puerta de su despacho, me doy cuenta de que si hubiera sido un poco listo me habría mantenido al margen y habría esperado lo mejor. Pero, por lo que parece, ya no soy muy listo. Aunque no sería capaz de seguir con mi vida si me quedo esperando con el temor de que en cualquier momento me digan que haga las maletas y me largue.

—Me alegro de verte con la ropa puesta —me dice en cuanto entro al despacho.

El calor me sube inmediatamente por las mejillas y las orejas.

—He estado intentando dar con algo que poder decir para explicarte por qué ignoré las normas a sabiendas, pero no tengo ninguna excusa lo bastante buena y no quiero hacerte perder el tiempo —digo. Ella se cruza de brazos, se sienta en la silla y me mira fijamente con expresión desafiante—. Nunca tuve la esperanza de que alguien como Aurora se fijara en mí, pero lo ha hecho, y voy a aferrarme a ello con todas mis fuerzas. Sé cuánto la quieres, Jenna. Pero lo único que quiero es hacerla feliz.

—¿No puedes hacerla feliz con los pantalones puestos? —replica—. Esto es un lugar de trabajo, no una fraternidad.

—Llevo toda la vida respetando las normas. He mantenido la cabeza gacha, me he callado todas mis cosas y mis secretos y he hecho todo lo posible para cargar con mi propia mochila. Pero ella hace que no quiera estar solo nunca más. Siento haberme saltado las normas, pero no me arrepiento, y lo haría otra vez si eso significara que puedo hacerlo con ella. Estoy agradecido por la oportunidad que me ha dado tu familia, pero estoy más agradecido por ella.

—Me estresáis mucho, te lo juro. —Jenna se frota las sienes y suelta un largo gruñido—. Quiero que todos los días des las gracias por lo que tienes. Todos los días. Si alguna vez ella no está en tu lista de prioridades, quiero que averigües por qué y lo arregles. Como no la trates como si fuera lo mejor que te ha pasado en la vida, es que no te la mereces. ¿Entendido?

—Sí.

—Tiene un corazón enorme, pero está hecho polvo. Cuando pasas mucho tiempo autodestruyéndote, a veces tus piezas no encajan del todo bien. Necesitará tiempo y paciencia.

—Lo entiendo.

—Bien. Ahora lárgate. Ve a hacer tu trabajo para que pueda olvidarme de esto.

—¿No estoy despedido?

—De momento no. —Me hace un gesto con la mano para que me vaya—. Y una cosa, Russ: como le rompas el corazón, tengo un millón de lugares posibles donde enterrar un cuerpo. Tenemos hectáreas que ni siquiera conoces. Nunca te encontrarían.

Jenna da bastante miedo, y la verdad es que la creo perfectamente capaz.

—Tomo nota.

33

Russ

Todos los días doy las gracias por lo que tengo, tal y como me ha dicho Jenna.

La mayoría de los días son pequeñas cosas, como que los niños se lo pasen bien o poder dormir toda la noche del tirón. Doy las gracias cuando miro el chat de grupo con mis amigos y leo que están deseando verme, o cuando veo que pasa otro día sin que me llegue una petición de dinero de mi padre.

Todos los días doy las gracias por Aurora, por ver lo feliz que es dejando que los niños la empujen al lago por enésima vez, o por oírla hablar del gato que su madre posiblemente haya robado a un vecino. Doy las gracias por la sonrisa que me dedica cuando me ve por las mañanas al pasar después de salir a correr, o por el beso que conseguimos darnos fugazmente lejos del grupo.

Doy las gracias a Jenna por no despedirnos y doy las gracias a Xander y Emilia por hacer lo que está en su mano para ayudarnos a seguir escapándonos a escondidas sin problemas.

El hecho de poder tomarme el tiempo de pensar en el día y de valorar lo que tengo y lo que me llevaré conmigo me está ayudando a no estar triste por que llegue el momento de marcharse.

Pero hoy, encima del escenario delante de todo el mundo en Honey Acres, doy las gracias de que el concurso de talentos esté a punto de terminar.

Estoy acostumbrado a oír a la gente animar y aplaudir, pero normalmente es mientras estoy en el hielo rodeado de mis compañeros de equipo, y me resulta fácil desconectar. Pero no es tan fácil cuando solo estamos Xander, los perros y yo en un escenario del que Xander no da señales de querer bajarse rápido.

Sé que tengo la cara como un tomate cuando bajo de un salto, silbando para que los perros me sigan, con la esperanza de que Xander se vea obligado a bajar también. Sin la determinación de Aurora de hacer las cosas bien, Xander y yo no hicimos ni el amago de ponernos a ensayar hasta ayer. Ahora que hemos terminado y puedo dejar de preocuparme, agradezco que Pez, Salmón y Trucha hagan cualquier monería por conseguir un trozo de beicon.

Para ser justos, hay que decir que hicieron todos los trucos a la perfección, y estoy convencido de que nadie se ha dado cuenta del caos que ha sido conseguir esto durante todo el verano.

—Lo hemos bordado —dice Xander mientras nos sentamos en las butacas del fondo—. Te dije que saldría bien. Dime que tenía razón.

—Tenías razón —refunfuño de mala gana.

Todos los chavales miembros de los Osos Pardos lo han petado y, ahora que no soy yo el que está ahí arriba, admito que es muy divertido y una forma perfecta de acabar el verano.

Los vítores vuelven cuando el resto de nuestro grupo sube al escenario para hacer su actuación. Aurora se ha puesto el vestido de verano que me encanta: el amarillo con florecitas y tirantes finos fáciles de bajar. Lleva el pelo rizado y apartado hacia atrás con una cinta, y está preciosa.

Maya se sitúa detrás de Emilia y le pone las manos en la cintura, y cuando Clay se coloca detrás de Aurora y la coge por la cintura, empieza la música, pero yo solo puedo oír la risa de Xander.

—Ojalá pudiera hacer una foto de tu cara ahora mismo. —Intenta taparse la boca para amortiguar las carcajadas, pero cuando le dirijo la mirada más mortífera que soy capaz de poner, no hago más que empeorar la situación.

Vitoreamos para mostrar nuestro apoyo, pero cada vez que Clay le pone las manos encima a Aurora, Xander empieza a carcajearse de nuevo, lo que me irrita todavía más.

—Lo siento, tío. Es demasiado gracioso. ¿No te lo dijo?

—¿Me lo habrías dicho tú en su lugar?

Le pregunté un par de veces cómo iban sus ensayos, pero ella se limitaba a decir: «Deja de intentar copiarte, Callaghan» y pasábamos a otra cosa. Si fuera otra persona en vez de Clay, no me pondría celoso. Trucha se sube a mi regazo, me trepa por el cuerpo y se acurruca en mi pecho para echar una cabezada. Ya está tan grande y pesa tanto que me cubre gran parte del torso cuando se desparrama. Otra cosa que agradezco, porque me impide subir a por Aurora y sacarla del escenario como un cavernícola.

Parece que se lo está pasando muy bien, así que me concentro en eso y en lo adorable que está intentando seguir los pasos de Emilia, que claramente es la única persona sobre ese escenario con una pizca de formación en baile o, mejor dicho, con una pizca de ritmo.

La canción llega a su fin y el público aplaude y vitorea, pero Xander se inclina desde su asiento a mi lado con una sonrisa de suficiencia.

—Nos han aplaudido más a nosotros.

Sé que no hay ningún motivo real para estar celoso, ni de los toqueteos ni de los aplausos, pero el baile termina con Aurora en brazos de Clay y oficialmente me pongo de mala leche. Ella sonríe de oreja a oreja cuando baja del escenario y se dirige directa hacia mí. Fuerzo una sonrisa mientras se acerca, pero en cuanto me ve, ahoga una carcajada.

—¿Estás bien?

—Esa es la sonrisa más falsa que he visto en mi vida, Callaghan —dice Emilia, recogiendo nuestras botellas de agua. Maya y Clay vienen detrás de ella; Clay parece contentísimo.

Emilia intenta aguantarse la risa—. Vamos a por bebidas. ¿Alguien quiere algo?

—No, gracias —digo mientras desaparecen en dirección al edificio principal.

Aurora ocupa el asiento vacío a mi lado y se inclina hacia mí.

—¿Te has puesto celoso?

—No —digo, concentrándome en la siguiente actuación en el escenario—. Pero que sepas que te la devolveré la próxima vez que nos quedemos solos.

—Voy al baño —dice Aurora en un tono un poco raro, poniéndose de pie y colocándose delante de mí.

—Vale —digo, pero ella no se mueve.

—De verdad que necesito ir al baño —repite en el mismo tono antinatural.

Estoy oficialmente confuso. Repito lo que he dicho antes:

—¿Vale?

—Estoy desesperada —dice, con los ojos muy abiertos.

—Ah...

—Madre mía, alma de cántaro —dice Xander, bajando la voz para que nadie nos oiga—. Está intentando decirte que la sigas al baño. Probablemente para follar, no lo sé. —La mira—. ¿Para follar?

Ella asiente.

—Probablemente.

—Fantástico —masculla—. Me alegro tanto de poder formar parte de esta conversación. Me quedaré aquí sentadito y moriré solo.

Ella aprieta los labios y sacude la cabeza conteniendo la risa. Xander me fulmina con la mirada mientras ella se aleja en dirección al lago donde está nuestra cabaña.

—No pongas esa cara —digo—. ¿Crees que tengo idea de qué pinto aquí?

—Increíble. Pues venga, vete de una puta vez con tu amorcito. ¿Dónde está mi rollete de verano, eh?

Intento levantarme discretamente y me alejo como si nada en la misma dirección que Aurora. Me dan ganas de esprintar, pero sería humillante y, además, estoy intentando que no me vuelvan a pillar.

Cuando entro está sentada en mi cama hojeando un libro de la mesilla. Se le ilumina la cara al verme y, en un segundo, se pone en pie y de puntillas para besarme. La levanto y me rodea la cintura con las piernas, algo que ya hacemos siempre cada vez que nos quedamos a solas. La empujo contra la pared que hay al lado de mi cama, le meto las manos debajo del vestido y las subo por sus caderas, rozándole la cinturilla de las bragas antes de seguir subiendo hasta la cintura.

Ella rompe el beso y apoya la nuca contra la pared, con una sonrisa insolente en la cara.

—Tienes cara de enfadado.

La ignoro y le beso el cuello mientras subo con las manos hasta la curva de sus pechos. Es fácil bajarle el sujetador y deslizar los dedos sobre sus pezones endurecidos. Su cuerpo reacciona como cada vez que la toco, apretándose contra mí en busca de fricción.

—¿Vas a follarme contra esta pared porque estás celoso?

—No. Voy a follarte contra esta pared porque estar dentro de ti es lo más parecido al paraíso —murmuro mientras su respiración se vuelve lenta y entrecortada.

Me hunde los dientes en el labio inferior y da un pequeño tirón.

—Y estás celoso.

—No. —Le deslizo los dedos por debajo de las bragas y las retiro hacia un lado. Ya está empapada—. Me encanta lo sensible que eres.

—Porque me encanta que me toques. Especialmente cuando te pones celoso. —Pone una sonrisa triunfal porque sabe que me ha pillado. Así que le froto el pulgar contra el clítoris hinchado y miro cómo se le ponen los ojos en blanco. De pronto me detengo y ella se empieza a restregar contra mi mano—. No seas malo solo por que estés celoso.

La polla me palpita dentro de los calzoncillos, y eso que apenas hemos hecho nada. No puedo negar que escaparnos a escondidas me pone cachondo. Los besos fugaces, las caricias secretas, las miradas que solo nosotros entendemos. Pero cuando lo único que quiero hacer es cerrar la puerta y retenerla hasta que el único nombre del que se acuerde sea el mío, volver a mi propia casa empieza a parecerme muy bien.

—No tengo por qué ponerme celoso cuando soy yo el que te hace estar así de mojada.

—Eres el único —dice ella—. Solo me importas tú. Bájame y deja que te enseñe.

Me acerco a la cama y la empujo despacio para bajarla. Se arrodilla y se sienta frente a mí, con los ojos fijos en mí mientras me desabrocha el cinturón y me baja los calzoncillos. Me quita los bóxers y enseguida me agarra la base de la polla con una mano, sacando la lengua para lamer el líquido de la punta.

Se mete la mano libre entre las piernas, debajo del vestido, mientras desliza los labios por el extremo.

—Joder, Aurora —susurro, hundiéndole la mano en el pelo—. Lo haces increíble.

Me mira con esos ojos verdes de pestañas gruesas. Hago una foto mental porque no hay nada más bonito que verla arrodillada delante de mí. Le aparto el pelo de la cara, lo recojo en un puño y lo aprieto, como a ella le gusta. Me estoy esforzando al máximo por no correrme ahora mismo, pero ella no para de gemir mientras mueve la mano y la boca al mismo tiempo para tragar cada centímetro de mí mientras mueve frenéticamente la otra mano entre sus muslos.

Desliza la lengua antes de volver a metérsela hasta la garganta y se me ponen los ojos en blanco. Aprieto la mano a medida que me acerco, mi abdomen se contrae y mis pelotas se tensan, y justo cuando estoy a punto, se la saca de la boca y me sonríe.

Desesperación es la mejor forma de describir esta sensación, pero entonces, sin decir nada, se da la vuelta y pega el pecho a la sábana de forma que su culo queda justo delante de mí.

Creo que hasta ahora nunca había apreciado realmente lo maravillosos que son los vestidos de verano. Cojo rápidamente un condón del cajón, me lo pongo y le subo la falda por las nalgas. Me mira por encima del hombro mientras le vuelvo a retirar las bragas hacia un lado.

—Estoy completamente obsesionado contigo —mascullo, hundiéndome en ella lentamente—. Obsesionado.

—Demuéstramelo.

Es rápido y duro. La embisto y ella empuja a la vez. Le aprisiono las manos en la parte baja de la espalda hasta que quedan enredadas en la tela amarilla del vestido que tanto me gusta. Veo su cara retorcerse de placer mientras gime mi nombre en voz alta.

—Más fuerte.

—¿Podrás aguantarlo?

—Sí, por favor, Russ. Más fuerte. —La agarro con más fuerza, me clava las uñas en la palma de la mano mientras arquea la espalda aún más para que la penetre. Abre la boca, cierra los ojos y noto que empieza a tensarse—. Por favor, no pares.

—Joder, Rory. —Ganadores de la Copa Stanley. Enumera los ganadores de la Copa Stanley—. Me voy a…

El gemido de Aurora me interrumpe y todo su cuerpo se tensa y se sacude, llevándome al límite. Me corro con tanta fuerza que me cuesta mantenerme en pie, pero ella está demasiado ocupada retorciéndose como para darse cuenta.

Le suelto las manos y me inclino sobre ella con cuidado para darle un beso entre los omóplatos, otro al lado de la oreja y otro en la mejilla. Vuelve a abrir los ojos.

—Te dije que podía aguantarlo.

No es de este mundo.

—Muy bien, campeona. —Estoy de broma, pero ella levanta una mano temblorosa para chocarme los cinco.

—Se nos da muy bien esto, ¿no?

—Yo diría que somos los mejores —digo, separándome con suavidad.

Ella asiente, pensativa.

—Yo también.

Cuando vuelvo al concurso de talentos, sé que tengo en la

cara una sonrisa de satisfacción. Puede que sea permanente, porque no puedo imaginarme nunca no estar así de contento conmigo mismo.

—Creo que no te digo lo suficiente que te odio —me dice Xander mientras me siento.

—Yo también te voy a echar de menos, colega.

Esta noche es nuestra última noche juntos y no puedo creer lo rápido que ha pasado el tiempo. Mañana ayudaremos a los niños a marcharse y pasaremos el resto del día recogiendo los materiales y los muebles antes de irnos el domingo.

Después de una larga deliberación, Aurora ha decidido ir a la boda de su padre cuando vuelva del campamento. Llevo días viéndola cambiar de opinión varias veces, pero dice que ya ha tomado la decisión.

Cuando me contó todo lo que le había dicho su madre, todavía lo tenía muy reciente y me explicó que sentía mucho alivio al comprender por fin que ella no ha hecho nada malo. Estaba tan sensible después de liberarse de años de dolor, que no me atreví a responder a sus preguntas cuando me preguntó por mi padre.

Todavía me siento culpable por restarle importancia al motivo por el que se presentó en el campamento. Ella es siempre un libro abierto respecto a todos sus pensamientos y sentimientos, y yo le oculté gran parte de la verdad. Le dije que se había peleado con mi madre y que intentaba que lo ayudara, lo cual no es más que la punta de un iceberg muy grande.

Me ha pedido unas cuantas veces que se lo cuente todo. Siempre de la misma manera, nerviosa, con la promesa de ser paciente y comprensiva. Cuando me lo pidió el día de la visita de papá, tenía toda la verdad en la punta de la lengua, pero después de que me contara todo lo que había tenido que soportar, desde la llamada de su padre hasta la visita sorpresa de su madre, no quise cargarla con mis problemas.

Sabía que si se lo contaba todo, habría gastado toda su energía para tratar de ayudarme a gestionar mis sentimientos, en lugar de concentrarse en lidiar con los suyos. En algún momento se lo contaré, pero cuanto más tiempo pasa desde la visita de mi padre, más se reducen mis ganas de hablar de ello. Cada día que no recibo una solicitud de dinero de papá me parece un poco menos urgente y, para ser sincero, sigo pensando que aún no estoy preparado de verdad.

A Aurora le encanta cuando le cuento cosas. Y a mí me encanta hacer feliz a Aurora. Pero darle lo que quiere solo porque siempre quiero darle todo no es lo mismo que estar preparado.

Sé que algún día me sentiré lo bastante cómodo como para hablar con ella de todos los problemas de mi padre. Ahora que he tenido tiempo de asimilar su visita, crece en mí una brizna de esperanza de que la situación esté a punto de cambiar. Hay mucho que afrontar, sobre todo visto desde fuera, y prefiero hablarlo con ella cuando sepa lo que va a pasar. Si no va a cambiar nada, quiero saberlo antes de que él me decepcione y me avergüence.

Mi familia es una carga emocional demasiado grande y solo quiero evitarle eso, sobre todo después de que haya trabajado tan duro en los últimos meses.

Dice que para ella este verano consistía en aprender a tomar decisiones por las razones correctas, y el hecho de asistir a la boda porque quiere estar en un evento familiar importante es su razón correcta. No es una reacción impulsiva, ni es una decisión tomada en caliente o derivada de un motivo externo; quiere ir.

Si decide que no quiere ir, no tiene por qué hacerlo, porque es ella quien tiene el control.

No me atrevo a recordarle que una conversación con él la hizo entrar en crisis y que estaba convencida de hacer las maletas e irse. Quiero que haga lo que la haga feliz, y ya es una persona adulta capaz de tomar sus propias decisiones. Pero creo que lo hace por miedo a cerrar definitivamente la puerta de la relación con su padre y no porque de verdad piense que su relación es salvable.

Pero decir todo esto me convertiría en un hipócrita, así que le digo que estoy orgulloso de ella y que estaré a su lado pase lo que pase. Va a ser raro estar tan lejos de ella mientras está en la boda. Yo iré a la casa de JJ en San José para celebrar la fiesta de inauguración oficial de la casa, y aunque me gustaría que ella me acompañase, me hace ilusión volver a ver a todo el mundo.

Aurora ha descubierto más de mí en estos dos últimos meses que mis amigos en varios años, y cada día me siento mejor solo porque la tengo a ella. Incluso aunque papá mejore y deje definitivamente el juego (y ojalá también el alcohol), me va a costar mucho tiempo trabajar en todos estos años de vergüenza.

Y doy las gracias por no estar solo cuando comience ese viaje.

34

Aurora

Hay una atmósfera triste en el aire mientras los niños pasan al otro lado de la ventana en dirección al autobús del campamento.

Orla gestiona el día de despedida como un engranaje bien engrasado, con varias recogidas para garantizar la máxima organización. Es muy emotivo tener que decir adiós a las personas con las que has compartido más de dos meses. Cuando venía aquí de niña me pasaba el último día llorando a mares, normalmente agarrada a Jenna.

Por suerte, nuestros campistas parecen más maduros que yo a su edad, y aunque estén tristes, la mayoría tienen muchas ganas de ver a su familia. Esta mañana ha sido un circo, ya que teníamos que asegurarnos de que todo estaba bien empaquetado y las maletas preparadas para que las recogieran. Me alegro de poder distraerme con algo, porque aunque los niños estén listos para irse, yo no estoy preparada para despedirme de mi pandilla, a la que he conseguido mantener con vida y casi sin sufrir daños.

Como piense en que esta noche no voy a verlos me voy a echar a llorar.

Freya y Sadia me cortan la circulación de las piernas cuando se me suben a los muslos, retorciéndose para ver bien la pantalla del móvil de Emilia mientras esperamos a que llegue el turno de los Osos Pardos.

Poppy nos enseña el Big Ben y el Palacio de Westminster, y las niñas se quedan embobadas. Las dos saben que la novia de Emilia le ha preparado una sorpresa, pero ignoran de qué se trata y están superemocionadas. Confiar un secreto a dos niñas pequeñas es como confiar en los chicos cuando alguien vomita o cuando se atasca el retrete: una idea malísima.

El resto de los campistas están fuera jugando al fútbol con los chicos, pero Emilia y yo estamos agotadas después del turno de noche con veinte niños sobreestimulados.

Llevo semanas con ganas de revelarle la sorpresa, ya que fui yo quien la organizó. Sé lo mucho que Emilia ha echado de menos a Poppy este verano, y estoy segura de que ha habido momentos en los que, mientras jugaba la enésima partida de balón prisionero, aguantaba rabietas de niños e intentaba averiguar si se había algún animal en la cabaña, se ha arrepentido de no haberse ido con ella a Europa.

Me ha apoyado mucho en mi relación con Russ, lo que ha facilitado mucho que hayamos podido escaparnos a escondidas. Por suerte, le gusta estar con Xander. Incluso planea invitarlo a casa cuando volvamos a la universidad.

El cielo está totalmente gris en Londres, a pesar de ser agosto, cosa que no es ideal para la noticia de Poppy. Una sonrisa le ilumina la cara mientras anuncia la sorpresa.

—¡Vas a venir a Londres!

—¿Qué? —grita Emilia—. ¿Cuándo?

—¡Mañana! —grita Poppy.

Emilia tiene cara de estar a punto de echarse a llorar, así que les digo a las niñas que se levanten y vengan conmigo para dejar a Emilia y Poppy un poco de intimidad.

Se sientan a mi lado en el banco a mirar cómo los demás juegan al fútbol. Russ anima a Billy, un niño muy tímido que hasta hace seis semanas odiaba los deportes de equipo, cuando marca un gol. Le choca los cinco y lo felicita mientras se le tiran encima el resto de niños de su equipo.

Que alguien mande callar a mis ovarios.

—¿Iréis Russ y tú a Londres? —pregunta Freya, trenzándome las puntas del pelo.

—No, cariño. Russ va a visitar a su amigo JJ a su nueva casa, y yo me voy a un sitio llamado Palm Springs porque mi padre se va a casar.

—Entonces ¿cuándo volveréis a veros? —Sadia es la siguiente en empezar a peinarme.

Las niñas pequeñas son como monos tocando el pelo.

—Vamos a la misma universidad, así que nos veremos cuando empiecen las clases. —No estoy mintiendo. Russ y yo no hemos hablado del todo sobre lo que pasará cuando ambos volvamos a la UCMH. Todavía no hemos hablado de qué somos, lo cual es ridículo a estas alturas teniendo en cuenta que nos hemos pasado dieciséis horas al día juntos durante diez semanas. Solo sabemos que los dos estaremos allí y que ninguno estamos listos para decir adiós a esto—. ¿Por qué no vais a pedirle que os cuente un secreto?

Las chicas corren hacia Russ y lo agarran mientras intenta arbitrar el partido. Él se agacha a su altura y ellas se inclinan susurrando el mensaje. Él me mira a través del espacio que hay entre ellas, sonriendo, y aunque no puedo verle mucho la cara, sé que podría distinguir sus hoyuelos si estuviera lo bastante cerca.

Dios, no me imaginaba que estaría alguna vez así de obsesionada.

Lo veo susurrar una respuesta y ellas se echan a reír antes de volver corriendo hacia mí. Sadia llega primero.

—Dice que le hace ilusión verte en la universidad, y que ahora nos cuentes tú uno.

—Mmm. —Me doy golpecitos en los labios y finjo pensar—. Pues mi secreto es que me gusta mucho Russ.

Doy por hecho que se van a poner a chillar y a reír y a dar saltos, como siempre hacen con cualquier cosa, básicamente. Pero Freya pone los brazos en jarras.

—Eso no es ningún secreto. Ya lo sabe todo el mundo.

—Sí —dice Sadia—. Estás enamorada de él. Cuéntanos un secreto de verdad.

No esperaba que hoy me riñeran unas niñas.

—Vale, vale. Mi secreto es que quiero repetir todo esto el año que viene.

Vuelven corriendo y veo cómo casi se chocan contra él. Sonríe y me mira brevemente antes de decirles algo. Las niñas vuelven corriendo hacia mí, sin aliento después de tanto ir y venir. Freya se sienta a mi lado.

—Ha dicho «Donde vayas tú, voy yo». Pero eso no son secretos, deberíais hablar entre vosotros.

No le falta razón.

—¡Osos Pardos! —grita Jenna que aparece con su tabla—. ¡Os toca!

Me imaginaba que no iba a poder retenerlos durante mucho más tiempo.

—Id a coger vuestras chaquetas y mochilas, chicas —dice Emilia al volver del edificio principal. Las vemos correr hacia el resto del grupo mientras Emilia me rodea con un brazo—. ¿Estás bien?

—¿Y si me los quedo a todos?

—Creo que sus padres no estarían muy a favor —dice en voz baja—. Tres me preguntaron ayer si volverás el año que viene. Te quieren mucho, Ror. Tenían miedo de preguntártelo a ti por si decías que no.

—Los adoro. Incluso a Leon. Aunque sea un gilipollas.

Los monitores de aquí fueron una parte tan importante de mi infancia que oír que mis niños me quieren y que están deseando que venga otra vez me impacta mucho. Necesitaba volver para curar una parte de mí que estaba un poco rota. Regreso a Los Ángeles como una persona nueva, y no creo que hubiera podido conseguirlo en ningún otro sitio.

—Poppy me ha contado lo que hiciste.

No puedo evitar poner los ojos en blanco. Poppy y yo tuvimos una conversación muy seria en la que le advertí que si le decía a Emilia que yo pagué y organicé su viaje a Europa, le metería arañas en la cama hasta que nos graduáramos.

—Por favor, dile a Poppy que se va a enterar.

—No tenías por qué hacerlo, Ror. —Hacer regalos a Emilia siempre es un poco incómodo. Por lo general, suelo pasarme un montón y ella tiene que reñirme y decirme que no tengo por qué comprar su amor, y que decir que son gestos de cariño no me da vía libre para hacer lo que quiera—. Pero muchas gracias.

—Te has portado muy bien conmigo este verano cada vez que yo estaba… preocupada.

—Perdona, ¿te recuerdo todas las relaciones en las que me has apoyado? ¿O los ligues nocturnos? ¿O que no me juzgaste cuando volví con Sawyer por tercera vez?

—No hay tiempo para ponerse nostálgica; mañana por la mañana coges un vuelo a Londres.

Me da un golpecito de broma en el brazo.

—Te mereces a alguien que te mire como si fueras la única persona de todo el planeta. Cambiaría un millón de días libres si así consiguieras ser feliz. Necesitabas a alguien que te demostrara que vales la pena y, por si sirve de algo, me alegro de que sea Russ. Aunque sea un tío.

—Joder, Emilia. Sabes que estar triste me pone cachonda.

—Joder, a veces eres rara de narices. Vamos, bomboncito. Es hora de despedirse de Honey Acres hasta el año que viene.

Todo está inquietantemente tranquilo mientras nos sentamos alrededor del fuego junto al lago, llenos de la pizza que Orla nos ha pedido para agradecernos el esfuerzo que hemos hecho. Las cocineras del campamento son excelentes, pero hay algo en la pizza vegetariana de la pizzería Dom de Meadow Springs que es insuperable.

Después de despedirnos de los campistas, nos pusimos a guardar todos los materiales del campamento para el próximo verano. Emilia y yo tuvimos que hacer el doble de trabajo porque Russ y Xander se pasaron una hora despidiéndose emocionados de Pez, Salmón y Trucha. Creo que incluso los perros lo superaron antes que ellos.

Después de la reunión final con Orla, oficialmente ya no somos empleadas. Ha terminado diciendo que no quería encontrarse ni un solo botellín de cerveza mañana por la mañana. Yo he levantado la ceja y Jenna me ha mirado con los ojos en blanco antes de decir «vía libre».

La ronda de cerveza se acaba en tiempo récord, y aunque normalmente sería la primera persona en proponer algún juego de beber, estoy más feliz que una perdiz acurrucada en el regazo de Russ en una silla de camping, intentando comerme los últimos malvaviscos sin gelatina sin llenarnos a los dos de migas de galleta.

—¿Ahora te has vuelto una aburrida? —pregunta Emilia, dando un trago a su cerveza desde la silla de al lado. Sé que está bromeando, pero eso no me impide hacerle un corte de mangas.

—Perdóname por no querer estar de resaca cuando me toque aguantar a mi padre mañana —refunfuño, con cara de asco—. ¿Y qué ha pasado con lo de «no te dejes presionar por tus amigos»? ¡Deja de presionarme para que sea una irresponsable!

Russ me da un beso en el hombro y sigue acariciándome la espinilla. No hace falta que diga nada, pero sé que se siente orgulloso de mí porque estaba seguro al cincuenta por ciento de que hoy me iba a desmelenar.

Nadie ha pestañeado siquiera cuando antes me he arrastrado hasta el regazo de Russ y me ha dado un beso en la frente. Me he sentido un poco ofendida por su indiferencia, cuando entonces Emilia me ha dicho que soy igual de discreta que una alarma de incendios a todo volumen. Pero entonces he visto cómo Clay sí que se ha quedado con la boca abierta y, teniendo en cuenta que lleva semanas conviviendo a diario con nosotros, me ha dado un subidón de ego.

«Alarma de incendios». Y una mierda.

Esta noche ha guardado las distancias con nosotros y ha preferido emborracharse con Maya y sus amigos. No puedo decir que me haya sentado mal, porque me encanta mi pequeño trío y además significa que ya no tengo que volver a rechazar el plan de Cabo.

—¿Debería mudarme a Maple Hills para pasármelo bien? —dice Xander, dando un trago a la cerveza—. No me parece bien separar al equipazo. ¿Cómo os las vais a arreglar sin mí?

—¿Cuál es el equipazo? —pregunta Emilia de broma.

—Nosotros somos el equipazo, Emilia. ¿Sabéis qué? Da igual. Me quedo en Stanford.

Me chupo de los dedos los restos de chocolate y malvaviscos que se me han quedado pegados y Russ me hunde la cabeza en el cuello, susurrando «basta». Paso de él y me revuelvo un poco como si me estuviera poniendo cómoda, pero entonces me clava los dedos en el costado y hace que me retuerza hasta sacarme varias carcajadas. Xander frunce el ceño y nos mira a los dos.

—Pero ¿me estáis escuchando? Os voy a decir una cosa: dais asco. Gracias a Dios que existe la norma de romance cero. Me habría tirado a una fosa séptica si hubiera tenido que presenciar esto todas las noches.

—Oído —dice Russ, aclarándose la garganta y rodeándome con los brazos—. ¿Tu padre no trabaja en la UCMH? ¿No me dijiste algo así cuando nos conocimos? No quieres jugar al baloncesto con tu hermano, ¿verdad?

—Anda, así que me escuchas cuando te hablo. En primer lugar, es mi padrastro, no le faltemos el respeto al gran Phil haciéndole compartir el estatus de padre con ese imbécil. Dave tiene un cargo odioso de cojones; no recuerdo cómo lo llaman. —Xander chasquea los dedos varias veces mientras intenta recordar—. Es jefe de deportes o algo así.

Russ se incorpora tan deprisa que casi me tira al fuego.

—¿Tu padrastro es Skinner? ¿Me estás vacilando? ¿Llevamos diez semanas compartiendo cabaña y ahora me dices que tu padre…?

—Padrastro.

—¿… controla toda mi carrera universitaria?

—¿Skinner? —repito yo—. ¿De qué me suena…? Hostia puta. —Estoy muerta. Que nadie me reviva. Se acabó. Por poco me caigo del regazo de Russ—. ¿Tu hermano es Mason Wright?

—Hermanastro. —Da un trago a su cerveza con cara de que

se la trae al pairo—. Estáis muy animados de pronto. Os doy un par de datos y de repente os interesa algo más aparte de meteros mano. Interesante.

—¡Eres pariente de mi archienemigo! —No soy capaz de procesarlo—. Me siento mancillada.

—Pariente político —dice Xander. Russ me aprieta más fuerte mientras me rodea la cintura con los brazos. Xander se encoge de hombros—. No comparto ADN con ellos, así que no me responsabilizo de nada que hayan hecho mal.

Emilia no puede parar de reírse a nuestro lado, porque sabe lo mucho que odio a Mason.

—No me puedo creer que esta haya sido la gran revelación de la noche y no que vosotros dos seáis asquerosamente felices juntos.

—Menudo giro de guion —murmuro apoyándome en Russ, que a su vez apoya la barbilla sobre mi cabeza. Nunca me había acurrucado antes con nadie. Nunca he pasado el tiempo suficiente con ningún chico para hacerlo, pero una cosa que he aprendido este verano es que me flipa estar así.

El resto de la noche transcurre sin más imprevistos y el calor del fuego me está dando mucho sueño. No quiero que termine la noche por muchas razones, pero sobre todo porque ha sido el mejor verano de mi vida. Aunque sé que me va a dar un bajón en cuanto aterrice en Palm Springs, ya no me importa. Contaré los días que faltan para volver a la universidad sin meterme en problemas y alejada del punto de mira de mi padre.

Ahora ya sé por qué no tiene una relación conmigo, y no hay nada que pueda hacer o dejar de hacer para cambiarlo. Ya no tengo ganas de luchar por llamar su atención, ni de hacer de las mías para que al menos me eche la bronca, cosa que obviamente nunca ha ocurrido.

Su opinión ya no me importa, y es liberador.

Se me abre tanto la boca con los bostezos que Russ me dice:

—Vamos, Bella Durmiente, deja que te lleve a la cama.

—Creo que está más en modo enanito Dormilón que princesa Aurora —dice Xander en tono burlón mientras Emilia asiente a su lado. Lo miro confusa—. ¿Crees que llevo dos meses cuidando niños de ocho años y no conozco a mis princesas? Largo de aquí.

—Buenas noches, hasta mañana —digo con otro bostezo.

Russ y yo caminamos de la mano por el sendero que conduce a mi cabaña y aún no he perdido esa sensación de estar saltándonos las reglas. Estoy demasiado cansada para hablar, así que lo escucho mientras me dice las ganas que tiene de ir mañana a San José a visitar a JJ. Me he enterado de que JJ le ha estado dando charlas motivacionales a Russ y creo que ahora estoy aún más colada por él.

Por fin llegamos a mi cabaña y cuando entramos por la puerta se queda boquiabierto.

—Qué ordenada está. ¿Es malo que ahora me atraigas más?

Me tiro en la cama, me quito las zapatillas y me tumbo.

—Sí.

Él me incorpora y me saca la camiseta por encima de la cabeza.

—Antes me dijiste que te obligara a ducharte antes de dormir porque por la mañana no vas a tener tiempo de lavarte el pelo. Ni siquiera sé muy bien qué significa eso, pero sé que tienes que ducharte.

Otro bostezo gigante.

—No me hagas ni caso. La yo de antes no sabía lo cansada que iba a estar. Era optimista y tonta.

—Vamos, Roberts. A la ducha.

Me cruzo de brazos con gesto desafiante y pongo cara de pena hasta que me entra otro bostezo.

—Oblígame. —El bostezo se convierte en un hipido de sorpresa cuando me carga al hombro y me lleva al baño—. Eres malvado.

Me da un cachete en el culo que me espabila un poco.

—A callar.

Russ nos desnuda a los dos metódicamente y, aunque hace cinco minutos habría dicho que estoy demasiado cansada para follar, puede ser que la palmada en el culo y la actitud mandona me hayan hecho cambiar de opinión. La ducha provoca que el cuarto de baño empiece a llenarse de vapor y Russ comprueba la temperatura antes de meterse conmigo.

Se coloca detrás de mí; no me avergüenza decir que estoy esperando a que me embista. Pero, en lugar de eso, solo coge mi champú, se echa un chorro en la mano y se frota las palmas para sacar la espuma.

En realidad no hace falta que me embista. Puedo correrme si me lava el pelo.

—Eres perfecto —murmuro mientras me masajea el cuero cabelludo con los dedos—. ¿Por qué no me has lavado el pelo nunca hasta ahora?

Se ríe entre dientes y empieza a aclarar la espuma.

—Te prometo que lo haré siempre que quieras cuando estemos en casa.

En casa. Aún no hemos hablado de lo que eso significa para nosotros. He estado esperando la oportunidad de sacar el tema de un modo distendida y natural. De alguna manera en la que no haya ninguna presión, por si las cosas bonitas que me ha dicho solo las ha dicho en el calor del momento.

—Cuéntame un secreto, Russ.

—Me cuesta la vida no pasarme el día mirándote el culo. —Me vuelvo hacia él; tiene el pecho húmedo apretado contra el mío mientras sigue enjabonándome el pelo con suavidad.

—Un secreto de verdad.

Hace una pausa para pensarlo y se frota la nuca. Me alegro de que esté nervioso, porque yo también lo estoy.

—Creo que ya conoces casi todos mis secretos.

—¿Puedo hacerte una pregunta? —Asiente y me aclaro la garganta mientras trato de encontrar la manera fácil de decirlo—. ¿Qué pasará cuando volvamos a la universidad? ¿Qué somos?

Me acaricia la cara y, cuando lo miro, parece tan nervioso como yo.

—Somos lo que tú quieras que seamos, Aurora. Me preocupa un poco que salgas huyendo, pero creo que he dejado bastante claro que no quiero que te vayas.

Lo que quiero es llegar a la siguiente gran cuestión. En cuanto estoy con él se me olvida todo lo que he dicho sobre cargar con la mochila de los demás, sobre las relaciones o sobre los hombres. Pero cuando estoy sola sigo dándole vueltas a la cabeza; no puedo evitarlo. Emilia tiene razón cuando dice que tengo el listón tan bajo que me impresiona la mediocridad y me engancho con facilidad de quien me dé constantemente las cosas que deseo, como atención y validación.

Pero Russ no tiene nada de mediocre.

—Quiero que estemos juntos —digo en voz baja, sintiéndome de pronto diez veces más expuesta que cuando me ha quitado la ropa—. Nunca he tenido una relación, pero quiero ver dónde puede llegar esto. Quiero ser tu novia.

Se inclina para besarme y, a pesar de estar bajo el chorro caliente de la ducha, se me pone la piel de gallina.

—Bien —murmura junto a mis labios—. Porque quiero ser tu novio.

Cuando nos secamos y me meto en la cama estoy completamente exhausta.

—¿Por qué no duermes aquí esta noche? —le digo.

—Aún no he terminado de hacer la maleta, corazón. Me entretuve despidiéndome de los perros.

—Pero si se te da genial doblar cosas. No tardas nada.

—Vete a dormir, Ror —dice con suavidad—. Me iré cuando te hayas dormido.

Tiro de él para que se tumbe a mi lado sobre las sábanas y me quedo dormida con el peso de su brazo sobre mi cuerpo.

Me alegro mucho de que Russ me convenciera para lavarme el pelo anoche, porque Emilia y yo nos hemos dormido.

No sé a qué hora se acostó ella porque yo ya estaba durmiendo, pero al parecer a ninguna de las dos se nos ocurrió comprobar que la otra ponía el despertador.

Me despido de Jenna, aunque en realidad no es una despedida porque va a venir a visitarnos en septiembre, y ahora estamos esperando a los chicos con las maletas. Xander es el primero en aparecer con sus cosas y me entra la impaciencia.

—¿Dónde está Russ?

Xander deja caer sus maletas a nuestros pies.

—¿Ni siquiera puedes fingir un pelín de entusiasmo por verme durante dos minutos, Roberts? Me tienes que soltar inmediatamente: «¿Dónde está Russ?». Estoy muy infravalorado en esta amistad.

Lo estrecho entre mis brazos.

—Ya te echo de menos, Xan.

—Eso me gusta más. Tu hombre se estaba duchando cuando me fui.

Emilia y yo tenemos que irnos para coger los vuelos.

—Voy a meterle prisa.

Echo a correr (y eso que estoy totalmente en contra) hasta su cabaña y entro. Tiene todas sus cosas ordenadas encima de la cama, y las llaves y el móvil sobre el bolso. Aún oigo la ducha, y cuando estoy a punto de entrar para meterle prisa, le suena en el móvil una llamada de un número desconocido. La llamada termina tras un par de tonos y entonces veo que tiene veinte llamadas perdidas de los últimos minutos.

El teléfono se enciende de nuevo en mi mano, el mismo número de antes.

Pulso el botón de aceptar llamada y me lo llevo a la oreja.

—¿Diga?

35

Russ

Casi me muero del susto cuando abro la puerta del baño y veo a Aurora en medio de mi dormitorio.

Cuando oye abrirse la puerta, se vuelve hacia mí y es entonces cuando veo que tiene mi móvil en la mano. Se me revuelve el estómago, porque con solo mirarle la cara ya me hago a la idea de con quién estaba al teléfono.

Debería quitárselo de la mano, cortar la llamada, algo. Pero en lugar de eso, me quedo paralizado en la puerta, mirándola.

—Se lo diré —le dice en voz baja a la persona al otro lado de la línea—. Adiós.

Necesito decir algo, pero se me pasan por la cabeza demasiadas posibilidades terribles a la vez.

—No debería haber contestado a tu móvil —dice—. Lo siento. No lo he pensado. Era tu hermano. Me ha dicho que ha estado intentando ponerse en contacto contigo porque tu padre ha entrado en un programa para adictos. Quieren que vuelvas a casa para que él pueda reparar el daño que os ha causado.

Es como si me bombardearan varias emociones a la vez: sorpresa, dolor, optimismo, rabia. Sabía que tendría que contárselo en algún momento, pero no estaba preparado para hacerlo ahora.

Me mira con lástima, como sabía que iba a pasar, y la frustración aumenta.

—No deberías haber contestado a mi móvil.

—Ya lo sé, lo siento. ¡No lo he pensado! No paraba de sonar, y como no tenías el número guardado... Ya sabes cómo va la cobertura aquí, a lo mejor si no llego a contestar habría vuelto a irse. Yo qué sé, Russ. Creía que pasaba algo malo, pero no debería haberlo cogido. Lo siento muchísimo.

Me paso la mano por la cara mientras suspiro. Tengo ganas de gritar.

—El baño está aquí mismo. Me podrías haber avisado, podrías haberme gritado, podrías haber hecho cualquier otra cosa.

—Lo siento, Russ —dice, con la voz quebrada—. Creía que era urgente. No lo he pensado.

—Ya te lo he dicho alguna vez, hace eso para obligarme a contestarle. Ya sabes que llama una y otra vez hasta que yo me cabreo y lo cojo.

—Se me olvidó. No tenías el número guardado, y no lo pensé. Ha sido un error, perdóname.

Es demasiado para poder procesarlo. No puedo pensar con claridad cuando estoy con ella.

—Tienes que irte.

—Te he dicho que lo siento —insiste, acercándose a mí—. Lo siento muchísimo, de verdad. Me imagino que esto debe de ser mucho para ti. ¿Por qué no me dijiste que tu padre tiene problemas de adicción? Creía que nos habíamos contado todos nuestros secretos...

—Porque no quería que me miraras con la cara con la que me estás mirando ahora mismo, Aurora —digo en tono cortante. Siento una punzada de vergüenza. Me cago en todo—. Porque no estaba listo para contártelo, y ahora ya no me queda otra.

Las palabras son tan afiladas que apenas me reconozco mientras las pronuncio. De pronto le oigo a él en mi forma de dirigirme a ella; mi peor pesadilla reproduciéndose ante mis ojos. Ha conseguido joder mi relación con Aurora, y eso que ni siquiera la conoce. Me tiro en la cama de Xander, lo bastante lejos como para sentir que aún puedo pensar, aunque me da vueltas la cabeza y no logro dar forma a ningún pensamiento coherente.

—Puedes enfadarte conmigo, pero no puedes echarme —dice. La voz le tiembla con cada palabra y, cuando la miro, parece destrozada. Yo he provocado esto. Soy yo quien lo está jodiendo todo—. Puedo esperar mientras llamas a tu hermano. Deja que te lo diga él directamente. Puedo cogerte de la mano y no escucharé nada si no quieres, pero quiero apoyarte en esto.

Lo último que me apetece hacer ahora es llamar a Ethan. Una parte de mí se pregunta si es verdad o si no es más que otro de sus trucos para engañarme y que, cuando llegue a casa, él no esté. Y que otra vez me quede solo recogiendo los pedazos de mi familia, y de paso los míos también.

—No quiero. —Pensé que me alegraría más enterarme de que mi padre ha tomado medidas para encontrar ayuda real, pero ahora no puedo pensar en otra cosa que no sea esto. ¿Qué pensará de mí?

—Russ, por favor, no me excluyas. Yo te lo he contado todo sobre mi familia y sabes que te entiendo.

—No lo entiendes —le digo en tono tajante—. No es lo mismo.

Dejo caer la cabeza entre las manos y se me revuelve el estómago.

Este verano no tenía por qué terminar así.

Es increíble cómo la vergüenza llena las grietas que abren otras personas. Todas las acciones de mi padre han provocado fracturas que ahora se han cerrado a base de humillación.

La llamada de Ethan lo ha destrozado todo.

—Creo que estás más enfadado conmigo de lo que me merezco —dice, poniéndose en cuclillas frente a mí—. Grítame, Russ. Vamos a pelearnos y dime lo cabreado que estás y así yo puedo gritarte que me has ocultado algo enorme durante meses, y podemos gritarnos el uno al otro hasta que te des cuenta de que no me da miedo cargar con tu mochila. Y lo arreglaremos. Y te apoyaré del mismo modo que tú me apoyas a mí.

No quiero gritarle. No quiero que esto se convierta en una carga para ella, sobre todo sabiendo que justo hoy tiene que enfrentarse a su propia familia.

—Vete —digo—. Vas a perder el vuelo.

—No voy a poder dejar de darle vueltas hasta que sepa que estamos bien. —Me toca las rodillas y noto cómo le tiemblan las manos—. Por favor, no me hagas daño —dice con apenas un susurro.

Me siento como si estuviera haciendo daño a todo el mundo en este momento.

—Vete ya, Aurora. Por favor.

Me da un beso en la frente al levantarse y siento cómo derrama varias lágrimas sobre mi piel. Quiero acercarme a ella y estrecharla entre mis brazos, pero no me lo merezco. Oigo cómo respira hondo, aunque no me atrevo a mirarla.

—Para que conste, espero de verdad que tu padre mejore y puedas superar esto. Siento haberme enterado antes de que estuvieras preparado para decírmelo.

Siento como si se llevara la mitad de mí con ella cuando por fin levanto la cabeza para verla salir y obtengo la respuesta a la pregunta que me ha estado atormentando todo el verano.

Es más duro ver cómo se aleja que despertar y descubrir que se ha ido.

Sé que la he cagado antes siquiera de salir de la cabaña con el equipaje, y me odio a mí mismo, joder.

No tenía suficiente cobertura para llamar a Ethan desde la cabaña, así que he decidido hacerlo desde la carretera. Y llamaré también a JJ para decirle que ya no voy a ir a su casa. Por mucho que quiera, sé que ahora tengo que ir a casa y enfrentarme a lo que sea que me espere allí. Echo de menos a Aurora y esto no tiene ningún sentido, porque yo soy la razón de que no esté aquí, y también me odio a mí mismo por eso. Ya la llamaré desde la carretera para suplicarle que me perdone, y espero de corazón no haberle hecho demasiado daño.

La he forzado a que se fuera a ver a su padre convencida de que estoy enfadado con ella y que ha hecho algo malo, cuando la culpa es mía porque no sé cómo procesar las cosas sin cerrarme en banda como un gilipollas. Ni siquiera soy capaz de disfrutar del último paseo por el campamento mientras me dirijo a la camioneta, a pesar de que las últimas diez semanas han sido la mejor época de mi vida.

No dejo de darle vueltas a lo mismo: ¿cómo no iba a contestar al teléfono? Es mi novia y algo así no tendría que suponer ningún problema para una puta persona normal. Pero yo no soy normal. He dejado que la vergüenza y el bochorno me carcoman durante años, por miedo a joder las cosas si le abría mi corazón a alguien. Pero no me he abierto a ella, no del todo, y aun así me las he arreglado para joder lo nuestro.

Agacho la cabeza al pasar junto a varias personas con las que he trabajado, con la esperanza de que no se fijen en mí ni quieran despedirse. Por suerte, nadie me intercepta. Llevo las llaves en la mano y estoy listo para salir de aquí lo antes posible.

Miro cómo mis zapatillas rozan contra la tierra polvorienta del aparcamiento cuando la oigo aclararse la garganta y me veo obligado a levantar la vista. Tiene todo el equipaje tirado por el suelo a su alrededor, se está mordiendo las uñas y no deja de dar golpecitos ansiosos con el pie.

—Nunca había suplicado a un hombre —dice, y aunque está intentando mostrar seguridad en sí misma, no lo consigue. Sé lo importante que es esto para ella. Sé lo valiente que es—. Pero supongo que tú has sido el primero para mí en muchos aspectos.

—Rory...

—No quiero que seas el primer chico que me rompe el corazón. —Otro pedazo de mí se rompe—. O nos montamos juntos en la camioneta y hablamos esto durante las próximas cuatro horas, o bien nos quedamos en silencio y al llegar a Maple Hills tomamos caminos separados. Puedes contarme todo lo que quieras sobre tu padre. Tú controlas lo que estás dispuesto a compartir conmigo. —Recoge sus maletas—. Pero puedes contarme todo respecto a tus propios sentimientos. ¿Quieres que estemos juntos? Pues vamos a hacerlo así. Nosotros no tenemos problemas de comunicación, Russ. Nos contamos nuestros secretos.

—Lo siento, Ror. —Deja caer las bolsas mientras echo a correr hacia ella y la abrazo con fuerza. Me siento mejor nada más tenerla entre mis brazos—. Te iba a llamar para arrastrarme en cuanto saliera a la carretera. No te merezco.

—Sí —dice en tono cortante—. Sí me mereces. Y no tienes por qué arrastrarte. No tienes que castigarte por que te haya superado la situación. Solo necesito que no me alejes de ti.

Siento cómo cada una de sus palabras me recompone poco a poco.

—¿Y qué pasa con la boda?

—Tú eres mi primera opción, Russ —susurra mientras hunde la cabeza en mi cuello—. Donde tú vayas, yo iré también. No tienes por qué enfrentarte solo a esto.

—Pero tu padre…

—… sobrevivirá. Creo que los dos sabemos que en realidad le importa un bledo. Puedo darle todas las vueltas que quiera para sentir que tengo el control, pero seamos honestos. Probablemente no me invitarían si no hubiera prensa. —Se encoge de hombros—. Si quería que cumpliera sus exigencias, que me hubiera hecho caso todas las veces que me he saltado las normas.

—Siento cómo me he comportado antes. Tengo muchísima suerte de tenerte. —Se hunde en mi boca con intensidad y desesperación, y no puedo evitar corresponderle a todo lo que me está dando. Sigo teniendo miedo de lo que nos espera, pero sé que ella va a estar a mi lado.

No tardo en cargar nuestras cosas en la camioneta para ponernos en marcha. Sé que en cualquier momento tengo que empezar a hablar. Separar nuestros caminos no es una opción, y si ella se va, yo seré el único culpable. Seré yo quien la haya echado de mi vida cuando ella solo intentaba acercarse a mí.

Espera en silencio en el asiento de al lado mientras llamo a JJ para decirle que al final no voy a ir a visitarlo. Como es lógico, se ha llevado un chasco, pero en cuanto le he dicho «movidas familiares», me ha dicho que no me preocupe y que ya nos veremos la próxima vez que vaya a Los Ángeles.

—Es como un hermano, ¿no? —dice Rory en voz baja cuando termino la llamada.

—Sí, es como el hermano mayor que quería pero no tuve.

Asiente.

—Como Jenna para mí.

Hay muchas cosas muy semejantes en nuestras vidas, y tengo que confiar en que si alguien puede entenderme y ayudarme, va a ser ella. Ha puesto todo mi mundo patas arriba y no hay razón para que deje de hacerlo.

—Mi padre es adicto al juego —digo, sin apartar la vista de la carretera—. Sobre todo a las carreras de caballos, porque es lo más fácil, pero también le encantan los casinos y el póquer. Una vez me dejó dentro del coche durante horas en la puerta de un casino. Fue ahí cuando mamá se dio cuenta de que tenía un problema. También bebe, pero siempre por culpa de las apuestas. Bien como celebración, o bien para ahogar sus penas, ¿me explico?

—Sí.

—Me da mucha vergüenza, y por eso no quería contártelo. ¿Qué tipo de padre antepondría un trozo de papel a su propio hijo? No dice mucho de mí que valga menos que unas cuantas estadísticas de mierda y un caballo. —Se me escapa una carcajada—. Ya te conté algunas de las burradas que me ha dicho alguna vez. Cuando estaba borracho o cuando yo no le mandaba dinero. Si oyes algo demasiadas veces, empiezas a creértelo, Rory. No quería que pensaras de mí lo que piensa él.

—Jamás pensaría eso —dice inmediatamente, frotándome la nuca con la mano—. Porque no es verdad.

—Lo único que quería era que estuviera mejor. Cuando se presentó aquí el día que nos pillaron y te dije que se había peleado con mi madre, en realidad me dijo que mi madre le había echado de casa. Me prometió que iba a buscar ayuda, pero no quería hacerme ilusiones. Cuando me has contado lo que ha dicho Ethan, tenías razón, me ha superado la situación. Porque al final te has enterado. Porque es lo que llevo años esperando. Porque no parece real. Es como cuando deseas mucho algo, y cuando por fin lo consigues, parece demasiado bueno para ser cierto. Me ha decepcionado tantas veces que me da miedo confiar en que esta vez van a cambiar las cosas.

—Me dijiste que esperar un cambio es como meter la mano en el fuego una y otra vez y pretender no quemarte —dice Aurora—. Quiero cogerte de la mano para que no tengas que meterla en el fuego, Russ. La recuperación no es fácil para nadie, no solo para el adicto, tampoco para ti. Me da la impresión de que tu padre ha dado el paso para intentar mejorar, pero nadie puede obligarte a perdonarle. Como tu hermano intente obligarte, le parto la cara.

—¿Y si te quemas tú también? Mi familia es un auténtico desastre.

Se echa a reír, y juro que su sonrisa podría arreglar cualquier cosa.

—El fuego no puede quemar al fuego. Antes arraso todo Maple Hills que darle la oportunidad de volver a hacerte sentir mal contigo mismo. Además, ¿un desastre de familia? ¿Hola? ¡Si soy el ejemplo perfecto de niña con traumas familiares! —Le cojo la mano y le doy un beso en el dorso—. No tienes por qué sentir vergüenza conmigo, Russ. Tal vez el universo no intentaba jodernos. Tal vez sabía que nos necesitábamos, porque yo te necesito. Eres lo mejor que me ha pasado, y lo que es más importante, quiero estar a tu lado en todo esto de la forma que tú quieras.

—Ni siquiera sé lo que implica la recuperación. Ni siquiera sé lo que significa eso de «reparar el daño». ¿Cómo coño piensa hacerlo? Ha pasado demasiado tiempo.

—¿Por qué no llamamos a tu hermano para que te lo cuente, y lo que no entendamos lo busco en Google? Prometo no llamarle gilipollas.

—Gracias, Aurora.

Se incorpora del asiento y me da un beso en la mejilla.

—Gracias a ti por no tenerme aquí en silencio durante cuatro horas.

Camino hacia mi habitación agarrado de la mano de Rory y de pronto tengo un *déjà vu*.

Aquel Russ, el que fingía seguridad en sí mismo, no se habría creído que dos meses después estaría en esta situación. Como no le gusta andarse con rodeos, Aurora me adelanta y se sienta a mi escritorio.

—¿Quieres repetir la jugada? —Pongo los ojos en blanco, me acerco a ella, me cuelo entre sus piernas, la agarro por detrás de los muslos y la tiro encima de la cama mientras suelta un chillido—. ¡Eh, la otra vez no fuiste tan brusco!

—Vale, porque estaba acojonado —digo, tirándome a su lado—. No suelo ligar con chicas como tú y me preocupaba mucho no aguantar al ver cómo te corrías. Que no me diera tiempo ni a quitarme el pantalón.

—Puedes estar tranquilo —dice rodando para tumbarse encima de mí—. ¿Cómo sabías que no estaba fingiendo?

—Me habría asfixiado entre tus piernas antes de dejar que fingieras.

Los chicos se han ido a casa de JJ a celebrar la fiesta de inauguración, y después del día que llevo, me parece bastante buena idea descargar el estrés de una forma sana. Le abro las piernas alrededor de mis caderas y le paso las manos por los muslos hasta colarme debajo de su vestido de verano, y entonces suena el teléfono.

—¿Estamos condenados a que nos interrumpan siempre? —gimoteo—. Creía que esto acabaría cuando saliéramos de Honey Acres.

—Ya te imaginas quién va a ser —dice, bajándose de la cama y cogiendo el teléfono. Me muestra la pantalla y en el identificador de llamadas pone: «Tío Que Me Paga El Alquiler».

No hemos hablado del hecho de que Aurora debería estar en Palm Springs ahora mismo. Estaba demasiado inmerso en mis propios problemas y supongo que a ella no le apetecía hablarlo. No tenía nada que añadir cuando ha dicho que él nunca la ha castigado.

Descuelga el teléfono y activa el altavoz, pero antes de decir nada, hace algo que llevo semanas sin verle hacer: fuerza una sonrisa en la cara.

—¡Hola! —La voz le suena antinatural, no es la voz de mi chica. Lo odio.

—¿Dónde cojones estás, Aurora?

Cuatro palabras y ya me hierve la sangre.

—No voy a ir, papá. —Se muerde el interior de la mejilla y yo tiro de ella por toda la cama hasta colocarla entre mis piernas abiertas y le apoyo la cabeza en el hombro—. Me ha surgido algo, lo siento.

—Eso no responde a mi pregunta. Te he preguntado dónde cojones estás.

—Estoy en Maple Hills.

—Pues te metes en el puto coche ahora mismo. Hablo muy en serio, Aurora. No pienso seguirte el jueguecito esta vez. Nos vas a joder a todos.

La abrazo un poco más fuerte.

—He dicho que no voy a ir.

—Voy a por ti.

—No estoy en casa.

Me inclino sobre el móvil y desactivo el micrófono para que su padre no nos oiga mientras despotrica sobre lo egoísta e inmadura que es.

—Estoy muy orgulloso de ti. Eres muy fuerte, Rory. No dejes que te intimide para que hagas algo que no quieres. Vales mucho más que unas fotos en una revista. Si tienes que forzar una sonrisa es que te mereces algo mejor.

Aurora vuelve a activar el micrófono mientras él termina de gritar.

—Me da igual que te enfades conmigo, papá. No me gusta

la persona que soy cuando dejo que tú domines todo mi comportamiento. —La abrazo un poco más fuerte—. Me he pasado muchísimo tiempo haciendo el imbécil para llamar tu atención, porque al menos de esa forma te acordabas de que existía. Me haces sentir que no merezco tu presencia. Pero no voy a dejar que me sigas haciendo daño porque ya tengo a personas en mi vida a las que sí les gusto por ser como soy.

—Si te plantas aquí en dos horas, podemos fingir que esta conversación no ha tenido lugar —dice, sin un atisbo de emoción en la voz.

—Te deseo lo mejor en tu matrimonio, pero no voy a ir. Y no voy a seguir forzando ninguna sonrisa más. Adiós, papá.

Cuelga la llamada y me imagino que se va a echar a llorar, pero no lo hace; se acurruca entre mis brazos y me hace apretarla con fuerza.

—Como siga apretando así, te voy a ahogar.

—No me importa.

—¿Cómo te sientes?

—Me siento apoyada —dice.

—No me refería a eso, corazón. —Le doy un beso en el cuello y se queda en silencio un instante, algo a lo que no estoy acostumbrado.

—Me siento más ligera, como si por una vez hubiera tomado la decisión correcta, y sé que ahora que se lo he dicho, puedo pasar página. A lo mejor si esto le hace cambiar podremos trabajar en nuestra relación. A lo mejor así espabila.

—Espero que sí.

Nos quedamos ahí en silencio durante cinco minutos, sin soltarnos, hasta que vuelve a sonarle el teléfono. Noto cómo se queda paralizada entre mis brazos, y solo se relaja cuando levanta el móvil y ve que no es su padre. Descuelga la llamada y en la pantalla aparece una mujer de pelo castaño oscuro con una sonrisa enorme. No hay ningún parecido entre ella y la mujer que tengo en mis brazos hasta que se sube las gafas de sol, se las coloca en lo alto de la cabeza y veo exactamente los mismos ojos que tan bien conozco.

—Anda, así que lo del novio es verdad —dice Elsa antes de nada. Aurora baja la cámara para que no se me vea tanto—. Mamá me dijo que tiene un gato y que tú tienes novio. Creía que había vuelto a mezclar el vino con las pastillas.

La verdad es que el acento británico me pilla desprevenido al principio.

—Hola a ti también —dice Aurora mientras se revuelve entre mis brazos—. ¿Qué haces? ¿Por qué me llamas? No dudes en responder a cualquier otra pregunta que se me haya pasado por alto.

—Vaya, te encaras con tu querido padre una vez y ya te pones chulita con todo el mundo —replica—. Un segundo, que voy a una prueba de vestuario.

Oímos a Elsa hablar a toda velocidad con alguien en un idioma que no reconozco y Aurora se incorpora un poco.

—El, ¿con quién estás hablando en italiano?

—Estoy en Milán, en una prueba de vestuario para la Semana de la Moda del mes que viene.

Aurora se queda boquiabierta.

—¿No vas a la boda?

Elsa arruga la nariz, el mismo gesto que hace Aurora cuando se horroriza.

—¿A la de la mujer del tiempo? Por Dios, no. No pienso dejar que me hagan fotos con ropa que se puede hacer en tres semanas.

—Creía que me llamabas para convencerme de que fuera.

Elsa se echa a reír y Aurora suspira de alivio y se relaja un poco más entre mis brazos.

—Te llamo para felicitarte por haber madurado por fin. Estoy orgullosa de ti, hermanita.

—Gracias, supongo —murmura en voz baja—. ¿Él sabe que no vas a ir a Palm Springs? Se va a cabrear mucho con nosotras. Bueno, conmigo ya lo está.

—Ni lo sé ni me importa. Y a ti tampoco debería importarte. He pedido que me configuren la línea para que, cuando me llame, la llamada se desvíe a la oficina de un terapeuta de Londres. Te aconsejo que hagas lo mismo. Bien sabe Dios que este tío lo necesita.

Se me escapa una carcajada, pero intento ahogarla escondiendo la cara detrás del pelo de Aurora.

—No me he olvidado de ti, novio misterioso sin rostro —dice, y entonces se me hiela la sangre—. Tienes suerte de que tenga que ir a clavarme alfileres, pero en algún momento te haré un interrogatorio.

—Mentira —me dice Aurora—. Se le va a olvidar.

—No abandones la lucha contra el patriarcado, Ror. *Ciao.*

Aurora tira el teléfono en la cama, se gira y se me sube sobre las piernas hasta ponerse a horcajadas sobre mí, me apoya la cabeza en el pecho y me rodea la cintura con los brazos. Le acaricio el pelo sin decir nada. Pasan otros cinco minutos de silencio y no recuerdo ninguna vez que haya estado tan callada.

Finalmente se aparta de mi torso y se sienta frente a mí.

—Bueno, pues esa era Elsa.

—Esa era Elsa —repito—. Es…

—Es muy Elsa.

—¿Cómo te sientes? —vuelvo a preguntar.

Me acaricia la cara, rozándome la mandíbula con suavidad.

—Todavía me siento apoyada.

36

Russ

—Es un rollo dormir a tu lado, ¿lo sabías? —digo poniéndome la camiseta.

Aurora me mira mientras se estira en medio de mi cama, con la melena esparcida por todas partes.

—Si ya habías dormido conmigo antes.

—Creo que como en las camas del campamento no había espacio, te quedabas más quietecita. Pero ahora que tienes un montón de espacio, eres una pesada. Hubo un momento en que me empezaste a dar patadas y me sentía como un balón de fútbol.

—Lo siento —dice en tono burlón—. ¿Preferirías que me fuera mientras duermes?

—¿Mientras duermo o mientras estoy en el baño?

—¡Ay!, es demasiado pronto para esa broma —dice con aire travieso—. ¿Sabes qué, Callaghan? Me voy a Cabo a ver a mi amigo Clay. Seguro que él no se mete conmigo.

—¿Intentas ponerme celoso? —Meto los pies en las zapatillas y cojo las llaves que tengo en la cómoda—. Porque lo estás consiguiendo.

—Estoy intentando que me folles. —Se sienta y la melena le cae sobre los hombros. Es la mujer más guapa que he visto en mi vida. No me creo que sea mía—. Es broma. Solo intentaba hacerte reír para que hoy estuvieras de buen humor.

Me inclino para darle un beso de despedida y me obligo a no meterme en la cama con ella.

—Podemos hacerlo más tarde. Tengo que irme antes de que me dé por cambiar de opinión.

—¿Seguro que no quieres que vaya? Puedo quedarme dentro del coche.

—Estoy seguro. Quiero guardarte para mí todo el tiempo que pueda.

—Pues no digas más —dice, recostándose sobre las almohadas—. Estaré aquí esperándote cuando vuelvas. Recuerda que puedes salir de allí cuando quieras, y si estás demasiado agobiado para conducir, llámame y te pido un Uber.

Hasta ahora no me había dado cuenta de lo importante que es tener a alguien con quien compartir mis preocupaciones. Pensaba que el mayor alivio era poder contarle cosas del pasado, pero en realidad es poder experimentar las cosas juntos. Saber que estará aquí esperándome, sea cual sea el estado en el que regrese, me consuela más que si me esperara en la puerta de casa de mis padres.

—¿Qué vas a hacer cuando te quedes sola?

—Voy a llamar a Emilia y Poppy, y luego estaba pensando en preguntarle a mi madre si quiere ir a tomar un café al Kiley.

La madre de Aurora le mandó un mensaje anoche diciendo «Estoy orgullosa de ti, cariño», así que Aurora dio por hecho que su padre la llamó después de que ella se plantara.

—Y a lo mejor escondo mis cosas por tu habitación, para que no puedas traer aquí a chicas para que te hagan bailes eróticos cuando vuelvan a empezar las clases.

—Espera, ¿qué?

—Pienso esconder notitas en las fundas de almohada. Las fundas de almohada son sospechosas por sí solas. Ya verás cuando tumbes aquí a una chica y suene un papel debajo.

—Estás mal de la cabeza —digo riéndome entre dientes, inclinándome para besarla por última vez—. Gracias por intentar distraerme.

—Sí. —Sonríe—. Era para distraerte, claro que sí...

Suspiro porque tengo que irme, pero podría quedarme todo el día hablando con ella. Es raro que no haya niños interrumpiéndonos ni que tengamos que preocuparnos constantemente de no acercarnos demasiado. Joder, es muy emocionante que ya seamos tan felices juntos y que la parte real de nuestra relación no haya hecho más que empezar.

Le doy otro beso, e intento convencerme de que es el último porque me tengo que ir.

—¿Te portarás bien mientras estoy fuera?

—Sí, con la motivación adecuada.

—¿Y qué te va a motivar? ¿Que piense que eres buena?

Sacude la cabeza.

—Tú ya crees que soy un ángel.

—No es verdad. La mayor parte del tiempo eres todo lo contrario a un ángel.

—Quiero una camiseta de Callaghan. Si me convierto en la novia de un jugador de hockey, necesito que todas tus fans locas sepan que eres mío.

«Mío».

—Hecho.

—Buena suerte. Estoy orgullosa de ti, y por favor, llama, grita, si me necesitas.

—Lo haré. Te lo prometo. Adiós.

Después de hablar ayer con Ethan de camino a casa, me siento un poco más preparado para lo que me espera. Me ha prometido que será una charla familiar informal en la que hablaremos las cosas de manera sana, y papá tendrá la oportunidad de disculparse por todo lo que ha hecho en el pasado. Es un momento para reconstruir y sanar, justo lo que yo quería.

Al llegar a casa de mis padres veo un coche de alquiler en la entrada, así que sé que ya está aquí. Ha hecho un pequeño descanso entre conciertos de la gira con su grupo, por eso ha insistido tanto en que tenía que ser ahora. Al sacar las llaves del contacto pienso que me gustaría que Rory estuviera aquí, pero al mismo tiempo me alegro de que no esté.

Saco el móvil para mandarle un mensaje y sonrío otra vez al ver cómo me ha guardado su número en la agenda. Ha dicho que quería que supiera cuál de todas es ella, teniendo en cuenta todas las chicas con las que voy a ligar con mi nueva seguridad.

RORY (LA RUBIA CAÑÓN)

Es raro que te eche de menos?

Quién eres?

Muy gracioso

Yo también te echo de menos

Buena suerte!

Ethan le da un golpe a la ventanilla a mi lado y me mira con el ceño fruncido. Es como mirarse en un espejo que te envejece.

—Date prisa —dice con impaciencia—. Te estamos esperando.

Lo primero que pienso es si debería arrancar la camioneta y largarme. Llevo tanto tiempo queriendo que mi padre cambie que me da miedo empezar el proceso. La ansiedad retumba en mi interior como una tormenta, pero intento decirme a mí mismo que es imposible ir a peor. Quería un cambio, y puede que por fin se produzca.

Ethan vuelve a entrar en casa sin esperar respuesta, y entonces salgo despacio y voy detrás. Nunca me ha gustado esta casa y nunca he sentido que fuera mi hogar. Mis padres vendieron la casa de mi infancia para comprar esta más pequeña en un barrio peor y le dijeron a todo el mundo que preferían vivir en un sitio más reducido después de que Ethan se mudara y yo estuviera a punto de irme la universidad.

En realidad utilizaron ese dinero para pagar las deudas de juego de papá, lo que le llevó a empezar de nuevo todo el proceso de hipotecarse. Al entrar me siento como un extraño, a pesar de que mi cara está por las paredes.

Todos ya están sentados en el salón y se palpa la tensión en el ambiente, lo cual no es precisamente raro en mi familia. Mi madre es la primera en reaccionar: se pone en pie y me da un fuerte abrazo.

—Hola, mamá.

—Te he echado mucho de menos —dice. Parece que esté a punto de echarse a llorar—. Siéntate. Cómo me alegro de que hayas venido.

—Os dejamos hablar —dice Ethan, haciéndole un gesto a mamá para que salga del salón con él.

—Un momento, ¿qué? —Se me acelera el pulso. Me dijeron que íbamos a tener una charla familiar, no que fuera a ser un cara a cara entre papá y yo—. Esto no es lo que dijiste, Ethan.

Me ignora y mi primer instinto es levantarme e irme. Papá tiene mejor aspecto que hace un par de semanas, cuando lo vi por última vez. Se le notan unas ojeras menos profundas y la cara menos demacrada, y por el salón se ven sus cosas esparcidas.

—¿Te has vuelto a mudar?

Asiente con la cabeza.

—Duermo en la habitación de invitados. Me alojaba en un motel y hablaba con tu madre todos los días. Hemos hablado mucho. Me da la impresión de que ahora me paso el día hablando, pero es bueno. Me alegro de poder aclarar las cosas y trabajar para mejorar.

—No sé lo que significa «reparar daños», papá. He leído cosas y oído hablar de ello, pero no sé qué significa en nuestro caso.

—Quiero empezar pidiéndote perdón, Russ. —No digo nada. No puedo decir nada porque me da miedo abrir la boca—. Y quiero darte las gracias.

No puedo ocultarlo, el agradecimiento me ha pillado desprevenido. Estoy demasiado acostumbrado a que mi padre les eche la culpa a todos menos a sí mismo. Siempre había una razón por la que estaba de mal humor o tenía un mal día, y siempre tenía que ver con que nosotros no éramos lo suficientemente buenos.

—Aquel día en el hospital, cuando me dijiste cómo te había hecho sentir, creí que había tocado fondo, pero en realidad no lo toqué porque no cambié. Me sentí humillado por haber hecho pensar a mi propio hijo cosas horribles sobre sí mismo, pero ¿cómo no ibas a pensarlas? Yo llevaba años viviendo para mí mismo, sin preocuparme de nada ni de nadie. Pero seguí sin cambiar.

—Pero ¿por qué? ¿Por qué eso no fue suficiente?

—Porque tenía que seguir cayendo. Y lo hice, hasta que tu madre me echó a la calle y fue ahí cuando toqué fondo de verdad. No quería admitir que tenía un problema. Es fácil ocultar la adicción al juego porque no deja señales físicas. No es como las drogas o el alcohol; nadie se da cuenta de lo que pasa. Te convences a ti mismo de que no le afecta a nadie más que a ti. —Se apoya sobre las rodillas con las manos temblorosas—. Pero ese fue mi punto de inflexión. Desde ese momento, las cosas fueron a mejor. No quiero ser alguien a quien odias, Russ. No quiero ser una persona que te haga daño.

—Eres experto en mentir, papá. ¿Por qué iba a creer que no nos estás engañando a todos como otras veces?

—Porque otras veces el orgullo me ha impedido pedir ayuda. Cuando jugaba siempre era muy mal perdedor, pero mantenía el optimismo de que la siguiente apuesta sería la buena. Estoy aplicando ese mismo optimismo a mi proceso de rehabilitación.

—¿«Cuando jugabas»?

Asiente con la cabeza y se frota la nuca, un gesto en el que nunca antes me había fijado.

—No he vuelto a apostar desde que fui a verte al campamento. Sé que no es mucho tiempo, pero es el periodo más largo que he conseguido parar en quince años. He estado asistiendo a varias reuniones de Jugadores Anónimos y voy a empezar a ir a terapia para intentar procesar algunas cosas que necesito gestionar.

Estoy abrumado con tanta información, y todavía parece demasiado bueno para ser real. Sé lo importante que es esto y sé que debería estar contento, pero hay una vocecita dentro de mi cabeza que no para de repetirme que no me haga ilusiones y que siga manteniendo las distancias.

—¿Tienes alguna pregunta? —dice.

Tengo millones, pero no se me ocurre ninguna en este momento.

—No.

—Alguna habrá.

Nos quedamos en silencio un minuto entero e intento pensar en lo que quiero preguntarle. Me he pasado tantos años intentando no relacionarme con él que no me acuerdo de cómo se hace. Es como tratar de poner en movimiento un músculo que llevas mucho tiempo sin usar.

—No.

—Bueno, si se te ocurre alguna, puedes preguntarme. Una parte del proceso de recuperación es arreglar las cosas con las personas a las que he hecho daño durante todo este tiempo, y sé que te he hecho daño. En Jugadores Anónimos dicen que la mejor manera de disculparse es cambiar la actitud, así que espero que con el tiempo me veas convertirme en alguien diferente y quieras volver a acercarte a mí.

—Yo también lo espero.

—Tu hermano me puso en contacto con una asociación que ofrece asesoría económica gratuita, y me están ayudando a poner en orden mis finanzas. He pasado mucho tiempo ocultándole cosas a tu madre. Y quiero devolverte todo el dinero que me has dejado.

—Me da igual el dinero —digo inmediatamente.

—Vale, pero es tu dinero y nunca debí pedírtelo, eso para empezar. No estuvo bien por mi parte y demuestra que eres una buena persona por haber sido tan generoso.

Me pregunto si me habré dado un golpe en la cabeza que me está provocando alucinaciones. Antes de alejarme mentalmente del drama familiar, cuando la cosa estaba mal de verdad, solía mantener conversaciones ficticias con mi padre en mi cabeza. Practicaba lo que diría, cómo reaccionaría, y al final de la conversación él siempre se convertía en alguien mejor.

—Quiero volver a formar parte de esta familia, Russ. Sé que es culpa mía haberme apartado y sé que también es culpa mía que ya no te sientas bienvenido aquí, pero espero que con el tiempo puedas volver a confiar en mí como para ver que lo único que quiero es recuperarme de esto.

—Me alegro de que hayas pedido ayuda, papá. Y, de verdad, espero que funcione.

Tengo demasiados pensamientos en la cabeza.

Después del cara a cara, mamá ha insistido en que comiéramos todos juntos. No me acuerdo de la última vez que nos sentamos a comer como una familia. Por suerte, Ethan ha acaparado la conversación hablando del nuevo contrato discográfico de su grupo, lo que me da libertad para escuchar y observar.

Ethan no menciona que habló por teléfono con Aurora, cosa que agradezco. Me parece demasiado especial como para arriesgarme a meterla en este ambiente. Sé que es fuerte y resiliente, pero quiero cuidarla, y teniendo en cuenta la situación con su padre, no necesita conocer al mío de momento.

Si su padre tuviera la voluntad de mejorar, como el mío, ella sería la primera en darle otra oportunidad. Ayer fue la primera vez que le contó cómo se sentía, igual que hice yo hace semanas en aquella habitación de hospital. Espero que cause la misma reacción en su padre que en el mío.

Después de comer, Ethan me acompaña a la camioneta en silencio. Tiene los ojos rojos y vidriosos, está más delgado que la última vez que lo vi y en general no tiene un aspecto muy saludable. Yo diría que está colocado.

—¿Te encuentras bien?

—Preocúpate por ti, hermanito —me dice, abriéndome la puerta de la camioneta.

—Pareces colocado, Ethan. —Nunca le he visto fumar un cigarrillo, y menos drogarse—. ¿Qué te pasa?

—Nada —dice frotándose la mandíbula con la mano—. De cualquier forma, no lo entenderías.

—Pruébame.

Me ignora, desviando la conversación.

—¿Estás bien? ¿Tienes todo lo que necesitas para las clases? Ahora me va a entrar algo de dinero con este contrato, así que, ya sabes, puedo ayudarte más.

—Tengo todo lo que necesito —digo, cerrando la puerta y bajando la ventanilla—. Pero gracias.

—Esto es por lo que he estado trabajando tan duro, este contrato. Todos los conciertos, todos los viajes. Todo se arreglará. El dinero compra recursos, Russ. Todo volverá a ir bien muy pronto —dice.

—Adiós, Ethan. —Da unas palmaditas en el lateral de la camioneta antes de darse la vuelta hacia la casa, y yo anoto mentalmente que tendré que llamarlo pronto para volver a preguntarle cómo está.

Al entrar en casa me encuentro a Aurora en el patio trasero resoplando sobre una tela estirada en el suelo.

—¿Qué haces?

Pega un chillido y mira para atrás.

—Dios mío, haz ruido antes de acercarte sigilosamente a la gente. Casi me da un infarto.

Sigue tirando de la tela mientras me acerco.

—¿Qué haces?

—¡He encontrado una tienda de campaña en tu armario! —dice con entusiasmo, mirándome desde el suelo—. Pero no sé cómo funciona y no vienen instrucciones. Pensé que podríamos acampar al aire libre junto a esta hoguera.

—¿No has tenido suficiente con diez semanas al aire libre?

—digo con una sonrisa. Me siento con las piernas cruzadas sobre la hierba y alejo la tienda de campaña de ella—. Como la acerques mucho al fuego se va a derretir.

—¿Por qué lo sabes todo? —dice, trasladando todas las piezas a otro sitio.

—¿Por qué no sabes que no debes acercar cosas de plástico a un fuego?

Se arrastra por la hierba hacia mí, se me sube encima y a continuación me echa el pelo hacia atrás y me da un beso en la frente.

—Esta es mi invitación formal para hablar de cómo te ha ido el día.

—Todavía necesito un poco de tiempo para hacerme a la idea antes de hablar de ello. ¿Te parece bien?

Me abraza más fuerte.

—¿Puedo hacer algo para que estés mejor?

—Sí, puedes explicarme cómo vas a hacer que mi cuerpo de casi dos metros quepa dentro de esa tienda.

Se le iluminan los ojos mientras me sonríe.

—Siempre conseguimos que quepa.

37

Aurora

La tienda no fue una de mis mejores ideas, y sobre las dos de la madrugada ya estaba tan harta del ruido que hacía cada vez que me movía un poco, que le pedí a Russ que volviéramos a meternos en casa.

Me pareció que podía ser un plan romántico, pero por primera vez nos costó mucho caber dentro. Era muy incómoda y agobiante y sin duda fue un error pensar que sería bonita. Además, en un momento dado, apareció una araña enorme; luego Russ me prometió que la había sacado, pero yo creo que era mentira, y ahora me preocupa habérmela comido mientras dormía.

Oigo abrirse la puerta principal mientras Russ está en la ducha y sé que tengo poco tiempo para bajar con ellos cuando se cierra el grifo. Me pongo unos pantalones cortos bajo la camiseta de Callaghan que he robado del armario de Russ y bajo las escaleras para preparar lo que espero que sea una sorpresa guay.

Se me hace raro deambular por la casa de Russ como si viviera aquí, teniendo en cuenta que acaban de llegar todos los que viven aquí de verdad. Bobby y JJ están discutiendo por la pancarta de FELIZ FIESTA DE INAUGURACIÓN que parecen haber corregido con rotulador permanente para que ponga FELIZ FIESTA DE BIENVENIDA.

—¿Cómo que fiesta de inauguración? —pregunto al bajar el último escalón.

—Es lo único que hemos podido hacer con tan poco tiempo —dice JJ.

Bobby levanta el cartel.

—Bueno, podías haber hecho uno donde pusiera BIENVENIDA, pero no te salió de las narices.

Una chica bajita que reconozco de todas las fotos se acerca a mí y me da un abrazo.

—¡Hola! Soy Stassie, encantada de conocerte. Nate me ha hablado mucho de ti, pero tiene unos líos con su equipo de hockey y ha tenido que quedarse en Vancouver. Le ha fastidiado mucho perdérselo.

—Pues que se hubiera quedado a este lado de la frontera en lugar de mudarse y estar quejándose cada dos segundos. ¿Qué tal? Yo soy Lola. Ya estoy obsesionada con todo lo que sé sobre ti y estoy deseando que seamos amigas.

—Russ me ha hablado muy bien de vosotras dos —les digo con sinceridad—. Encantada de conoceros, y gracias por organizar esto para que viniera todo el mundo. —¿Por qué soy tan formal?

—Si Gordi habla bien de mí, es que no me estoy esforzando lo suficiente como para lograr darle miedo —dice Lola, con cara de confusión.

—Yo creo que sí lo has conseguido, cariño —dice Robbie—. Eso lo has logrado muy bien con todo el mundo.

—¿Rory? —dice Russ desde la planta de arriba, y todo el mundo se calla al instante—. ¿Estás hablando con alguien?

—¡Sí! —grito—. Con los fantasmas.

—¡Vale! Eso no es para nada escalofriante ni perturbador, gracias. Bajo en un minuto.

Los chicos se mueven con sigilo para pegar la pancarta a la pared a toda velocidad en un ángulo que precisamente recto no es. Henry saca una bolsa enorme; la vacía y unos cuantos globos se esparcen por el suelo. Nuestro intento de decoración a medias da aspecto de que es la fiesta de cumpleaños más lamentable del mundo, pero la verdad es que es lo más bonito que sus amigos podrían haber hecho por él.

Mientras Russ estaba ayer en casa de sus padres, recibí una llamada de un número desconocido que resultó ser Stassie. No había hablado con Russ, pero sabía que si se perdía la fiesta de inauguración de JJ por movidas familiares, probablemente significaba algo malo. Quería saber si les parecía bien que vinieran aquí a celebrar una fiesta para Russ.

Y así surgió la fiesta de bienvenida.

—Oh, es como si todos mis hijos hubieran vuelto a casa —susurra JJ con orgullo mientras oímos abrirse la puerta de la habitación de Russ.

—Si tú no vives aquí —susurra Robbie.

El corazón me retumba tan fuerte como los pasos de Russ, y a medida que baja vamos viendo su cuerpo poco a poco a través de la barandilla: tobillo, gemelo, rodilla, muslo...

—¿Está desnudo? —susurra Mattie, asustado.

—Hoy no tenía intención de ver ninguna polla que no fuera la mía —murmura Kris.

Muslo... y calzoncillos. Gracias a Dios. Todo el grupo suelta un suspiro de alivio colectivo, y cuando Russ baja las escaleras lo suficiente como para poder ver el salón, se queda paralizado.

—Sorpresa —dice Henry de la forma menos entusiasta posible.

Russ se queda boquiabierto.

—Hostias.

Los chicos llevan tanto rato hablando de su viaje a Miami que me siento como si hubiera ido con ellos.

—¡Deberíamos ir todos el año que viene! —dice Mattie entusiasmado.

—No —dicen Henry y Russ al unísono.

—Yo creo que el año que viene voy a volver a Honey Acres, así que tendré que rechazar la oferta educadamente —dice Russ.

—Eso será si te aceptan —dice Henry, dando un mordisco a una alita de pollo—. Os pillaron saltándoos la regla número uno, y dudo mucho que dentro de un año vayáis a cortaros más con lo de meteros mano. Eso lo aprendimos de Nate y Robbie.

Russ, que en este momento tiene la cabeza apoyada encima de la mía y los brazos encima de mis hombros, haciendo el mayor contacto físico posible, dice en tono burlón:

—¿Nate y Robbie se meten mano?

Stassie levanta una ceja.

—Eso suena bien, sí.

Todos se lanzan a contar un montón de anécdotas, y en cada una se detienen a explicarme el significado para que no me sienta excluida mientras Russ me estrecha entre sus brazos con fuerza.

—¿Estás bien? —me susurra al oído. Asiento con la cabeza y sigo escuchando una anécdota sobre una vez que Robbie y Nate se cayeron de un telesilla.

Esta dinámica también es nueva para Russ, pero entiendo por qué es tan importante para él. Este grupo parece más una familia que un grupo de amigos, y son tan majos que es imposible no enamorarse de todos y cada uno de ellos.

Creo que esto es justo lo que los dos necesitamos desesperadamente. Estar rodeados de gente que nos haga sentir queridos y valorados. Este verano nos hemos acostumbrado a algo así con Xander, Jenna y Emilia... y los perros, por supuesto. Tengo la impresión de que la relación con mi madre va por buen camino, y Russ está en un proceso con sus padres que espero que le devuelva la paz.

Todas las piezas de nuestra vida empiezan a encajar como un rompecabezas, y por fin he encontrado las que faltaban.

Bobby termina de contar una historia sobre un partido en otra ciudad en el que acabó desnudo dando vueltas alrededor del hotel mientras su entrenador de hockey le echaba la bronca a gritos, lo que me da la oportunidad de hacer una pregunta para la que llevaba semanas buscando una respuesta.

—Chicos, ¿por qué todos llamáis «Gordi» a Russ?

Robbie abre la boca para contestar inmediatamente, pero

enseguida la cierra y mira a Kris, quien tiene la misma cara de confusión que Mattie. Luego uno a uno se van mirando con la misma cara de incertidumbre antes de que JJ responda por fin:

—Si te digo la verdad, no tengo ni idea.

Me giro en los brazos de Russ para mirarlo y veo cómo contiene una sonrisa.

—¿Tú lo sabes?

—Sí. Resumiendo, yo trabajaba en un bar y Stassie fue allí un día sola. Había unos clientes imbéciles que la estaban acosando y yo no la conocía mucho, así que fingí que era su novio. Básicamente tuvimos una relación falsa de una hora en la que me llamó gordi.

—Me encantan las relaciones falsas.

—¿Relaciones falsas? Es la chorrada más grande que he oído en mi vida —dice Henry.

—Fue adorable. Y muy creativo que se le ocurriera en el momento —añade Stassie.

—Una noche recogí a Stassie y a Lola de un bar y Stassie estaba borrachísima. Me llamó gordi delante de todo el mundo y bueno... me quedé así.

Todo el grupo se calla al mismo tiempo y me fijo en que mantienen la misma cara de confusión. Mattie se aclara la garganta y coge su cerveza.

—La verdad es que yo creía que era porque eres achuchable o algo así. Yo qué sé.

—Rory, ¿Jenna preguntó por mí después de nuestra visita? —pregunta Bobby, guiñándome el ojo.

Cuando los chicos fueron de visita a Honey Acres por el cumpleaños de Russ, nos dimos cuenta de que Bobby y Kris habían estado en el campamento al mismo tiempo que yo. Por suerte, no nos acordábamos el uno del otro, cosa que agradezco mucho, porque lo más probable es que me pillara en una época extremadamente pesada y dramática. Rasgos de carácter que me gustaría no revelarles hasta que les caiga bien de verdad.

—¿Quieres que te mienta para no herir tus sentimientos? —pregunto con cuidado.

—Sí. Si es una opción, me gustaría que siempre me la aplicaras —dice Bobby. Antes de que pueda responder, Henry se me adelanta:

—Se te da muy bien el hockey.

Los chicos empiezan a pelearse de broma y, mientras todos están distraídos, Russ me da un beso en el cuello y me susurra al oído:

—Lo estás haciendo muy bien. Te adoran.

Enseguida vuelve la calma y Bobby me mira otra vez en busca de confirmación. Asiento con entusiasmo.

—Ha preguntado muchísimo por ti.

Cuando le hablé a Jenna de que Bobby había estado coladísimo por ella durante un montón de tiempo, su respuesta no fue muy entusiasta: «Fantástico. Me encanta cuando de pronto un tío reaparece de adulto y quiere follar conmigo como si no le hubiera criado cuando era pequeño. —Luego hizo un ruido de arcada muy dramático y añadió—: Odio a los hombres».

—A lo mejor el año que viene voy yo también a trabajar ahí —dice Bobby, para descontento de sus amigos.

—Espero que se te dé mejor arreglar váteres que a Russ —digo, entre risas.

Descubrir cómo le gusta a Russ tocarme cuando no hay reglas que lo prohíban ha sido mi descubrimiento favorito desde que hemos vuelto a Maple Hills.

Mi cerebro se descontrola intentando reprimir mi instinto natural de hablar más de la cuenta y, a pesar de ser una mujer bastante segura de sí misma, siento una presión fuerte por asegurarme de que les caigo bien a las personas a las que Russ quiere tanto.

La fiesta de inauguración de la casa (o de bienvenida, mejor dicho) no es tanto una fiesta, sino más bien un día tranquilo para estar juntos. Nos hacía falta después de un par de días bastante movidos, y me encanta que Russ me lo ponga tan fácil.

Me tomo un descanso para hacer una videollamada a Emilia

y Poppy en el patio trasero. Las dos son muy fans de mi tienda de campaña y no pueden creer que convenciera a Russ para que durmiera dentro conmigo. Estoy segura de que Russ sería capaz hasta de coser una tienda de campaña él solo si pensara que eso me haría feliz.

Se abre la puerta de atrás y aparece JJ, que me ve sola en una tumbona. Se acerca con las manos en los bolsillos y se sienta frente a mí.

—Pops y Emilia te mandan recuerdos —digo.

—He visto el post de Emilia. Parece que se lo están pasando bien.

—Estamos muy formales —digo con torpeza, revolviéndome en el asiento. Me hago sombra en los ojos para tapar la luz del sol, me esfuerzo por concentrarme en el rostro serio de JJ—. ¿Me vas a dar un sermón? ¿Una charla? ¿Un consejo de vida? Ay, Dios, ya estoy otra vez hablando de más.

—Te voy a dar las gracias. Esta es la vez que más feliz he visto a Russ en los dos años que lo conozco.

Las mariposas que viven en mi estómago revolotean con entusiasmo.

—Él también me hace muy feliz a mí. Gracias por enseñarle a fingir seguridad como para acercarse a hablar conmigo esa noche.

—Gracias por lograr que se vea a sí mismo como lo vemos los demás.

—Esto se está poniendo intenso —digo—. Creo que prefiero cuando me obligas a hacer retos en el Jenga.

—Sí, creo que nos hemos puesto demasiado sentimentales, ¿no? Estoy probando esto de la madurez, pero no te creas que me va mucho. —Se levanta y me tiende la mano para que yo también me levante—. ¿Quieres jugar al Tragabolas alcohólico?

De vuelta a casa, JJ anuncia que quiere jugar al nuevo juego y desaparece para ir a buscar los materiales. Al entrar en la cocina, veo a Russ sacando dos vasos del armario.

—Alto, ladrón. —Deja los vasos sobre la encimera y se apoya con los brazos cruzados.

—¿Ahora yo soy el ladrón?

—Me suena tu cara. ¿Ya has robado aquí alguna vez?

Alarga el brazo y me atrae hacia sí, me levanta la barbilla con la mano y me besa de una forma que hace que me tiemblen las rodillas. No necesito buscar validación o atención, porque tengo todo lo que necesito aquí, con este hombre.

—Cuéntame un secreto, Callaghan.

Me aparta el pelo de la cara y me mira como si fuera lo único que existe en el mundo.

Ni siquiera duda.

—Me estoy enamorando de ti, Aurora.

Diez millones de mariposas.

—Yo también me estoy enamorando de ti.

EPÍLOGO

Russ

Alrededor de nueve años después

—Creo que voy a vomitar.

Aurora se agarra del estómago y emite un gruñido dramático. Le paso el brazo por los hombros y la atraigo hacia mí para darle un beso en la cabeza. Me he pasado las últimas seis semanas tranquilizándola y ahora no puedo hacer más que darle cariño porque, de cualquier forma, no me hace caso.

—Ha sido una idea horrible. ¿Por qué me has dejado hacer esto?

—¿Qué pasó con eso de «Aurora Callaghan no tiene malas ideas»? O lo de «¿Acaso me he equivocado alguna vez?». O eso de…

—Vale, vale —dice ella—. Me ha quedado claro. —Aurora se coloca delante de mí y se apoya sobre mi pecho mientras miramos fijamente el cartel de FINAL FELIZ que hay sobre la puerta de la librería—. ¿Y si nadie quiere comprarme libros porque no soy un negocio familiar?

—Claro que somos un negocio familiar. Lo puedo escribir con rotulador en el escaparate si quieres.

—No estoy segura de que tú, yo y los animales contemos como negocio familiar.

Aprieto los labios contra su cuello y me ahogo en el aroma dulce de su perfume. Odio lo fuerte que le late el corazón. La Rory nerviosa es la versión de mi mujer a la que menos acostumbrado estoy, pero comprar la vieja librería de Meadow Springs le ha dado unos cuantos motivos para ponerse de los nervios.

—Me huelo que si hacemos ese tipo de reivindicación acabaremos rindiendo cuentas ante el Comité de Compromisos de Mejoras del Pueblo y Otros Anuncios Importantes.

—La señora Brown se muere de ganas de que volvamos allí después de que perdiera la votación sobre el cambio de nombre —respondo.

Según ellos, el nombre «Final Feliz» suena a un salón de masajes eróticos, y lo único que conseguirá será atraer al pueblo a indeseables y pervertidos. Quise argumentar que los que han comprado el local han sido un indeseable y una pervertida, pero Jenna me recordó que el CMSCMPOAI no era lugar para bromas.

Cuando Jenna heredó la dirección de Honey Acres de su madre hace dos años, el comité del caos y el sinsentido le exigió que hiciera una presentación comercial, a pesar de que la conocen desde que nació y ha formado parte del comité durante los últimos quince años. Hizo algunos chistes sobre todo eso para aligerar el ambiente, lo que, sorprendentemente, provocó todo lo contrario.

Rory suelta un sonoro suspiro.

—Pienso promover el pecado; no le faltaba razón, la verdad.

—Espera a que se entere de que nos van a traer un jacuzzi —digo mientras la empujo con suavidad hacia su nuevo negocio.

Mudarnos a Meadow Springs no fue una decisión difícil; siempre ha sido un lugar muy especial para nosotros, sobre todo después de trabajar juntos tres veranos en Honey Acres. ¿Qué puedo decir? Es como un gran museo del té.

Aurora estaba cansada de su trabajo como comercial en una

pequeña editorial y desesperada por salir de la ciudad. Entonces me ascendieron en la empresa de ingeniería para la que trabajo, y con este nuevo puesto en remoto solo tengo que viajar a la oficina un par de veces al mes, así que fue ahí cuando decidimos empezar a meter las cosas en cajas rumbo a una nueva vida.

Después de que Jenna nos vendiera el terreno y la casa encantada donde tuvimos nuestra primera cita, hemos pasado los últimos dieciocho meses convirtiéndola en la casa de nuestros sueños. Como el terreno es muy extenso, a Aurora se le han ocurrido grandes ideas para rescatar a un montón de animales.

Aunque me negué a adoptar un cachorro cuando Aurora me dijo que Pez iba a tener otra camada (en mi defensa diré que acabábamos de salir de la universidad), un día volví a casa de un viaje de trabajo y me encontré no una, sino dos bolas de pelo doradas en el salón llamadas Atún y Bonito. Inmediatamente le echó la culpa a Anastasia, que al parecer la había convencido después de quedarse con su hermano, Bunny.

Desde entonces, aunque he intentado negarme, también hemos acabado acogiendo a: Neville, un border collie rescatado amante de las tertulias matinales de la tele; Mary-Kate y Ashley, dos gatas negras que, a pesar de haber pasado tres años desde que las adoptamos, todavía no soy capaz de distinguir; y nuestra última adopción, Esmeralda, una cerda que no se decide sobre si es una perra o una gata, pero que sin duda está convencida de que no es una cerda.

Aurora quería que todos vinieran hoy a la inauguración de su librería, pero le sugerí que soltar a tres perros, dos gatos y un cerdo entre sus nuevos vecinos quizá no fuera la mejor idea. Ella replicó que en nuestra boda se portaron muy bien, a lo que yo respondí que no estoy seguro de que Jenna dando un discurso en nuestro patio trasero mientras Emilia se bebía un margarita pueda considerarse una boda. Por suerte, esa discusión la gané.

La campanita tintinea sobre nuestras cabezas mientras cruzamos la puerta recién pintada, y la tienda que antiguamente era oscura y mohosa ahora está llena de luz y vitalidad.

—Sé que ya lo he dicho un millón de veces, pero tu padre se ha lucido con esto —dice mientras pasa la mano por las nuevas estanterías de madera.

Asiento con la cabeza. Papá ha trabajado sin parar durante semanas para asegurarse de que todo quedara exactamente como Rory quería. Ha dibujado muchísimos bocetos y ha fabricado muchísimas muestras y, llegados a un punto, creo que hasta hicieron juntos un tablero de visión digital.

Fue raro vivir con él los días que vino a trabajar aquí entre semana, sobre todo porque no vivía con él desde que estudiaba primero de carrera. Dijo que podía alojarse en cualquier hostal de la zona, pero Aurora insistió en que se quedara con nosotros. Al principio estaba nervioso e inseguro de cómo irían las cosas, y eso que nuestra relación había mejorado mucho con los años. Pero creo que lo que se me hizo más raro fue empezar a echarle de menos los fines de semana cuando se volvía a Maple Hills.

Le dijimos que no tenía por qué irse y que mamá podía venirse también, pero ahora colabora a menudo con Jugadores Anónimos, así que no le gusta alejarse mucho por si alguna de las personas a las que ayuda con la adicción necesita su apoyo.

Creo que Rory también necesitaba una figura paterna que la ayudara, dada la ausencia de su propio padre. Oí cómo papá la tranquilizaba más veces de las que puedo contar mientras se alojó con nosotros. Mis padres adoran a mi mujer, hasta tal punto que la única vez que me echaron la bronca fue por haber celebrado una boda espontánea y sin invitados. Pero los hizo muy felices que por fin fuera oficialmente su hija.

Los tacones de Aurora repiquetean contra el parquet de madera mientras recorre los pasillos en busca de algún error o cualquier cosa que la haga entrar en pánico. Yo la sigo despacio con las manos en los bolsillos, mientras no para de resoplar examinando lo que a mí me parece una librería perfecta.

—Corazón…

—No empieces —refunfuña mientras se vuelve para mirarme. Pone los brazos en jarras y hace un mohín—. Esto es culpa tuya, Russ Callaghan. Me dijiste que podía tener mi propio negocio. Nada menos que una librería. Ni siquiera un bar o un club de estriptis o algo que se me pudiera dar…

El resto de la frase se disipa cuando cierro el espacio que nos separa, le agarro la cara con las manos y hundo mi boca en la suya. Nuestros cuerpos se funden y la tensión se disuelve con cada segundo que pasa. Deslizo las manos hacia su nuca y pego la frente a la suya.

—Eres la mujer más competente que he conocido en mi vida. No hay ni una sola cosa que se te ocurra en la que no te apoyaría. Y estaré ahí para cogerte de la mano durante todo el proceso, Ror, pero, en realidad, no me necesitas. Nunca me has necesitado para ser increíble. Lo-eres-y-punto. Y te quiero más de lo que soy capaz de expresar con palabras.

—Yo también te quiero. —Me rodea el cuello con los brazos y me mira con esos enormes ojos verdes—. Esta es nuestra última oportunidad del fin de semana para estar a solas. Cuéntame un secreto, Callaghan.

La verdad es que ya no tenemos secretos entre nosotros. Llevo tantos años con Aurora que su capacidad de hablar más de la cuenta se me ha pegado un poco.

—La semana pasada fui yo el que me comí tus Cheetos. No fue Neville. Se pasó como tres días mirándome con rencor por haberle echado la culpa.

Hace un gesto de exasperación extremadamente dramático.

—No jodas. Tenías polvo naranja por toda la cara. Prueba con otro.

Es ese «Prueba con otro» lo que me desconcierta. Como si esperara que admitiera algo concreto, algo que ella ya supiera, aunque este juego no funciona así. Todos nuestros amigos y vecinos están a punto de llegar para la fiesta de inauguración, pero ella sigue mirándome con cara expectante. Y entonces caigo en la cuenta.

Lo sabe.

—Oh, mierda. —Se le dibuja una mueca en los labios—. He invitado a tu madre y se me olvidó decírtelo.

—Ese «Oh, mierda» es bastante adecuado. Porque exacto: la has invitado.

—¿Cómo te has enterado?

—Porque me llamó para asegurarse de que íbamos a servir buen champán.

—Creía que ya me había librado de la obligación de entrar en librerías con Aurora —suspira Henry mientras examina las altísimas estanterías de caoba repletas de libros nuevos—. Y, sin embargo, aquí estoy. Otra vez.

Aurora quería que el rincón de los niños estuviera decorado con una aurora boreal, así que recurrió a su artista favorito (y probablemente la única persona que conoce capaz de hacerlo) para que la ayudara. Y con la pintura no tuvo problema. Lo que le gustó menos fue tener que hacer cientos de estrellitas de origami y colgarlas del techo.

—Aquí estamos los dos. —Le doy un codazo en el hombro de broma—. Gracias por traer esas ediciones firmadas, tío. Aurora está muy agradecida de que hayas venido. Los dos te lo agradecemos.

—Encantado; así libero mi casa de unos cuantos libros. Y ella habría venido, pero nos pillaba un poco lejos y con el bebé…

—¿Y yo qué?

Los dos miramos a la niña que está enganchada a la cadera de Henry, aferrada a él como si fuera su juguete favorito, que es más o menos lo que es.

—Sí, Mila. También estamos muy contentos de que hayas venido.

Sonríe alegremente, lo que me recuerda que cada año que pasa es más clavada a Stassie.

—Tío Henry, ¿puedo tomarme ya el helado? Ya han pasado los cinco minutos obligatorios.

Henry la baja al suelo y le da un empujoncito para que se aleje.

—Venga, ve a pedirle dinero a tu padre.

—¿Dejamos cinco minutos de rigor? —pregunto cuando la veo chocarse contra las piernas de Nate y pedirle dinero a gritos. Nate interrumpe su conversación con Emilia, suspira y saca la cartera y mira a Henry con cara de malas pulgas desde el otro lado de la tienda mientras le pone unos billetes a su hija en la palma de la mano.

—Los cinco minutos de rigor para socializar —dice Henry.

Ahogo una carcajada dándole un trago al café y Mila vuelve corriendo hacia nosotros.

—Me ha dicho que también tengo que traerles algo a los gemelos, pero están durmiendo la siesta y no creo que lo necesiten, así que podemos pedir más para nosotros.

—Me parece fenomenal. Vamos, chavalita.

La niña levanta la mano para agarrar la de Henry y los dos se alejan en dirección a la heladería La Vaca Feliz, dejándome a mi suerte. Sigue sin gustarme ser el centro de atención, y doy gracias por que hoy la protagonista sea Aurora. Por toda la librería hay desperdigados un montón de clientes y amigos, y todos examinan cuidadosamente las estanterías mientras charlan entre sí. Veo a JJ y Alex hablando con mis padres, a Stassie meciendo un cochecito doble mientras habla con Jenna, a la señora Brown inspeccionando intensamente la sección de novela romántica. Lo que hasta hace poco tiempo era una librería vieja y olvidada ahora parece llena de vida.

Supongo que mi suegra estará por alguna parte, así que trato de evitar el inevitable encuentro durante el mayor tiempo posible distrayéndome mientras hago fotografías espontáneas de todo el mundo tal y como me enseñó Aurora. Entonces hago la mejor: Aurora, detrás de la caja registradora con una sonrisa de oreja a oreja, vendiendo una pila de libros a un cliente. Por las ventanas entra una luz que la vuelve casi resplandeciente. Su belleza y el orgullo de haberlo logrado todo ella sola me sobrecogen de inmediato.

Me pilla mirándola cuando el cliente baja la vista para buscar su cartera en la chaqueta. Muevo los labios para decirle «Te quiero» y ella hace lo mismo. Le digo «Estoy muy orgulloso de ti», y ella me responde algo parecido a «Estoy orgullosa de lo bueno que estás». Este es el momento en el que sentimos que ha merecido la pena toda la mudanza, todas las reformas y todo el trabajo que hice en calzoncillos porque no encontraba las cajas de la ropa. Todo eso es lo que nos ha llevado hasta aquí, a ser plenamente felices.

Después de otra hora me doy cuenta de que no voy a poder trabajar desde la tienda, como tenía pensado. No podré hacer absolutamente nada de trabajo si estoy todo el día embobado mirando a mi mujer. Rory tiene un talento innato, como suponía que tendría, y con cada cliente que entra a la librería, ella se relaja un poco más.

Cuando la fiesta de apertura ya está llegando a su fin y puede retirarse un poco de la caja registradora, alguien, creo que JJ, grita:

—¡Que hable!

Todos observamos atónitos cómo ella acepta una copa de champán y se la bebe de un solo trago. Sarah hace un gesto de reproche, pero Aurora es experta en no hacer ni caso a las quejas de su madre.

—Es solo para armarme de valor —dice entre risas—. Bueno…

Me abro paso entre la gente que se ha agolpado a su alrededor para que pueda verme bien delante de ella. Relaja los hombros y me clava la mirada.

—Gracias a todos por estar hoy aquí. Gracias de corazón. No me lo puedo creer. Sé que muchos habéis hecho un viaje muy largo, y os he prometido tortitas por la mañana a los que os quedéis con nosotros, y esta es mi forma de deciros que se me da fatal hacer tortitas. —Tiene razón—. Gracias a los vecinos de Meadow Springs por acogernos en su comunidad. Sé que no fue fácil al principio, pero Russ y yo ya nos sentimos como en casa. Para todos los que no lo sepan, hace muchos años hice una broma sobre que pensaba abrir un club de estriptis aquí. Y parece ser que a nadie se le ha olvidado todavía.

Todos en la sala se echan a reír, y por el rabillo del ojo veo a la señora Brown murmurándole algo a John desde una de las tiendas de bolos.

—Gracias a todos los que ayudaron a reformar y decorar la tienda. A mi maravilloso suegro por dedicar todo su tiempo libre a asegurarse de que todo estuviera perfecto; a mis amigos por ayudarme a deshacerme de ese espantoso color magnolia y por ayudarme a hacer cientos de estrellitas. Gracias a mi madre por enviarme listas cuidadosamente seleccionadas de libros que debía comprar.

»Dios mío, esto parece un discurso de los Oscar. Enseguida acabo. No es ningún secreto que me encantan los libros. Me encanta leer historias sobre personas que no conozco y lugares donde no he estado. He vivido mil vidas entre mil páginas, pero ninguna historia, ninguna vida, ninguna página me ha hecho tan feliz como tú, Russ Callaghan. —Todo el mundo dice «Oooh», y siento cómo se me ponen rosas las puntas de las orejas—. Antes de conocerte, nunca me había planteado cómo sería mi final feliz. No estaba segura de que fuera a tener uno. Pero tú eres mi final feliz, Russ. Me enamoré de ti en Meadow Springs y verte construir nuestra vida en común aquí me ha hecho enamorarme de ti mil veces más. Gracias por regalarme una vida que parece demasiado buena para ser real. Gracias por dejarme llevar animales a casa a pesar de haberte negado. Gracias por dejarme vivir mi sueño todos los días.

Quiero echar a correr hacia ella y besarla hasta que se le pongan los labios rosas, pero este es su trabajo y no quiero hacerle sentir vergüenza. En lugar de eso, levanto la copa hacia ella.

—Por los finales felices.

Ella la levanta también.

—Y por las mascotas infinitas.

—No —respondo inmediatamente, aunque ya es demasiado tarde.

—Por los finales felices y por las mascotas infinitas —dice todo el mundo a coro.

Agradecimientos

Suele decirse que escribir libros es un mundo, aunque en el caso de este sería más bien un pueblo.

En primer lugar, quiero daros las gracias a vosotras, lectoras. Sin vuestro abrumador entusiasmo por *Romper el hielo* no estaría escribiendo los agradecimientos de la segunda parte. Decir que jamás me lo habría esperado es quedarme corta, pero las consecuencias del increíble apoyo que me habéis mostrado me han cambiado la vida. Así que gracias de todo corazón.

Gracias a mi marido, por fingir ser un aeropuerto. Y también por no juzgar mi consumo de Starbucks mientras trabajaba en este libro.

Erin, Ki y Rebecca: por escucharme hablar sin parar durante el último año, por apoyarme durante la aterradora pero maravillosa transición a la publicación tradicional y por aguantar que os salga en TikTok mucho más de lo que os gustaría.

Lauren, por leer este libro más veces que yo y apoyarme en cada segundo. Te mereces un premio por mantenerme cuerda, incluso cuando empiezo a morirme a las tres de la mañana a un montón de kilómetros de casa. Tengo mucha suerte de tenerte a mi lado.

Kimberly, por ayudarme a navegar por este extraño nuevo mundo y por estar siempre ahí cuando te necesito, sin tener en cuenta la diferencia horaria. Eres realmente maravillosa y no podría hacer nada de esto sin ti. Estoy muy agradecida por todo lo que haces por mí.

Ellie, por tus valientes intentos de mantenerme joven y actual. Tengo mucha suerte de que vieras *Romper el hielo* ese día, y me alegro muchísimo de que podamos trabajar juntas. Estoy orgullosa de lo lejos que has llegado en los últimos doce meses, y estoy deseando ver lo que nos depara el futuro.

Nicole, creo que no hay nadie que quiera a Russ y Aurora tanto como tú. Gracias por estar siempre ahí para escuchar mis millones de ideas y por animarme en cada paso de la escritura de este libro.

Allie y Kimmy, por tomaros el tiempo de leer mis borradores y darme vuestra sincera opinión. Vuestra positividad era lo que necesitaba y estoy muy agradecida de poder llamaros amigas.

Becs y Elena, por repetirme que podía escribir este libro cuando a veces sentía que no sería capaz. Estoy muy agradecida de que los audios de diez minutos sean la norma en este grupo de amigas.

Becky, simplemente por ser mi oso favorito y la chica de Henry.

Y mi mayor agradecimiento a todo el equipo de Simon & Schuster y Atria: Molly, Sarah, Sabah, Pip, Kaitlin, Ife, Morgan, Zakiya, Megan, Anthea, Kate y todos los demás que se dejan la piel entre bambalinas para que mis libros sean lo que son. No podría estar más orgullosa de formar parte de este equipo y estoy muy agradecida a todos los que trabajáis tan incansablemente para apoyarme de todas las formas posibles.

Queremos compartir más momentos contigo.

Únete a la comunidad de Penguin Libros y encuentra tu siguiente lectura.